U0463594

我的故乡离城里不远

徐建章 / 著

团结出版社

© 团结出版社，2024 年

图书在版编目（ＣＩＰ）数据

我的故乡离城里不远 / 徐建章著 . --北京：团结
出版社 , 2024. 8. --ISBN 978 -7 -5234 -1225 -1

Ⅰ . I267

中国国家版本馆 CIP 数据核字第 2024PL7004 号

责任编辑：陈梦霏
封面设计：刘杰杰

出　版：团结出版社
　　　　（北京市东城区东皇城根南街 84 号　邮编：100006）
电　话：(010) 65228880　65244790
网　址：http://www.tjpress.com
E-mail：zb65244790@vip.163.com
经　销：全国新华书店
印　装：江西千叶彩印有限公司

开　本：170mm×240mm　16 开
印　张：24.5　　　　　　　　字　数：362 千字
版　次：2024 年 8 月　第 1 版　　印　次：2024 年 8 月　第 1 次印刷

书　号：ISBN 978 -7 -5234 -1225 -1
定　价：49.00 元
　　　　（版权所属，盗版必究）

目　录

第三辑　我的故乡离城里不远

第四辑　夏天，在禾场乘凉

第五辑　奈今生，愁时又忆卿

第六辑　听来的故事

第一辑　种花记

种花记

我是偶然爱上种花的。

2010年，乡下的新屋落成。新屋有个小院子，取我们兄弟二人名字中各一个字，叫"华章"。有书法家朋友帮忙撰写了一副对联："芳华前岭凭听翠，至清抚河堪洗尘"，概括了房屋所处的位置和环境。

第二年开春，我们兄弟二人觉得应该在空旷的院子里种点什么。到四月底，哥哥买了一车树种下，小院顿时郁郁葱葱。由于经验不足，没有剪去多余的叶子和新枝，有的树种下后因水分吸收不足慢慢死了，又补种了几次不同品种的其他树。当然，这是后来的事。

这次种树，除了樟树、桂花树、柚子树、桃树和李树外，一改乡下很少种植观赏植物的习惯，栽了一些小叶女贞、红叶石兰、红榉木等，还栽了几棵茶花、栀子花和含笑等开花木本。

树种上后，院子充满了生机，但仍然感觉美中不足，似乎少了一点什么。不知谁说，大树下可以种一些花花草草才好看。这点醒了我。种化种草的任务自然落到了我头上。然而，种些什么花花草草呢？这还是难倒了我。

其时母亲尚在。乡下新屋的建设一方面是因为老屋太旧，无法居住，且处于已经被村民废弃的老村位置，周围的邻居都搬走了，不得不另建；另一方面，多少也有考虑让母亲可以住得好点，安享晚年。跟多数农村父母一样，我母亲也习惯了乡下生活，在城里住几天就难受。母亲出生于一个富裕家庭，曾经听她说小时候娘家是种过花的。也不知她快要失聪的耳朵怎么听到说种花，她随口说了一句："月季花好看。"此前，我对月季还真不熟悉，听母亲这么一说，决定种月季花。

关于月季，古人多有喜欢，文人因为月季的卓越写下了许多诗篇。杨万里赞美月季的名句："只道花无十日红，此花无日不春红。"冲着这一句就值得我种植。

我的月季花苗是网购的。说到网购，却是上了好几次当。植物不同于其他东西，买的时候在网上都是好看的，尤其是月季，卖家把拍得非常漂亮的照片放在网上招徕生意，但买家收到的货有时却相差甚远。由于购买的月季都是苗，只能验证死活，无法当场验证开的是什么花，这就为不良商家作假提供了机会。所以，在网上购买月季之类的植物还真有学问。比如我买时明明标注的是有十个不同颜色的品种，卖家发的货虽然也是十棵苗，但直到后来长大，开花时才发现其实只是一个品种；我买的是昂贵的欧月，卖家却以国产普通月季冒充。还有一次，我买月季，发来的却是只开小小散散白花的低品种蔷薇。这种情况在网购平台上很难操作，因为时过境迁，投诉无门。后来与有同样经历的邻居聊起，她告诉我，千万不要买那种某某地方的苗木，基本是假的。我从此见到这个地方的卖家就绕开，说明了信誉从长远来说还是重要的。

当然，诚信做生意的商家总还是有的，最终我还是买到了不错的月季苗。

过了不久，我又喜欢上蔷薇。"根本似玫瑰，繁英刺外开"的蔷薇与月季很多人分不清。蔷薇是藤本植物，与月季不同的是，它枝条无限延伸，喜欢长在墙上。"一架长条万朵春，嫩红深绿小巢匀。只因根下千年土，曾葬西川织锦人"（唐·裴说《蔷薇》）。当蔷薇花开满一墙时，那是多么美妙的风景！我爱上蔷薇说起来还有故事。有年春天，我在高新开发区的一条路上，看到一个小院的墙上开满了非常漂亮的红花，走近香气扑鼻，才看清是蔷薇。我非常希望自己家院墙上也能有这么好看又香的花。为此心心念念，此后的第二年、第三年，每到春天我就会想起这家的蔷薇，总要赶在开花期间特意把车停在附近，走近去欣赏一番。花谢以后，我还几次经过那里，很想向花的主人讨一枝来扦插。不巧的是，总没有看到有人出来，只能作罢。不过，等到我自己真正种的时候，已经改变了主意。因为我观察到，这家种的蔷薇虽然好看，但只在春天开一次花，而我已经找到花色更鲜艳、更丰富且每年花开两次以上的蔷薇，也在其他很多地方看见了各种好看的蔷薇。

种花的过程也是扩大对植物世界认知的过程。原先只打算种月季的，后来随着对花的品种认识越来越多，就挑选了一些适合的来种。比如我还种了金银花。我原以为金银花就是黄白两色的那种，后来发现还有五彩金银花；原来只知道藤本金银花，后来发现还有树形金银花。又比如蜀葵，一种像芝麻一样节节开花的植物，花色有紫色、粉红、红色、白色、黄色等，我原来根本不知道世上还有这种花，一看到就喜欢了。喷雪花，其实乡下到处都有，但从未认真注意过。这个学名是一个种花的朋友告诉我的。喷雪花喜欢长在野外，我家里的这棵就是我自己从村后塘边挖来的。

由于土地有限，种花要见缝插针。我家的月季种在树的空隙里，不影响树的生长；蔷薇当然种在围栏边，让她好顺着栏杆攀爬；金银花，跟蔷薇差不多，也在围栏边种；喷雪花，则种在容易看到的路边。

要想花成活快，就要合理选择种花时间。理论上，很多花任何季节都可以种，但条件不具备时，还是讲究在合适的季节种下。比如月季虽然好种，但最好避开夏天。花种下时，第一次都要用水浇透。此后，一定要保证充足的水分和肥料。

种花种草一定是勤快人干的活，不要指望种下后靠天生长。自从自己种了花花草草后，我才对园林工人有了新的认识。当你看见路边修剪整齐的景观树，或颜色鲜艳的花朵时，那一定凝聚了他们辛苦的汗水。种下花后，我几乎每个星期六或星期天都要回一次乡下，为这些花花草草浇水施肥，或将那些观赏树修剪成型。

每次下乡都是以看望母亲的名义。母亲身边总不缺照顾的人。我回家的时候，哥哥和姐姐名下的儿孙辈也常常回来，大家借着看望母亲的机会，当作一次团聚。所以，每到休息日，小院总是充满欢声笑语，那是全家幸福的日子。

由于修剪得当，浇水施肥及时，小院的花花草草很快就有了回报。这就是种花种草的好处，她们从来不会隐瞒你对她们的好，她们会以自己最好的姿态向你的辛勤致敬。春天来临，我家小院开始变得美丽起来。先是黄色的迎春花和雪白的喷雪花，继而是桃李次第开放。到了四月，我精心呵护的月季和蔷薇开满了小院，和着满院的绿色，真真实实的是色彩缤纷。此时如遇休息天回家，我看到的就是一幅美丽的画卷！孩子们的游戏吵闹声，大人爱护的呵责声，听起来是那么的和谐；而满院的花香夹杂着嫂子在厨房做饭的菜香，那是一种特殊的气味，真是美妙无穷。

花开的季节总是美好的。当月季和蔷薇开花时，那是一种沁人心脾的自然的香味。我闻过商场卖的经人工调出来的香水味，也在埃及旅游时闻过玫瑰香精，但都无法与这自然的香味相比。路人无不驻足观看，赞赏花的美丽。村里调皮的小学生也爱花，他们会趁人不注意偷偷摘几朵藏在口袋或书包里，是不是给班里的其他小朋友炫耀？有几次，路过的外村的村民看到我正在修剪植物，就会鼓起勇气向我讨要花的枝条，说想带回去扦插。我满口答应。我很乐意把这漂亮的花像种子一样传给他们。乡下很少有人种花，喜欢种花说明他们对生活赋予了新的内容和追求。但我告诉他们，要扦插，最好是在花开过后。如果他们喜欢，就自己来剪。伸出墙外的蔷薇的枝条经常被剪掉，不知爱花的村民最终扦插活了没有？

自从种上花后，我就多了一份牵挂。我的心似乎都在这些懂人性、有情义的花花草草上。如果这个星期需要出差不能及时回家，我总觉得有什么大事没有做，出差回来后我就会找个时间赶回乡下，好像是一个学生缺课后要补上一样。小叶女贞和红叶石兰需要修剪了，杂草已经缠上月季的枝干了，天气炎热花草可能上虫该打农药了，这些都会成为我赶回去的理由。母亲只要见到我，自然是十分高兴。而我见到母亲好好的，也就放下心来。说起来也奇怪，平时工作无论遇到什么烦恼，只要回到乡下，置身这些花草世界，顿时就会烟消云散，甚至神清气爽。

有时我在修剪花草时，母亲也会拄着拐杖走过来，用手指着一棵树或一朵花问我叫什么。因为她那曾经患过白内障而手术失败的眼睛里，只有植物的模糊的影子。母亲是喜欢花花草草的，但现在这些美好的东西她看得并不真切，只能凭着记忆用心去感知。

种花种树有个渐入佳境的过程，像期待一切美好的事物，需要学会等待。我记得从 2013 年开始，我家小院的树和花逐渐繁茂起来，到 2014 年、2015 年，那些花开得最旺。正如常言道，孩子是自己的好，自己种的花自己也会特别珍惜。我不能免俗，会偏爱自己种植的那些花，每次都恨不得把每朵花都嗅遍，也希望每一朵都花开不败。我当然知道这不可能，所以为了保存记忆，间或拍了一些照片。当我回到喧闹的城市，偶尔翻阅这些留下来的照片时，仍然像见到曾经的恋人一样，怦然心动，仿佛又亲临其境，闻到了她的香味。

如果时间不会流动，当然是岁月静好。《浮生六记》中芸说："布衣饭菜，可乐终身。"人啊，如果想通透了，哪怕少赚点、少花点，只要世界上有你爱的事物和人，那就是快乐的。然而世上的美好总是难以长久留住。2015 年 11 月 16 日，之前并没有患严重疾病的母亲，在最后喊了一声我的名字后就因器官衰竭停止了心跳，永远离开了我们。母亲是一个乐观的人，是舍不得离开她深深爱着的子孙的。"子欲孝而母不待"，这种感觉在母亲离开后我更有切身的体会。

那天似乎小院突然失去了往日的色彩，满园萧瑟，没有一朵花开。

母亲离开后，我的工作似乎突然多了起来，回乡的次数渐渐少了，不回去的理由好像也多了，有时几个月都难得回去一次。家里哥哥姐姐的孩子们虽然也回去，但我感觉次数也没有原来那么多。

缺少管理的那些月季似乎也通人性，好多棵莫名其妙枯死了。2016年春天，尽管还有一些在开放，但远远不如原来开得那么好看。到2018年春天时，我发现月季已经全部死了，而那些看起来坚强美丽的蔷薇，也因为野草的缠绕死得所剩无几。

不过，种花种草的爱好我却保留下来。我终于明白，进入骨子里的爱好慢慢会成为癖好。因为你会坚定地认为，在这个逐利的世界，只有那些纯洁的花花草草才是解除你痛苦的良药，甚至是精神的慰藉。只是种花种草的地方转到了我在城里买的新房子里。我不再只偏爱月季和蔷薇，我还种了蓝雪花、三角梅、风车茉莉、日本杜鹃和多肉植物等。

我偶尔还是会回到乡下去看看。我站在曾经种过月季或蔷薇的角落，总有一种花枝招展、花香四溢的幻觉。而在母亲曾经颤颤巍巍站立的地方，我仿佛看见老人家仍然在用手指着一朵花或一棵树问我："这个叫什么啊？"我顿时泪如泉涌。

合欢树

1

很小的时候，我在一个叫太阳垦殖场的地方待过。因为那时，父亲在那工作，是垦殖场的负责人。

我记得很清楚的是，一天早上，我似乎正在做梦，但又分明是现实，我听到了十分悦耳的唱腔。我可以肯定的是，那是我这辈子听过的最美妙的音乐，后来我一直寻找，但再也没有找到过那种神奇的感觉。不过从这次开始，我知道了世界上的音乐是那么美好的东西。正当我享受着音乐的时候，我的鼻子里痒痒的。我下意识地用手揉一揉鼻子，但过一会儿又痒痒的。我十分不情愿地睁开眼睛，发现父亲坐在床沿，正"调皮"地看着我。这时我清醒了。我听到，原来门外走廊的公共广播里，正在播放京剧《沙家浜》的唱段，那是当时人人耳熟能详的样板戏，我半梦中听到的原来是广播里"阿庆嫂"的声音。父亲见我醒了，很神秘地将右手往后躲闪，但我还是看到他两个手指间正捏着一朵小小鹅毛扇一样的红色花朵。原来我鼻子痒是他在用那毛茸茸的花拨弄我的鼻孔。父亲对我的这种"恶作剧"并不是很多，我记得的只有那么几次。另一次印象深刻的是，他出差回来，手上拿了一包东西在我面前晃了晃，问我："想吃吗？想吃先让我在头上敲几个包。"说完，他就张开右手五个指头，勾成五个小榔头状，在我头顶假装敲了敲。原来，他买的是九江茶饼，我们乡下叫"槐子头"，样子确实有点像小孩头上跌跶跌出的包。

父亲见我发现了他手上的花，借势拿给我看。原来，这是太阳垦殖场马路两边树上的花。从夏天到秋天，这种花一直都开，红色的或粉红色的都有，像小小的鹅毛扇。风吹过时，花会从树上一朵一朵飘落。孩子们娱乐的东西不多，这时有的就会从地上捡拾起来玩耍，个子高一点的则会从树上直接摘下来。那时，我还不知道长这种花的树叫合欢树。

2

在我童年的记忆中，太阳垦殖场是一个好地方。那个年代，乡下的粮食总是不够吃，父亲就会在垦殖场的闲置地上，开垦出一块小小的菜园。在这没有围墙的园子里，种上一些红薯或地瓜，收获后作为家里缺粮的补充。有一年，父亲还种了几棵梨瓜，那又白又甜的瓜仿佛离我并不久远。父亲喜欢种植的习惯深深刻在我脑海中，以至于长大后我也有了养花种草的爱好。太阳垦殖场给我的另一个印象深刻的记忆是，这里有一片很大的桃林。夏天的午后，姐姐带我到已经摘过的树下去碰碰运气，总可以发现几个漏网的桃子。

过了几年，父亲调到七里岗垦殖场分场做领导。父亲住的平房前面，种有一排树，居然和太阳垦殖场马路两边的一样。到这时，我才注意起这种树。我观察到，除了开出那神奇的花外，这种树的叶子也特别有意思。叶子呈锯齿状，分两边对称，白天打开，傍晚则会慢慢合起来。听大人们说，这叫合欢树。

我在七里岗垦殖场读过一年小学。在这里，我记得最牢的还是热天的情景。父亲总是骑着一辆自行车出去，回来时，偶尔会用麻布编织的袋子搭回几个西瓜。那年暑假，他的外甥、我的表兄弟王竞星从南昌市过来和我一起度假。这期间，父亲偶尔会在食堂买一块卤牛肉，切成片，他看着我们两个小孩吃得很香，自己却没有动一下筷子。那时，我不知道买卤牛肉吃对父亲而言是一种奢侈。他微薄的工资，除了我们几个人的开销，还要寄一部分到乡下家里。天热时，我可以看到父亲的那件短袖汗衫有好多个洞，还有黄色的汗渍，但他身上换来换去的还是那一件。

我们两个小孩却在懵懂中寻求快乐。有一天，父亲出去上班后，顽皮的王竞星顺着合欢树干爬到平房上面，站在"洋瓦"上，向下面撒从医务所"偷来"的处方纸。看着下面很多小孩欢呼着争抢，我们却兴高采烈。

3

1975年，父亲突然病倒了，是半身不遂。那一年暑假，父亲在江西中医院住院，因为要陪我读书，母亲只得随我在垦殖场照顾我，一边还要做着零工。父亲病倒后，我们一家的生活发生了很大变化。对我而言，这种变化就是垦殖场给我的感觉与以前不太一样了。那些父亲曾经的老部下，对我们不像原来那样温和谦恭了。记得有一次，那个平时看起来挺实在的老职工，故意挑我母亲工作的刺，竟声色俱厉地呵斥。我在从学校回家的路上，有几个同学学着他们家长的口气来欺负我。

这学期的课总算上完了，我就要回到老家乡下的学校继续读书。离开时，房前合欢树的花正开着。我看了看掉落在树底下满地的花，又看了看父亲的那间平房。从此，我在读书期间再也没有到过七里岗垦殖场。

父亲病退后，虽然住在老家乡下，但每年天热的时候，他都坚持

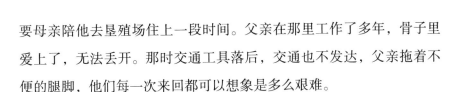

要母亲陪他去垦殖场住上一段时间。父亲在那里工作了多年，骨子里爱上了，无法丢开。那时交通工具落后，交通也不发达，父亲拖着不便的腿脚，他们每一次来回都可以想象是多么艰难。

1984年的夏天，父亲再也没有要母亲带他去垦殖场。秋末的一天晚上，刚刚考取大学的我，在学校宿舍接到父亲去世的电报。从此，我们一家与父亲工作多年的那个垦殖场基本断了来往。

奇怪的是，父亲不在了，母亲也经常念叨起七里岗垦殖场来，说很想去看看。但作为儿女的我们，一只耳朵进，一只耳朵出。我们不理解母亲的心事。

随着时间的流逝，我们也有了很多的改变。2000年之后，我和大哥都买了汽车。有一天，当母亲再次念叨七里岗垦殖场时，我和大哥都似乎默契地答应了。其实，在我们的心里，早已有去看看的想法。2003年的春天，我和大哥一起开车，准备先去探探路。

当我们来到垦殖场时，它早已没有了原来的模样。原来的垦殖场已经是人去房空，看起来十分荒凉。我们好不容易找到父亲曾经住过的那间平房，看到的却是破败不堪的景象。房前曾经种着的一排合欢树，只剩几个腐朽的树桩。记忆中垦殖场开阔的土地上，曾经种了很多的梨树和其他经济作物，如今已变成某个私人承包商的药材基地。

好在还能找到住在原来垦殖场总部附近的父亲的几个同事，他们都已经是古稀老人了。据他们介绍，垦殖场原来的职工大多过世了，其他年纪轻一点的，绝大多数也离开了。听到我们介绍来意后，几个老人都非常热情地接待我们，还主动打听我母亲的情况，表示希望见到母亲。当我们回来告诉母亲后，她迫不及待地要我带她去见原来的那些老熟人。

这个夏天，我带母亲去七里岗垦殖场，只为寻旧。当她见到熟人后，只记得聊天，垦殖场曾经带给她的不快，似乎从来没有发生，留下的只有美好的回忆。从这年开始，差不多有十年的时间，每年，我都要带她去一次垦殖场。其实，每次去也只是在垦殖场转一圈，然后就到了中午，我带她到抚州市区去吃午饭。从此以后，好像只有这样每年去一次，才能满足她的心愿。我慢慢地懂得，只要母亲活着，垦殖场似乎就与我们有着某种关联。

2015 年 11 月，母亲寿终。从此，那根连接垦殖场的线就断了。

4

生活对我而言还在继续。

一天傍晚，我走到赣江市民公园的南昌大桥附近。晚风习习，突然，一阵熟悉且带甜味的花香飘来，这是从路边树上飘来的。我走近一看，原来是几棵高大的合欢树，那花香正是合欢花的味道。我顿时想起了我的父亲母亲。合欢树好像是勾起我思念两位逝去亲人的引子，只要我在任何一个场合看到，父亲母亲就会来到我的眼前。此时，合欢树的叶子已经合上了，父亲母亲在那边还好吗？

回家后，我在一本有关江西农垦的书上，查到了太阳垦殖场的历史资料。父亲是垦殖场的开拓者，那些合欢树肯定是由最早的那批人种下的。我在猜，垦殖场那些让我魂牵梦萦的合欢树，说不定好多棵就是父亲亲手种植的；父亲用来拨弄我鼻子的那朵合欢花，可能正是从他亲自种植的那棵树上摘下的吧。

白兰花开

　　"白兰花！白兰花！"每年从进入梅雨季节开始，操着本地口音的卖花人，她们的叫卖声，就会与白兰花那芬芳馥郁的香味夹杂在一起，弥漫在南昌的大街小巷。

　　白兰，常绿乔木，原产于印尼，在我国的南方多见。长江流域的人们似乎特别钟爱于她。白兰花，百度百科介绍其特点时，用的是"极香"二字。很多文人对她都有过赞美，其中以宋朝诗人杨万里的《白兰花》一诗最为有名。诗曰："熏风破晓碧莲苔，花意犹低白玉颜。一粲不曾容易发，清香何自遍人间。"但我还是喜欢唐朝诗人武平一对白兰花的描述，他把白兰花形容为一个可爱的仙女，"轻罗小扇白兰花，纤腰玉带舞天纱。疑是仙女下凡来，回眸一笑胜星华。"几句诗，将白兰花的美丽和高贵跃然纸上。

　　南昌街头卖花的都是老妇人。她们的叫卖声，是纯正的南昌腔调。不过叫卖声里，却没有一个"卖"字。你不用担心，只要听到"白兰花，白兰花"的叫卖声，南昌的买花人自然就知道了，该买的就会循声而至。南昌腔调的叫卖声，每个字都拖长了那么一点点声调，但却恰到好处，悠远而不悠长。这种独特的叫卖声，对于长住在南昌的人来说，久而久之会难以忘怀。我猜想，听惯了这种叫卖声的南昌人，如果出门在外久了，只要偶尔想起，恐怕很容易勾起对故乡的思念。

　　卖花的老妇人总是挎着竹制的花篮，用湿的纱布将白兰花遮盖，为的是防止白兰花见光后水分挥发、花瓣散开。她们喜欢将两朵白兰花用铁丝串在一起，这样串起来的花朵便于买花人吊在身上的某个位置或挂在车里。我记得最早的卖价每串只要五角，之后涨到了一块，现在已经卖到两块了。

白兰花开的季节，我总要买几朵。挂在车的后视镜下，顿时，整个车里弥漫着浓浓的香味，人也神清气爽起来。

"如果自己家里有一棵白兰树多好，开花时，想摘就摘，想闻就闻。"一次在车里，我随口对坐在边上的妻子说。

"这有何难？人家苏老师家不就有一棵吗？！"她答曰。

这么一说，我马上想起来了。是啊！苏老师家确实有一棵白兰！

苏老师与我岳父岳母家住在同一个大学教工宿舍的大院，他家住的是一栋普通四层宿舍的一楼。住一楼的好处是会多出一个前院。苏老师家的前院是随意用砖围起来的，围墙并不高，院子也很小，估计不到十五平方米。我去岳父岳母家时，必须从他家的小院经过。那时，我总觉得苏老师家在整个大院显得格外与众不同。开始没有细究是什么原因，后来我仔细观察后发现，其区别原来就在于他家的小院里常年种满了各种鲜花。花的品种不断更换，但都开得非常好看。看得出苏老师是一个热爱生活的人，是种花的行家。我每次经过时，都情不自禁要欣赏一番。而回去时，还忍不住要在他家的小院边停留片刻，生怕遗漏了好花没有看到。偶尔看到苏老师从屋里走到院子里来，见到的是他满脸慈祥的微笑。我了解到，苏老师鳏居，其时他已经年逾八旬，是一位退休已久的教授。这些花花草草，我看到都是他亲自动手打理。

在苏老师的小院里，我发现居然种了一棵白兰。这棵树在他家小院靠路的一边，树微微地向外倾斜，避免遮挡小院的阳光，好像特意要为花花草草留下空间。我不知道这棵树是何时种下的，但似乎有些年头了。每年开花时，香气扑鼻。因为满小院的花，也因为这棵树，

我对他充满了说不出的好感。

不过这已经是好几年前的事了。

与妻子聊到白兰花时，正是前年白兰花刚开的夏初。我们经过商量，决定在自己家也种一棵白兰。来到花鸟市场，转悠了很久，却一直没有看到十分中意的。正准备回家时，在路口一家花店，发现一棵随意摆放在外面的白兰。这树一人多高，树干直径大概五六厘米。主枝有点歪，好像是嫁接上去的。因此，树形看起来并不算好。这棵不起眼的白兰，卖家开价三百五十元，不还价。我差点离开，但妻子说："来了就不要空手而归。"我心里虽然不满意，但还是勉强买了回来。

白兰种在哪里呢？这才发现，买之前并没有做好规划。匆忙中随便种在了院子的东南角。后来才知道，这个位置是歪打正着。很多种过白兰的朋友都告诉我，白兰不容易种活。其实我也不算是第一次栽种白兰了，记得曾经买过几次白兰的树苗种到乡下的院子里，但都没有成活，要么由于冬季冻死，要么因为缺水干死。因此，我对白兰的娇贵是有体会的。经过了解才得知，白兰喜光又怕晒，喜温又怕寒，要潮又不能过湿。我将树种在房子的东南位置，既保证了她要的阳光，又避免了冬季北风带来的寒冷。

不过，以往失败的经历让我对这棵树的成活没有足够的信心。因此，我并没有抱过高的期望。当然，我还是按时浇水施肥。

两个月后，我发现栽种的白兰居然活了！她长出了不少新枝和嫩绿的叶子。当年下半年，树已经远远超过人高。九月份、十月份，白兰就开始开花了，虽然只有零星的几朵，但还是给了我惊喜！转眼到了去年的开花季节，这棵白兰高度超过了两米，满树都开满了凝脂似的白兰花。也许是肥料足，花朵也开得格外大。

给白兰施肥浇水是有讲究的。我的经验是用榨菜籽油的枯饼做底肥，每年入冬加一次。同时，每两个月左右再在距离树底一定距离的地方加一次复合肥。浇水要看天气，下雨自然不用管，秋冬季每周浇水两次就行。而天气炎热时，天晴每周要浇三四次水，保持树底的湿润。不过，浇水不能过量。记得有段时间，我每天都为她浇水，以为水越多越好。但不久就发现树叶失去光泽，接着很多叶子变黄掉落。我赶紧停了浇水过头的做法。

白兰的花期很长。如果管理到位，白兰可以从五月一直开到十一月。当然，花期最旺的还是五六月份。

白兰开花的季节，每天都可以采摘。采摘花朵是十分愉快的经历，或许这正是栽种白兰的最大收获吧！千万要记住的是，白兰花的采摘也是有学问的。如果你马上就想"用"花，就选择刚刚在花尖开了口的那朵；而如果你准备送人，你应该采摘的是"花蕾"，即欲开而未开的那朵。如果你采摘的是已经盛开的白兰花，那么，恭喜你，你采到的是"残花败柳"。采摘时间最好是在早上。此时，那些预计要在当天开的花蕾就是你最佳的选择。如果你等到太阳很大来采摘，采到的很可能就是花瓣张开的花，看起来像伸开爪子的白色"章鱼"。这种花没有了白兰花的亭亭玉姿，香味也已经散去大半。

白兰花一般开在热天，因此保湿很重要。白兰花采摘下来后，如果你想长久保存，最好用湿布或湿纸巾盖住。记得好几次，我因为将白兰花放在汽车前挡风玻璃下方的台子上，哪知经过太阳暴晒后，已经成了酱黑色的干花，仿佛美女变成了木乃伊。

在白兰开花季节，我经常会在上班前顺手将采摘的花带上，到办公室分送给同事。看见大家得到花时的笑容，闻到办公室弥漫的清香，这种分享，又何尝不是人生的一种快乐呢？

我家的白兰越长越好，却经历了一次生死考验。那是前年冬天，南昌出现了江南少有的冰冻天气。我家的白兰叶上结满了厚厚的冰层，用木棍一敲，像玻璃掉落一地。我以为这次白兰可能会冻死。几天后，天气转好，白兰的树叶竟然绿中透亮。她挺过来了！经过生死考验的白兰，越发生机勃勃。

今年，我家的白兰更高大了，树干足有十厘米，树顶已经超出二楼楼面，目测有四米多高。站在二楼，我可以看到树顶上已经开了的花朵，如果不是窗户挡住，伸手就可以够到。

树大则花盛。在白兰花开得最旺的季节，我甚至为如何处理这么多花而发愁。采摘是摘不完的，大部分只好让她在树上自然凋落。虽然可惜，却也无可奈何。有时，如我有空，会将摘下的白兰花放到每个房间的床头柜或书桌上，让满屋飘香。我不知道，这是对花的珍惜，还是一种肆意挥霍？

妻子的做法比我的似乎要好。她将白兰花摘下后，放置在一个白色的塑料盒里，经常是满满的一盒。遮上湿的纱巾，再盖上盖子，然后放到冰箱里冷藏。她说，这样可以延长白兰花的寿命。这个效果果然不错！即使经过一个星期，拿出来时，白兰花颜色依旧鲜艳。当有朋友或邻居来串门时，她会把白兰花从冰箱拿出来，当作礼物赠送。接过花的人，无不笑容可掬。

这是不是一种奢侈？如果是，那也是白兰对我的回报。我家的这种奢侈，在白兰花盛开的季节似乎持续了很长一段时间。

前些天，我的一个邻居特意对我说，她家也准备种一棵白兰。我不敢猜测她是不是受了我家的启发或像我一样对白兰情有独钟？但事实告诉我，栽种白兰花确实会带来无穷的快乐。这种快乐，我希望传递给每一个人。

我偶尔也会想起苏老师家的那棵白兰。由于岳父已经过世，而岳母也不住在原来的房子了，故近两年我们已经很少经过苏老师的家。前些时候我们因事去学校教工大院时，发现苏老师家那棵白兰已经被人锯了，据说是因为无人管理生了很多虫子。苏老师家那小院子的花也是早就没有种了的，因为他在几年前已经去世了。苏老师不在后，他的孩子已经把房子出租给了他人。

现在看到的苏老师家，因为没有了那棵白兰树，与其他人家没有两样了。

我的陌上桑，我的春蚕

淡烟微雨，江南三月。

又快到桑树吐芽的季节，养蚕也快了吧？！

少年时，养蚕是那个年代我能找到的快乐之一，是我心中无法忘却的最美好的记忆。

那年代，家庭为经济目的大规模养蚕是不能有的，否则要割资本主义尾巴。但我们小孩养来玩玩似乎是可以的。

那时我还在读小学。记得清明节前夕，田埂边、沟坎旁的桑树枝上已经开始萌发细芽。我和小伙伴们会赶紧将去年的蚕蛋纸找出来，准备孵蚕宝宝。

这蚕蛋纸还是我从用完的作业簿上撕下的两页，用圆珠笔写的作业题还在蚕蛋下面呢，那没有被蚕蛋盖住的一笔一画的字迹仍然清晰可见。我折叠好，小心翼翼地放进贴身的上衣口袋里，让蚕蛋得到我的体温。即使是晚上睡觉，我也会摸一摸胸口，确定这蚕蛋纸是不是还在口袋，不要冻坏了蚕宝宝。那时我就发现，这孵蚕宝宝与母鸡孵小鸡是一个道理。

经过一个星期左右，充分吸收了我体温的蚕宝宝就从蚕蛋里爬出来了。我小心翼翼打开这张孕育生命的纸，发现那像蚂蚁一样黑但比蚂蚁还要小的蚕宝宝一条条在纸上蠕动。我赶紧用纸搓成极细的纸棒，轻轻地将这些蚕宝宝拨到细润的小小的桑叶上，这是我从刚刚抽芽的桑树上小心摘下的。等蚕宝宝全部孵出来，前后大概需要两三天时间。

此时的桑树正随着时令的更替而变化，从"桑叶破新萌"已经到了"桑叶尖新绿未成"的阶段。开始还是稀疏的桑树干，如今缀满了润绿的叶子。

正在课堂上的我，心里却在惦记那些小生命。老师的粉笔不停在黑板上划出"吱吱"的声音，我却在心里埋怨为什么每节课都那么漫长？听到放学铃声，我马上飞也似的冲出教室，一溜烟跑到那棵蓄谋已久的桑树边，采摘最好的桑叶。

转眼到了四月。"子规声里烟如雨"，而田埂上、沟坎旁已经是"桑叶影稠春欲暗"了。天气暖和了，田里的红花草被沤进泥里，散发出一种带有泥土混杂着植物腐烂产生的特殊味道。

此时，蚕宝宝已经有了明显的变化。蚕宝宝头部的位置已经变成白灰色，而尾部的颜色还是黑的。又过了几天，蚕宝宝们出现一动不动的现象，千万不要以为它们死了，这是蚕宝宝在换皮呢！这次换了皮以后，蚕宝宝身上的黑色就褪尽了，每条身上都变成灰白色。这样的换皮蚕宝宝一生中会有三四次。每次换皮，你会发现，一夜之间蚕宝宝变大了，真的是脱胎换骨！大概这就是"蜕变"一词的来历吧。

蚕宝宝一天天长大了，该为蚕宝宝换一个"住处"了。记得我养蚕最多的那年，该有上千条蚕！蚕宝宝从蚕蛋出来的一开始，我是将它们放在鞋纸盒里养的。等蚕宝宝第一次换皮后，我就把它们换到米筛大小的竹匾里。这种竹匾不像米筛，底部是完整的。等到蚕宝宝长到一寸以上，又换成更大的竹匾。我养蚕最多的那年，用了三个大竹匾才勉强将全部蚕宝宝装下。

蚕宝宝喜欢有点风的日子，它们会随风而长，几乎肉眼可见。在成长的过程中，它们对桑叶的需求量也日益增加。养蚕是必须要勤快的。我几乎每天都会投放一次新鲜桑叶。如果你想偷懒，刚开始，三四天投放一次桑叶也是可以的。等到蚕宝宝差不多第二次换皮以后，

第
一
辑
种
花
记

每天投放一次桑叶似乎都不够。再往后，每天则必须要投放几次。

光投放桑叶还不行，还要帮蚕宝宝打扫卫生。在投放新的桑叶前，你会发现，蚕宝宝吃剩下的只有一些它们啃不动的叶茎，而在蚕宝宝的周围，全都是它们拉的黑色的蚕屎。这些蚕屎如果不及时清理，就会影响蚕宝宝生活的环境。我的习惯是，每次投放桑叶都及时打扫。蚕屎可是好东西，千万不要扔掉。大人们告诉我，蚕屎晒干后可以做枕头。长大后才知，蚕屎可是非常好的中药，对风湿病、神经衰弱、失眠、眼疾、关节炎等都有疗效。在学名上，蚕屎不叫蚕屎，而叫蚕沙，是不是顿时觉得高大上了！

观察蚕宝宝吃桑叶是一件非常治愈的事情。尤其是等到蚕宝宝长到一寸半左右，当你把新的桑叶投到蚕宝宝身边，蚕宝宝会很快爬到叶上，顺着锯齿边，从上到下，像用剪刀裁纸一样，很快将心形的桑叶吃剩成带有叶茎的各种形状的小块。

你可以听蚕宝宝吃桑叶的声音。只要周围足够安静，可以清楚地听到蚕宝宝吃桑叶发出的"沙沙"声响。那是一种十分悦耳的声音，是一种养蚕人才能欣赏的音乐。当全部的蚕宝宝一起吃桑叶的时候，那声音又像乐团的大合奏。

除了几次换皮时短暂的停歇，蚕宝宝每天都在不停地吃。正常情况下，蚕宝宝身体外面是灰白色的，而因为吃进的是绿色的桑叶，可以看到蚕宝宝身体里面是深黑色的。等到蚕宝宝长到大概五六厘米，蚕宝宝就不再吃桑叶了，它们的身体会慢慢变得通体透明，让人十分喜爱。此时，如果哪条蚕不停做抬头状，这就是在告诉主人，它到了吐丝作茧的时候了。

蚕宝宝的一生，大概不到两个月，主要是在春季。在这不到两个月里，蚕宝宝要经历多次蜕变和生命的转换，也是它们从生到死的过程。

蚕宝宝吐丝作茧的时候，是它们一生中最为人称道、最伟大的时刻。此时，时令已经是初夏，"蚕眠桑叶稀"。油菜已经收割，村里的打谷场上堆满了油菜的秸秆。为了帮助蚕宝宝做出美丽的茧，将已经脱粒晒干的油菜秸秆绑成一把把，然后挂在房子的柱梁上。油菜秸秆可是蚕宝宝最喜欢吐丝作茧的工坊。

当我把那些抬头吐丝的蚕宝宝放到秸秆上后，它们就会自己在上面找到最佳的作茧位置。当天，你还只看到蚕宝宝在秸秆上一根根吐着丝拉着网。等过了一个晚上，你会惊喜地发现，秸秆里已经有了一个个蚕茧。这些茧白色的居多，还有不少浅黄色、金黄色、粉红色、淡绿色、淡蓝色等，真是色彩缤纷。一条蚕即使到了通体透明的时候，一般也很难判断它结出的茧是什么颜色。只有茧结成后，你才会发现，平时看起来差不多的蚕宝宝，做出的茧颜色竟然千差万别！这些可爱的蚕宝宝似乎都在通过吐出各种颜色的丝，宣示它们生命的精彩。

"春蚕到死丝方尽"，这句大家耳熟能详的诗，不知感动了多少人。这好像告诉人们，吐完丝的蚕宝宝已经死了。但只有养过蚕的人才知道，这个说法是错误的，完全误导了大家。实际上，蚕宝宝吐完丝后并不是死，只是换了一种生命存在的形式。对蚕宝宝而言，它们还不能死，还有更重要的任务没有完成呢！

蚕宝宝吐完丝结完茧后，就不吃不喝了，在自己结的茧里慢慢由蚕变蛹。蚕宝宝在茧里面会褪去最后一层皮，并将皮留在茧里。当你用剪刀把茧剪开一个口子后（但千万不能剪断，要剪成一个盖子的形状），会将蛹和那层已经缩成一个豆子大小但扁扁的皮一起倒出来，你会在皮上看见清晰的蚕的眉目。

剪破的蚕茧晚上可以用来装萤火虫玩。那时，夏天的晚上，萤火虫到处乱飞。禾场上堆积着带有腐烂味的红花草，它们上面最容易躲藏萤火虫。抓几只萤火虫放进茧里，然后盖上盖子，就会得到一个闪闪烁烁的特殊玩具。如果把不同颜色的几十个蚕茧都装上萤火虫，放在一起，在漆黑的夏夜煞是好看。

小时候，我最不能忍受的是用蚕茧抽丝。抽丝方法，是在确定蚕宝宝的茧织好以后，把茧都放进滚水里煮，蚕丝会变得柔软，然后用纺车把丝一根根缠起来，直到最后蚕蛹从自己的茧里滚进开水，自然被开水烫死为止。这些蚕蛹因为蛋白质含量高，常常会被人们以各种方法吃掉，有煮来吃的，有用油炸来吃的，吃过的人都说味道非常不错。

曾经很多次，有人请我吃这种蚕蛹。但我一直不忍心吃，我会立即想起自己养蚕的经历，想起那些蠕动的生命。

如果蚕茧不去剪开，或者你一不注意，在某天的早上，你会发现蚕茧上满是白色的蛾子。原来，蚕蛹在蚕茧里蜕皮后已经变成飞蛾，飞蛾会自己咬破蚕茧爬出来，这就是"破茧成蝶"。从蚕宝宝到蚕蛹，再到咬破蚕茧成蝶，这是一个多么痛苦而伟大的过程！

蚕做完茧后，我还是喜欢把茧剪开，将蚕蛹倒出来。当然，剪破的茧是不能用于抽丝的。好在那时我们不是为抽丝而养蚕，而是为了经历养蚕的过程，在养蚕过程中得到快乐。长大以后，我才领悟到，养蚕的过程，客观上让我们懂得了对生命的尊重。

蚕蛹是活的，是用来为蚕宝宝传宗接代的。蚕蛹倒出来后，你只要轻轻拨弄它的身体，就会引得蚕蛹不停扭动。蚕蛹有大有小，小的蚕蛹往往是公的，而大的肯定是母的，这与人类的性别体型相反。

观察由蛹变蛾是非常有意思的。我会把蛹放在一个垫了纸张的盒子里。等到蛹的颜色逐渐由浅变深，脱掉那层深褐色的蛹皮后，一只湿漉漉的蛾就出来了。它挥发掉身上的水分后，就成了浑身白色的扑腾着翅膀的白蛾。这个时候，蛾的工作是寻找另一半进行交配。别看公蛾个头小，但一开始精气神十足。它以非常高的频率，满腔热情地振动着翅膀，到处寻找母蛾。此时，趴在那不太动的大块头蛾就是它寻找的对象。母蛾之所以个大，是因为它肚子里全是待受精的蚕蛋。母蛾羞涩地静静等待，知道有公蛾会找上门来。蚕蛾的交配是惊心动魄的，因为它们是用生命进行交配。等到交配完后，蚕蛾的生命就接近结束。首先结束生命的是公蛾，一开始还全身白色的公蛾，与母蛾交配后，一夜之间就脱尽了身上白色的蛾绒，露出黄褐色的底色，就像一个青春时的英俊小伙已经变得苍老，不再有一丁点曾经的样子。不过，公蛾好像只为爱情而生，只为生命的轮回而活。此时，它们也就心甘情愿似的等待生命的终结。

交配完的母蛾还要继续完成她的神圣使命。母蛾不断将尾部对着纸张一伸一缩，蚕蛋便一行行排出。最后，等到母蛾的肚子变瘪了，其身上的光泽也像公蛾一样消退了。当蚕蛋由白色慢慢变成黑色时，母蛾也就到了生命的尽头。

我们这些养蚕的孩子最后还有一件庄重的事情要做。大家邀约一起，从已经用完的作业簿上，撕下一张张纸，折叠成一条条纸船，然后将已经失去生命之光的蚕蛾放进纸船，眼看着他们在纸船里用最后的力气扑腾几下翅膀。

我们把纸船放到村东头的塘里，与曾经精心喂养过的蚕宝宝告别。看着那慢慢远去的纸船，少年的我总是眼里含着泪花，嘴里十分虔诚地不断祈祷："今年去，明年来！今年去，明年来！"

只要你记得栀子花的香

1

我老家的院子里种有几棵栀子树，每年夏季花开时，满院都是栀子花的香味。

2017年春季，我偶然发现，其中一棵栀子树的根部长出了几枝侧枝。于是乎，我挖了两棵带回城里，一棵稍大，一棵小，并排种在了我新房子的前院外边，紧贴小院的围墙。由于是从母树的侧根上发出来的，挖的时候不得不斩断了连着母树的主根，只留下一些细细的次根须。我担心不能成活，种下后不免有点忐忑。不过我还是经常浇水。我过了一段时间来看，居然两棵树都活了。这年冬天，我在栀子树下埋了一些发酵过的枯饼。到第二年春天，两棵栀子树枝繁叶茂起来，越来越有样子了。

到去年春天，两棵栀子树从乡下移植到城里，算算已是第三个年头了，差不多有一米五的高度，枝叶翠绿。五月初，我居然看到满树的花苞，心中暗暗惊喜。从五月下旬开始，两棵树都陆续开花了。"栀子花，白花瓣，落在我蓝色百褶裙上……我低下头，闻见一阵芬芳……"刘若英略带忧伤的歌声里，唱出了栀子花的两个特点：洁白的花色，浓郁的芳香。栀子花白得是那么的纯粹，难怪明代诗人沈周

形容其为"雪魄冰花"。这白色的花，在绿叶的衬托下，有一种百看不腻的雅致；而栀子花的香是那种从里到外的、没有一点点掺假的味道。从花开的那一刻起，这种香味就散发出来，"无风忽鼻端"直入你的肺腑。栀子花是彻彻底底的香，即使是由白变黄了，即使是由黄变成褐色的花瓣，她仍然香味不减。栀子花似乎在用香味倾诉她的真诚，因此是我最热爱的花之一。我在内心把她形容为一个美丽、纯洁而成熟的女性，美丽而不腻，浑身充满魅力，总给人美好的想象，忍不住要赞叹。我想，栀子花无疑是大自然对人类最真诚的恩赐。因此，我绝不同意清朝张潮在《幽梦影》中将栀子花排除在"花之宜于目，而复宜于鼻者"之列，归于"止宜于鼻者"之类。

2

当我家的栀子树花开满枝时，却遇到了"采花贼"。那时，我们还没有正式住进这栋房子，只是会去看看，尤其是栀子花开的日子，去得更勤一些，仿佛心里突然多了一些牵挂。我总奇怪，为什么明明昨天还在开的花突然就不见了呢？仔细观察，发现树上有不少断枝，有的枝头还留有几片花瓣。显然，是有人摘花了。顿时，我有一种心疼的感觉，也有一些不快。我一直认为，花是不可以采下来的，应当留在树上，任其花开花谢，这才符合自然规律。何况栀子花的美丽和香味不应当属于某一个人，留在树上才会芬芳四溢，让更多的人闻到。对于"采花贼"，虽然"窃花不能算偷"，但当一个人把本来"属于大家的花"采下时，这岂不是追求"独乐乐"了，是自私的行为。

一天周末的早上，我驱车去看栀子花。当赶到家门口时，刚好发现一个大婶模样的人正在摘我家的栀子花，摘下来后往另一只手上的塑料袋里放，仔细一看，已经装了快半袋了。当时，我简直有点"怒不可遏"，我认出她是住在另一栋的邻居，忍住了本来准备的"断喝"。不过，我还是不客气地说："你把我家的花全摘了，总该留几朵给我自己看看吧！"她转身看到是花的主人，显出尴尬的样子，下意识地把手中的塑料袋举到我面前晃了晃："你要？就还给你！"我当然不想要她已经摘下的花，而她也并没有真的要给我的意思。她一边说，一边转身悻悻地离开，口中还不忘为自己找个理由："花不就是让人摘的嘛！"

"花不就是让人摘的嘛！"看着大婶的背影渐渐远去，我站在那，心里却反复咀嚼这句话。尽管大婶是为"窃花"找借口，我却在想另外一层意思：花是让其在树上自然老去，还是摘下来更有价值？往深里想，这其实是对价值的选择。我突然想起了《古诗十九首》中"伤彼蕙兰花，含英扬光辉。过时而不采，将随秋草萎"之句，也想起了唐诗中"花开堪折直须折，莫待无花空折枝！"这其中的含义都是古人在借花的易谢来暗示人的生命短暂。"人生天地间，忽如远行客"，是的，我们生在世上，都是匆匆过客。活着，我们无论是对花还是对人的生命，都不应寄以过多期望。既然美好的东西都是如此短暂，我们何不珍惜当下？不让别人摘花，内心是不是在担心一些东西的失去？也许是一朵花的芬芳，也许是自己易逝的年华。

想到这，我有一种豁然开朗的感觉。我看了看，树上还有一些没有摘的花，毫不犹豫自己全部摘了下来。我把摘下的栀子花插进花瓶里，放在厅堂的茶几上，顿时，整个屋里弥漫着栀子花的浓郁的香味。

3

疫情期间，我搬进了新房。五月，我家的栀子花又开了，开得更多更大了。只要看到花开，我就立即摘下。我将栀子花放到书房，放到卧室，放到卫生间，放到健身房，放到我和妻子可能到的每一个场所。栀子花伴随着我看书，伴随着我睡眠。这个栀子花开的季节，我倍感生活的美好。即使在工作中遇到那些龌龊的人和事时，回家只要闻到栀子花香，顿时一切不适都烟消云散。栀子花成了我的忘忧草。

我家的栀子花，除了我自己采摘外，仍然经常"失窃"。有人会告诉我，这是某家做事的民工摘了，又有人又告诉我，刚才看到某家的保姆在摘你家的花。我听后，只微笑着"嗯、嗯"两声。一次，我和妻子在翻阅监控记录时，无意中看到那些"偷摘"我家栀子花的画面。看着这些人摘完栀子花后那匆匆离开的背影，我和妻子相视一笑。

我想，摘花的人肯定爱花吧。一个爱花的人，应该是一个热爱生活的人。这就足矣！

我想对所有爱花的人说，只要我家的栀子花开了，欢迎来摘！

真诚欢迎采摘，只要你记得栀子花的香！

酢浆草

立冬的第一天，气温骤然降低了十多度，好像是上天刻意在两个季节之间划了一道深深的印痕。楼顶的大花箱，畏寒的三角梅还在开着，却显示出些许疲惫。花下用于覆盖泥土的砾石里，不知何时冒出了一簇簇细小的新叶，是那种三片倒心形合成的翠绿的叶子。这不是酢浆草吗？！

哦，又到了酢浆草生长的季节。犹记得，夏季的某一天，我已将酢浆草开败后枯萎的残杆全部拔掉，树形三角梅下除了几朵落花，只剩白色的砾石。这刚进入冬季，万物因寒冷将要退缩的时候，酢浆草却迎着冷风从砾石中精神抖擞地钻出来，似乎要告诉人们，只有在酷寒中挺立的生命才更有价值。

请千万不要笑我的无知，我对酢浆草的认知还是前几年的事。那年，大约是冬去春来的时候，我为新居网购花苗。货到后，居然同时收到了商家赠送的一小包种子，这种子呈褐色，小得不起眼，远看有点像松子。我想，这肯定是不值钱的植物吧。于是，顺手将这些种子撒在了楼顶的花池里。过了一段时间，也就忘记了。

不久，我发现花池里长出了一些不知名的叶子，小小的，都是三片组成，每一片都呈倒心形。这让我想起了铜钱草。小时候因为治疗骨髓炎，我经常从田野里采来，用嘴嚼碎后敷在伤口，会有凉飕飕的感觉。因此，多年以后，我对这类的植物都有一种似曾相识的亲切感。

但仔细看又不像，又以为是车轴草之类的野草。总之，我仍然没有在意，更没有与抛撒的那些种子联系在一起。

春天，花池里那三叶草生长得越来越茂盛，而从这些叶子中间居然开出一朵朵的花来。花不大，花朵上面是橘红色，底部却是黄色，每朵花都由五瓣组成，护卫着黄色的花蕊。橘红的五瓣花喜欢在阳光充足时越开越旺，很有规律地簇拥在一起，在微风中摇曳，好像一群跳着舞蹈性格开朗的美丽少女。这让我十分惊喜，对这种三叶草立即热爱起来。

我想知道这是什么草什么花，于是，用手机拍下来，发到朋友圈请教。有个懂花的朋友很快告诉我，这叫酢浆草。酢浆草？乍听起来，有一种好洋气的感觉！但为什么叫酢浆草，而不叫酢浆花？

查阅资料，我这才得知，酢浆草又名三叶酸、酸酸草等，其实是一种常见的植物。野生的喜欢生长在山坡草地，甚至路边，适应性非常强。这野生的酢浆草也许我小时候见过，只不过没有留意罢了！酢浆草味酸，经常被中医入药，用于治疗多种疾病。

不过，酢浆草作为观赏植物却是近些年的事。"人须求可入诗，物须求可入画"，真的是为了美丽吗？那到底是酢浆草向人类求来的，还是人类为了金钱迫使酢浆草改变习性？反正，园艺化了的酢浆草确实比野生的漂亮多了。出于商业运作的考虑，商人还将酢浆草分为春植、秋植、四季系列，又分成多种品种出售，什么钝叶酢、芙蓉酢、长发酢、爪叶酢、三角酢浆草、四叶酢浆草、黄花酢浆草、白花酢浆草、红花酢浆草、大花酢浆草、多花酢浆草等等，据说品种多到超过九百个。如果放在一起，那真是酢浆草的世界，肯定琳琅满目吧！不过，我们常见的酢浆草还是紫叶芙蓉和红鲑鱼等几种。

我家的酢浆草正是其中的红鲑鱼。根据我的观察，红鲑鱼开花在冬春两季，主要是在春季。我第一次购买种子，是接近春季，因此，当年我只看到了春天开花的红鲑鱼。酢浆草似乎是一种特别喜欢阳光的植物，"给点阳光，就会灿烂"如果是说酢浆草，那再准确不过了。每次天气放晴，我家的酢浆草都是花枝招展，十分妖艳！但同时，酢浆草又很害怕阴暗。阴雨或太阳落山时，酢浆草的花都会卷曲起来，似乎在害怕或躲避阴雨或黑暗的环境。

当年夏季，酢浆草花开败后，叶子和杆由黄而枯，我只得随手拔掉。我以为酢浆草生命已经终结，准备为第二年见到酢浆草开花重新置种。于是，我又买了一小包紫叶芙蓉草籽撒在另一个花池。商家宣传说，紫叶芙蓉是四季开花的酢浆草，但我观察后发现，与红鲑鱼也差不多，开花在冬春两季，主要在春季。不过，紫叶芙蓉的叶子本身很好看，像紫色的蝴蝶；而花呈紫红色，艳得让人心醉。

入冬时，那已经被我拔掉的红鲑鱼枯干的花池里，居然冒出了新叶。过了一段时间，就有了一些花苞，天气晴好时，偶尔会开出一些花来。原来，花池里的红鲑鱼虽然拔了杆，但当年开花后底下长了根球，是这根球在延续酢浆草的生命。临近冬季，根球开始长叶子，意味着酢浆草新一轮的生命开始了。

去年，因为楼顶渗水的原因，我把种有紫叶芙蓉的花池拆了。只是花池里的土我舍不得抛掉，而是分放到一些花盆里。种过红鲑鱼的花池也因为泥土累积的原因，迫使我将一些土挖出，就近转放到种了三角梅的大花箱，然后用砾石覆盖。令人奇怪的事发生了。不久，花盆里居然都长出了紫叶酢浆草；而三角梅下，长出的则是红鲑鱼。原来，酢浆草随着泥土也转到了花盆和花箱中。

多么坚韧的生命！多么随意的人生！我似乎从来没有特意为酢浆草施过肥，也没有像对待其他花一样特意浇过水，但酢浆草却仍然生生不息，并且开出了令我动心的花朵。她又是如此的慷慨和善解人意，在别的花计较的冬季，适时奉献自己的美丽。酢浆草这优秀的品质，似乎不可思议地与害怕阴暗的性格一起，成为矛盾的统一体。

当初网购时买的是什么花，我已经不记得了。而这附送的酢浆草却让我深深地记住并且深爱了。

插一束鲜花过年

生活需要仪式感。在过年的仪式中，我找不出比在家中插上一束美丽的鲜花更有意义的事了。

年关了，忙碌了一年的人们，总算可以长舒一口气了。此时，鲜花的色彩和香味是驱散疲倦最好的药剂。

我要去买一摞鲜花！要有白玫瑰、黄百合，要有紫罗兰、满天星，还要有斑斓的康乃馨。我要把这些鲜花分插在不同的花瓶里，放在茶几上、饭桌上、书桌上，放在窗台上、电视柜上，放在卫生间的洗手台上。

我要让鲜花的香味权当成过去一年中那些美好的回忆；

我要让鲜花的颜色遮掩掉过去一年中看到的肮脏和不快；

我也要用鲜花迎接虽然无法确定，却仍然满怀期许新一年的到来。

买鲜花过年，这也是我坚持了十多年的做法。

我买鲜花的地点几经变换。最初是在千花伴花鸟市场，后来转到井冈山大道坛子口立交桥下一栋房子的临时鲜花批发市场，而最近几年，我是到广场东路的一家专营鲜花批发店买。

今年到哪里买呢？

昨天，当我下班回家时，在电梯口遇到同一栋楼的邻居，她手上正拿着一把鲜花。我问她："花是从哪里买的？"

她说："就在我们小区边上的花店啊！"

"哦！小区边上有花店？！"我若有所思，但又有点明知故问。因为我知道，我们小区的街边，是有几家花店，准确地说，有三家花店。记得我刚住过来时，我们小区周围一度是没有花店的，平时需要买花都必须百度一下，看看有没有离我们最近的花店。大概前两年，小区的边上突然出现了第一家花店，我当时心中一喜。去年上半年，几乎同时又冒出两家，而且新开张的两家花店居然比邻而居。我顿时对这个居住了多年的小区多了几分好感。

我一直认为，一个住宅区，花店的重要性正如日用品零售店和菜场一样，应当是标配。如果一个住宅区连花店都没有，即使建得再漂亮和豪华，都算不上是一个高档小区。反之，如果一个小区，看起来不是那么高大上，哪怕房屋显得低矮陈旧，但附近有一家开得不错的花店，我会认为这一定是个适合居住的好地方。

有人说，判断一个小区住户的素质，就是看人们早上起来买菜的时候，会不会顺便买一束鲜花，我深以为然。因此，我有一个很私人的判断，如果我们小区能让一家或几家花店长期生存，则这里一定住着一些不俗的邻居。

人活着就是奔着追求美好而来的。

王小波说："一个人只拥有此生此世是不够的，还应该拥有诗意的世界。"英国作家毛姆的《月亮与六便士》告诉我们，我们平凡人经常为拥有六便士的现实世界而付出所有，但我们心中也常常会想着那超越现实的月亮。又有人说："所谓生活不止眼前的苟且，还有诗与远方。"

爱花的人就是希望拥有诗意世界的人；

爱花的人就是虽然在为六便士奋斗，却会想起月亮的人；

爱花的人就是哪怕卑微地活着，却仍然在心中拥有诗与远方的人。

我总把爱花的人与多情、善良、美丽、爱心和热爱生活联系在一起。《浮生六记》里那个善于养花插花的芸是这样的一个人；写《花的生命》的林清玄是这样的一个人；写《花落的声音》的张爱玲也是这样的一个人。

我有几个同事，一年到头总见她们的桌上插着几枝鲜花。仔细观察，她们都是像张爱玲、林清玄和芸一样有品位、有情趣的人。

古人在形容美女时，就喜欢把美人与花放在一起写，我认为这是十分高明的。南宋著名诗人王十朋在名篇《点绛唇·嘉香海棠》云："嫣然一笑新妆就。锦亭前后。燕子来时候。谁恨无香，试把花枝嗅。"一个多愁善感的美人形象跃然纸上。擅长写情诗的晏殊也经常用花衬托美人，"红颜岂得长如旧，醉折嫩房和蕊嗅"正是其中的名句。

这些年，我所交往的朋友里，有越来越多喜欢花的人。有些朋友爱花，然后养花。有时，大家彼此交流养花的经验，甚至"互通有无"。如果发现谁有一盆漂亮的花，就会千方百计让她繁衍起来。我自己因为偶然的机会，也学会养一些花，因此，积累了一些养花经验。我有个同学，人非常善良正直，不幸生了病，但她是一个热爱花的人。有次，她看到我在朋友圈发了一株紫红色的欧月，希望我帮她扦插一枝，我满口答应。可惜的是，不但没有插活，就连那颗漂亮的月季本身都突然枯萎了，这让我遗憾和内疚。

我有时会把自己养的花剪下来，插在瓶子里，尤其是在春天，鲜花盛开的季节。养花，然后当作装饰品，这是十分美妙的过程。为此，我会自我陶醉。

但养花不能完全取代买花。比如过年用的鲜花就是如此。

今天，我要买花！

我与邻居告别后，径直来到小区的花店。第一家主人是个年轻漂亮的姑娘，正在与边上的两个年龄更小的一男一女玩游戏。我发现她家是以卖盆景为主，似乎迎合了现在家庭养殖绿植的需要。但她家的品种并不算多，鲜花很少。显然，无法满足我的购花需求。我问她，过年了为什么不多进一些货？她说，小本生意，不敢多进，多了担心卖不完。明后天就要回老家过年了，争取尽快清货。我说，过年期间买鲜花的应该会多吧？你为何不趁此赚一笔呢？她有点惊愕，说怪不得这几天来买花的人都在问有没有鲜花。今年算是错过，待明年吧！

我又来到第二家花店。主人也是女性，年龄不大，有个小孩在写作业，应该是她的女儿。她家经营的品种与第一家似乎重合。她对我提出的要求，说如果需要，明天我可以帮你去订。我没有答应，因为没有看到现货，我不知道是否符合我的需求，故婉言拒绝了。

来到第三家花店。这家是我记忆中最早的那家，曾经进去看过。但当我走近时，发现有一男一女两个人，看起来是夫妻店。男的介绍说，他家主营的是婚礼彩车，鲜花也有。我看了看，摆放鲜花的位置有十多束紫罗兰，还有一些红色的玫瑰和白色的百合，仍然品种有限。我只能从店里出来。

看来，小区的花店虽然有自己的经营之道，但尚不能完全满足住户的需求。

我走向车库。今年过年的鲜花，我只能去鲜花批发市场买了！

等一朵花开，需要很多的耐心和微笑

在如此翠绿的树叶下

一朵幸福的花儿

看着你，如箭一样敏捷

在我的胸膛寻找

你那

窄小的摇篮！

——【英】Wliam Blake

我在一本书上读到一则关于花的故事。

某晚，一对夫妻参加一个朋友的晚宴。主人很热情，准备的食品很丰盛。但在开餐前，这对夫妻接到一个电话，随即他们向主人和所有的来宾宣布他们得走了，因为他们种的仙人柱开花了。

大家都没有看过仙人柱开花的样子。

仙人柱被植物学家称为丑小鸭。但开花的仙人柱却是实实在在的白天鹅！仙人柱开白色的大花，不过，只在晚上绽放，形如多瓣的星星，质感如丝，还散发一股麝香般的甜香。仙人柱开花的过程就像贵族走下长毯一样优雅而专注。

但仙人柱的花是朝生暮死，她们的生命很短暂。

这对夫妻此时突然宣布离开，是想回去给仙人柱做延时摄影。

　　当我看到这个故事时，我在心里发问：如果在场的宾客是我，我会理解他们的离去吗？答案是，我理解！因为，一个真正的爱花之人懂得，每一朵花的绽放，都在演绎延续数亿年的生命传奇。

　　据说，在我们这个赖以生存的地球上，有超过二十五万种的植物会开花，形成一个由颜色、香味和形状组成的美丽世界。如果没有花，世界对于人类来说就是死寂的、枯燥的。

　　花的颜色很多，除赤橙黄绿青蓝紫外，还有黑色的花。花的颜色与人类的情感相连，黄色代表愉悦，灰色代表伤心，白色代表圣洁……花的颜色对于传递花粉的蜜蜂同样具有吸引力，颜色成为诱导蜜蜂的主因。对鸟类和蝴蝶也是如此。有一种黄凤蝶最喜欢黄色，其次是蓝色和紫色。

　　很多人不知道的是，大约80%的花都是雌雄同体。花主要是依靠蜜蜂传粉繁殖。我们往往误以为，在大自然中，是蜜蜂追逐鲜花。其实，是花向蜜蜂献殷勤，是实实在在的"招蜂引蝶"。花的味道是雄雌之间求偶的信号，多数的花闻起来像餐厅，或者家的味道。因此，在这里，我们可以找到香味、食物和性之间的互动关系。世界上最名贵的香水中，有一种叫Joy，意思是"欢乐"，是由少量茉莉加上大量玫瑰调配而成的。

　　在餐厅，男女约会的桌子中间总会插一枝玫瑰，这更容易促成爱情的生长。

　　花对人体的好处越来越被人们认识。有一种植物疗法，也叫自然疗法，就是让人置身于开满花的大自然之中。最好赤身裸体泡在温泉里，完全放松自己，身边满是鲜花，空气清新。正如德国诗人、作家赫尔曼·黑塞写的："我希望自己就这样融于自然之中，任手指间蔓生着草丛，发间绽放着阿尔卑斯玫瑰。"

　　人的欲望无限。人们已经越来越不满足于花的现有颜色和形态。能否让花随心所欲为我所开？这就要借助现代基因技术了。已经成熟的基因技术，可以致力于改善现有的生物，并设计出全新的生物物种。有人说，基因技术是一种人类对大自然的新思考，将开启历史的新纪元。人们把栀子花、茉莉、绣球花、百合、玫瑰、长春花、木槿花等放在一起，这些花都是可以用以杂交的。

花花草草具有神奇的魅力，自古深得文人墨客的青睐。屈原爱兰花，陶渊明爱菊花，白居易爱杜鹃，欧阳修爱牡丹。最值得一提的是，周敦颐爱莲，才有了流传千古的《爱莲说》。

现代文人中，爱花的也大有人在。鲁迅在北京时，种了丁香花；胡适在《看花》一文中称，在自家的院子中种了玉兰花和月季，说"我看花时，我也更高兴了"；季羡林爱花是出了名的，他有一本关于花的散文集——《园花寂寞红》；被人称为"中国最后一个士大夫"的汪曾祺对花最有心得，一本《人间草木》成为写花草散文的经典；写花最专业的，则数周瘦鹃先生，他写的小品文集——《花花草草》简直可以指导你如何种植花草；著名散文家林清玄笔下，每一朵花都带有禅味，给心灵以启迪；另一位著名散文家张晓风对花的认识，正如对生命的认识，已经到了《不知有花》的境界。

爱花的人心胸豁达，因为日日与花为伴、与花对话让你变得如花般温平；爱花的人心地善良，总会把世间的一切都想得非常美好；还有，爱花的人文雅、有涵养，爱花的人随和、人缘好、朋友真等等。请原谅爱花的人喜欢在朋友圈晒花，不是为了炫耀，而是为了分享。晒花纯出之于"情不知所起，一往而深"，出之于不得不晒。

如果你爱花，那我愿意与你成为朋友。在这个混沌的世界，似乎什么都不再单纯，人们都往精致的利己主义方向狂奔，真正的友谊变得奢侈。我向往周瘦鹃先生描绘的境界："不要公卿寄俸钱，此身已作在山泉。人生何种闲花草，明镜明朝定少年。"

日本有一本著名的杂志《花时间》，专门介绍如何将真花变成漂亮的插花，其插花艺术水平之高真是令我大开眼界、叹为观止！

花开的时间很短暂。国民漫画家小林（林帝浣）告诉我们："等一朵花开，需要很多的耐心和微笑。"然而，为了哪怕那片刻的美丽，我们的等待也绝对是值得的！

第二辑 亲人一场

亲人一场

又逢佳节团圆时。

小院里张灯结彩，爆竹声声入耳。家里的大人们都在为过年忙碌，孩子们在院子里嬉笑打闹，节日的气氛十分浓厚。

而此时的我，却突然有一种莫名的惆怅和孤寂感。环顾四周，似乎觉得缺少点什么。

我想起来了。我要去看看那些挂在老屋的已经失去的亲人们的照片。每逢佳节倍思亲，他们好吗？

老屋，挂着我已经逝去的四个亲人的照片。按逝去时间顺序，分别是我的父亲、我的祖母、我的二哥和我的母亲。他们对我而言是那么的熟悉，那么的让我刻骨铭心！但他们，在我心中像旧伤一样，想起就会隐隐地疼痛。

我分明记得，从记事起，我也像现在嬉闹的孩子，曾经与照片中的亲人一起度过那么多美好而难忘的时光。

小时候，我家一共八口人，分别是父母两人，哥哥姐姐和我共五个孩子，加上我的祖母。但因为抚养能力问题，二姐出生不久就被送给了他人，成了别人的孩子。所以，我家实际上是七口人。在我记忆中，这样的七口之家维持了好多年，直到 20 世纪 70 年代末大姐出嫁，直到 20 世纪 80 年代初大哥将大嫂娶进我家，为我家添丁。

七人之中的六个经常住在乡下。而父亲在外地工作，只有逢年过节才偶尔回家与我们团聚。父亲回家是我小时候的梦想。在那个饥饿的年代，父亲回家不仅带给我们父子之乐，还会带给我们许多好吃的。父亲是一个用行动表达感情的人。在我的记忆中，最深刻的就是父亲回家后弓着背不停忙碌的身影。现在回想起来，父亲每次回家前一定用尽了心思，把自己平时省吃俭用积攒的东西都带回来，给他深爱着的家人，否则，我哪能吃到那些别人家孩子没有的东西！父亲回家，还会带给我们精神食粮，我记得的很多故事都是小时候他给我们讲的。

最让我记忆犹新的是，父亲有一手做菜的好手艺。尽管不像现在这样物质丰富，菜的品种繁多，但每年大年三十晚上，他都要竭尽所有，亲手做一顿年夜饭给全家人，那是他对全家人一年的交代。其中放有腊小肠、墨鱼干、香菇和豆干丁等好多样作料的糊羹给我印象最深。大部分作料都是他在回家前亲自腌制、晒干带回来的。后来，我再也没有吃过那么美味的糊羹。

父亲在我年幼时的印象是那么美好！但我却无福享受父亲更多的爱。20世纪70年代中期，他病倒在单位，是脑卒中。那个年代医学不够发达，这个病很难治愈。从此，我们一家人的生活陷入窘境。父亲病后，年少的我已经懂得了人生的不易，体会到人情的冷暖。

1984年10月30日，刚刚上大学不到一个半月的我接到家里的电报，短短几个字的噩耗，让我与父亲未见最后一面便永别了。

父亲是第一个离开我们的亲人。那年，他只有六十岁多点。

我现在才深深地知道，所谓父子一场，不过是他的无私付出，我无以回报。

我的祖母是一个无比慈祥的老人。如果说相由心生的话，祖母就是那个谁都可以从她脸上读出善良淳朴的人。祖母老家是湖南湘潭，她到老都带有一点点湖南口音。我长大了才知道，其实她并不是我的亲祖母。亲祖母我从来没有见过，但见过亲祖母的妹妹，据说与亲祖母长得极像。但当我把她联想成我的祖母时，我内心无论如何都无法接受。

我心中的祖母就是这个一直把我们姐弟几个从小带大的老人，她的样子早已经刻进我们心里；我的祖母就是这个踮着三寸金莲的小脚每天为我们做饭，却从来没有任何怨言的老人，她的味道和她做出的饭的味道就是我们感觉最舒服的味道；我的祖母就是这个当她的孙辈生病时日夜守候和担惊受怕的老人，她对我们的牵挂是最真最真的牵挂。在我们心中，从来也没有觉得她不是我们的祖母。没有什么能够改变她是我们最亲最亲的亲人的事实。

1996年11月16日，祖母没有等到我这个她喜欢的孙子，就诀别了我们。

祖母是我记忆中第二个失去的亲人。唯一让我欣慰的是，那年她九十高寿。

我现在才深深地明白，所谓祖孙一场，不过是她在我们的生命中撒播久久的真爱，而我们对她的思念却绵延悠长。

二哥生不逢时。他出生时，正是三年困难时期。他差点饿死，但总算熬过来了。他虽然活着，却未能像我一样获得读书的机会。父亲去世后，他"顶替"进了一家县属水泥厂工作。二哥有了工资，虽然不高，但比起当农民总是要强。生活，似乎为他打开了一扇通向幸福的大门。那时，我正在读大学，第一年暑假时，二哥从微薄的工资中慷慨地拿出一些，支持我与同学去黄山旅游，现在想想我有点过于奢侈。第二年暑假，二哥又写信给我，让我去他工厂玩。当我来到他工作的地方时，亲眼看到了他做普通工人的辛苦。他知道赚钱不易，所以他是那么的节省。因为他知道，家里帮不了他多少，他要靠自己娶妻生子。他坚持留我在他的单身宿舍住了十多天。那些天，我们兄弟两人重温了小时候在一起的美好时光。我要回家了，他送我到火车站。在火车慢慢开动的时候，我从车窗看见他一直目送我离开，眼里满是对我的依依不舍。

他最终在水泥厂成了家。生儿子时，他立即写信告诉我，让我分享了他的快乐，他那为人父的兴奋溢于言表，这也是我所感知到的他人生中最为快乐的一段时光。

但不幸的人总是不幸。20世纪90年代初，他所在的水泥厂效益每况愈下，为人老实的他很快下岗。屋漏又遭连夜雨，在下岗前被一个同事传染了肝病。他带着这样的身体，想到南昌来找工作，可惜我这个弟弟无权无势，一点也帮不到他。他只能自己到处碰壁，几次被黑心老板以"押金"名义骗了钱。他在生命的最后几年，做过收入微薄的酒店保安，贩卖过甘蔗，还想等身体好点去摆摊，但最终未能如愿。

1998年9月3日，二哥因急性肝病在医院突然病逝。我记得，安葬他的那天暴雨如注，似乎老天也在为他哭泣。在送别的人群中，我脸上分不清是雨水还是泪水。

二哥就这样成为第三个离开我的亲人。那年，他刚刚三十八岁。

我现在才深深知道，所谓兄弟一场，就是前世我们信誓旦旦约定一起到老，而你却违约先走，留下我痛断肝肠。

母亲的人生经历了大起大落。小时候生活优渥，中华人民共和国成立后因为生于地主家庭，受尽了阶级斗争中的各种欺凌。总算等到儿女大了，而她却老了。我们总想让她多活几年，不想造化弄人，她却在生命的最后几年得了阿尔茨海默病。这个病的症状是多疑健忘，总是无缘无故怀疑这怀疑那。但奇怪的是，她对我却不会忘记名字，也从来不会有丝毫怀疑。儿孙辈逢年过节给她的零钱，原来都由她自己保管，她喜欢拿出来算一算，放在自己认为最安全的抽屉里。后来，她越来越算不清了。她把全部的钱交到我的手里，提出要我帮她保管。我无论说多少她都相信。去世前一个月，我回家看她，她突然记起我喜欢吃红薯，硬要我推着她的轮椅去老邻居家要红薯，说是人家答应了她的。我拗不过她，只得推她去找老邻居。当我们到老邻居家时，才得知那还是很早前说过的事，她一直还记着。其实这个时候老邻居家已经没有红薯了。母亲没有帮我要到红薯，好像很是怅然。

想起我在母亲心中的位置，我总是忍不住潸然泪下。

2015年11月16日，母亲第四个离开了我们。那年，她九十岁。

我现在才深深知道，所谓母子一场，原来是我们只给予了母亲一束光，而母亲却给予了我们整个太阳。

所谓亲人一场，就是经历了生离死别，才发现世界上最珍贵和最值得拥有的，就是和亲人在一起的分分秒秒，而不是什么地老天荒！

我的父亲

1. 父亲与我同在

父亲于 1984 年 10 月 30 日去世，距今已经 36 年。作为他的儿子，此时来追忆，似乎不合时宜。因为时间太久了，很多事都时过境迁，追忆还有没有意义？然而，这世界上有一种情感非常特别，时隔再久也不会淡忘，天天念叨也不嫌多余，这就是父子情。"唯有父子情，一步一回顾。"对我而言，父亲虽然离开了很久，却仿佛才是昨天的事。只要一想到父亲，很多事就会立即浮现在眼前。有时，我感觉父亲从来不曾远离，他就在我的身边，甚至在我的血液里。我仿佛看到，父亲每天都在凝视我，在与我对话，关注我的一言一行。父亲与我无时无刻不在一起！关于父亲，我一直以来都是小心翼翼，不敢轻易触及父亲的话题，只能把父子情隐藏在心底深处。而随着年龄的增长和对世事的洞明，我越来越理解了什么叫父子情深，也越来越渴望解开自己深藏的这段父子情。"人间父子情何限，可忍长箫逐个吹"。是的，我无数次在心里默念着父亲，却从来不曾表露过。现在，我该将一将心中的父亲了，这个时候来写写父亲，或许恰逢其时。

父亲在 1975 年突然生病，半身不遂。更不幸的是，这个病让他坏了脑子，直到去世。因此，从他生病的时候开始，我曾经的那个父亲，那个慈爱、能干的父亲，那个在我心中像山一样的父亲已经消失了。从此，我把曾经的父亲偷偷放在心里，而在此后父亲生病的九年里，我只能目睹他因病痛而扭曲的面容，以及承受病痛的煎熬。此时我怀念的、追忆的其实还是生病之前的父亲。父亲病倒的时候，我还在读小学，但我已经从大人不正常的反应中懂得了父亲病倒对我们家、对我的负面意义。也许我就是从那个时候才一夜之间开始懂事的。父亲的病倒，使得一个本来就在苦苦挣扎的家庭更加度日如年。我接受了艰苦，学会了忍耐。很小的我就有了发自内心的孝顺。只要有空，我就会帮助母亲照顾父亲，为家里做一些力所能及的事情。

年纪大了以后我发现，每一个清醒活在这个世界的人，都希望充分了解自己的父亲。无论这个父亲是好是坏，是普通还是伟大。父亲生病时，我还混沌未开，谈不上对父亲有多少了解，更不好说理解了。我对父亲那一点点的认知，来自小时候对他的记忆。由于我年龄过小，我没有得到过父亲耳提面授的机会。但奇怪的是，我一直坚信，我的人生是深受父亲影响的。我心中的父亲勤劳、善良而正直，这成为我一生都在坚守的信念。我甚至认为，我的人格、我的思想大部分可能都来自父亲。有人说我长得像父亲。我的外表应该是与他很像的。我们父子都有一样的连鬓胡，鼻梁很直，眉毛的形状几乎一样，头型较圆，以至于戴帽子不怎么好看。父亲在世时我还不懂得像的意思，父亲去世后，很多次我都想对照父亲的长相进行比较，可惜父亲的形象没能以照片固定下来。这几乎令人无法相信！尽管父亲生命终结于20世纪80年代，却因为当时家里经济拮据和子女缺少这方面的意识，父亲连一张像样的相片都没有，还是去世后画了一张瓷板像，却因为画的时候人已经因病而变了模样，走了本相，怎么看都不是记忆中的父亲。这给我们留下无尽的遗憾。但我确信，我的内在更像父亲。父亲自1958年之后曾经一个人远离亲人，长期在那个叫太阳垦殖场（后来转到七里岗垦殖场）的地方工作。很多时候我会假设，父亲在垦殖场的时候，一定会在某个寂寞的午后，心里突然生出无限惆怅，立即生出对亲人的刻骨思念。这种想法，是我自己推测出来的。因为，不管是在读书期间还是工作之后，即使是离亲人不远，我也常常在某个闲暇的午后，或者看到窗外花开花落，会情不自禁从心底油然生出一种莫名的怅然感。我对亲情有一种深深的依赖，这对我来说是与生俱来的情感，我相信这是从父亲那里继承来的。我与父亲的情感一定是相通的。为此，我极力想证实这一点。

生于乱世、挣扎在艰苦而动荡岁月中的父亲，他的一生是怎样的？他是如何度过的？对待人生，他的所思所想是什么？他的一生有没有过所谓的辉煌和精彩？这些疑问常常会从我的脑海中闪过。我渴望走进父亲，渴望走进父亲的内心。

如果把父亲未生病的岁月作为衡量他有效生命的刻度，那么父亲的人生定格在五十四个年头，这正与胡适父亲全部生命相等，是足以拿来忖度和回忆的。凭着我小时候的记忆，我对父亲有一个初步的认识。结合祖母、母亲在世时经常聊到的关于父亲的那些事，左邻右舍对父亲的只言片语，以及我了解到的他曾经的同事对他的评价，再加上哥哥姐姐们谈到的他们眼中的父亲，这些加起来，父亲的形象在我心中慢慢丰满起来。而今年，我得到一个机会，有幸读到了关于父亲在 20 世纪 50 年代中期到 60 年代中期之间的一些材料和他的亲笔文字。父亲的文字似乎是冥冥之中对我的提示，又或许是他对因不曾亲自教导儿子留下缺憾的弥补，这让我与父亲顿时更加贴近。得到这些文字后，我几乎是屏住呼吸一字一句地反复阅读，生怕错过一个字，每每满含热泪。从他的文字表述中，我看到了一个昨天还鲜活的父亲，满足了我之前无数次的猜想，证实了我们父子的思想和情感是如此的相同相通！这是冥冥之中父亲在以他的文字，用特殊的方式向我介绍着我们的家世，介绍他在那段非常时期遇到的荒谬和尴尬。而有关父亲的材料又从另一面反映了父亲的正直、真诚和能干，记录了他在特殊岁月的痛苦和无可奈何。这些文字也提到了父亲周边的那些人和事，似乎是父亲要把他遇到的无论是好人还是坏人都一一向我介绍，把这作为我人生的殷鉴。我在这些文字的背后，还清楚地读出父亲对亲人的无比热爱和极力呵护。由此，我坚定了父亲是一个善良、勤劳而又细心的好父亲。

我知道我的父亲是平凡的，他既没有做过大官，更没有出过大名。他和千万普通人一样，尽管生前做过无数的好事，去世后很快就被淹没在历史的河流中，没有几个人记得。但父亲对于我而言，却是这世界的很大部分。尽管他不曾也没有能力像有钱有势的父亲一样，为儿女包办许多，父亲去世时家里连安葬他都不容易，我仍然认为他是我生命中最重要的人。父亲给了我生命，这就够了！当然，他不仅给了我生命，还是我做一个正常人必要的榜样，我从他身上得到了很多。父亲在精神上是我人生的矿藏，我可以从他那挖掘丰富的宝藏。作为儿子，我感谢父亲，也无比怀念父亲。我想，我对父亲的怀念会一直持续下去，直到自己生命的尽头。

2. 父亲出生的地方叫梁家渡

准确地说，父亲的出生地是临近梁家渡大桥的西珠坊村。中华人民共和国成立前归属南昌县管辖，现在则属于进贤县，是进贤县泉岭乡梁东村委会下属的村小组。泉岭乡位于进贤县西部的抚河东岸，与南昌县隔抚河相望。抚河是我们的母亲河。

抚河发源于抚州市所属的广昌县，一路由南向北奔向鄱阳湖。途经南丰、南城、金溪、临川（抚州市）。抚河出抚州市就算是下游，从这里开始，抚河变得开阔起来，两岸田园阡陌，景色宜人，一派水乡秀丽风光。宋代诗人谢逸赞叹："碧浪鳞鳞浅见沙，丹枫林里两三家。舟横渡口渔翁醉，梦觉西江芦荻花。"从临川继续往下，抚河到达临川与进贤交界处的柴埠口便进入赣抚平原，这是江西的粮仓，也曾经是天下粮仓。到达进贤与丰城交界的箭江口附近，抚河便分成东西两支，西支经过丰城境内进入南昌县，最终流入鄱阳湖。

抚河东支为主流，先是流到进贤、丰城和南昌县三县交界的温家圳。成立于南宋年间的历史名镇温家圳，正是因抚河流经而生。这里曾经是全国四大米市之一，商贾云集，号称江右古镇。从温家圳往西不到两公里，抚河在这里由南往北拐了个近九十度的弯。广义而言，自拐弯后开始直到前岭山（又名堑岭山）的这段，就是被称为梁家渡的所在，这是父亲小时候也是我小时候的乐园。而曾经被叫作梁家渡的地方，我们称之为狭义的梁家渡，只是抚河拐弯后往北不到一公里处的一小段。这里是 320 国道和浙赣铁路共同经过的地方。1936 年 1 月，在中国具有重要地位的铁路线即浙赣线玉山至南昌段开通，具有战略意义的梁家渡铁路、公路两用大桥就建在这个地方。梁家渡大桥是浙赣线一个十分重要的关口，成为兵家必争之地。很多人不知道的是，京广线上的粤汉铁路在 1936 年 9 月 1 日才投入使用，比浙赣线玉山至南昌段开通时间更晚。前岭山是泉岭乡与架桥乡的分界线，是一座高不过两百米寂寂无闻的小山。但在这座山上，却有不少的"奇景"和传说。"奇景"包括我们那一带的人都知道的"乌龟石"，那是我见过的最像一只巨大乌龟的一块天然石头，尤其是乌龟头和两只凸出来的圆圆的眼睛。还有"猫头山""蛤蟆石"等。传说之一是王母娘娘的"洗脚盆"就在山的中间，有一块天然石头上生有一个奇特的穴洞，很像一个洗脚盆。盆里有水，清澈照人，常年不干，传说是王母娘娘洗脚用的。另一个传说是"石门石锁"，位置就在新的梁家渡大桥铁路专用桥东头与前岭山交接的地方。可惜这个"石门石锁"的所在地，在新的梁家渡大桥尚未建设之前，已经因为 20 世纪六七十年代公社和大队组织开采山石料而完全破坏。前岭山是我们那的祖坟山，我们的先人都长眠在这里。山上还有座特殊的墓地，是 1955 年授衔的解放军少将齐钉根的。他官至副军长，根据他的遗言，希望死后魂归故里。

梁家渡大桥的西南方向，是南昌县黄马镇，这里林木茂盛，耸立着一座叫白虎岭的山。中华人民共和国成立后，这里即建有茶场，著名的江西蚕桑茶叶研究所就在这里。因为极好的自然条件和环境，曾经的研究所已经变成4A级的"凤凰沟风景区"成为旅游的好去处。宋朝诗人萧彦毓曾以"梁家渡"为名作诗，曰："远水环沙翠作湾，红尘飞不入青山。凉风一枕秋宵梦，梦绕千岩万壑间。"可见，梁家渡自古就是一个好地方。

梁家渡大桥是铁路、公路两用桥。小时候，这附近一大片，只有梁家渡大桥西边有一个临时的早市。我们经常去河西"上街"，必走梁家渡大桥，而且走的是人行道。当时大桥中间是火车，两边走汽车，最边上则是很窄的人行道。人行道中间留有空隙，可以看到桥下。人行道是预制板铺垫的，走起来嘎嘎作响。因此，胆小的人过桥会有点害怕。火车经过时，刮来一阵伴随嘈杂声音的大风，行人要停下来用手用力攀住护杆。

抗战时期，梁家渡大桥是中日双方必夺的交通要道，因此多次遭到轰炸。解放战争时期，国共两党为争夺梁家渡大桥，又把大桥炸坏了，我父亲还参加过那次修桥。中华人民共和国成立后，直到20世纪80年代，梁家渡大桥都有解放军驻守，被称为守桥部队，有一个排的兵力。20世纪70年代的时候，附近的人，包括我们村的村民经常会到桥底下打鱼。那时，环境未遭到破坏，从鄱阳湖逆游来的鱼群会汇集到水较深的梁家渡大桥底下，各种鱼又大又肥，有的村民一网下去可以打到一两百斤。我们村自古有打鱼的习惯，一到年底，家家户户晒干鱼。

上面说的是梁家渡大桥老桥。因为浙赣铁路电气化改造和建设动车，大概在20世纪80年代末90年代初，原来集铁路、公路于一体的梁家渡老桥被新的梁家渡大桥取代，分为铁路和公路专用桥，且铁路桥有两座。铁路桥建在往北一公里左右，就在前岭山脚下，部分路基越山而过。而公路大桥则挪到挨近我们西珠坊村的西面，320 国道方便了我们村的出行。

抚河从梁家渡往北，经过进贤县的架桥，南昌县的渡头、幽兰，进入青岚湖，这就算是正式融入鄱阳湖了。我们村在抚河的东边，村民们平时以种植水稻为生，而冬季一到捕鱼季节，农民顿时变成渔民了。小时候父亲多次跟我讲到，鄱阳湖每年冬季开湖，一到开湖季节，我们村几乎全村出动，家家户户划船去打鱼，总是满载而归。

父亲出生在抚河边的梁家渡，一生都与抚河关联，无论是作为出生地的西珠坊村，学徒和工作的温家圳，还是 1958 年后的临川太阳垦殖场（包括七里岗垦殖场），都没有离开抚河流域。

3. 父亲的长辈与同辈

在中国，能够记录进历史的要么是王侯将相，要么是文化名人。作为芸芸众生的普通百姓都被淹没在历史的洪流中。但在另一种民间的记录形式中，似乎可以追索到一些普通人的生死，这就是家谱。关于家谱的起源，说法不一，有人考证起源于大禹时期，有人说起源于先秦。家谱盛行于魏晋却争议不大。不过，家谱的普及和平民化则是到了宋代。又因为各种原因，现在留存下来的家谱则是明清期间制作的。由于众所周知的原因，家谱一度被当做封建余毒被禁止。直到改革开放之后，重修家谱又盛行起来。

我曾经偶然翻阅过一次我们徐姓的家谱。南昌附近的徐姓，大部分都是徐孺子第四十世裔徐韬之后。不过，考证这些对我没有多大意义，我关注的是离我父亲较近的祖辈。但那次看家谱没有给我留下什么好印象。尽管家谱从宋代起已经平民化，但在家谱的记录中还是有失偏颇，那些取得功名的自然占据较大篇幅。这是为死人立传，也是活着的后人用以炫耀的需要。改革开放后重新兴起的修谱很多更是流入庸俗，其中官本位思想凸显，凡是做过一点官的在家谱中记载都很详细，有的甚至把生前做过的坏事当作功德写进家谱。家谱中错别字、语句不通的地方也不少。显然，反映了这段时间的修谱功利化。细究可以看出，这段时间的修谱主要由掌握权力而文化程度不高的人在主导。家谱基本存放在农村，农村能够掌握修谱话语权的多数是一些村干部，我在家谱里就发现个别村干部十分夸张的记载。

我家有一本家谱摘录，是我父亲整理的，记录时间应该是在我出生之后。这本已经老化且被虫蛀的摘录，仅从我祖父辈开始记录，简洁而准确。

正是从这本家谱的摘录中，我厘清了以父亲为主线的家世。

父亲是祖父唯一的儿子，不，是祖父那一辈唯一的男丁。

徐家第一代是从什么时候开始的？老祖宗是不是徐韬？再往上好多辈是不是徐孺子？这些我都不想知道也无法考证，反正到祖父辈已经系家谱里记载的徐家第三十五代。祖父共有三兄弟，老大凤筑，字佳安，号冬生，光绪乙丑年（1889 年）十一月初九生，民国壬午年（1942 年）九月初九殁；老二凤何，即祖父，字作安，号和生，光绪乙未年（1895 年）十月初四生，1966 年七月初二殁；老三凤性，字仁安，号裕生，光绪乙巳年（1905 年）4 月 11 日出生，民国庚午年（1930 年）8 月 26 日殁。祖父三兄弟的生死日期记录得很清楚，算是家谱最大的贡献，所以我还是要感谢有家谱。

先说一说当时的"名""字"和"号"。因为从家谱里，我们看到祖父三兄弟每个人都有三个名字。取这么多名字，是不是要累到老祖宗了？取名字，特别是取一个好名字是很难的。而为一个人取三个名字，那就更不容易了！仔细研究，发现老祖宗为一个人取三个名字是有讲究的。先说"名"，伯祖父的名为"凤筑"，祖父的"名"为

"凤何"，叔祖父的"名"是"凤性"，都带一个"凤"字。这个"名"是供长辈叫的。中国人按辈分排列，辈分早就由这个姓氏的祖宗安排好了，轮到什么辈分就按安排好的"辈分字"取"名"。祖父辈轮到了"凤"字，故三兄弟都用了"凤"字。父亲这辈为"硕"字，故父亲的"名"叫"硕珠"。轮到我们兄弟一辈，则是"德"字，所以大哥叫"德云"，二哥叫"德发"，而我叫"德义"。"字"则是每个成年男性自己取的，供读书、工作等对外使用的，实质上是一个人正式的名字。"号"则为"名""字"之外的尊称或美称。《周礼》载有："号，谓尊其名，更为美称焉。"不过我发现，一个人的"字"用得比较正式，而"号"取得随意。文人通过取"号"一目了然介绍自己的爱好、性格等，普通人的"号"则往往成为容易为人记住的小名。我们村老一辈都知道我祖父叫"和生"，这是他的"号"，而鲜有人叫得出爷爷的"名"和"字"。

回到正题。我的伯祖父，他结过两次婚，即娶过两次妻，却没有生育，故膝下无子女。他出生在西珠坊村，也许是不喜务农，长期在南昌工作。他在南昌做什么呢？按现在的话说，伯祖父是从事餐饮业，他长期在南昌女子助产学校包厨。根据《南昌文史资料》，这所女子助产学校成立于 1929 年，由留学日本的南昌人熊懂创办并出任校长，学校设在南昌磨子巷马王庙。听祖母说，伯祖父包厨期间，厨师请的都是我们同族的人。从父亲的有关叙述中又可以推测，伯祖父在南昌女子助产学校包厨前，还在其他单位做过类似的工作。由于伯祖父在南昌工作，父亲的祖母，也即我的曾祖母，带着很小的父亲一起住在伯祖父在南昌的家里，一住就住到近 10 岁才回到乡下。祖父也跟随伯祖父做过几年厨师。我猜测，父亲后来做菜做得那么好，可能是因为小时候受到祖父辈的影响。可惜伯祖父寿命不算长，他在 53 岁那年过世，正是现在我们说的中年。

再说祖父的弟弟，即叔祖父。叔祖父在世上只活了 25 个年头。据说叔祖父风流倜傥，结交三教九流，喜欢走南闯北。先是娶妻罗氏，但不久就病死了。那年，叔祖父在武汉，遇到出生于湖南而被拐卖到湖北武汉的萧桂珍，他一见钟情，出钱将她赎了出来，并带回了西珠坊村。这个叫萧桂珍的湖南女人后来一生与我们徐家结缘，成了最后陪伴我们的祖母，当然这是后话。关于叔祖父从武汉带回祖母的事，内中故事和波折，在我的老一辈人那里有很多传说，但却没有人真的说得清楚。叔祖父将祖母带回来时，她不到 20 岁。1930 年，叔祖父在鄱阳湖中的商船上发病死亡，只有 25 岁。当时家里听到这个噩耗，想必惊天动地，悲痛欲绝。叔祖父的墓至今还在，只是因为时间久远，墓地位置太靠近岭下村，距离村民的住房只有几米，致使无法维修，只得任其荒废。不过，每年清明和大年三十这天，我们仍然要按乡俗到他坟前烧几张纸祭奠。

家谱中没有记载的是，祖父辈还有一个不知名字的祖姑奶奶，她是祖父的姐姐。这个祖姑奶奶嫁给了距离西珠坊村四五公里的罗坊张家村，为张家生有四个儿子。这四个儿子成为父亲的四个表兄弟，我称之为表伯和表叔。他们的名字分别是大表伯张委保，二表伯张发保，三表伯张爱保，表叔张细保。四兄弟一直与我家关系密切，也是父亲在简短的自传中提到过的亲人。据说表伯表叔们小时候家里较穷，而我祖父三兄弟即他们的舅舅家当时经济相对要好，四兄弟从小就喜欢到舅舅家，经常住着不走，与舅舅们和他们的表兄弟即我父亲建立了深厚的感情。他们长大后，大表伯留在农村，中华人民共和国成立后在公社一个集体农场养鸭。其他三个在中华人民共和国成立前都到城市从事建筑工作。我记得小时候，祖母带我去大表伯所在的农场做客，他给我们每个人煮了一大碗米粉，里面加一个大鸭蛋。那年月，这是难得吃到的好东西，这大概也是大表伯拿得出手的最好招待。大概 20 世纪 70 年代中期，大表伯他老人家过世了，祖母当时表现得十分悲痛。二表伯在南昌从事木工，后来进了一家相关企业工作。小时候，我随祖母好几次到过他在南昌孺子路附近的家里。二表伯娶的夫人我们都叫她清秀毛娘，娘家是我们村的，与我家还有亲戚关系，嫁给二表伯算是亲上加亲。二表伯生有五个女儿，还抱养了一个儿子，这五兄妹至今与我还有来往，其中最密切的当属张向荣表姐。我对三表伯没有印象，家里人都说三表伯人很好，只是我从来没有见过他，因为他长期在外地工作。不过，三表伯去世这件事，我还记得。他是因癌症去世的，这是我第一次听说癌症这个病。三表伯生有两子一女，其中我与春如表哥一直保持着联系。四个长辈中，表叔张细保我是最熟悉的，也最亲近。他在四兄弟中去世最晚。表叔当过省某建筑公司的中层领导，为人好，能力强。南昌早期的建筑里，有不少是表叔参与建设的。因为他从事建筑工作，我大哥得以在 20 世纪 70 年代中后期到南昌做建筑搬运工作，用体力赚钱，比在农村纯务农好得多。表叔对我家有恩，我一直十分尊重他。读大学期间，我经常会去表叔家，与他聊天。那时，他已经退休在家。我工作后，表叔还到我所在的律师事务所来找过我。

再来聊聊我祖父。祖父在他的兄弟中排行老二，村里同辈人都叫他的号"和生"。祖父的性格与其他两兄弟似乎有很大不同，他既没有伯祖父那么能做生意，也没有叔祖父那么敢闯。他跟随伯祖父到南昌帮过几年厨，之后就回乡下了。除种田外，祖父在村里还做点小商贩。从父亲的叙述中，我家在中华人民共和国成立前夕，只有不到两亩的水田，因此又租了村里地主家三亩多来种。由于田少，因祸得福，土改时，我家被划为中农。按理本来是可以划为贫农的，因为做过小商贩的原因，折中成中农。中农也属于"贫下中农"之列，属于翻身的一方。种田不足以解决全家温饱问题。农闲时，祖父会去打鱼，卖得的钱可以弥补家里的开支。祖父似乎很热衷于捕鱼，还教会了父亲，父亲划船，祖父撒网，他们成为村里有名的捕鱼父子搭档。中华人民共和国成立后，祖父仍然保留了这个爱好。祖父是典型的农民，在三兄弟中性格最随意，追求简单的生活。不过，祖父是三兄弟中最有"福气"的。三兄弟只有他生育了一儿一女，即父亲和我的姑姑。而且他寿命最长，活过了70岁。祖父的性格中还有耿直的一面，喜欢打抱不平。为此，中华人民共和国成立前，曾经被村民短暂选为甲长。祖父虽然不算是有"出息"，但是在哥哥姐姐的记忆中，却留下了很多祖父对孙辈们疼爱的往事。其中最让我感动的是三年困难时期，一次家里实在没有了米，揭不开锅，祖父看到饥肠辘辘的孙儿孙女（幸亏那时我还没有出生），决定徒步60多里上南昌，到他的外甥即我表叔家"做客"。那时工人属于老大哥，国家政策对城市倾斜，工人的生活比农民有好得多的保障。表叔请祖父吃白米饭，老人家一点不客气地对外甥说："你多煮一点。"饭做好了，祖父自己却吃得不多，要求将剩下的米饭带回乡下。表叔恍然大悟，另外又煮了一锅，让祖父带回家。没有找到什么可以将米饭打包带回的东西，祖父就脱下衣服，扎好袖口，将所有的白米饭倒在袖子里带走。这种事放在现在无论如何都不敢想象，但却是实实在在在我家发生过的。祖父本来身体不错，最后却死于普通胃病，完全是当年经常吃不饱饭，饿坏了胃造成的。我小的时候，家里的墙壁上挂有一张祖父的照片，照片上的老人家清瘦，下巴上留有花白的长胡子，这就是我对祖父的依稀记忆。可惜照片早已不存在了。

祖父也结过两次婚。

祖父第一个妻子姓齐，娘家是大塘齐家村，就在现在的泉岭乡政府附近。祖父的第一个妻子是童养媳，这在那个年代非常盛行。我一直不懂，为什么童养媳在中国长期存在？这造成了多少婚姻的悲剧！祖父长大后与童养媳结婚，生下了我父亲和姑姑。所以，祖父的第一个妻子其实是我真正的祖母。但遗憾的是，祖父与我这个有血缘关系的祖母一直未建立起感情。生完一双儿女后，这个与我有血缘关系的祖母离开了祖父，改嫁到南昌，从此没有任何来往。这个与我有血缘关系的祖母一直没有人提起，包括我父亲。由此带来的情感失落和酸楚，恐怕只有他们能够感知。

有血缘关系的祖母离开后，祖父才有了第二次婚姻。祖父的第二任妻子，不是别人，正是叔祖父的遗孀萧桂珍。叔祖父婚后没有生育，他死后，遗孀萧桂珍留在徐家。于是，祖父续娶了弟弟的妻子。中华人民共和国成立前，这种"肥水不流外人田"，即兄弟互相续娶遗孀的做法在我们那很流行。据说这种做法形成于远古时期，是父系社会的遗产，在民间更是成为了一种习俗。我个人猜测，穷人家这种做法，很可能有经济方面的因素。由此建立的婚姻不一定是成功的婚姻，甚至是另一桩婚姻不幸的开始。但我们如果拿这种做法与余秋雨散文《牌坊》和李国文小说《贞女》中描述的女人为了"贞洁"不得改嫁相比，似乎更人性一些。其实，贞节牌坊不是这些夫死寡妻所需要的，让一个年纪轻轻的女人守寡，这是十分残忍的。幸运的是，祖父的第二次婚姻是圆满的，他们之间建立了真正的感情，萧桂珍成了我们的祖母。此后，她得到我们徐家几代人的高度认可，以至于说到祖母，我心中只会出现这个没有血缘关系的人。说到血缘关系，我一直认为，人是养亲的，而不是生亲的。这个观点正是来自祖母对我们的爱。

祖母在我们徐家的地位得到确认，究其原因，一方面是祖母人品高尚，全家都信赖她；二是祖母从骨子里融入了这个家，她真心爱着这个家，爱着家里的每个人，毫无保留地为我们付出。祖母对外也一贯与人为善，得到周围人的称赞，年纪大后，全村人都很尊敬她。也许是祖母的爱超越了亲生母亲，因此父亲对这个后母也一直尊重，这在父亲有限的文字里可以看出。父亲在填报各种表格时，其中"母亲"一栏，填的都是这个后母的名字。祖母很在乎父亲对她的态度，在世时，我也曾多次听她自己谈到父亲对她的承认和尊重。不但父亲，就是祖父的四个外甥，即我的表伯表叔们，对祖母也是发自内心的认可。记得表叔曾经与我谈到他还是小孩时有关祖母的往事，满满的都是尊重。怪不得中华人民共和国成立后，祖母喜欢到几个外甥家去做客，每次去都会得到外甥们的热情接待。到我这一代，祖母一直也是视如己出，付出的是满满的真爱。反过来，我们对祖母也是真心地爱着、尊敬着。我长大后，有一次大哥告诉我，与我们有血缘关系的那个祖母的妹妹也嫁在我们村，就是某某的母亲。我一看到这位老人的样子，就会联想到祖母的形象，不敢再往下想。因为，我们从小接触的祖母就是天天与我们相处的这个，接受的就是这个祖母的形象，突然冒出另一个"亲祖母"，无论从哪个方面我都无法接受。

祖母年轻时长得漂亮，这是老辈人一致的说法，但到底是什么样子，我只能想象。我们作为孙辈，从小到大守着的是慈祥的祖母，她的慈祥是以发自内心的善良和温厚为基础的，是原生态的，没有一点做作。记得20世纪90年代初，二哥要我带祖母去他工作的临川水泥厂暂住一段时间。在去水泥厂的中巴车上，有一个人不停地用相机拍祖母。我问他为什么拍？他说他是摄影师，老人家的面相太慈祥了，他想用作样照。祖母在90岁高龄去世，仍然让我们十分不舍和悲痛。

现在说说父亲的妹妹，即我的姑姑。姑姑叫徐根英，她出生于1924年。徐家那一代，人丁不旺，父亲是唯一的男丁，姑姑是唯一的女口。

姑姑小时候被送去当童养媳。我搞不懂，当时祖父只生了父亲和姑姑，三兄弟只有两个后代，为什么还要将姑姑送去当人家的童养媳？姑姑被送到一个叫彭中村的人家，那户人家有两个儿子，兄弟俩大的叫金生，小的叫银生。姑姑是被安排做金生童养媳的。但姑姑是那个年代的叛逆者，她是勇敢的，没有听命于大人的安排，而是自己寻找爱情，最终机缘巧合，嫁给了姑父，一个河南省来的青年军官。

这事得说到1939年3月到5月，日本侵华期间，在南昌发动了一场"南昌会战"。这次会战，以日本获胜告终。国民党的部队被迫退守，其中一支部队即国民党七十五师退守到抚河东岸，以抚河为天然屏障对抗日本人。在国民党的这支守卫部队中，有个年轻的军官，他姓王，叫王子清，他跟随他的叔叔——一个师长或副师长参军入伍。当年，姑父所在的队伍驻守在彭中村，因此姑姑姑夫两人相识相爱。而那个原本要娶姑姑为妻的金生并没有因此忌恨姑姑，姑姑嫁给姑夫后，金生、银生兄弟一直把姑姑当作自己的姐妹。1942 年，由于美国空军轰炸日本本土，炸完后飞机往往在浙江、江西附近迫降。为了不让美国空军降落，该年 5 月，日本发动了旨在破坏玉山和衢州、丽水机场的"浙赣会战"。从南昌沿浙赣线往东攻击的日本人，在梁家渡大桥与国民党军激战三昼夜，最后国民党军被迫撤退。姑姑随姑夫跟着部队到了玉山，在玉山县城待了下来，一直到中华人民共和国成立。命运发生了颠覆性改变，有国民党军官身份的姑父，为了生存，只得到南昌寻找工作机会，从卖劳力开始最终成为建筑机械工人。曾经作为军官太太的姑姑，不得不在一家大集体单位靠拖大板车谋生。姑姑姑父生育了三女一男。姑父在 20 世纪 90 年代去世。或许是因为姑姑年轻时从事体力锻炼，又或许是她信佛心态好的原因，直到 2020 年的 10 月 4 日，老人家才以 96 岁高龄仙逝。

4. 从西珠坊到温家圳

梁家渡大桥分东西两岸，两岸的地名简单直接，大桥的两端分别称梁东、梁西。父亲就出生在梁东的西珠坊村。中华人民共和国成立前这里属于南昌县第六区，中华人民共和国成立后划归进贤县，即进贤县第六区的梁东乡，梁东乡被撤并后变为大队，西珠坊村被编入自治乡。自治乡在 1958 年改为自治公社，1965 年改为大塘公社，1984 年又变为泉岭乡，直到如今。西珠坊村周围湖塘星罗棋布，沟渠纵横，江南水乡特征明显。村民们以种植水稻为主，农忙务农，农闲则打鱼。西珠坊是个杂居的村子，住着五种不同姓氏的村民，分别是徐、万、樊、王、吴，人数最少的是吴姓，只有一户人家。五种不同姓氏的村民是什么时候又是如何聚集到这个村落的，我未考究过。村里不同姓氏的村民总的而言相处较为和谐，没有发生以姓氏划线的重大纠纷。

到父亲一辈，已经是徐家第三十六代。他生于民国辛酉年十二月初九，按公历计算是 1922 年 1 月 7 日。父亲属于"硕"字辈，故名字叫"硕珠"，这个"珠"是西珠坊的"珠"。父亲的"字"是"海根"，这是他正式对外的名字，工作中一直用的这个。但我没有听过有人叫父亲的"号"。妈妈告诉我，她说父亲小时候被人叫"扁头"，大概与父亲的头型有关，"扁头"可能就是父亲的外号。父亲出生后不像有钱人家的孩子，到发蒙的年龄就进学校读书。父亲到读书年龄时，正跟随他的祖母到南昌的伯父家住，伯父家的条件比自己家好。可能是伯父自己没有孩子的原因，他喜欢父亲，所以父亲这一住就住到将近 10 岁。1932 年年初，父亲才回到村里，是祖父将他从南昌接回来的。该年，祖父将父亲送到村里的私塾。因此，父亲得以在私塾读了四年书，直到 1936 年 6 月。为什么没有继续读下去？父亲回忆说，因为"家里经济出现困难"，无力供他继续读书。这样，读完四年书后父亲被迫辍学。后来，父亲在填写自己的文化程度时，填的是"初小"。父亲虽然只读了四年书，但他悟性好，通过自学，实际文化程度相当不错。这可以从他的文字中得到认证：叙述流畅，表达精准，字也写得很漂亮。

父亲从私塾出来后，经本村邻居徐礼和介绍，到温家圳的"陈天成南货店"做学徒。那时，做学徒是不容易的。父亲在三年学徒中吃尽了苦头，学徒没有工资，还要起早贪黑，并且要伺候老板一家人，吃的是老板剩下的，不是生就是冷。在工作中，稍微没有做好就会被老板训斥，甚至挨打。好在父亲人很聪明，在杂货店练就了一个店员的好本领，成了一个非常优秀的店员。店员的一项本领，就是包扎食品，父亲可以随心所欲地将任何食品包扎得有棱有角，平整漂亮。这种技艺后来一直伴随了父亲的一生，逢年过节，他都要大显身手，不厌其烦地为相邻包扎拜年用的"换财"。

直到1939年2月，父亲的学徒已经近三年了。这一年，日军侵入南昌，受此影响，温家圳的店铺纷纷关闭，包括父亲在内的南货店。父亲只能回到乡下，暂时躲在西珠坊的家里。这时，以抚河为界，日军与国民党部队形成对峙局面。局势稍稍稳定下来，父亲又回到温家圳。由于原来的老板陈天成为躲日军逃到黎川县去了，父亲在温家圳的一家叫"裕昌祥"的南货店"参师"，在这里一直待到1942年4月。"参师"这个词，在字典、辞典和《辞海》里都找不到，有人说是拜师的意思，但似乎又不完全是。因为父亲在填表时把"参师"与"学徒"有意做了区分。"参师"肯定也不是正式"店员"，父亲把此后的正式工作身份称为"店员"。故"参师"这个词，我的理解介于"学徒"与"店员"之间。

1942年5月，正在温家圳"参师"的父亲再次被日军的侵略打断。按史料记载，当年日军发动了"浙赣会战"，企图从东西两个方向沿浙赣铁路进行夹击。驻扎在南昌的日军在冲破国民党军梁家渡大桥防守后越过抚河向东进攻。很快，进贤和临川失守，抚河西岸一带均落入日军之手。父亲又被迫回到西珠坊村。

日军越过抚河后，我们西珠坊村的房屋除了村东一个碾米的碾坊外，其余全部被日军烧毁，可怜我家只住了几年的房屋也在这次战争中化为了灰烬。多年以后，祖母无数次向我提起这栋房子，其痛惜之情表露无遗。祖母还经常谈到住这栋房子时发生的许多趣事，其中包括一个金手镯失而复得的故事。具体细节我已忘记，但那个金手镯是因为祖母不动声色巧妙布局，迫使拿走这个金手镯的人自己偷偷放回原处的。这既找到了丢失的东西，又给这个拿走手镯的人留下了面子。此事展现了祖母的智慧，被传为佳话。

当年抚河东岸一带，真正被日军一把火烧光的似乎只有我们西珠

坊村。1939 年至 1942 年，日军与国民党部队在抚河两岸对峙时，双方经常向对方发射炮弹。据说日军的迫击炮手打炮十分精准，国民党军只能躲开射击距离，否则很容易丧命。

好在我全家都逃走了。爷爷带着家人随村里其他人往南逃难，这被称为"走返"。最后南逃到金溪县浒湾镇，听说日本人走了，才返回家乡。我们这个族有一家人，因此留在了浒湾，成了浒湾人。祖父带着一家人回到家后，看到的是满目疮痍的景象，房子和其他所有财产都被烧光，真正是上无片瓦遮身，下无立锥之地。父亲后来感叹说："那时真苦哇！"

逃难期间，父亲与家人一起渡过难关。等父亲回到家乡时，正逢国民党到处抓壮丁，那时，父亲正是被抓壮丁的年龄。同村就有个姓樊的被抓，留下妻儿，此后生死未卜。家里人天天盼，再也没有见到。传说是逃到台湾去了，但真正是死是活，不得而知。为了躲避抓壮丁，父亲一个人逃到了黎川县。由于有杂货店的工作阅历，他被黎川县的"冯元美南货店"录用。从 1943 年 1 月到 1946 年 1 月，父亲在黎川做了三年店员。

日本投降后，父亲从黎川回到了老家，重新在温家圳找到了工作，当然仍然是从事老本行。这次，父亲服务的南货店叫"恒元盛"。他在这里干了一年整，直到 1947 年 1 月。

过完阴历年后，父亲却没有去温家圳做店员，因为没有了工作。这样，父亲自 1947 年 1 月至 1948 年 7 月，成了失业青年，他只能回到西珠坊村。这一年半期间，父亲与祖父两人重拾捕鱼技能，成了一对捕鱼的黄金父子搭档。他们打鱼的地点主要在抚河梁家渡段。除了打鱼，父亲还在梁家渡摆过水果摊维持生计。

一年半后，父亲又到温家圳谋生。这次，他没有回老本行南货店，而是去了一家叫作"生太米厂"的店做店员。差不多干了八个月，父亲再次失业。如此，父亲再次回到西珠坊。父亲后来说，他到乡下后，在梁家渡大桥做了半年时间的维修零工。原因是解放战争期间，国共两党军队打仗把大桥打坏了。在此期间，父亲还在梁家渡摆过渡。这样看来，中华人民共和国成立前，父亲为了生计，做过很多不同的工作，真是吃了很多的苦。

1950 年 6 月之前，父亲一直在西珠坊村。这一年，父亲的心情非常不好。因为，他遇到了人生的难题。父亲后来在自传里含蓄地说："因为家庭的影响和家庭的顾虑。"他只能再度离开村里到温家圳寻找工作。其实，父亲的这个所谓家庭影响和顾虑，指的是他与前妻樊三德的离婚。说起父亲的第一次婚姻，其实这确实是他的一块心病。正如爷爷有一个童养媳一样，父亲也有一个，就是樊三德。父亲在我们面前也从来不提这个前妻，但我们都知道，他与樊三德一直没有感情。父亲与樊三德生有一个女儿，名字叫徐宝莲。1950 年，父亲与樊三德离婚。父亲的离婚肯定得到了祖父的支持，因为他们都是这种婚姻的受害者，理解没有感情的婚姻带来的痛苦。但受害的岂止只是父亲这样的男方？童养媳本身也是受害者。也许是离婚受到打击，樊三德带着女儿也去了南昌。从此，她们母女再也没有踏足西珠坊的土地。我从来没有见过那个叫徐宝莲的同父异母的姐姐，据说她的母亲即樊三德把她的姓氏也改了，叫樊宝莲。

1950 年 6 月，父亲经过熟人介绍，在温家圳的"大利南货店"找到一份店员的工作。这样一直工作到 1954 年 8 月。此期间，父亲都是在为"资本家"工作，父亲自己的身份是雇员。其时，父亲显然已经是一个成熟的店员，他的能力和见识在温家圳这个店铺林立、商贸发达的集镇逐渐增长。从父亲工作过的多个南货店可以看出，当时温家圳是一个非常繁华的集镇。温家圳的人员来自五湖四海，父亲的朋友中，有一个姓郦的来自浙江，在温家圳从事餐饮行业，娶了一个漂亮能干的周姓夫人。后来，他们夫妻成为我的姨父和姨娘。这是因为，姨娘把她的堂姐介绍给当时单身的父亲，这个堂姐当然就是我的母亲了。姨娘把母亲介绍给父亲认识时，母亲正在温家圳的水上小学当教员。母亲能当教员，是因为读过简易师范。1953 年，父母就这样结合了。第二年，我大姐出生。

1954 年 8 月以后，父亲的身份发生转变，由"私"而"公"，不再是"资本家"的雇员，而是公有制下的职员和干部。父亲这种身份的转变，与当时国家形势发生巨大变化有关。1952 年 9 月，毛泽东主席在中央书记处会议上提出："我们现在就要开始用十年到十五年的时间基本上完成到社会主义的过渡。"从 1952 年下半年到 1956 年，仅仅用了四年时间，就完成对农业、手工业和资本主义工商业的社会主义改造，实现了生产资料私有制转变为社会主义公有制。关于"三大改造"的开始时间，多数人认为是从 1953 年开始的，比如费正清编著的《剑桥中华人民共和国史》。不管如何，"三大改造"在温家圳有了现实的体现。正是"三大改造"，才塑造了父亲全新的身份。在"参加革命前后履历"表中，父亲把他"参加革命"的时间定在 1954 年 8 月。这个时间，他被"调到"温家圳的工商行业协会当文书。从此，父亲开始成为"公家人"，他走上了"革命"道路。父亲之所以能当上"文书"，也证明他虽然只读过"初小"，但通过自学，他的文化水平已经相当不错。

1955 年 5 月，父亲成为温家圳手工业劳动协会的负责人。1956 年 3 月，父亲又调到温家圳的木器社负责，并兼任统计。三个月后，父亲被调到温家圳伐业协会负责并兼任会计。1956 年 12 月，父亲再次调到温家圳的抚州森工局直属生产队工作。这个工作是管理温家圳的所有商业，故有人叫父亲为街长。父亲一直在这个岗位工作到 1958 年 3 月。

前后算来，父亲在温家圳待过近 16 年。他在温家圳这块距离家乡不远的集镇上，由稚气的学徒成长为一个吃公饭的"革命者"，难怪他对温家圳充满感情。

但温家圳并没有成为父亲"革命"的最后归属。

5. 父亲在七里岗垦殖场的岁月

父亲在温家圳（又称温圳）的时候，这里还归属于抚州地委的临川县，直到1969年才划归进贤县管辖。当时父亲所在的温圳抚州森工局直属大队，是抚州地委的下属单位。此时父亲的人事关系隶属于抚州地委。

1958年2月到3月，父亲被抚州地委调到金溪县的地委工作组搞农村工作。4月，父亲就被"下放"到刚刚成立的太阳垦殖场。父亲自己说是"下放来太阳垦殖场二队劳动"。从此，父亲与垦殖场结缘，再也没有离开过。

父亲怎么会从一个从事工商业的干部"下放"到一个与农林相关的垦殖场工作的呢？这背后有什么样的原因？查阅当时的有关文件，答案蕴藏在其中。父亲下放的时候，全国已有大量干部被下放到有关工厂、农场。父亲的下放不是个例，而是大背景下的产物。当时下放的干部主要是搞农林。为何如此重视农林呢？《剑桥中华人民共和国史》对此有分析，归纳原因，大概有这几个方面：第一，在第一个五年计划中，工农业发展出现不平衡。工业明显比农业发展快，而粮食生产增长缓慢，国家控制的粮食数量无法满足由国家负责供应城市增长人口的需要。同时，粮食作为工业原料，大大限制了工业消费品的发展；第二，中国对苏联的出口几乎全是农产品、矿物和其他原料，因维持这种出超对国家控制的农业资料提出了额外需求；第三，由于"大跃进"的影响，工农业必须加速发展。因此，1958年2月28日，中共中央发出《关于下放干部进行劳动锻炼的指示》。按该指示，中央号召干部队伍中的年轻干部，到工厂、农村去参加体力劳动，到基层去参加实际工作。

江西省在这方面走在了全国的前面。1957 年 9 月至 10 月，在中共中央召开的八届三中全会上，当时的江西领导人提出《江西全面开发山区的初步规划》，其中提到"合作社无法经营的大山，如庐山、西山、云山、武功山、井冈山等 20 多个大山，都应由国家建立林场"。10 月 21 日，江西省委、省人委召开全省山区工作会议，提出第二个五年计划期间，在全省大批建立农、林、牧、渔"综合垦殖场"的计划，动员干部和广大山区群众向山区进军。11 月 25 日，省委召开省属机关干部大会，省委领导又在会上作《关于精简机构，加强劳动战线》的报告，号召党政机关、企事业单位的广大干部积极参加山区建设。12 月 15 日，省委、省人委在南昌市举行省市各界十万人的欢送大会，首批参加农垦建设的有 6936 名干部。在这些下放到垦殖场的干部中，甚至包括了部分律师。本人所写的《南昌律师二十年》一书中就提到，当时南昌市法律顾问处的于巾魁律师，其丈夫就是在这个时候下放到位于奉新县的西山垦殖场，后于律师随夫也到了垦殖场。到 1957 年年底，全省有五万名干部分赴垦荒第一线。当年，江西省就创建了 150 个国营垦殖场。到 1958 年，全省共创建 190 个国营综合垦殖场。最高峰时，江西有 280 多个垦殖场。

垦殖场和共产主义劳动大学都是江西省的首创，因此，一度成为江西省在全国打响的两块金字招牌。说到共产主义劳动大学，在年轻人中已经是陌生的概念，但我们小的时候几乎没有人不知道。20 世纪70 年代，就有一部专门描述共产主义劳动大学的电影，学校必须组织学生观看，这就是《决裂》（据说拍摄场地就在江西农大），将共产主义劳动大学推向了高潮。而说到垦殖场，在江西大家耳熟能详的就有共青城、云山垦殖场、大茅山垦殖场、江西蚕桑研究所等。

太阳垦殖场正是在这种背景下成立的，父亲成为最早来到这个垦殖场的"垦荒者"。太阳垦殖场全称国营太阳垦殖场，成立于 1958 年3 月，该年 10 月并入荣山垦殖场。到 1960 年 10 月，又由原太阳畜牧场、临川县山口农场和抚州地区林科所合并成立国营太阳综合垦殖场。同年迁到七里岗，改为七里岗垦殖场，隶属于抚州地委，后来还经过多次变动。1968年，七里岗垦殖场划归临川县领导。1972年，七里岗垦殖场一度与临川县共产主义劳动大学合并，但第二年就分开了。

直到1975年，在这个时间段，父亲一直在垦殖场工作。父亲是垦殖场的开创者之一，他生命中最宝贵的一段时间，就是在垦殖场度过的。在这里，他兢兢业业、勤勤恳恳，奉献了他的全部热情和精力，也经历了社会大背景下的各种运动。父亲在运动中差点被打倒，由此深刻体会到人性的黑暗。不过，无论如何，他仍然对七里岗垦殖场产生了深厚的感情，以至于有了深深的眷恋。自1975年至1981年，父亲一直处于生病的治疗和病休之中。1981年5月，父亲提交病退报告，经过临川县委组织部批准，以罹患瘫痪为由提前退休，工资按75%领取，这才算正式离开垦殖场。

为了叙述方便，我把父亲在垦殖场的岁月分成三个阶段：一是1965年之前；二是1965年至1975年；三是1975年至1981年病退。

1965年之前父亲在垦殖场

父亲是1958年4月正式下放太阳垦殖场的。从下放到1965年期间，从表面看，父亲先到垦殖场，随后经历了从组长到副队长，再到队长的职务晋升过程，并且在这一期间还入了党。这段时间对父亲而言一定是波澜壮阔的。这个过程中，父亲的每一次角色转换都不容易。

垦殖场，父亲他们都习惯说成"农场"，大概主要是干农活的原因吧。父亲尽管出生于农村，但他从懂事起，并没有真正做过多少农活，几亩薄田都是祖父在耕种，根本用不上他。他会打鱼、摆渡，甚至摆水果摊，他从小想要做的，似乎是要挣脱像祖父一样面朝黄土背朝天式的农民生活。父亲也许没有考虑过"当官"，但可能想过做个

第二辑 亲人一场

"店员"之类的"工商业"者吧。中华人民共和国成立后,父亲满怀期待、满腔热情地投入革命事业。当他因出身好又能干而被选为"公家人",成为"国家干部"后,想必也没有料到又会回归到垦殖场做"农民"。抚州地委还是把他这个出身于农村的干部"下放"到一个新成立的、万事从头越的太阳垦殖场去了。不过,垦殖场虽然大多数情况下也从事农业,但职工是"农业工人",与真正意义上的农民相比还是有差异的。农民参加集体劳动,只拿工分,而垦殖场的职工是拿工资的。垦殖场给父亲定的是行政二十三级干部待遇,差不多是最基层的国家干部,工资只有四十五块五毛。后来,父亲的这个工资一直没有增加过(1963年曾经有过一次加工资的机会,但不知什么原因,父亲最终没有加上)。毕竟是靠着微薄的工资养家,作为一个热爱家庭的人,父亲在没有加上工资时一度耿耿于怀是可以理解的。

设立垦殖场的计划不久,省领导提议在垦殖场前面加上"综合"二字,将垦殖场定位为可以经营各种行业的"全能"机构,除农业、林业、牧业等外,也可以经营工业和商业等,甚至还可以有研究所,比如江西蚕桑研究所。后来,那些规模大的,尤其是省属的综合垦殖场,经过一段时间的经营,大部分成了一个同时拥有农、林、牧和工、商业并存的综合性组织,有的垦殖场的业务几乎包罗万象,成了可以自供自给的独立小世界。有的工业发展得很不错,比如共青城,其中生产的"丫丫"牌羽绒衣成为了名牌产品。

但作为一个抚州地区开办的、规模不算大、实力不够强的太阳垦殖场,当时的经营要简单得多,主要还是农林。不过与农村相比,它更注重经济作物,比如种植了当时农村不太种的马铃薯、玉米、红菇、西瓜、打籽瓜、西红柿、牙白菜、梨树、桃树、油茶树等。后期针对垦殖场栽种的农产品,建立了有关的加工厂。若干年后,我去垦殖场时,尤记得垦殖场将红薯加工成红薯粉和红薯粉条、红薯粉皮的过程。大哥年轻时也在红薯加工厂工作过一段时间。垦殖场与农村的区别还有一个，就是垦殖场用拖拉机耕地。父亲所在的太阳二队，就有一台河南洛阳生产的"东方红"牌拖拉机，是专门耕地的那种。这台红色的拖拉机马力很大、声音很响。天冷时，如果要发动，还需要在车底下烧火加热。那时，这已经是非常令农村羡慕的了。

我不知道父亲角色的转换，是否经历过思想斗争。我一度猜想，将他下放到垦殖场，让他做一个本想逃避的农民，多多少少会有些不甘心吧？如果父亲一直留在温家圳，或许我们家后来的困难会少很多。但现实是，父亲在垦殖场待下来了，似乎印证了那句"既来之，则安之"的老话。父亲不但待下来了，似乎还很"乐意"待下来了。这从他自己的叙述和同事们对他的评价中可以看出。1960 年 3 月 9 日，父亲在"自我鉴定表"中，对自己的总结如下："1. 自到农场以来，思想是安定的，没有其他杂念，坚定了以场为家的思想；2. 劳动态度。一到农场就积极劳动，在任何工作中能主动去干，屡次受到厂部表扬（指会上），能提一些 建设性意见，把生产搞好；3. 遵守劳动纪律，从来没有违反过制度，在接受任务中，认真负责地完成。"同一天，他的同事，也是他后来的搭档罗毅对他的评价，"1. 到农场后，思想安定，对下放上调从未有任何波动；2. 工作积极带头肯干、踏实，劳动从不叫累叫苦，有时带病工作；3. 服从领导，遵守劳动纪律；4. 对坏人坏事还敢于斗争。"1961 年 8 月，在一次"民主鉴定"中，垦殖场对父亲的结论，其中包括："1. 下放到农场以来，工作安心，能以场为家；2. 劳动观念强，在生产劳动积极带头；3. 工作踏实肯干，处理问题果断及时。"不过，我仍然隐隐约约觉得，当时这种下放，在很多人心里多多少少有点疙瘩。只是父亲是个性格随和的人，加上他可能真的觉得既然这是党号召的革命事业，那就好好干吧！父亲后来真心爱上农业种植。父亲每年会到外地为垦殖场购买各种作物种子，也喜欢研究作物种植，他从一个农业的外行，慢慢成了一个农业种植的行家。他喜欢种植的爱好，甚至还间接影响了我，只不过我喜欢种植的是各种花卉。

　　总之，父亲就这样留在了垦殖场。因为踏实能干，很快就被提拔为组长。大概在1960年年初，父亲又被提拔为副队长。1960年1月至10月，父亲被派到畜牧场工作了一段时间。他在畜牧场的经历缺少资料，故知之不多。我猜，与养猪养鸭相比，父亲还是更热爱和擅长种植吧。该年10月底，父亲就回到了二队。当时垦殖场总部设在太阳，总场下属几个队，除了一队、二队外，还包括原太阳畜牧场、临川县山口农场和抚州地区林科所等并入的单位。垦殖场下属的队长相当于一个分场场长，因为是相对独立的，而组长则是分场的中层干部。1960年11月左右，太阳垦殖场改名为七里岗垦殖场。总部迁到七里岗，分场就分成太阳和七里岗两部分。父亲先在太阳垦殖场工作，大概是1972年，父亲调到了七里岗。从我记事时起，父亲的职务已经不叫队长，而改称"连长"了。

　　父亲当上副队长后，很快赢得了队里多数人的认可和支持。垦殖场陆续下放了各色人等来劳动或锻炼。有关资料显示，当时江西的垦殖场吸引了除西藏和海南外的全国所有其他省市人员的到来。人员结构也非常复杂，有知识分子，也有很多干部，甚至还有老红军、老八路。其中有个姓曹的军人，参加过长征，也参加过抗日战争和解放战争。他自己说，他是从死人堆里爬出来的。他常常绘声绘色地给大家讲死里逃生的故事。说得最多的，是他当营长的时候，有一次，他和好几个战友正围坐在一起吃饭，突然一颗炮弹就落在他们中间，他出于本能的反应，飞速往边上一滚，炮弹就炸了。除了他，其他人当场全部炸死，而他只受了一点皮外伤。看得出来，这个场景实在让他难以忘怀，乃至于见人都想倾诉。垦殖场后期，还有很多上海等地的知识青年下放到这里。我小时候曾经两次在垦殖场小学读书，每次一个学期，其中在七里岗的那次，数学老师就是一个上海女知青。垦殖场的小学坐落于一片油茶林里，记得教室有些破旧。她站在黑板前，戴着一副近视眼镜，高高的个子，瘦弱又显得文静。令我惊奇的是，她上课用的是抚州话，而不是普通话，上课的声音至今还留在我脑海里。

父亲周围很多人都是有本事的，因此，要得到他们的认可是不容易的。后来在社教运动中，有人攻击父亲，其中一条是"拉帮结派"。他们称二队的四个组长，有三个被父亲拉拢。其实，所谓"拉帮结派"是根本不存在的。父亲之所以赢得多数人的支持，是因为他自己的为人诚恳和对工作的认真。父亲有几个优点：第一，肯干。正如他的同事杨斯宜代表小组对父亲的评价："工作一贯积极肯干，并处处领先和带头，都是超额完成任务。"而父亲的上级刘镇场长多次在公开场合表扬父亲，称父亲"工作踏实，整天劳动，冒雨也在外面"。第二，尊重知识，尊重知识分子。父亲非常尊重有知识的人，多数下放到垦殖场的知识分子，也都喜欢与父亲交朋友。比如一个叫陈斐文的，虽然出身富农家庭，但他有文化、人品好，所以，父亲让他做食堂管理员；从税务局下放的干部罗毅是地主家庭出身，但他参加了革命，主动与地主家庭划清了界限，且罗毅有文化、有能力，父亲极力保护他、推崇他。父亲出任队长时，罗毅成为父亲的副手，两人搭档得很好。父亲周围这种人很多。所以，有人攻击父亲，说他周围的人都"能说会写"。而那个农民出身的邵队长和军人出身的樊队长，由于阶级斗争观念太强，因此，他们周围的人很少。第三，父亲能干、善干。这从 1965 年 4 月，七里岗垦殖场第一、第二生产队支部委员会对他的鉴定结论中可以得到答案："工作积极负责，主动性强，计划周密，接受任务态度好，出色完成各项任务，经济核算严格，勤俭办场精神好，并能长期坚持跟班劳动。因而，在以他为首领导的二队连续三年荣获全场红旗生产单位。"这个评价是相当高的。第四，注重工作成效。社教工作队把父亲经常说的一句话作为批判的依据。父亲经常对同事说的这句话是："黄猫妞，黑猫妞，捉到老鼠才算真猫妞。"他是针对所在的二队工作时说的，意思是要实干，干了再说，以效果检验对

第二辑 亲人一场

071

错。父亲的黄猫黑猫论，证明他是一个脚踏实地、讲究工作实效的人。

正因为父亲的实干，才赢得大家的认可。他在当副队长时，比正队长有更高的威望。因此，在他之前出任二队队长的邵姓和樊姓两个队长，都只是干了不长的一段时间后，就被上级调离了。1962年7月，在第二任队长调走不久，父亲成为二队队长。

这一年，因为工作成绩突出，父亲当上了省劳模，并到南昌出席全省标兵表彰会，受到省长邵式平等领导的接见。这成为父亲一生最大的荣耀。

父亲还未得到全省标兵时，组织就把父亲作为重点培养对象。场长刘镇在第一次垦殖场的党员会议上就说："我们的第一批培养和教育对象是徐海根和饶凌高两人。"1962年1月，父亲经过组织动员，提交了入党申请书，成为预备党员。但是，父亲却迟迟未能转为正式党员。其中原因有二：一是当时的队长樊某对父亲的转正迟迟不予研究和讨论；二是遇到社教运动。

从七里岗垦殖场二队的这次社教运动看，表面是对父亲入党的"洗礼"。运动的组织者（工作队）动员了垦殖场对父亲平时有意见、有过矛盾的部分干部职工，同时"策反"了个别平时与父亲关系较为密切的人，以组织名义要求公开或私下检举父亲的"问题"。在这种自上而下的高压运动面前，人性阴暗的一面就暴露出来了。对父亲有过节的人则把平时隐藏的私怨借机发泄，有的极尽诬陷和攻击之能事，他们把父亲这样一个诚实、宽厚和善良的人几乎批得一无是处。他们所说的那些父亲的"污点"，现在看来都是一个正常人的行为，甚至是一个人难得的优点。

从 1965 年到 1975 年

父亲经过那段特殊岁月，回到垦殖场，一切似乎归于平静。父亲又勤勤恳恳地工作起来。父亲在垦殖场搞种植的积极性始终很高，运动并未过多影响他。种植抚州西瓜是垦殖场附近一带的传统，此前抚州人种植西瓜基本是在水田和河滩沙丘上。父亲他们经过研究，发现抚州西瓜也可以种在接近水田边的山地里，后又在山上的红壤地试种，种出的瓜品种更好更甜。从此以后，在太阳和七里岗分场都大面积种植抚州西瓜，成为垦殖场的拳头产品。父亲他们最得意的是，从 20 世纪 50 年代末到 60 年代，中央在庐山开会时，他们垦殖场的西瓜成为会议的夏季消暑品，还得到中央领导的夸赞。除了本地西瓜，父亲他们还引进外地西瓜新品种，记得垦殖场种植成功的黄囊西瓜就是引进的。那时尽管是计划经济年代，但每年夏天，垦殖场都是最热闹的地方。有一件事我记忆犹新。1970 年的一个夏天，父亲还在太阳垦殖场时，他的住处兼办公的房子里来了很多人，说是大领导。父亲和垦殖场其他领导都在作陪，我和姐姐躲在房间里不敢出来。这时，这个大领导亲自拿了一块西瓜进到我们房间，亲切地向我们打招呼，说让我们也尝尝。这块瓜很大很甜，是垦殖场留下来的种瓜，整个西瓜有五十来斤重。后来我才得知，这个拿瓜给我们吃的人名叫王震。王震那时"下放"在东乡的红星垦殖场，但他经常亲临基层调研。七里岗垦殖场离东乡的红星垦殖场不远，所以他到这里比较方便。为了证实当时确实是王震，我查阅了《王震传》和《江西省农垦志》，证实老人家确实两次到过七里岗垦殖场。那时，正是父亲当队长的时间。

经过整合，江西的垦殖场在 20 世纪 70 年代一度不足一百个，父亲所在的七里岗垦殖场有幸一直存在。七里岗垦殖场与共产主义劳动大学合并的事情我不清楚。不过，那年暑假，我在七里岗时，看见附近临川共产主义劳动大学的学生纷纷跑到垦殖场来买那些快烂的西瓜。

堆积如山的西瓜可以随便挑选，只要几分钱一个。傍晚，腐烂的西瓜味伴随着垦殖场父亲住房旁合欢花的味道，成为我特殊的记忆。

1975年上半年的一天，父亲正在与大家一起劳动，天突然下起大雨。父亲感觉不适，半边脸抽搐，嘴角歪斜。父亲中风了，那时称之为半边不遂。从此，父亲被迫离开了他为之奋斗的垦殖事业。父亲生病后，垦殖场的天仿佛颜色也变了，原来见到我们和蔼可亲的职工看我们的眼神突然变得异样了。从此，我深刻体会到什么叫人情冷暖。

1975 年之后

父亲病倒后，家里乱成一团。那时，半边不遂是一种很难治愈的大病。父亲回到了乡下，最初还能一瘸一拐走路。闲不住的他每天一早就起床，到村东边的堤坝上走动。也许是病急乱投医，祖母和母亲不知从哪里听来的，竟然信起了迷信。一天清晨，天刚蒙蒙亮，有人把父亲带到一台风车（农村筛选稻谷的设备）前，在风车的斗里似乎放了什么，然后摇动手柄，我至今搞不懂那是什么意思。当然，这对父亲的病一点用处也没有。有人建议看中医，父亲就被安排到江西省中医院治疗。垦殖场领导不错，除了报销医疗费外，还派了一个职工专门护理。这个职工是温家圳人，名字我忘记了。他带薪陪护了父亲差不多一年。但父亲并没有一直住在医院病房，而是住在当时刚刚完成尚未交付的中医院新大楼，就在八一大道与福州路交界处。父亲住在这栋四层大楼一楼的一间房子里，由陪护自己做饭。能够免费住进这里，还得益于在江西省建筑公司的表叔，这栋大楼是他当时负责建设的。父亲天天打针吃药，我记得最清楚的一种针剂叫"夏天无"，不过，治疗效果并不明显。

父亲的病情每况愈下，最后只能回到老家。1981年，父亲已经病了六年，垦殖场通知父亲办理病退。此时，父亲的同事很多要么调离，要么退休，父亲与垦殖场的关系愈来愈远。尽管他偶尔还要母亲带他去住一段时间，但遇到的大多数是嫌弃的冷眼。

为父亲办理病退的是大哥。父亲属于国家干部，退休可以有一个子女"顶替"。谁去"顶替"呢？我们三兄弟，大哥已经成家，二哥跟随大哥在南昌卖苦力，即在建筑工地拖大板车，而我当时正在读书。这事还是大哥做主，本来他可以自己去顶，但大哥与大嫂商量后，把这个指标让给了二哥。最后，二哥成为一家县属企业的工人。

1984 年 10 月 30 日，父亲在瘫痪九年后，油尽灯枯，生命走到了尽头。

那天，我不在身边，没能为父亲送终，这成为我一生的遗憾。

二哥

时间过得真快，一默算，二哥已经离开二十多年了。但在我内心，二哥似乎从来不曾离去，一切像在昨天。这些年，我经常会在梦中见到他，他的一颦一笑，仿佛还停留在那个年代，我们兄弟还像当年一样亲热。因此，我敢说，只要是你真正的亲人，即使已经死去，不管他（她）离开多久，都不会离你很远。

二哥出生于 20 世纪 60 年代初，正逢三年困难时期。家里无粮，刚出生的二哥只能随大人一起挨饿。那是一段无比艰难的日子，没有营养的二哥瘦得皮包骨头，差点饿死。救活二哥的，是从塘里捞上来的长长的菱角草。家人将菱角草去叶、拔须、切段，蒸熟后变成紫色，然后在清水里浸泡搓揉，将涩味去除，切成寸长的小段。因为没有油，只能用盐稍加搅拌，就成为食物。这平时是养猪的饲料，却成了二哥见到就讨吃的主粮。二哥勉强活了下来，他学会说的第一句话，竟然是对着大人叫"要吃，要吃"。

我是顶着二哥出生的。小时候，我们是"相爱相杀"的兄弟。我们玩在一起，吃在一桌，睡在一床。二哥去水沟摸鱼，我在岸边提着篓箕装鱼；二哥爬树摘桑葚，我则在下面用衣服兜住。春天，两个人喜欢上种植，一起将玉米种子一粒粒插进菜园松软的土里，然后每天观察玉米发芽、长叶。我们还在自留菜园的南北两面，分别种了一棵桃苗，那不知是谁吃完桃子后随意丢弃的桃仁发的芽，居然都活了下来。三年后，我们惊喜地等到了这两棵桃树开花结果。除了植物，我们还一起养过猫、兔和狗。其中有条黑狗，被我们养得毛发乌光发亮，非常听话。但那年冬天，这条已经与我们建立了深厚感情的狗，被大哥与一群民兵偷偷打死吃了狗肉，这让我和二哥伤心地哭了好久，气得偷偷把大哥当民兵的军用背带割断作为报复。

我还记得一个很清楚的场景，是某个吹着微微暖风的夏天，我与二哥坐在家里那逼仄后门的红门槛石上，用瓦片画出的棋盘走南瓜棋。抬头远望，是埋葬了祖先的前岭山。山下有一棵大树，远看隐隐约约像一个躬着背的老人。我童年的想象中，那是我已经逝去的祖父。

我年少时中国还处于毛泽东时代，农村还在走集体化。很多个夜晚，生产队都会召开社员大会。家里大人都出去开会了，只有我和二哥留在房间里。昏暗的煤油灯下，我们总会浮想起村里某个死去的鬼魂，吓得将整个头钻进被窝里，用被子死死捂住不敢作声。

我童年和少年的乐趣里，很多都离不开二哥的共同参与。

不过，我和二哥偶尔也会变成"仇人"。一次，我一气之下，从厨房摸起菜刀对着他。还是在大人的吼声中，我吓得赶紧放下刀，不久又与二哥玩到一起。因为穷，全家六口（父亲在外地）挤在一个房间住。很长一段时间，我和二哥同母亲睡一床。我因为小，和母亲睡一头，二哥只能老老实实睡另外一头。半夜，二哥的臭脚不知什么时间伸到我鼻子底下，我无名火起，嫌弃地用力掐他，直到他痛得叫出声来。

中国的家庭，似乎有一个规律，子女多的，总有一个被父母"嫌弃"。老辈人解释说，"十个指头不可能一样长"。也许是二哥的性格，也许是二哥的排行，决定了他成为那个尴尬的角色。父母经常无意中拿我们三兄弟比较（大姐不在比较之列，二姐送给了别人），说二哥没有大哥那样聪明能干，又不如我这个老崽伶俐可爱。父亲在外地工作，逢年过节回家，一开家庭会议，受批评的肯定是二哥。我理解这是父亲的一种教育，希望二哥变得更好，是另一种爱。

父亲批评二哥也是有一定道理的。他有点优柔寡断，而很多时候又表现得很固执，遇事不容易转弯。还有一个让大家看低的地方，就是有点女性化。他有时喜欢做女孩子的事，比如织毛线、踢毽子，甚至喜欢掐着嗓子学女声唱歌。二哥喜欢读的书与我都不一样。我喜欢读《三国演义》《水浒传》，而他则偏爱《红楼梦》和巴金的《家》。他同情书里的林黛玉和梅表姐，看着看着甚至会为这样的女性悲剧人物叹息流泪。

我们都嫌弃二哥的牛脾气，但二哥有时又会自己找台阶下，甚至将牛脾气造成的不和谐转化为温馨的音符。有年夏季的一天，二哥被妈妈痛骂一顿。他气鼓鼓地出了门，中午也没见回来吃饭。全家都焦急起来，担心二哥会不会因为想不开做出什么蠢事。母亲虽然嘴里仍然在埋怨，却在不住地问二哥回没回来？直到太阳快下山的时候，二哥才悄悄回了家，手上提着一大串用稻草串起来的鲫鱼。二哥浑身晒得通红，但脸上的气似乎早就消失了。祖母偷偷问他这是从哪里来的？他装作若无其事地说，自己一直在村外那个野塘摸鱼。祖母说，刚好家里晚上没菜，那赶紧弄鱼吃吧。这天晚上，我们全家围坐在一起，一边在禾场乘凉，一边高兴地吃着二哥抓的鱼。谁也没提白天不愉快的事。

二哥只读到小学四年级，不是因为他的成绩不好，而是受不了某老师的欺负。同村有个人文化程度不高，但由于家里有个大队干部，居然让他成了小学民办老师，上课时经常闹笑话。曾经当过老师的母亲很看不惯，口无遮拦点评了几句。不知怎么传到了此人耳朵里。为此，他对母亲心怀怨恨，刚好二哥在他班上，就拿二哥报复，动辄在课堂上以侮辱的语气骂二哥是地主婆的儿子。二哥一气之下，牛脾气犯了，干脆不去上学。那时，也正流行读书无用论，农村人也难以看到读书的用处，加上我家劳动力少，生产队分的粮食总是不够吃。父母虽然也责怪过二哥，希望他至少读完小学，但二哥坚持要出来赚工分。如此，二哥匆忙结束了受教育的机会。

20世纪70年代中期，大哥得益于在省建公司工作的表叔介绍，到南昌帮建筑工地搬运材料。虽然是出卖劳动力，但算是最早从农村走出来的打工仔，也是最早获得见识的少数农民。等到二哥稍大，大哥又把他一起带到省城做事。开始，二哥的力气不足，总是表现出一副苦相。但生活哪有选择？慢慢地，他也能拖起装有上千斤砖块、水泥或钢筋的大板车。几年的锤炼，让二哥的身体变得结实起来，手臂上的肌肉清晰可见。

本以为要在农村待一辈子。但1981年，二哥突然得到一个顶替的机会。其时，父亲已经因中风病了好几年了。按当时的政策，父亲办了病退，可以由一个子女顶替。本来应该是大哥去的，但那时大哥已经成婚，与大嫂商量后，决定把机会让给二哥。二哥高高兴兴地去报到，以为这下可以跳出"农"门。几天后，他居然背着行李气鼓鼓地回来了。原来，父亲病退前一直在临川县七里岗垦殖场工作，二哥自然到垦殖场去报到。垦殖场是个小社会，也有很多工种。但真所谓人走茶凉，父亲病了，有关人员欺负二哥，把二哥安排到最差的地方，即一个种植水稻的分场上班。二哥一看，到这里还是种田，这个替顶还有什么意思？这不是从猪窝爬到狗窝吗？与我们农村有什么区别？

二哥回来后，善良的家人都开始责怪二哥，说虽然也是种田，但在垦殖场种田是拿工资，在家里是赚工分，这还是有区别的。二哥犟劲又犯了，坚决不去。不过，他告诉家里，听说像父亲这样的干部退休的子女顶替都在县里的机关事业单位上班。他还举了同在垦殖场退休的其他干部的子女为例子。他问："为什么就我要去垦殖场种田？"家里听后，也觉得有点不对头。大哥去打听，情况确实像二哥说的一样，我们被忽悠了。家人都觉得不公平，就由大哥去找县组织人事部门。父亲是20世纪50年代的老干部，他的组织关系开始是在抚州地委，后来放到了县委组织部。按当时的政策，干部退休与普通职工退休是不一样的。父亲病退，稍有关系的顶替的子女都分在机关事业单位上班。大哥打听到，父亲病退后，他的干部指标已经被其他人挪用了。当大哥找上门来后，有关部门知道理亏，就说："如果不愿到垦殖场，那就到工厂做工人如何？"大哥一听，既然我们家没有关系，当不上干部当个工人也行啊！那时，能当上工人确实也是很多农村人的梦想。于是，人事部门在改派单上，将二哥分到了地处临川县红旗桥镇的临川县水泥厂做工人。这次，二哥心甘情愿地去报到了。

当上国企工人的二哥，算是安定下来，也唤醒了他对生活的热爱。他比之前讲究穿着了，下班后脱下工服，喜欢穿上那时流行的布料上下一致的套装。人靠衣装马靠鞍，穿上套装的二哥显得非常英俊和阳光。记得二哥在南昌拉大板车时学会了吹口琴。在水泥厂，他买了一个漂亮的口琴，工作之余，只要有时间，他会经常一个人吹着口琴而怡然自乐。那时，水泥厂是个经济效益不错的单位。一年暑期，厂里组织职工到庐山疗养。之前没有见过多少世面的二哥，回来后给家里带来了一些庐山云雾茶和九江茶饼。他兴奋地告诉我，他在庐山电影院看了电影《庐山恋》。他还偷偷跟我说："庐山真是一个好地方，美女如云，街上的女孩个个长得像电影演员。"

因为上班离不开的原因，二哥很少回老家了，但二哥是一个对家乡无限眷恋的人，常常归心似箭。只要有假期，他就会回来一趟。1981年后，我们这儿的农村已经实行了家庭联产承包责任制，农民自己种自己的田。那之后的暑期，每逢农忙双抢季，二哥是一定要回家一趟的。他提前将平时积攒下来的假期通过与人调换，归集到这个时间。每当这个时候，在村口的机耕路上，我就会惊喜地看到一个衣着得体的青年，背着一个沉沉的挎包，急匆匆往村里赶。这就是我那可爱的二哥。包里，装着的是他从厂食堂买回来的包子和馒头。我一直觉得，那时，是二哥这辈子精气神最好、人也最显眼的时候。我无数次怀念那时的二哥，真希望时光就停留在那个时候。在我们三兄弟中，二哥小时候饿肚子，一定程度上影响了他的发育。但他个子居中，比我高，看起来最为结实，长得也最好看。二哥的五官生得好，鼻梁挺直，双眼皮，尤其是有一口整齐雪白的牙齿。我曾经有点嫉妒地想，为什么同一个父母所生，二哥的牙齿比我的好太多？！

也许曾经做农民带给二哥的记忆是痛苦的，他发自内心厌恶农活。回家参加双抢，实在是不得已而为之，完全是出于对家人的这份爱，他想分担家人的这份苦累。因此，即使回来帮忙，二哥在做累后，还是忍不住抱怨，甚至天真地说出"明年我不回来了"之类的话。不过，二哥说归说，第二年的双抢季节，村口那条机耕路上，我一定又可以看到他那急匆匆的身影。

离开家的二哥，对我这个弟弟更加亲近。我读书时那些年的夏天，二哥总要提前写信给我，要我到他的水泥厂去玩一段时间。二哥非常信任我这个弟弟，有什么话都会告诉我，有疑问也会与我商量。那时，二哥已经青春萌动。一次，他悄悄跟我说，他喜欢厂里一个漂亮的女孩，并说那女孩对他也有意思。我内心祝福二哥能够获得爱情，鼓励他勇敢追求。他让我远远地看那个女孩，确实长得不错。二哥转身后，我看着他的背影，确信我这么好的二哥一定会有好女孩喜欢他。那时的水泥厂，二哥在一帮男青年里，单说长相人品算是突出的，没有理由没有女孩喜欢。但二哥似乎缺少自信，自言自语地说："就不知道人家嫌不嫌我们家的条件？"

住在二哥厂里的日子是值得回忆的。那个厂子不大，却是二哥的整个世界。晚上，二哥会细心地安排我吃饭、洗澡。他跟我总结了一条保护头发的金科玉律：洗完澡，一定要用干毛巾反复擦干净头上的水。二哥去上晚班，让我在室外竹床乘凉。半夜，已经睡得迷迷糊糊的我被二哥叫醒。我一看，他端着一碗面笑嘻嘻地对着我。这是厂里食堂每天为晚班工人准备的夜餐。我吃着面，看着繁星满天，听着一阵阵的蛙声，觉得这样的岁月也很美好。

住了一段时间，我要回家了。二哥把我送到火车站，从他的眼神里，我看到的满是对亲情的依依不舍。火车开动后，二哥的身影还在远处晃动。顿时，泪水模糊了我的视线。

二哥的担心终究变成了现实。厂里那个漂亮女孩最后没有选择他，而是嫁给了镇上一个领导的儿子。红旗桥镇太小，选择范围太窄。二哥的婚姻只能超出那个小镇解决。一个在金溪县浒湾镇的远房亲戚，热心帮二哥做媒。几番纠结，二哥终于成家了。那是1986年冬季，我正在读大学三年级。

一年以后，二哥的儿子出生了。初为人父，我在二哥的来信中感觉到了他那因激动而生的战栗。字里行间，流露出的是满满的对新生命的爱。信里还郑重委托我帮新生命起一个名字，不过他说自己已经想好了一个，只是觉得土。我回信把他为儿子起的两个字的名字建议变成单名，同时去掉他那个关键字的偏旁。我解释了字义。他一听很高兴，欣然接受。因此，这个侄子的名字是我们兄弟的合作成果。

我读大学期间，有两件事让我记忆犹新。1986年暑假，我们三个高中要好的同学相约一起游黄山，预算开支每人30元。对同学的提议，开始我不敢答应，担心没有路费。这年暑假，我像以往一样先去了一趟二哥的水泥厂。他知道这个旅游计划后，对我说："你应该与同学一起去，钱我给你。"我推辞不要，我知道他的收入并不高。那时，30元对于我们来说不是一笔小钱。而此时，二哥正筹钱准备结婚成家，我们家能帮的不多，要靠他自己。二哥坚持要为我出这笔钱，最后我还是接过了这30元。不久，我用这笔钱，与同学一起踏上了去黄山的路。这是我有生以来第一次真正的旅游。因为担心钱不够，我们三个穷学生没能到达黄山顶就决定折返。但这次黄山之行仍然留给我十分美好的回忆。更让我无法忘记的，是二哥给我的这份兄弟情。

另外一次，是大四毕业前的那个冬天，我到二哥厂里去玩。二哥请了一个同事兼同乡一起吃饭。为了表示对同乡的盛情，从来不沾酒的二哥，特意买了一瓶白酒招待。席间，那位同乡不断恭维我今后前途无量。三杯酒下肚，他一高兴，突然掏出 30 元现金，硬要塞给我，说是知道我读大学清苦，拿给我做伙食补贴。我坚决拒绝，二哥也在一边同我一起推辞。但他趁着酒意，脸红脖子粗地对我说："今天你不接，就是看不起我这个工人大哥！"我见他如此豪爽，且真挚诚恳，当时十分感动。为了不辜负他的好意，我接过了这 30 元钱。我心中油然生出对这位大哥的崇敬，当时心里热乎乎沉甸甸的。我下决心绝不辜负这位大哥的恩情。毕业上班后，我去看望二哥，顺便买了烟酒准备送给那位好心的同乡大哥，当然也准备了钱还他。二哥知道我的意思后，淡淡地说了一句："钱不用还了。"我从二哥的话语中听出了弦外之音。追问之下，二哥告诉我，其实那位同乡给我的 30 元钱，在我离开之后第二天他就还了。原来，在二哥家喝酒后，那个同乡回到家就后悔了。确实，那 30 元钱，对他而言也不是一笔小数目。第二天，他找到二哥，借口说他老婆知道后为这 30 元找他吵架。二哥二话未说，立马掏了 30 元还他。听完二哥的叙述，我立即有一种极大的落差感。我在心里说："同乡大哥啊，当初就不该给我的呀！"他在我心中的形象，由高大变得模糊起来。不过，我还是将烟酒送给了他，是委托二哥去送的。当我看着眼前的二哥，内心更加充满复杂的情感。这事我不问，他从来也不说。我的憨厚实在的二哥哟！

二哥是一个过日子的普通人，没有什么远大的志向，但对亲人却有一份在骨子里的爱。他总是以朴素的感情对待家里的每个人。他孝敬长辈，尽管自己条件有限，但总想报答这份养育之恩。那年，二哥写信要我送祖母去他厂里住。他说祖母带大了他，他想尽尽孝。我送祖母时，是坐中巴车去的。路上，有个中年人拿相机不停拍祖母。我问他为什么拍我祖母？他说，他是个摄影师，看到老人满脸慈祥，实在忍不住想拍下来，希望成为摄影作品。

祖母到二哥厂里居住，似乎有两三次，每次住一两个月。祖母在他家的时候，二哥总是想方设法，在有限的条件下让老人家吃得好，住得舒服。

时间到了 20 世纪 90 年代中期，随着经济改革的深入，二哥所在的国有水泥厂在市场经济中败下阵来，效益越来越差。没过多久，三十几岁的二哥被迫下岗。家里又没有关系将他调到其他单位。这样一来，二哥没了养家糊口的收入。改革开放对整个国家的进步肯定是好的对的，但改革必然涉及利益的调整，必然使一部分人吃亏，最主要的就是国企工人。如果说，在我们家中，我是改革开放的直接受益者，那么二哥无形中就成了改革开放利益调整中的牺牲者。

真是屋漏又遭连夜雨！更为要命的是，此时，二哥被传染上了肝炎。他告诉我，是从同厂一个平时与他经常在一起的工人那传的。这是一种不好治的病，据说那个工人不久就因突发肝炎去世了。二哥的病，让我们全家笼罩上一层阴影。我为二哥深深地担忧。

肝病使二哥日渐消瘦，眼窝深陷，原来俊朗的脸变得越来越小。我让他赶紧去医院。经过打听，地处洪都大道的南昌市第九医院是治疗传染病的专业医院。我通过人帮他联系了一位医生。医生对他说，这是慢性病，三分治、七分养。二哥住院期间，我经常去看他，鼓励他。经过一段时间的治疗，二哥对自己的康复有了一定信心，随后出院。

为了谋生，二哥希望我能帮他在南昌找个工作。但无能的我哪有这个本事？他有些不高兴，就瞒着我自己去找。善良的他，哪知道社会的黑暗和邪恶？他看到一个小广告，有个做外贸服装加工的作坊招聘烫衣服的工人，试用期一个月，要交押金 200 元。他不知道这是陷阱，用身上不多的钱交了这 200 元押金。这一个月内，他住在厂里，天天加班加点。但这是一个黑作坊，专门骗人的。一个月后，等到要发工资了，哪知老板借口说二哥不合格，将二哥赶了出来，押金也不还。这次教训，让他不敢再自己找工作了。他想自己做点什么，先是尝试贩卖甘蔗，但看起来简单的生意也不好做。摊位问题、卫生问题、顾客问题都不容易解决，累了一个星期，没有赚到钱。他又想晚上去摆摊炒粉，事实证明这更不是他能做的。摆摊需要卫生检疫，仅肝病这一条，就断了他的想法，只得作罢。这时，我帮他找到一个机会。有个顾问单位是开酒店的，我介绍二哥去做保安。这是一个要求不高但工资也不算高的工作。二哥兢兢业业做了半年，老板也很满意，但可惜酒店没过多久倒闭了。二哥又失业了。正在这时，大哥说："要么还是到他工地帮忙。"这样，二哥在大哥的建筑工地待了下来。但他管事，人过于善良。有时出于好意，却总被误会，被大哥批评。生病的二哥多疑且自尊心强，一气之下又回到南昌。

这是 1998 年。此时，二哥的肝病似乎又出现明显症状。他很想赶快治好，跑了南昌多家医院，但没有医生给他确切的治愈方案。西医治不好，经济拮据的他便偏向寻求中医。所谓病急乱投医，正是二哥当时的写照。他经常浏览医疗小广告，寻求土郎中帮助，但哪有疗效啊。即使是这样，我只要有空，都会陪他一起去。

二哥在南昌一开始住在我家。他自尊心强，担心影响我的生活，提出自己到外面租房住。但他的医疗费和生活费基本都由我提供，哪还有钱租房？我岳父得知他的情况后，提出可以将我夫人外婆在世时住的小房子提供给二哥住。夫人的外婆是个非常能干的老工人，在 20 世纪 90 年代初去世，房子一直空在那，只是有点远。二哥欣然同意。我帮他一起准备好了锅碗瓢盆和煤气罐，二哥就这样住了下来。过了一段时间，二哥告诉我，他一个人住在那间房子里，晚上，墙上外婆的照片眼睛好像一直在看着他，但他说老人看起来很慈祥，他一点也不害怕。他这句话提醒了我，我这才注意到，二哥从小胆小怕鬼，一个人住在一个过世老人的房间里，真是需要很大勇气。二哥号称不怕，也许不是真的不怕，而是在这样的条件下的一种无奈和自我安慰吧。

　　这年 7 月，二哥告诉我，他要回水泥厂一趟。他没有说去多久，那间房子里的东西还没有动。那段时间，我比较忙，也没多想。8 月中旬，突然接到电话，说二哥在抚州住院了。我意识到有点不对，就电话委托大姐去照顾一下。几天后，大姐告诉我，二哥住在地区医院传染科。我问："有何情况？"大姐说："他似乎有点神志不清。"我一听，感觉不妙。第二天一早，我赶车到抚州，直奔地区医院。当我找到二哥时，他已经连眼睛都睁不开了，只迷迷糊糊知道是我来了。他的主治医生是个年轻的女性，给我介绍二哥病情时，说她这两天叫人弄了肉饼汤给二哥吃。她是要显示好意，但我觉得这位医生对肝炎的治疗水平有限，因为我曾经听说过，这个时候让一个处于昏迷状态的人吃肉饼汤只会加重病情。二哥的病已经如此严重，这个医生居然轻描淡写，没有采取任何特别措施，连家属都没有叮嘱。我当机立断，决定立即转院。经过与家人的简单沟通，我确定将二哥送到一附院去抢救。为了抢时间，我租了一辆出租车。路上，二哥一直昏睡，我的心一直悬着。我知道，二哥这次很危险。我祈祷老天的怜悯，放过我这个为人老实敦厚的哥哥。到了医院，经过检查，医生告诉我们，二哥已经出现了严重的肝缩水，就是说他的肝脏已经变得只有拳头大小了。医院下达了病危通知书。我一听，如五雷轰顶，心如刀绞！

　　记得那天是 8 月 20 日。

　　但二哥的生命没有马上逝去，他顽强地坚持了将近半个月。我知道，二哥内心并没有准备好离开人世，因为他不该在这个时候离开。他有太多的牵挂！母亲还在，他要尽孝；兄弟姐妹还在，他舍不得这份亲情；儿子还小，这是他最放不下和无法割舍的，他还想尽为父的责任。他还没有想好，他想坚持下去，想与死神搏斗！这近半个月，二哥一直处于昏迷中。我们一家人都陪伴在医院。晚上，我们都睡在医院的草坪上。我们期待二哥能够活下来，心里希望出现奇迹。

　　到了 9 月 3 日，二哥突然清醒过来。他大声地叫着家人，我记得最清楚的就是请我的哥嫂原谅他做过的错事，希望我们兄弟照顾好他的儿子。他清醒的时间太短了，连我都没有说上几句话。然后，大叫一声，极不情愿地撒手人寰。

二哥是在火化后运回老家的。家里为他举行了棺葬，将他的骨灰放进一口棺材里，安葬在祖坟山上。安葬他的那天，一直下着倾盆大雨，好像老天都在为他哭泣。

二哥就这样走了，从此，我们兄弟阴阳相隔。只是我对二哥的思念从未断过。二哥，来生我们还做亲兄弟！

街女

王家村的人都叫我二姐为街女。街女，顾名思义，此女来自街上。

1958 年是个非常岁月，二姐出生在温家圳镇。父母给她取名小萍，浮萍的萍。那时，温家圳不属进贤县，而归临川县管辖。父亲此前在温家圳做干部，就在 1958 年 3 月，他被抚州地委调到一个叫"太阳垦殖场"的地方工作，隶属地委，地处临川县七里岗公社。母亲还在温家圳水上小学当老师。二姐出生时，家里已经有了两个都才几岁的孩子，即大姐和大哥。二姐的到来，让母亲顿时不知所措，尽管有乡下祖父母的帮忙，她仍然无法应付。父母经过商量，决定将二姐暂时寄养。

他们打听到，老家乡下同一公社有个王家村，该村有一对王姓夫妻，刚夭折了一个孩子，女的有奶水，愿意接受寄养。与我们村以种水田为主不同的是，该村地处丘陵，以种旱地为主，故我们那叫山里王家。经协商，由我父母每月支付王家寄养费 12 元，寄养时间为两年。二姐就这样离开了亲生父母，来到了王家。王家为二姐取小名街女。自此，王家村没有人知道她的真正名字叫小萍。

两年后，父母如约去王家村接二姐回家。但只有两岁的二姐，此时已不认得亲生父母，见到父母反而往寄父母身后躲。寄母微笑着对我父母说："街女还小，你们也忙不过来，要么还是放这里，我们再帮带一段时间吧？！"父母见他们说得诚恳，就说："好是好，就是我们现在困难，寄养不起。"那是1960年，正是三年困难时期，徐家除二姐外，还有六口人，几乎到了吃了上顿没下顿的窘境。多年以后，母亲无数次与我谈起，那时为了填饱肚子，她吃了不少米糠。生存的艰难，可想而知！

听完我父母的话，寄父母却笑着说："钱多钱少没有关系，随便给一点就行。我们愿意带，你们放心吧。"父母见他们如此说，看了看二姐，心想：王家劳力多，在农村还能喝上一碗稀饭，领回来可能要挨饿，权且让他们继续养一段时间吧。于是，这次没有将二姐领回。

不知不觉又过了一年多。有人偷偷告诉父母："王家留下二姐，是有其他考虑。"原来，二姐的寄父母生有四个儿子，独缺女儿。寄父母私下盘算："这孩子聪明伶俐，如果自己养亲了，既可以当女儿，又可以做王家的媳妇。"他们拟将二姐许配给大两岁的王家老四。父母一听，这哪行啊？！于是，赶紧去王家要说法，要领回二姐。奇怪的是，去了几次，都只能空手而回。因为每次去王家要人，都没见到二姐。寄父母解释说："街女怕生，听到你们来了，就躲到外面不知哪家的稻草堆里了。"接着，他们宽慰我父母道："街女在我们家很好，我们把她当女儿看待。从现在起，我们不要寄养费了。"

最后一次，父母又去王家，这次下决心要回二姐。他们不想自己的女儿由寄养变成童养媳。寄父母看到我父母这次态度坚决，寄母就号啕大哭起来，寄父则恳切地说："街女我们带亲了，已经互相离不开了。你们就让街女留在我们家吧，我们会真心对她好的。"这是寄父母的求情，也算是公开摊牌。父母善良，他们觉得寄父母人也不错，看起来对二姐是真的喜欢。心一软，又没有坚持。其时，祖父还在世，父母回家把情况跟他说了后，老人家就说："罢了、罢了，生女儿反正是要给人家的。如果王家对小萍真好，就留给他们家吧。"那个年代，说起来已经解放多年，但农村养童养媳的现象还很普遍。祖父的说法虽然出于无奈，既然二姐要不回来，父母只能把这话当作台阶下了。

这时，二哥已经出生，无形中冲淡了父母对要回二姐的坚定意志。母亲因被人诬陷，不能再当老师，下放到我们老家务农。不善农活的她，生活的压力比别人更多了一份。而父亲远在抚州，算是在为国家出力。夫妻相隔百里，各自劳碌。如此，他们已经难以再顾上二姐了。

各种因素的叠加，导致二姐事实上成了王家的孩子。她也习惯了在王家的生活，把寄父母当成了亲父母。两家不再为二姐的事争执，反而默认成了亲戚，每逢年节，互相走动。我记忆中，父亲曾经一个人去过王家。他提着在垦殖场带回家的好吃的东西，送去给二姐分享。等到我们兄弟姐妹稍大，去王家做客的就换成了我们。

时间进入 20 世纪 70 年代，二姐已经长得亭亭玉立，充满青春气息。后来，我不时听说二姐在王家的成长经历。二姐小时候读书很好，成绩一直在班上名列前茅，参加全公社同年级数学比赛还得过第一名。可惜王家只让她读到小学四年级。传说是王家父母担心她书读多了自己儿子配不上，容易变心，有意停了她的学。但我个人推测，王家的这种用心只是二姐没能继续上学的原因之一。那时农村孩子读书的本来就少，女孩子读书的就更不多了。对于这点，二姐长大后虽然对没能多读书有所惋惜，但对寄父母却没有怨言。二姐在王家村被大家称道，还因为她做事是一把好手。她做什么事都上手快且干净利落。干的农活，无论是砍柴、采野山菇，还是打麦子、扯花生，或是种芝麻、油菜，二姐样样精通。山里的地多，事也多，二姐成为王家不可缺少的主要劳力。除农活外，她比一般农村女孩还心灵手巧，尤其是做冻米糖、炒红薯片等格外好吃。等到二姐成家后，每年都要带给娘家侄子侄女们分享，成为侄辈们温馨而美好的回忆。农村实行家庭联产承包责任制后，二姐学会了种瓜、种果。这一点，似乎与我们徐家喜欢种植的传统一脉相承。

等到二姐懂事，她才有了自己系被寄养的概念，知道自己系徐家的血脉。逢年过节，她照例会到徐家来拜见亲生父母。不过此时，二姐从心底再难产生对亲生父母的那种血肉之亲。二姐与我们这些兄弟姐妹的关系随着交往增多倒亲密起来。我嫂子评价说："小萍与我们兄妹的关系一点不像是小时候送出去的。"确实，在农村，像二姐这样从小在别人家长大的女儿，与亲生的兄弟姐妹的关系大多疏远。我们兄弟姐妹看到二姐的举止，有时也会说："小萍还是很像我们徐家的人。"

我记事后，几乎每年都会跟着哥哥姐姐们一起去王家看望二姐。那时去王家，是从我们村后翻山过去。我一直觉得王家村离我们家很远。事实上，即使翻山抄近路也有十多里，靠脚量自然会感到辛苦。但一路上也有欢声笑语，非常快乐。有一年春节后去王家拜年，我们一路走，一路数着还剩下多少个山坡。但此时，天气晴好，春光明媚，看到的是满山金灿灿的油菜花，每个人心情大好。我当时有一种异样的感觉，仿佛这些美好都与二姐存在某种关联。

还有一年，端午节到王家做客，正是雨季。二姐为了体现热情，特意到村后山上采来很多野山菇，显得很是得意。二姐在王家村长大，深深爱上了养育她长大的寄父母，也爱上了这里的山水。二姐把野山菇作为招待我们的佳肴，尽管没有放肉，经过烹饪，那野山菇散发出自然的鲜味，至今犹能回味。

每次到王家做客，都是当天来回，唯有一次住过一晚。那是王家老三结婚，我随大姐作为徐家的代表一起去送礼。二姐一边为王家老三的婚事忙上忙下，一边殷勤地招待我们。那时物资还不丰富，二姐偷偷为我拿来许多甘蔗、花生。大姐在回家的路上说："二姐懂事了。"她告诉我，当年王家另一个儿子结婚的时候，二姐年龄尚小，祖母带大姐大哥去做客，可能是客人多，王家似乎冷落了祖母几人。其他小孩都在吃甘蔗、花生，唯有大姐、大哥没有人给，馋得直流口水。此事让祖母耿耿于怀。祖母的不满终究传到了王家，二姐把这记在了心上。这次，她用行动证明，她会自己照顾好娘家人。

转眼二姐也到了婚嫁的年龄。王家催着二姐与老四成婚。但这时，二姐突然犹豫了。她要重新考虑与老四的这桩婚姻。她从小把老四当成哥哥。四哥是个好人，却是一个老实得过于木讷的好人，与二姐心目中的丈夫似乎还有不少差距。当哥哥没有问题，但当丈夫，她总觉得不妥。二姐在内心挣扎，此时她知道，婚姻是自己一辈子的大事，她想将婚姻与亲情区别开来。于是，她把自己的想法告诉寄父母。两个老人一听，顿时惊慌失措。要知道，在两个老人心里，街女既是他们的女儿，又是他们的儿媳。他们认为这是天经地义的，从来就没有想过会有改变。

寄父母没有料到平时对他们十分孝顺的街女，居然会有这样离经叛道的想法。寄母一直哭，几天茶饭不进。寄父则整天唉声叹气，一边叹气还一边说："街女不与老四结婚，老四这辈子就要变成光棍。我们两个老人与其这样，还不如早死。"二姐从没有见过两个老人如此难过，在她心里，他们才是这个世界上最亲的人。尽管知道自己还有亲生父母，但她已经习惯的生活、吃惯的饭菜，甚至喜欢闻的味道都是寄父母这边的。在她内心深处，寄父母就是亲父母。二姐对寄父母的感情，证实了这世界上人不是生亲的，而是养亲的。

二姐心底的善良，此时强烈地冲击着她。她无法忍受寄父母因为她而如此难受。她在内心反复挣扎，知道自己很难接受四哥为丈夫，但更难接受没有寄父母。她从极度矛盾中努力寻找平衡，最终她作出了此生最重要的妥协：她准备为了寄父母做出牺牲！于是，她哭着反过来安慰寄父母，答应听老人的话，与四哥结婚。

二姐的善良为她此生的不幸埋下了伏笔。毕竟，她做决定的时候还太年轻。

婚后，二姐很快尝到了婚姻的苦果。两个人各方面相差太大，这不是她想要的。四哥不懂得二姐需要什么，他是这个世界上最不懂爱情的那一类人。两个人的婚姻在重复中国几千年未变之悲剧。形式上结婚了，但此前的兄妹反而陌生起来。好多年，外人没有看到两人像夫妻一样走在一起。两人回娘家时，也是二姐一个人远远走在前面，到家半天，四哥还在路上。

　　二姐这辈子对婚姻有三次改变的念头。除结婚前的挣扎外，第二次是在生完大女儿后。一次吵完架，她离家出走，躲到南昌的姑姑家。姑姑小时候也曾有过做童养媳的经历，但姑姑是个勇敢的人，不甘愿接受父母的安排，偷偷与一个驻扎在村里的国民党青年军官私订终身，并为此私奔。同样有过童养媳的经历，让一老一少找到共同点，二姐似乎从姑姑身上获得了勇气。只是两个人的命运毕竟有所不同，二姐没有机会遇到青年军官，自己的牵绊比起姑姑来也要多。对于一个已经有了孩子的人，世俗的力量比想象大得多。面对二姐好不容易鼓足的离婚决心，劝和的多，劝离的少。最终，二姐败了，收拾行李回到了乡下。

　　接着，二姐在第二个女儿出生后，再一次出走。这一次，同样是得到姑姑的庇护。她住下来，在南昌街头卖起了水果，似乎决心很大。结果是，一个多月后，她还是回到了王家。那时，我没有过多关心她的婚姻问题。我当时并不理解她的所作所为，更没有设身处地考虑过她的感受。若干年后，思考二姐的经历，才深深感到，二姐是多么的痛苦，她一定是经历了无数个不眠而难熬的长夜，一定流过无数滴眼泪。我不想去斥责任何当事人在这件事上的过错，因为有时每个人都是受害者，都被这世间无形的绳索束缚，因而每个人都有痛苦。

　　婚姻对一个人的改变是巨大的。二姐在婚前，我并没看到她性格有什么缺陷。但自从结婚后，尤其是年龄越大，她越显得乖张、多疑，开口闭口都是怨言。母亲在世时，我多次听到她对母亲的埋怨，称现在的一切都是因为当初父母弃她不管。母亲的辩解总显得苍白无力，加上母亲内心也为此懊悔，所以只好任其"声讨"。我们在边上，只

第二辑　亲人一场

093

能做旁观状，知道再说什么都是多余的。

有人说，一个人年龄越大，就会越迷信。我本身是唯物主义者，但也觉得有些东西科学无法解释。小时候，我们姊妹五个一起"称命"，就是按照每个人出生的时辰和年月日，找到相对应的数字，加起来就是这个人命的"重量"，数字越大意味着命越好。在我们五个兄弟姐妹中，二姐和二哥的数字是最小的。那时，我只是一笑置之。谁知，大了以后，这些神奇的数字居然一一得到应验。

二姐是个苦命人。婚姻的不如意只是其一。接着，让她在农村抬不起头的，是只生了两个女儿。她曾经也想过要一个儿子，但无奈经济上不允许，四哥不是个能赚钱的人。生完第二个女儿后，她像众多的农村妇女一样，被乡村干部强拉着去做了结扎。从此，只能认命做一个被农村人看不起的纯女户（重男轻女思想，也有贬低农村人的嫌疑）。二姐在响应"生男生女一个样""只生一个好，政府来养老"等宣传政策，到乡政府领取了纯女户证。

等到女儿大了，以前对婚姻的不满，就像一个船夫无意中将一块颜色很浓的布，挂在了船与水面接触的地方。被生活的大河长期涤荡，布的颜色越来越淡了。她的主要关注点慢慢回到了生存本身。抚育两个女儿长大不是一件容易的事，关键的是像所有父母一样"望女成凤"。我们兄弟姐妹聚会时，我曾经与大家商量，希望下一代全部接受大学教育。二姐对此是高度认可的。她知道，女儿要避免自己的命运，就要有文化。她极力鼓励女儿读书。但结果二姐的一个女儿还是未能接受大学教育，这对她而言多少留有遗憾。好在这个没读过大学的女儿很能干，反而没让她有过多操心。二女儿的婚事，让她平添了不少忧愁。二女儿迟迟未能找到如意郎君，在我看来，很可能是看到了父母婚姻的不幸，这使得她变得更小心了，迟迟不敢向他人敞开心扉，生怕重蹈覆辙。二姐此时又变成了传统思想，嘴上不说，心里却希望女儿早日成家。这种希望，随着女儿年龄的增大，变成了她的一块心病。世界上有一种折磨是，一方面心里焦急，另一方面又不敢在嘴里说出来。

时间来到了2020年中秋节前，二姐到医院检查身体。此前有较长一段时间，她感觉腹部隐隐疼痛。像很多因为考虑经济而不轻易看医生的农村人一样，她以为是小毛病，就没有去医院。等到检查结果出来，医生悄悄告诉家人，二姐得的是胆囊癌中晚期。这是一种恶性程度很高、预后不良的癌症。医生预计二姐只剩下一到两年的寿命。听到这个结果，我们在震惊之余都十分难过，无法接受。为了不给二姐带来心理负担，不敢告诉她真实的诊断结果，只说是胆囊炎，没有大问题。家里人私下找专家咨询，医生顺便说，胆囊癌形成的原因很多，但一个人如果心情抑郁，尤其是女性，则更容易得病。

医生的预期果然很准。2022年1月16日，人们正在期盼春节的到来，而二姐在与病痛斗争不到两年后，就撒手人寰，终年63岁。在送别二姐的那天，天气阴冷，间歇落下一阵冬雨，像我们欲哭而未流下的眼泪。

回顾二姐的这辈子，像千千万万个普通中国人，一生活得艰难，脸上的愁容多，而难得听到她发自内心的笑声。作为一母同胞，我自惭形秽，能帮她的又是那么的有限。

二姐就这样离去了，留给我无限思念。一个人静下来时，我总会情不自禁想起她，想起二姐曾经对我的好。犹记得在泉岭中学读初中时，学校离王家村较近。有一个星期天，她特意带我去她家，请我吃红薯。二姐亲自用大锅焖了半锅红薯，我饱餐一顿后，还让我带了一些到学校吃。那是仍然没有完全解决温饱的年代，我吃在嘴里，暖在心里。这一份姐弟情我怎么敢忘记呢？

2019年，二姐还没发现生病。当年，由于她没有像往年一样去工地做事，一个人待在王家。闲不住的她，一方面打理她自己种植的六十棵南丰蜜橘树，一方面种了半亩地的西瓜、梨瓜。等到瓜熟的时候，大概六月份，她特意来电话请我和妻子去吃瓜。那天，我们跟着二姐到地里去挑瓜，装满了车子的后备箱。看到我们喜欢，二姐露出由衷的满足感，似乎我们的喜欢才能体现她种瓜的最大价值。此情此景，犹在眼前。

近些年，二姐每到冬季，都要亲自到我们乡下帮助修剪橘子树、柚子树。经过她修剪的树，春天的花开得格外多，秋季的果结得格外密。

二姐走了。从此以后，再也吃不到她亲手种的瓜，再也等不到她来修剪乡下的橘子树了。

外公四兄弟

1. 读余世存《家世》想到的

在写这篇文章前，我这辈子到外公家不超过三次，且都是在我工作以后。这三次都是陪母亲去的，了的是母亲的心愿。

我看到的罗溪镇老北边村外公家，是一副破败凄凉的场景，没有妈妈生前经常念叨的她小时候富裕人家的样子。只有那在土改时早已分给他人居住的青砖灰瓦的旧屋，还能看到曾经的主人辉煌过的痕迹。所以，外公家没有给我留下想象中的美好。外公外婆当然早已经不在，我从来没有见过两位老人家，留在村里的周家后代也屈指可数。我的经历证明，一个小时候从来没有去过外公家、被外公外婆爱抚过的外孙，很难对外公外婆产生思念之情，也很难对母亲曾经生活过的地方产生留恋之感。所以，我几乎没有想过要去外公家看看。去看什么呢？！

但很奇怪，人到一定年纪，很多想法会发生改变。我了解的是，许多人会有一种寻根的冲动。毋庸置疑，这个社会还是父氏社会的延续，大多数人说的寻根，寻的是父亲这边的根。但也有人会追问母亲那边的状况，毕竟自己血脉的一半是属于母亲的。随着现代生物学知识的普及，越来越多的人意识到，父母双方的基因都很重要。因此，无论是从父亲一方还是母亲一方寻根，都是一种对自己之所以成为自己的再认知。

我偶尔读到学者余世存先生写的《家世》，对他的观点深以为然。他在解释之所以写作这本书时说："当代文明仍未解答的几大之谜，如物质结构、宇宙演化、生命起源、智能本质等等，家族的传承跟它们几乎都有关联，尤其与智能本质最为接近。"因此，"活在这个世界上，我们都将以自己或家人为起点，游走世界，往而有返。忆苦思甜也好，慎终追远也好，当我们'回家'时，我们都该扪心自问，我们是否解答了'人类情感和认知的急迫性'"。这给了我启示，也让我开始关注起自己的家世。

表哥郦浙骏，曾是一家国企的总经理。有好几次，他跟我谈到我们共同的外公家。

外公一共有四兄弟，我外公是老大，他外公是老二。我这才发现，他对外公家的情况比我了解的多得多。当他聊起外公家时，谈得最多的还是外公家曾经的那些人和事，对外公家的衰败不住发出感叹。他知道我喜欢写文章，建议我有机会可以写写外公家。比起他来，同为周家的外孙，我对外公家的情感确实过于冷漠，在他面前我多少有愧疚感。这种冷漠，更觉得对不起的是，我那对外公家一直心心念念的母亲，还有虽未谋面，却与我有无法割断血缘关系的外公一家人。

说起外公家，其实我也并不是真的陌生。我小时候没有去过外公家，但母亲却在我们面前无数次谈起。我至今清楚记得母亲跟我聊过的那些人和事：关于周家的四十四间"五间过"房屋、关于屋门口那棵高大的桂花树和年年盛开的月季花、关于她记忆中外公和二外公的高大形象、关于外公主持卖田供三外公上大学的故事、关于她双目失明的祖母如何将只有她老人家才有权私藏的点心分给孙辈们的故事、关于外公和二外公在"十八周打一杨"中死于非命的变故、关于三外公跟她们讲的在广西等地见到的少数民族的稀奇事、关于三外公在南京紫金山天文台工作的有趣事等等。当时母亲讲的这些事在我脑海中是零星的，离我是遥远的，而我仅仅把这当作故事来听。

母亲过世后，我以为再也听不到有人跟我谈外公家的事。但有一次，我听到浙骙的母亲即我姨娘跟我聊起外公家，尤其是她四叔即四外公之死时，我真的有一种被猛击了的震撼。那个关于北边村的往事再次在我脑中活跃起来。其时姨娘还健在，她是我母亲的堂妹，即二外公的小女儿周璨琴。我外公与二外公在同一天同一件事中亡故，所以她与我母亲有相似的命运，与我母亲的感情因而显得特别深，加上两家距离比其他娘家人更近，两家一直走得勤。姨娘是从那时走过来的所剩不多的老人，是对外公家有诸多记忆的见证者。老人家能干了一辈子，聪明了一辈子，我一直佩服她有过人的胆识，还有到老都十分清醒的头脑。

通过上述各方的信息汇集，我心里逐渐对外公家有了一个轮廓。由此，我确定了一个想法，就是如实把外公家的故事写出来。我把这些故事写出来，不仅仅是为了我自己关注的"家世"，更主要的是外公家其实是一个普通又典型的中国乡绅家族，这个家族由盛而衰的命运变迁具有一定的代表性，我将它作为一个切面透视给社会，以给人们一些思考和研究。

关于老北边村的那些事，我除了亲人们的讲述，缺少资料和现场感。为了写好这段故事，让文字更接近实际，我对外公家做了一些研究。一是借助网络和书籍查阅了一些资料，二是走访了一些知情人。2019年3月16日，浙骙表哥听说我准备去外公家实地走访，特意从外地赶过来，陪我一起驱车到罗溪镇和老北边村、回峰村等。

当我看到老北边村村口那两棵粗大的老樟树时，才校正了这个母亲出生的村子在我心中曾经错误的地理位置。我们绕着整个村走了两遍，仔细辨认那些曾经属于外公家的旧屋，那村后长满各种树的依山，想象这些曾经带给母亲美好和悲痛记忆的每一个场景，心中蓦然生出许多的感叹。岁月沧桑，母亲少女时代的那些同龄人如今安在哉？

这次走访老北边村最大的收获是查阅了外公家的家谱。这本家谱是重新印刷过的，里面的错误非常多，包括人名的张冠李戴、很多的错别字、名字的顺序颠倒等等。但我还是将关键人物的一些重要信息寻找和核对了出来。

其实我知道，关于外公家还有更多的书面资料，比如关于三外公的直接资料本来就可以查找到，他老人家阅历十分丰富，在江西、江苏、广西、福建、北京、河北等地应该都留下了足迹，当然也有相关资料，而限于各种原因无法实地查找，这对我而言是一种遗憾。

那么，如何写，以什么为主线写呢？我想起外公家的盛衰，大家很容易谈到外公四兄弟。中国本身就有以男丁为家世叙事主线的传统。据此，我决定以已经掌握的有限资料来写外公四兄弟的人生轨迹和部分命运，概括外公家的这段家世。我这段文字，也同时作为一个未曾谋面的外孙对自己外公及其兄弟等逝去亲人的祭奠。

2. 家学渊源的老北边周家村

外公家所在的村叫老北边周家村，位于进贤县罗溪镇北面。罗溪镇处于鄱阳湖分支青岚湖南岸。从地图上看，整个罗溪镇像一个半岛深入到湖中心。罗溪镇始于宋朝，距今有一千四百多年历史。旧时因为罗溪物产丰富，是鱼米之乡，加上便捷的水陆交通，罗溪曾经被称为"金罗溪"。

现在的罗溪有十一个行政村，九十多个自然村。在这些自然村里，中华人民共和国成立前有十八个自然村姓周。姓周的村大多叫某某周家，比如旧下周家、新下周家、梅湾周家、寺下周家、三科周家、三房周家、曹坊周家、对门周家、润北边周家、老北边周家等等。老北边周家就是母亲经常说的她的娘家，是外公家所在村，也是现在的北

边村委会所在地。

老北边村距离罗溪镇五公里左右，距离进贤县城约十八公里，距离南昌市六十公里左右。而如果按水路计算距离的话，距离进贤县不过十来公里，距离南昌不过二十来公里。老北边村以农业为主，主要种植水稻，部分旱地则种植花生、芝麻、棉花等。

罗溪镇的周姓在九十多个自然村里，以重视文化、出读书人出名。百度百科词条在介绍"进贤县罗溪镇"时，"赣商文化"一节介绍的就是周姓人家。称相传古时旧下村每年有十八担书香出门赶考。有周人境、周介境两兄弟一起赶考，同时中进士，故至今保留有"一家二进士"的牌匾。始祖周崇立的孙子官至明朝兵部侍郎。查周氏家谱发现，其实在这一千多年的历史中，周姓远远不止上述几个出人头地的读书人。

除了出读书人，周姓还出商人。明代有商人周家进，成功后在旧下村建造私宅二十六间，占地1000多平方米，所造房屋被称为"五间过"。清代有商人周以集，建造有堪称江南典范的两幢房屋，所用材料精雕细刻。在罗溪镇周姓村里，这样的明清建筑其实有很多，我们在老北边村也看到有好几栋具有江南风味的老建筑。

而比较集中的是旧下周家村的老建筑，主要有二十六栋古屋，包括大夫第、先官世胄、南国遗风等。这些老建筑已经引起政府有关部门的重视，被列入第二批中国古村落保护名单。2015年，这些老建筑被列入中央财政支持范围。其他村的老建筑修复问题政府尚无暇顾及。

因此，从文化和商业上说，罗溪周姓具有优良传统。

我们查阅外公家谱的时候，发现外公家就是传统的书香门第。

外公的父亲在周氏中属汝字辈，称"汝箕"，名"承结"，大名"是哉"。他生于1870年（同治庚午年）农历六月二十六，殁于1910年（宣统庚戌年）农历六月初四，只活了40岁。家谱记载他系"清国学生"。这个"清"指的是清朝。查阅有关历史知识，清朝的

"国学生"，亦即太学生，又称国子生，是清朝最高学府国子监肄业（注：当时毕业生都叫肄业，与后来的未毕业就出来的意思不同）的学生，但多指官员子弟的大学生。他们是从省、府、州、县的生员中选拔来的，本身身份是学生，还没有官职，相当于现在的大学生。如果再去考试就可能授进士之类。在周氏祠堂所立的"大主牌"上，有一首关于外公父亲的诗，很可能是他自己写的。诗曰："闲来无事好轻吟，远近朋侪书知音。我忆当年应府试，同房共畅快谈心。"从中可以看出，他读国子监前是已经经过了府试的生员。清朝时，国子监只在北京和南京设立。这说明外公的父亲在这两个地方中的一个读过清朝的最高学府。无论是哪种情况，都说明外公的父亲这辈已经是那个年代少有的能到国子监去读书的读书人，也印证了外公出身于书香门第不假。

外公的父亲过世后，他人对他写下不少文字，这些文字不啬赞美之词。这些人对他的赞美归纳起来包括"聪明远达""气量恢宏""喜欢读书""好交朋友""品德高尚""重义轻利""乐善好施"。可以判断，除了出于礼貌的称赞，外公的父亲一定是一个很了不起的读书人。只可惜壮年早逝，正如他侄子所写的"有志未成"。去世原因未有记载。去世后安葬在北边坟山的子山。

外公的父亲娶的是易氏，即罗溪易家村的"钦德之长女"，也是广西南丹州"正堂印"即州长易振鹏的妹妹。易家在罗溪也是传统大户人家。

易氏即外公的母亲、我母亲的祖母，她老人家帮周家生育了四子五女。四子即我的外公四兄弟：士刚（周菊恩）、士毅（周福恩）、士木（周范群）、士函（周范舆）；五女的名字不详。但记载长女嫁给罗溪熊村，二女嫁给温家圳的大溪章村，三女嫁给罗溪山东曹家村，四女嫁给和药局，五女小名"呆末"，当时尚未婚嫁。这个"呆末"从江西第一女子中学毕业，是五个女儿中明确读过书的人，这在当时也是不多见的。因为排行第九，所以小名"九妹"。可见，外公家至少从其父辈那里算起，就非常重视读书，且女子也可以读书，当时这应该算是很开明的了。

在外公九个兄弟姐妹中，我唯一见过的是姑阿婆"呆末"，即"九妹"。家谱里取"呆末"这个名字十分有趣，她确实是最小的那个老末，但一点也不呆。我见到她时，记得她已经是一个说话轻言细语、非常有修养且和蔼可亲的老人。她一直生活在南昌，姑公是江西师范学院的教授。我小时候，跟随母亲曾经到过她南昌的家，也见过十分亲切的姑公，见过姑阿婆的儿子儿媳和孙子孙女。她老人家曾经几次到我家住过，一点不嫌弃我们家的寒酸，还给我讲过好多故事，甚至还包括在当时不能谈的禁忌。对姑阿婆，表哥浙骏也与我有同样的记忆。我觉得我姨娘长得有点像这个姑阿婆，她们的共同点是除了能干，年轻时还都是周家的大美女。

说外公家是书香门第，还可以从他们家女性取的名字中看出一二。我母亲叫宝琴，二外公的两个女儿叫瑶琴和璨琴，四外公的五个女儿分别叫瑜琴、琼琴、璧琴、尔琴和爱琴。据母亲说周家女孩子的名字，是仿照红楼梦里取的。

3. 外公、二外公与"十八周打一杨"

我的外公是周家老大，叫周菊恩，大名周寿鸾，号抚君。他于1894年（光绪甲午年）农历九月十三出生。根据家谱记载，外公做过进贤县农民协会委员、省立女子中学事务员。大概外公也是读过一些书的，只是没有具体记载读过什么学校。二外公周福恩，大名周寿锴，号范民，生于1896年（光绪丙申年）农历六月十九。

外公的父亲去世于1910年。此时，我外公才16岁，而二外公14岁。也许是父亲的早逝影响了外公两兄弟，使他们未能进一步读书。

这样，我外公作为长子以 16 岁的年纪接过了周家的重任，成为一家之主。二外公也只能跟随长兄操持周家事务，一起扛起周家的重担。据说两兄弟都非常能干，又十分团结。并且两兄弟都长得高大威武，武功了得。周家本身是富庶人家，有一定家产，到外公手上，家里已经有几百亩良田。

母亲多次向我描述，说她父亲长得十分魁梧，且大家都十分尊敬他。作为一家之主，外公对于弟弟们起到了"长兄当父"的作用，将家里的各种事务处理得有条不紊。

即使是缺少文字资料，也能推测出外公是一个很有见地很有格局的人。外公的父亲死时，三外公周范群和四外公周范舆当时分别是 10 和 7 岁。显然，他们的父亲已经无法照料和培育这么小的两兄弟。但三外公和四外公都读了书，甚至让最小的九妹也读了书。这只能是老大的主张和老二的支持，尤其是一家之主的外公，看得出他在其中的决定作用。母亲听长辈说，光为了三外公读大学，周家一口气就卖了一百多亩良田。母亲还告诉我，她的哥哥即我的一个亲舅舅也读了大学，可惜 20 多岁就生病去世了。总之，周家在读书这方面是舍得花钱并形成了传统的，代代都有读书人。

外公两兄弟不但家里的事处理得当，而且还由于为人谦虚，处事公道，赢得了罗溪人的尊重，尤其是被整个周姓人认可和拥戴。罗溪有很多姓，大村小村都有，经常有不同姓氏之间的纠纷，有村与村之间以大欺小的情况，外公两兄弟总是打抱不平，为弱者主持公道。而遇到村与村、不同姓的村民之间出现矛盾需要调停纠纷时，都会主动找他们两兄弟作为中间人。久而久之，两兄弟在罗溪名望很大。

但正是外公两兄弟的名望，无意中给他们引来了杀身之祸。这就是至今仍然在罗溪流传的"十八周打一杨"的传说。

十八周，就是上面已经介绍的罗溪周姓十八个村，而"一杨"，则指的是与老北边村一湖之隔的回峰杨家村。回峰村的老村当时坐落在最靠近青岚湖的半岛北面。回峰村都姓杨，是当时罗溪最大的村，当年与周姓村发生冲突时，据说人口已经过千。那时老北边村周姓人口不到两百人。我这次走访两村时得知，现在的回峰村通过读书和做生意出去的已经超过两千人，留下的也有一千七八百。加起来共有三千七八百人。老北边村出去和留下的各两百多人，共四百多人。可见两个村人口一直是杨姓占绝对优势。

两个村之间隔的湖有八百亩左右，是青岚湖延伸进来的。那时两个村的人要走到对村需要绕过湖最里面的岸边堤坝，但仍然不算很远。中华人民共和国成立后，为了防洪，大概在 1978 年，那时的罗溪人民公社组织社员在接近青岚湖湖口的位置，通过填湖造陆把两岸连接起来了，这样，村民可以通过这条路到达对方的村子，方便了许多。围起来的湖变成了内湖，目前是由回峰杨家村民在承包养殖。

我查阅周氏家谱，发现老北边周家和回峰杨家之间、其他周家和回峰杨家之间都一直频繁通婚。在周氏家谱上我发现很多注明娶"回峰"村女性为妻的记载，说明其实之前周姓与杨姓之间并没有根本矛盾。我们经过走访发现，引起"十八周打一杨"的传说，站在现在理智的角度分析，其实是当时回峰村对外公两兄弟的一场天大的误解。根据调查到的信息，归纳整理当时的事情原委可以得出这个结论。正因为一场误会，杨姓村民把我外公两兄弟当作了假想敌，使得我外公两兄弟被他们设计谋杀，这恐怕是我外公两兄弟当时根本始料不及的。

事情发生在 1934 年春节过后，正是新年正月，家家户户沉浸在节日的气氛中。罗溪的风俗是正月十一各村舞龙灯，从村里一直舞到罗溪街，十分热闹。而正月十五是送神，仍然是整个罗溪锣鼓喧天的喜庆日子。这年的正月十五，外公两兄弟稍稍起了个早，他们要赶去罗溪街，大家都在街上等着他们兄弟去充当送神仪式的主角。二外公还带上了他的已经十多岁的女儿瑶琴。由于北边村离罗溪街还有十来里路，走到半路上，这个瑶琴姑娘走不动了。二外公平时把这个女儿当作宝贝，看得重，看她撒娇，就让她骑到自己的脖子上，也就是打马肩，把女儿带到了罗溪街。两兄弟正在参加送神仪式，忽然，有人对外公他们说："不得了了，你们的外孙在湖边堤垱上被回峰的打了。"他们听到这个消息，大吃一惊，立即停止参加送神活动，急急忙忙往堤垱赶去，想看看是怎么回事。

原来，外公的这两个外孙，是周家嫁给温圳大溪章家的二女儿所生的两个儿子。他们都只有十几岁，因为过年到舅舅家来玩，恰好碰到一件热闹事，没想到却是一件大祸事。

所谓祸起萧墙。外公所在的北边村虽然与回峰杨家没有矛盾，但是，周姓有一个村，有说是旧下周家的，有说是新下周家的，也有说是梅湾周家的，因为养鱼的水面问题与回峰村发生纠纷，结下了梁子。我们走访的回峰村民认为是旧下周家的，因为该村比较大，且有实力。为此，两个村在正月十一舞龙灯时，在路上双方互不相让，舞到罗溪街时，还在罗溪街打了起来。有周姓人说要召集十八周一起来打，回峰村顾及周姓很团结，所以这天的架没有打起来。回峰村虽大，但也打不过罗溪十八周，他们心里吃了气。回峰村有人认为，周姓人之所以敢与他们回峰村斗，就是因为有外公两兄弟在背后撑腰，是傍势。为此，他们把责任归结到外公家，认为没有外公两兄弟，就不会有"十八周打一杨"。所谓"十八周打一杨"，在历史上并没有真正发生过，只是一种假想，是其他人以讹传讹而已。

正月十一罗溪街的事在回峰村看来并没有完。正月十五这天，回峰村人在堤垱上与周姓村的人又碰到一起，双方又发生争执。这次，回峰村是有意挑起事端。据我们问的回峰村民说，他们在湖里早准备好了好多条船，船上放好了吃用品，就为与周姓人打架。等他们打赢后，一旦周姓人都赶来，他们就往湖里走，追也追不上，只能干瞪眼。所以，他们故意在堤坝上找周姓人的麻烦。正在回峰村的人与周姓村的人争吵时，外公两个懵懵懂懂的外孙跑来看热闹。回峰村有人认出他们两个是外公的外甥，他们要找的就是外公家。因此，他们立即用梭镖把两个根本搞不懂情况的尚未成年的小孩杀死了。

当有人告诉外公两兄弟他们的外甥出事时，并没有告诉他们两个孩子是死是活，也没有告诉他们回峰村已经准备了刀枪。他们以为外甥只是被扣押或受点轻伤，还准备与回峰村的人理论，将外甥带回去。当他们赶到堤垱时，很多人站在那里等他们，都是回峰村的人。其他人早跑了，剩下的只有地上的两具孩子的尸首。外公两兄弟没有做任何准备，都是赤手空拳。可以想象他们当时根本没有准备来打架，更没有考虑回峰村民要谋杀他们。后来有人说，如果两兄弟知道回峰村的人杀人，他们只要做了准备，不可能会出现被杀的情况。

外公两兄弟刚赶到堤垱，还没有开口，回峰村人群里就出来一群妇女，她们每个人都手持一个包裹，突然就向外公两兄弟的眼睛打来。原来，这都是她们早准备好的干石灰包，按照分工，专门打瞎外公两兄弟的眼睛。果然，两兄弟还没有反应过来，眼睛就睁不开了。这时，接着上来的是手持梭镖的健壮男人，对这两兄弟就是一顿乱刺。可怜外公两兄弟，就这样不明不白地被谋杀了。

那一年，我外公只有 40 岁，与他父亲是同一个年龄死的。外公死时，我母亲才 8 岁。而二外公只有 38 岁。二外公的另一个女儿还怀在肚子里没有出生。这个二女儿就是我的璨琴姨娘——浙骎表哥的妈妈。

周家受此打击，其后果可以想象。家里两根栋梁倒塌，顿时天昏地暗，一家人乱成一团。此时，三外公和四外公都不在罗溪。至于如何处理后事，说法不一。我母亲告诉我，周家告状打官司，当时的民国政府抓了回峰杨家好多人坐牢。而回峰杨家的人则告诉我们，由于当时他们早有准备，大部分男人都坐船逃走了，只让一个快病死的人充当凶手，最后被抓，在东北的牢里死了。回峰村赔了几十亩地给外公家了事。那些逃走的人后来陆续回来了，谁都不承认，这事也就不了了之，成为一桩罗溪人至今仍在谈论的历史公案。老北边村的一个老人跟我们说，外公家把两兄弟的血衣一直留着，说要留六十年。这说明当时回峰村的那些凶手没有得到惩罚，周家留存证据是希望官府抓他们报仇。中华人民共和国成立以后，外公两兄弟的事情被有的人拿来做文章，并牵连到四外公。其实，当时赶回罗溪处理后事的是三外公。

那时，按三外公的活动时间推算，他应该还在广州的暨南大学教书吧。

4. 三外公周寿铭（周范群），地磁学家，中国地磁学科的开创者和奠基人之一

三外公士木，叫周范群，学名周寿铭，对外当然都叫周寿铭了。三外公1900年（光绪庚子年）6月18日出生。他是周家四兄弟中读书最多的人，1927年北京大学物理系毕业。

母亲说三外公出去读书是坐船离开老北边村的。

母亲似乎受三外公的影响比自己的爸爸要大，也许是我外公和二外公去世时她还小，她的成长过程正是周家在三外公和四外公手上的时候。母亲脑袋里装满了三外公给她讲的故事，她又把这些故事讲给了我们听，所以三外公的形象也一直在我心里。我记得最牢的是母亲跟我讲过的三外公在南京紫金山天文台工作的故事，还有三外公讲的在广西等地见到的少数民族的风俗习惯，等等。母亲告诉我，她最后一次见到三外公大概是在20世纪50年代末或60年代初，我那时还没有出生呢。

关于三外公，在1990年由江西人民出版社出版的《江西历代人物辞典》第539页有一百余字的记载，该书共收录江西历代名人6075人。该记载全文为："周寿铭，生卒：1901—1984。子少敏。号范群。进贤人。1927年，毕业于北京大学物理系。先后在南昌第一女子中

学、第二中学、武汉大学物理系、江西省立第八中学、暨南大学等任教。1935年应聘到国民党中央研究院物理研究所南京紫金山地磁台工作。1945年任进贤县立中学校长。中华人民共和国成立后，任长春科学研究所研究员、机电研究所地磁组组长，中国地球物理研究所研究员。"这些文字概括了三外公的一生。三外公1927年毕业于北京大学物理系，当年一同毕业的只有四个人，可见那时北京大学对大学生要求之高，同时说明那时人才是如何的奇缺。但上述辞典的介绍并不完全准确。比如三外公是1900年出生，这里写的是1901年。

周家家谱也有一些三外公的介绍。推测该家谱修于1927年至1933年之间，故对三外公后面的工作没有介绍，等到后面修谱时也一直没有加上去。当时的家谱对三外公的记载是："信北边西湖房，字忠宜，学名寿铭，号范群，行一。江西省立晨业甫门学校毕业，升国立北京大学本校本科理科。业理学上曾充国立商业大学数学教员，现任省立第一女子中学事务主任及私立赣省中学教务主任兼理化教员。省立第一中学及第一中学高级班理化教授。"这些文字，有些语句不太通顺，有的显然是错别字。但基本反映出三外公在他大学毕业后周家出事前一段时间的经历。

上述《江西历代人物辞典》中所说的"南昌第一女子中学"可能就是家谱中记载的"省立第一女子中学"；"南昌第二中学"应该就是"私立赣省中学"，曾经叫"心远中学"，也即现在的南昌市第二中学；下面的"国立商业大学"则与实际不符。

但可以肯定的是，"省立第八中学"指的就是现在的抚州市第一中学。"省立第八中学"创办于1901年。1914年9月至1927年曾经叫"省立第三师范学校"，1927年2月至1927年10月改名为"省立临川中学"，1927年11月至1933年8月改名为"省立第八中学"，后又多次改名，直到改成现在的"抚州市第一中学"。三外公毕业后，先是在武汉大学做过助教，然后在1932年8月之前的一段时间在这所

"省立第八中学"任校长。抚州市第一中学校史对此有记载。

三外公在暨南大学任教，根据推算，应在1935年之前。此后，他调任国民党中央研究院物理研究所，在南京紫金山天文台所在地的地磁台当研究员。

抗战胜利后，即1945年8月，三外公回到家乡进贤，出任正风雨飘摇的"进贤县立初级中学"的校长，直到1951年离开进贤北上长春。当时这是一所条件十分简陋、只有初中部、学生人数不多的新设中学，这反映了三外公对家乡的一种情怀。由此也让我想起，母亲曾经在这所学校读过简易师范，那正是三外公在此当校长期间。早已失去父亲的母亲，能在这里读书肯定与三外公的支持有关，也难怪她受三外公的影响最大。凭着这段读书经历，中华人民共和国成立后母亲在温家圳水上学校当了多年的老师。

三外公的一生，是十分丰富的一生。我总结他的阅历，大概主要做过两种职业，既教书和从事地磁学研究。关于他教书的经历上面已经叙述，只是具体什么时间在哪所学校教书还需要更多资料印证。其实，三外公人生最精彩的部分，还在于对中国地磁科学的贡献。从他的阅历上可以看出，他为中国的地磁科学做了开创性工作，是中国地磁学毋庸置疑的奠基人之一。

三外公从事地磁科学工作可以分为三个阶段：1935年至1945年，在国民党时期的中央研究院地球物理所工作；1951年至1958年，在中国科学院东北综合研究所长春地磁台工作；1958年回到中国科学院地球物理研究所（后划归中国地震局）。

根据红旗出版社出版的《尘封六十载》和另一本《中国当代地球物理学的开拓者》，在书中，知情人介绍，中国最早从事地磁学研究的只有几个人：陈宗器、周寿铭、陈志强、林树棠、吴乾章、刘庆龄、胡岳仁。在说到最早从事地磁学的有关资料中，很多都是当时地磁学家的亲属和部下的回忆，而对三外公的事迹夹杂在叙述中。但无论谁谈到那些最早从事地磁学研究的人和事，都绕不开三外公在其中的重要作用和贡献。因此，称三外公周寿铭为中国地磁学的开创者和奠基人一点也不为过。三外公的孙子周建春回忆，三外公在世时，有关部门曾经嘱托老人家写中国地磁史，还要派人协助他写。三外公希望自己写成，拒绝别人帮忙。但三外公未能完稿就去世了，这对中国地磁史而言是个遗憾。这也说明，三外公确实是那个可以承担撰写中国地磁学历史的权威人物。

说三外公是中国地磁学权威是不会错的。南京紫金山地磁台是中国人自己设计、自己建造的第一个地磁台。它于1932年由国民政府中央研究院物理研究所开始筹建，真正开始建设的时间要晚。负责选址、勘测的是谢启鹏。按时间顺序，到这里工作的有潘孝硕（工作半年后离开）、周寿铭、陈宗器、林树棠、吴乾章（吴乾章刚从中央研究院地球物理研究所毕业）。1936年，陈宗器离开赴德国留学，陈志强接替他的工作。陈宗器被称为地磁学的开创者，这是不容否定的。但从中国人最早自己建设的南京紫金山地磁台情况看，他到该地磁台的时间没有三外公早，中途又离开了。三外公是直接参与建设和坚守该地磁台的三个人（三外公、陈志强和吴乾章）之一。在这三个人中，三外公又是抗战结束前在地磁台工作时间最久的人。

1937年日本侵略军占领南京前几天，三外公和陈志强、吴乾章等人，将地磁台的有关图书资料、仪器设备等用卡车装运，辗转江苏、安徽、江西、湖南、广西五省，最后到达外公家有亲戚所在地的南丹州，才安顿下来。他历经艰险保护了设备资料，并在丹州建设临时性地磁台。这说明，这次搬迁三外公所起的作用。在广西期间，三外公在1939年两次参与地磁点的测量，测点达二十个。

1941年，为了观测当年12月21日的日全食，三外公与陈宗器（已经回国）、陈志强、吴乾章等人，从广西出发，经过长途跋涉到达福建崇安县，进行了日全食和地磁的观测。这是中国地磁史上一件具有标志性意义的事件。

1951 年，刚刚成立不久的中国科学院调三外公北上长春，出任中国科学院东北综合研究所长春地磁组组长（后来改为地磁台），直接领导和参加了长春地磁台的建设。这是中国人在国民党南京紫金山天文台地磁台后（该台因为抗日战争实际未完全建成）真正建成的第一个地磁台，而且是永久性标准地磁台，具有标志性意义。从中也可以推测，当时的中国科学院是看中了三外公曾经参加建设南京紫金山地磁台的阅历。后来，该台成为中国地磁台"老八台之一"。八大台中，除外国人建设的上海佘山地磁台外，其他都在长春地磁台之后。

1958 年，三外公周寿铭调回北京中国科学院地球物理研究所，担任该研究所研究员。同在这里工作的还有陈宗器研究员、陈志强副研究员、吴乾章副研究员。在中国科学院期间，三外公还参加了河北红山地磁台的工作。

三外公于 1984 年逝世，享年 84 岁。

5. 四外公之死

四外公士函，叫周范舆，学名寿鏞。他生于 1903 年（光绪癸卯年）农历十月初三。家谱记载其为"汝裘梆五四子"，意思是汝裘的第四个儿子。这个记载肯定有误。汝裘是汝箕的弟弟，结合家谱其他内容，可以判断，这里的"汝裘"系笔误，应该是"汝箕"才对。因为汝裘自己未生，名下只记载士毅作为"汝箕次子入继为子"（应该是名义上的）。汝箕共生有四个儿子，除上面的士毅外，士刚则记载为"汝箕长子"，士木记载为"汝箕梆五三子"，即汝箕第三个儿子。

四外公在家里时，人们都叫他周范舆。家谱记载，他从"县立高等小学毕业升心远学校"，这个心远学校就是南昌的私立心远中学。从心远学校毕业后先任"罗溪承启私立高等小学教员"，后又任"县高等小学教员"。记得母亲说四外公在上海读过大学，是"上海大学"毕业，回到进贤后，做过民国政府县教育局长。是不是他从教员身份又去上海进修大学，这里没有记载，也许是母亲记错了。但不管怎么说，那个年代四外公受过相对较高的教育是肯定的。

1934年，家里发生"十八周打一杨"的时候，他和三外公都不在罗溪。大哥二哥死于非命肯定对他打击巨大，并让他作出了一种新的选择，即回到罗溪。周家需要新的掌门人，这也是他不得不做出的选择。三外公由于身份特殊，不可能回到罗溪。

四外公的能力和水平很快就显现出来。他同样将周家管理得井井有条。田亩是不是增加没有考证，但在他手上，20世纪40年代中期，周家建造了一栋新的大房子，这也是周家最主要的一栋房子。这栋房子楼下就有八间，有两个天井，墙是红石砌的，柱子的基石用的也是雕刻的红石。据说这栋房子买的是邻村一户人家的现成整屋，是清朝末期的建筑，拆到这里重新安装的。屋里全是实木，能看到的地方雕刻得很漂亮。这栋房子至今还在，房子的状况尚好，但已经出现破败迹象。我们去参观时，现在的房主说是二十年前花一万四千元从村委会买过来的。他们说这房子冬暖夏凉，不想拆了，这样的房子在其他村里有政府出钱维修，他也希望申请政府保护。

最主要的是，四外公已经继承外公和二外公在周姓中人的位置。也许他有文化，更懂得处理好各种关系，也更懂得处理各种矛盾，这让他在罗溪很快达到甚至超过外公和二外公当年的声望。那时县以下实行的是乡绅自治，像四外公这样的知识分子实质成为配合政府管理的乡绅。他做过罗溪小学的校长，热心乡村建设和事务。很多时候他在乡村治理中充任冲突双方的调停人。这样的乡绅时间越久，就越容易形成权威。据说四外公为人很好，调停纠纷时很是公道。

但久处乡村，也会让知识分子眼界狭隘。由于四外公缺少关注外界变化的能力，罗溪解放时，他认为新政权会继续延续原来的模式。

当三外公多次写信提醒他这种变化时，他不以为然，仍然坚守自己的判断。两个人在通信中发生激烈冲突，最终，三外公未能说服弟弟，自己则顺应新生人民政府的召唤，先是成为新的进贤中学校长，1951年他又北上长春。

同是1951年，当土改政策深入罗溪时，四外公被定为罗溪的恶霸地主，被人民政权镇压了。

第三辑　我的故乡离城里不远

○○○　○○○○○○○○

我的故乡离城里不远

1

在购书的时候，凡是描写故乡的，我都会有好感。然后，毫不迟疑地买下来。

我喜欢读那些关于故乡的文字，无论是泥土的芬芳，还是岁月在旧墙上剥落所引发的离愁别绪，总会触动心底那根感情的弦。

总结那些关于故乡的文字，我发现一个离故乡越远的人，对自己的故乡越是深情。

2

而我的故乡离我所在的城市不远。

从这座城市边缘算起，我的故乡离它不到 30 公里。我从自己的住处出发，开车走快车道，转上高速公路，再走一段国道，差不多 45 分钟就到了。如果不走高速只走国道，则要多走十分钟，但也只有不到一个小时的路程。

20 世纪 60 年代初，三年困难时期，那时我还没有出生。祖父为了到我所在的这座城市，以近 70 岁高龄，起早从家里步行出发，几乎走了整整一天，直到傍晚才到他的外甥，即我表叔家。祖父他这趟到城里的目的，是向表叔要一些吃的东西。第二天一早，祖父脱下外套，用两个衣袖兜了几碗白米饭又匆匆往回赶。又是一天的徒步，但祖父几乎忘记了劳累，一到家立即将袖子中的米饭给了嗷嗷待哺的孙子孙女，就像赶着救他们的小命一样。

父亲在本省另一座离故乡 60 公里的城市，准确地说是在那座城市边的一个国营垦殖场工作，每年只能在三个重大传统节日回家与亲人团聚。20 世纪 70 年代初，我还很小，记得他为了赶回家，有时是骑着垦殖场里的一辆旧自行车回来的，自行车上绑满了年货或其他吃的东西。为了这些，父亲准备了好久，而他自己平时一直省吃俭用。当时的国道还是沙子路面，自行车骑在上面阻力很大，非常吃力，我不知道他这一路上骑了多久。当父亲到达家里时，肯定是精疲力尽。但父亲看到我们时，满脸疲惫顿时变成了满足的微笑。

20 世纪 70 年代末，我已经在读初中。那时，改革开放开始不久，大哥在城里的建筑工地拉大板车，拉的是砖或者钢筋等重物。那种板车装上货后，需要用尽力气才能拉动。卸货变成空车，大哥会调整两个车轮的位置，用半个屁股坐在板车一边的木架上，一条腿半悬着，另一条腿则用力往后蹬，板车在惯性下往前"飞奔"。那年暑期，不知道什么原因，大哥把板车蹬回了家。为了让我见识他在城里的工作，第二天他让我坐在板车的最前面，他则用蹬的方式把我带进了城里。直到今天，偶尔我仿佛还会听到他蹬车时大口喘气的声音。他的辛苦，不言而喻。那天我们从早上出发，直到下午才到达他所在工地简陋的临时住处。

3

考大学时，尽管心里不那么情愿，但阴差阳错，最后录取的就是这座省城的一所大学。虽然距离老家不远，但也算是离开了故乡。

那时交通仍然不便，除非家里有急事，平时很少回家。有时，甚至一个学期也只回家一次，跟在外地读书也差不多。不经常回家，除了借口需要学习外，多多少少还有为家里节省几毛钱路费的因素。当然，经常回老家也怕人家说自己是个没有出息的学生。

但我确实是个没有出息的人。虽然离故乡不远，内心对故乡的思念却与身在远方的人一样急切，且这种急切从来不曾衰减。

站在寝室的窗前，每当看到窗外的季节变化，我都有回家看看的冲动。我对故乡的思念是莫名的、油然而生的。春天了，故乡的桑叶发芽了吗？秋收了，家里的收成如何？

更主要的是对亲人的想念。刚考取大学时，父亲的身体已经非常虚弱。等到我在学校刚刚适应下来，突然就接到父亲去世的噩耗。父亲走后，我更关心起家里的其他亲人来。我那慈祥的祖母身体如何了？母亲那白内障的眼睛是不是更模糊了？大哥大嫂为家更操劳了吧？二哥的婚事是不是有着落了呢？还有那可爱的侄女们怎么样了？

在图书馆读书的时候，读到作家对故乡的描写，也会勾起我的思乡之情。有一次，班上搞活动，班长唱起了当时香港流行歌手张明敏的《故乡》，当低沉的声音唱到"在这静静的黑夜里，故乡故乡我想起他；在这悠悠的小河畔，故乡故乡我想起他"时，我潸然泪下。

4

大学毕业后，我还是分在这座离故乡不远的城市工作。

这个时候，交通条件逐渐好了起来，公交比较方便，我回家的次数比原来多了一些。那时，整个中国刮起深圳风，很多人都南下淘金。一次，我到深圳出差，顺便到几家律师事务所试探性地问："能否接收？"得到的几乎都是肯定的回答，我差点就这样留在深圳了。但回来后，又犹豫起来，一直下不了决心，时间一长，离家的想法慢慢就淡了。

结婚前后，妻子也多次动员我一起走出去，我口里答应，却终究没有移动脚步。因为妻舅在美国，妻子与我商量后，我们决定一起出国。为了这次出国，我们结婚后四年都没有要孩子。为此，我们花钱委托美国律师办理加拿大移民，最后还在上海宋庆龄基金会那个大楼的移民体检中心进行了各种体检。1998年，妻子先拿到了加拿大的技术移民签证，接着我的也很快办好了。万事俱备，只待登机。但在这最后关口，我又犹豫了，思考再三，最终决定放弃这次移民。妻子无奈，只得随了我的安排。加拿大大使馆移民官打来电话问我，为什么拿到签证还放弃？我有点张口结舌，勉强找了个借口。我这次的放弃，阻断了妻子的出国梦想。为此，我一直对她满怀愧疚。

但我内心知道，放弃的原因，既是担心家里的老母亲，更是不舍这故土。

5

2001年，我买了第一辆私家车，回老家方便多了。

我的工作比之前却更忙碌了，回家的次数并不算多。其时，母亲在，回去多半是为了看望老人家。

2003年夏秋之际，由于我的疏忽，差点出了大事。此前，哥哥嫂子为了侄子侄女们读书，一家人临时搬到县城居住，乡下只留下母亲一人。母亲身体尚可，只是她的眼睛一直因为白内障手术失败造成半失明状态，一个人生活多有不便。该年8月，天气异常炎热。忙于工作的我，一天突然想起回家去看看老母，似有某种感应。等我回到老家时，发现母亲已经快要昏迷过去。我赶紧请来那一带的名医余志连，他看过母亲后，说："再晚一两个小时你母亲就可能无救了。"老人家是热病了，因为房子不通风。趁志连医生为母亲打点滴的时间，我到温家圳街上买了一台空调装上。针打完了，空调也把房间的温度降下来了，母亲总算救过来了。

这一次，我庆幸自己离家不远，庆幸那天及时赶回了家，否则母亲可能要提早结束生命，我要内疚一辈子。

从此，我回家的次数更勤了。

2010年，我们兄弟俩在乡下建了一栋新房子，母亲住进去后，生活方便了许多，减少了我的担忧。我经常回去，在看望母亲的同时，顺便种点花花草草。

2015年，母亲去世后，我回家的次数又减少了。

6

我记得小时候，那时还在走集体，我们全村总共只有不到三百号人，村里每家每户我都熟悉，每一栋房子我都进去过。几十年过去了，一次，我回到村里，偶尔问起村里现在有多少人？得到的回答是，全村包括考大学、做生意等各种原因出去了的已经有近千号人了。此前，我虽然估计人口增加了不少，但听到已经上千人时，还是有点吃惊。

这次春节，我照例回到老家。那天，我叫侄子陪我到村里走一走，我注意到，路上遇到的、坐在路边闲聊的人里，陌生的面孔越来越多，熟悉的面孔越来越少。年轻人只与侄子打招呼，他们不认识我，我当然也不认识他们。我知道，尽管我偶尔回来，但回来的次数还没达到对村里新人熟悉的程度。时间过得太快，变化更快。

走到一户人家的门口，看见门上贴的对联是绿色的，这是有人故去的标志。我问是谁？有人告诉我，是那个叫仁发的在年内走了。我一惊，仁发？不就是我上小学时，经常撑着一面红旗领我们上学的"孩子王"吗？在我的印象中，他是一个老实本分的人。那时，他比我们大几岁，但仍然属于同辈呀。

我在心里默默地数了数，村里，我父母一辈的老人已经所剩不多，同辈的人有的也已死去。

回到自己家院子里，遇到大哥大姐正在说话。蓦然发现，哥哥姐姐的头发已经白了许多，他们的背也开始有些佝偻了。

今年的春天来得格外早，前不久还是枯黄的田野，现在已开始有了绿意。"离离原上草，一岁一枯荣"，用不了多久，大地就会再次郁郁葱葱。自然界是周而复始的，世上也总是新人换旧人。

年轻时，我们踌躇满志走出去。如今，曾经的抱负随着岁月已经流逝。"人生天地间，忽如远行客"，问故乡，人生的意义何在？

兄弟俩

我们村有兄弟俩，一个叫奴苟，一个叫丫头。

乡下人作兴把名字起贱一点，认为这样好养活。比如，我们村名字中带"狗"字的人很多，如田狗、捡狗、犁狗等等。兄弟俩的父母没有文化，给儿子起的名字更随意了一点，哥哥叫了奴狗，弟弟明明是个男的，却起了一个女性的名字，叫丫头。不知何时起，谁家第一个把自己孩子名字中带"狗"的字改了，据说是有个老师提议的。孩子到了发蒙年纪，到学校报名时，老师认为"狗"字作为学名太不雅，建议读音不变，字改成"苟"。至于"苟"字到底是什么含义，似乎并没有人关心。第一个人改后，其他名字中带"狗"字的纷纷仿效。于是乎，就变成了田苟、捡苟、犁苟和奴苟等。

遂了父母愿望的是，奴苟与丫头兄弟俩真的都养活了，并且长大成人。不幸的是，父母双双却都早死了。推算两兄弟的年龄，大概是在 20 世纪 30 年代末 40 年代初出生的。等到我懂事后，已经是 20 世纪 70 年代后期。那时，哥哥奴苟已经接近四十，弟弟丫头稍小。

我一直怀疑，一个人的名字是不是冥冥中有什么暗示？两兄弟虽然是同一个父母所生，哥哥奴苟长大后身材高大，在我们乡下甚至可以称之为魁梧；而弟弟丫头却非常瘦小。哥哥奴苟性格粗放，大嗓门；而弟弟丫头性格柔弱，说话也有点女气。我不了解兄弟俩的前半生，却看到了兄弟俩的后半辈。他们的人生，既有很多不同，也有不少相似。

先说奴苟。自我记事起，我就发现他是一个不怎么安分的人。大概在 20 世纪 70 年代中期，农民还属于生产队的社员，我们俗称走集体。绝大多数农民只能听从命运的安排，在生产队里集中劳动。但奴苟作为队员，从来都不积极，要么出工时"磨洋工"，要么干脆不出工。生产队扣他的工分，他也满不在乎。因此，到年终结算时，他的工分都是最少的，自然分到的粮食总不够吃。奇怪的是，他并没有饿死。就有人对他就产生了种种怀疑。怀疑归怀疑，但谁也拿不出证据。

奴苟不爱参加生产队的劳动，偏喜欢搞自己的"副业"，就是从事农业生产之外的事。其时已经是那场运动的后期，社员搞"副业"已经稍稍放开。多数人仍然认为搞"副业"是不务正业，可搞"副业"的往往是那些不"安分守己"的年轻社员。这些人选择最多的"副业"就是找门路到城里的基建工地当泥瓦匠。奴苟的"副业"与他人不同——专收废品，我们那俗称"换荒"。平时，他会挑着担子走村串户"换荒"，用他批发来的小玩具和糖果换取值钱的废铜烂铁、牙膏皮、塑料布。那时，奴苟自己没有房子，他家的房子在一次火灾中全部烧光了，生产队安排他住到村东边那栋集体房子中，平时这是生产队用来堆放稻种和犁耙等工具的地方。奴苟住进去后，里面很快堆满了他收购的各种废品，连脚都放不进去。我们这些小学生却喜欢去奴苟家，用家里的牙膏皮去换他几粒彩色的糖豆。那时的牙膏皮是用锡做的，回收后还有用处。我们站在门外大声喊"换糖"，奴苟正在里面清理他的瓶瓶罐罐。这时，他从"垃圾堆"里走出来，问我们要换什么糖？他那里可有好几种糖。我们看到他用满是污秽的手递给我们要换的糖豆。但我们一点不嫌弃他的脏，高高兴兴接过糖豆，并马上放到嘴里吃起来。在那物资奇缺的年代，几粒糖豆留给了我极深和美好的记忆。

忽然有一天，奴苟不见了。我们上学路过大队队部时，看见两个穿制服的公安。有人说，奴苟被公安抓走了。有人说，奴苟以收购废品为名，收购了一段铁轨；也有人说是他偷的。这简直是胆大包天！不久，奴苟被法院判刑四年。

等他出来后，已经进入 20 世纪 80 年代。这段时间，我一直在外面读书，奴苟回来后做什么，我也没有关注，只知道他们兄弟俩在村东建了一栋三间的瓦房。有一年中秋，我从学校回到家里，听村里好多人都在议论奴苟，话里带着满满的羡慕和嫉妒。原来，奴苟买了好多柚子，一个人坐在他那瓦房门口，非常张扬地用刀一个一个剥皮。边上放了不少红辣椒和大蒜子，说是将柚子皮全部腌制起来慢慢吃。那时，乡下柚子树不多，买这么多柚子来腌制柚子皮，绝对是一件奢侈得让大家流口水的事。有人酸溜溜地问："腌制这么多柚子皮，奴苟吃得完吗？"是的，奴苟还是单身，像他这样的人，谁肯嫁给他？不知不觉，奴苟已是村里的老光棍了。

正在大家以为奴苟要打一辈子光棍的时候，突然喜从天降。有人带了一个女人过来找他，说这个女人来自四川，老公抛弃了她，想找个男人结婚。看这个女人又丑又黑，目光还有点呆滞，还挺着一个肚子，显然是有了身孕，看样子快生了。介绍人问奴苟要不要？奴苟想了想，回答说："要。"奴苟也不顾及大家背后议论他饥不择食，将这个女人留下了。不久，孩子生下来了，是个男孩，奴苟似乎满心欢喜，认了这个儿子。两年后的一天，奴苟"换荒"外出，等他回来，发现那个女人不见了。有人说，看见她跟在一个男人后面走的，可能是女人的老公找过来，带她回四川了。奇怪的是，女人并没有带走儿子。走就走了，没有人关心奴苟心里是如何想的。女人走后，奴苟一个人抚养儿子。男孩越长越大，但有人发现，他的眼睛却越来越无神。送他到学校读书，几年下来都不认识几个字。奴苟辛辛苦苦养的，原来是一个傻子。

20 世纪 80 年代后期，我从学校回家，突然听说奴苟死了。我问，看似好好的奴苟，是如何死的？别人告诉我，奴苟是吊颈自杀的。这让我更加震惊了，好好的为什么要自杀？原来，奴苟从外面"换荒"回来，有人指责他一直没有交公粮，要他补交。奴苟说，我没有种田，哪有公粮交？为此，双方争吵起来。也不知是奴苟一时之气，还是对生活本来就失望了，吵架后的第二天清早，奴苟就吊死在那个人的家门口。从此，世界上就少了一个单身汉。

奴苟死后，他的傻儿子成了村里的负担。他不做事，却专门偷鸡摸狗，大家都要防着他。前些年，我回村里还可以碰到他，他总是用那呆滞的目光盯着我，嘴里念叨不知从哪里学来的"恭喜发财"之类的祝福语。有人说，他这是在向你讨钱花。给了几十块钱后，就一溜烟跑了。近些年，我再也没有看到过他，听说一个人到城里混饭吃去了，是死是活，不得而知。

再来说说丫头。丫头似乎比奴苟的运气好一点。走集体时，不知得到什么人的帮助，丫头居然到大队开办的砖瓦厂上班，尽管天天也要做重体力活，不过还是让很多人羡慕，砖瓦厂是有一些工资发的。大部分砖瓦厂的"工人"都是住回自己家，早起晚归两头跑。丫头却长年住在厂里，那时，他在村里还没有房子。

丫头没有什么不良嗜好，也不知为什么和他哥哥一样，也一直单身。等到过了正常结婚年龄，肯嫁给他的就更少了。丫头算是当时的"钻石王老五"，有人总问丫头赚的钱怎么花呀？有一段时间，村里不时传出丫头的风流韵事，故大家都在猜测，丫头的钱可能都还了风流债。

丫头单身着，却没有断成家的念头。终于有一天，有人带来一个年轻而妖艳的女人，说是隔壁省的。与当年奴苟情况相似，这个女人也称想在这里找个婆家。当有人给她介绍丫头时，女人听说这个老单身汉有不少积蓄，立马答应结婚。那时大家都没有领结婚证的概念，结婚就是"圆房"。老单身汉见到这么漂亮的女人，真是"天上掉下一个林妹妹"，自然是喜不自禁。丫头拿出了压箱底的钱，除了给800块"彩礼"，还带着女人上街买遍了那时流行的衣服和鞋袜、日常用品，有的还是按"打"买的。还在那三间瓦房里，请木工赶工打了流行的床、挂衣橱和五斗柜。一个星期后，举办了热热闹闹的婚礼。结婚那天，全村人都来看新娘，欢笑声伴随着爆竹的烟雾，在瓦房的前面弥漫。丫头结婚，给全村人都带来了喜悦。丫头红光满面，见人打烟、散发喜糖。新娘落落大方，一点没有害羞的样子，似乎十分满意。她长得确实美艳，一点不像乡下人。丫头结婚的场景，到现在我都记得。

婚礼过后，大家的生活回归平静。人们不再过于关心丫头与他的新娘。几天以后，我偶尔经过丫头瓦房前，看到房子东边的禾场上，那个新娘正用一根棍子在认真抽打地上的稻穗，与农村妇女的专注无异。村里见过这个场景的大概有不少人，所以后来大家都说，以为那个女人是铁了心过日子的，暗自为丫头庆幸，只等两人生儿育女。但第二天，那个女人居然就不见了。村里人帮丫头到处寻找，有人说几个小时前在车站看到她，以为是经过那儿，看来是坐火车逃走了。又有人恍然大悟地说，之前就听说某某村也有一个这样的女人与村民结婚，拿了钱就逃了，看来这是一个专门以结婚为幌子行骗的"专业户"。

丫头找了好多天，最终杳无音信。终于，丫头死心了。那天，丫头坐在自己家门槛上，号啕大哭起来。不知是因为失去了爱，还是因为失去了钱，抑或是对生活失去了希望？从此，丫头再也没有找过女人。20世纪80年代中期的一天，我见他面容日渐衰老。20世纪90年代，那时丫头年龄应该60岁以上了吧，听说他得了癌症，是直肠癌。不久，丫头病死了。

丫头死的时候，奴苟已经过世十来年了。他们兄弟俩埋在了同一块坟地中，两座墓相距不远。

雾非雾

花非花，雾非雾，夜半来，天明去。

来如春梦几多时？去似朝云无觅处。

——白居易《花非花》

雾是我小时候的玩伴，有很长一段时间，我们保持了密切和友好的关系。我喜欢与雾一起玩，还有一个原因，就是他家有不少藏书，雾舍得将他家的书借给我看。我读过的《暴风骤雨》《戊戌喋血记》《聊斋志异》等多部小说都是他借给我的。

雾家里有这么多书，是因为他爸爸在20世纪50年代初曾经做过小学教员。为此，雾爸爸一直以文化人自居。雾爸爸认为自己出身于书香门第，其根据主要是雾的爷爷辈出过一个民国时期的大学生，后来做过法官。雾爷爷有四兄弟，他爷爷是老大，当法官的是最小的老四。老四能够读大学，这与雾家重视教育有关，也与雾爷爷的直接支持有关。为了老四能够出人头地，家里花了不少大洋送他到北平就读当时有名的法科大学，即私立朝阳大学。老四后来在赣州当过法院院长，国民党溃退台湾后，老四也乘船准备随国民党要员一起去台湾。他所乘的船传说就是著名的"太平轮"，与一艘货轮相撞沉没，老四很可能在这次事故中与许多国民党高官一起葬身海底。

雾家在中华人民共和国成立前是我们村的有钱人家，我们全村的房子在 1939 年被日本人一把火烧了，而雾家实力尚存，很快就建了新房。因此，中华人民共和国成立后，雾家被划为地主成分。那场运动前夕，作为教员的雾爸爸因为成分不好被清退出教师队伍，回村里当了社员。

直到 1979 年，全国的地主富农摘帽，雾家总算得以与村里的贫下中农们平起平坐。只是此时，曾经的学校教员雾爸爸已无法再回到热爱的教师岗位，想要恢复教师待遇也无从说起，雾爸爸为此一直耿耿于怀。雾爸爸毕竟读过书，比村里很多人都有见识，他顺应国家大势的变化，做起了贩卖沙石的生意。最初钱还很难赚，不过，通过做生意，雾家里率先在村里建了一栋两层楼的房子，只是楼房看起来不太完整，大概与资金不足有关。雾爸爸对这栋房子还是很满意的，这比之前住的那狭小而逼仄、连光线都没有的房子好多了。新楼房刚好对着村里的一眼水井，雾爸爸灵感一现，亲自写了一副对联：门对一眼清泉井，家藏万卷圣贤书。我当时看后很是钦佩。雾爸爸确实是个爱书的人，也是村里很少自己掏钱买书的人。这被很多村民认为是吃错了药，买那些书有什么用？能当饭吃？！雾爸爸从不理会别人的议论，他肯花钱买书，是坚信读书有用。雾在这种家庭长大，书籍无疑对他影响不小。后来，有人说他是儒商，并不是没有道理的。雾很慷慨地把家里的书借给我阅读，让我大饱眼福。对此，我一直心存感激。

等到初中之后，我与雾的接触慢慢少了。我至今也不清楚，雾是在哪所中学读的初中和高中？重视读书的雾爸爸对雾寄予厚望，期待雾通过高考像其前辈老四一样光宗耀祖。雾有七兄妹，但雾爸爸独对雾另眼相待。这是因为，雾的兄妹虽多，但大部分都属于同村村民说的"歪瓜裂枣"。唯有雾不但生长发育良好，且在兄妹中显得出类拔萃。雾的父母也一直视其为掌上明珠。国家恢复高考后，雾算是生逢其时，雾爸爸把全部的希望放在了雾的身上。

当雾爸爸看到村里有人考上大学时，心里对雾的期待又多了几分。

可惜事与愿违，雾读书没有像他的前辈老四一样，成绩似乎总是上不去。雾第一次高考落榜后，雾爸爸显得无比失落。但他不死心，托关系将他送到南昌的一个重点中学复读，这在当时非常不容易。遗憾的是，雾在这所重点高中复读后，还是没能考取。雾爸爸一直有个信念，就是他家里绝不可能只出一个老四，生在他这样的书香门第，没有理由考不上大学！他安慰雾，再次送雾复读。结果，雾爸爸一次次失望，考了好几年，雾还是名落孙山。到最后，雾自己失去了信心，主动表示放弃。雾爸爸老泪纵横，对着祖宗牌位长叹一声："难道世代书香，竟无人赓续？"

雾读书这条路没有走通，但并不代表他的智商低。雾其实很聪明，只是被不喜欢的数理化成绩耽误了，他的语文还是不错的。他热爱文学，尤其喜欢诗歌。后来，当他读到诗人席慕蓉的诗集《七里香》时，被深深地震撼了。诗中流露的淡淡的忧伤契合了他的心境。若干年后，他把自己公司的起名为"七里香"，让人一看就觉得老板是个有情调的读书人。

雾长大后，样子与小时候完全不同，似乎是得到了一次华丽蜕变。他高大英俊，魁梧壮硕，在他面前，我们这些小时候的玩伴相形见绌。或许是这个原因，雾在复读班的一个女同学死心塌地爱上了他，非他不嫁。这让很多人无法理解。那时，这个女孩已考取了一所大专，成为令人羡慕的大学生。一个女大学生要嫁给一个高考落榜生，这在当年那种环境下是不可思议的，甚至略带传奇色彩，彰显了那个女孩具有超凡的勇气和眼光。

女孩毕业后回到自己家乡教书。她的家位于我们县一个商业发达的镇。该镇以盛产毛笔和皮毛闻名。雾跟随她在该镇落户，因为此时女孩已经成了其妻子。雾在街上租了一间店面卖服装，以此赚取不多的利润，日子忙碌而平淡。

几乎所有人都以为，雾这辈子就要这样度过了。

改变他命运的是村里的一个女孩，他与雾系远房族亲。女孩没有读多少书，一个偶然机会，被介绍到北京一户人家做小保姆。这户人家可不简单，是部队的一个领导。女孩人长得漂亮，聪明伶俐，做事又勤快，赢得了首长一家人的喜欢。女孩回乡过年时，正好遇到雾。雾无意间问起她在北京的情况，女孩告诉他，她的主雇是部队首长。雾一听，觉得这里或许有商机。做了几年服装生意，雾感觉这个镇缺少购买力，自己不管如何努力，只能混个半死不活。但他发现，镇里一些在外地推销毛笔或皮毛的人发了财。他问起人家是如何发财的。有人告诉他，秘诀在于认识有权的领导，雾记住了。于是，他要求女孩过完年，帮他介绍认识一下首长，雾想到的是通过首长推销一些镇里的特产毛笔。女孩爽快地答应了。

过完年，雾精心挑选了一些拟推销的产品，并特意为首长带了几支高档狼毫笔。雾到北京后，女孩委婉地对首长说，自己家的一个大哥在北京销售特产毛笔，想让首长看看笔好不好。首长对江西毛笔本来就有印象，他是个书法爱好者，喜欢写字，于是让女孩将雾领到家里。后面的事就顺理成章了。

这一次，雾奇迹般获得成功，获得的利润比他这几年做服装生意加起来还要多得多。雾尝到了甜头，思想一下开了窍。他发现大北京才是做生意的好地方。在首长的帮助下，他除了毛笔，还从景德镇贩卖高档瓷器。他又发现广东产的金银饰品、玉器卖得好。那时，市场尚不成熟，这些东西的底价没有多少人了解。只要有关系，随便开口都卖得出去，利润大得惊人。雾后来有些得意地向我说了一件事，一次，他从景德镇进了一套瓷器过去，成本不到五万元，他却卖了三十万元。这二十五万元的利润真是得来全不费工夫。

雾确实是个做生意的材料，很善于抓住机遇。他卖的都是各种礼品，发现北京乃至全国的礼品市场大得惊人。其时，正流行各种送礼之风。他在北京注册了一家专营礼品的公司，很快，生意就风生水起。

他成为国内礼品行业最早的一批人，甚至是开拓者。开始，他的礼品是从别的工厂进货，这些生产工厂几乎都在南方，尤其是广东。他觉得自己完全可以掌握上游市场，没有必要将中间环节的利润拱手让人。于是乎，21世纪初，他果断在深圳注册公司，并租厂生产，产品包括金银和玉器等。其中的镀金物品，技术含量不高，只要用薄薄的一层黄金镀在模型上，就可以生产出看似真金一样的各种漂亮且显得高档的工艺品，简直一本万利。这些工艺品的销售对象主要是银行、保险公司等，银行和保险公司把这些工艺品赠送给大客户，很受欢迎。玉器的利润就更高了。雾亲自到泰国去进玉石料，拉回国内加工，钱来得真是太快了。

雾的公司越做越大。此时，他发现在深圳生产，人员工资高。他想，如果把生产基地建在一个经济欠发达的地方，光人工这块就可以节省不少钱。此时，刚好本省的宋城正在深圳招商引资，雾顺势在离家乡更近的这座城市买了近四十亩工业用地，很快就建起了厂房。接着，招兵买马，我们村的不少年轻人也成了雾的工人。

有了工厂，产品销售就是最重要的环节。雾是做销售起家的，他深知销售的奥秘。销售过程的水很深，因此，雾非常重视销售人员的管理。最可靠的当然还是自己家人。为此，还在北京时，雾就发动家庭成员加入销售。首先想到的就是自己的兄弟姐妹。但他的几个兄弟中，除了最小的还在读书，其他的都不是很适合。此时哪管得了许多，最起码忠诚！于是，他让大哥坐镇北方某重镇，一个弟弟负责津门的分店。两个姐姐做生意不行，就负责后勤。几个外甥已经长大成人，这正是可以培养的苗子，尤其是大姐的儿子聪明能干。总之，家族中凡是能用的人都用上了。雾成为家里，不，是整个家族的顶梁柱和中心，他一个人撑起了一片天。

雾的成功一夜之间被村民所知。开始，大家只听说雾在外地做生意赚了大钱，但到底如何赚的钱却很神秘。直到1998年春节，雾把一辆银灰色捷达轿车开回了家，只见他披着一件呢子大衣，高大的身躯，一张英俊而自信的脸，当他从小车上下来时，就像一个明星，顿时吸引了村民们羡慕的眼光。那时，小轿车还是稀罕物，能够开得起捷达轿车的可不是一般人。更让大家惊奇的是，第二年过年，雾开回家的已经是雷克萨斯 ES350，这可是日本进口的高级轿车，很多人听都没有听过，更不要说亲眼见到了。雾的座驾还在不断变换和升级，连他已经长大的弟弟和外甥们也开上了高级轿车。每逢过年，小车在他家院子里停成一排。

那时，有人告诉我雾的这些情况，我心里为他高兴，也真诚祝福。2007 年春节，雾突然来找我，让我颇感意外。那天，我正在与家人交谈，手机响起，原来是我和雾共同的同学、小学校长马校长的电话。马校长在电话里说，雾想来看我。我有点奇怪，为什么来看我要通过马校长传话？我当然说欢迎。我与雾已经好多年没有面对面说过话，他通过马老师来搭桥，确实可以避免见面时的尴尬。不一会儿，马校长陪着雾就出现在我面前。我注意到雾满身的名牌，脚上的皮鞋也是进口的，一看就很高档。雾一进门，一把握住我的手，他的手大而有力，加上脸上的表情，让我强烈感觉到他的自信和成功。我笑着招呼他们坐下。雾这时聊起了自己这些年的奋斗史，侃侃而谈，说话中气十足。我突然觉得雾的语气似曾相识。我在长期的职业生涯中，见过不少这样的成功人士，他们的表情和语气惊人相似。雾当然知道我是个律师，当他谈起在湖北武汉的业务时，顺便聊到了一场官司。他说只花了 8000 元请了一个当地律师处理。不过，他强调说，这样的小事他自己没管。等他聊得差不多时，坐在一旁的马校长对雾说："是不是请老同学参观一下你的新车？"雾像猛然醒过来一样，说："好呀好呀。"我问："又买新车了？那当然要参观。"走出门，看到雾的车就停在我的那辆凯美瑞旁边，是一辆崭新的保时捷卡宴。两辆车在一起，我的凯美瑞显得矮小而寒酸。想必雾很钟情于这辆新车，他不厌其烦地介绍着车的细节。雾生怕我没有听懂，几次说这辆卡宴很难买到，在国内一般只卖 3.6 升排量的，而他的这辆是 4.8 升的排量，裸车花了 180 多万。他指着座椅说，他选的是橘黄色真皮，看起来就很高档。

我只好附和，表现出十分羡慕的样子。此时，雾和马校长不约而同地又向我说起昨天的事。雾开着新车到 L 镇去见一个高中同学，那个同学正在 L 镇派出所当所长。所长听说雾开了保时捷来看他，似乎也是他的荣光。雾说到这，脸上那种自豪感无法掩饰。

雾不是一个只知道赚钱的商人，很早他就与夫人一起自学了某师范大学的课程，并取得了本科文凭，他从来没有忘记父亲的期望。等赚到钱后，他又在中国人民大学学习了 EMBA 课程。不但自己要有文凭，他还要让子孙后代重视教育，要真正成为书香门第。此时，儿子逐渐长大了，他先是把儿子送到英国，然后再送到美国读书。在深圳做生意时，雾发现有些不如自己的生意人，在生意成功后很多都有香港或澳门地区的身份，以这种身份在内地做生意往往能获得更多重视。于是，他将一家人移民到了澳门，在澳门买了大房子，注册了公司。当再次回到村里时，他开的是带粤和澳两地黑色牌照的进口奔驰，这让他更显得与众不同。

雾爸爸除了改革开放初期建了那栋两层楼的房子外，又在村东口马路边最好的位置做了一栋砖混结构的两层新楼，还带有一个不小的院子，种上了各种植物，显得非常雅致。为了让父母住得舒服，雾特意请城里的专业人员将房子装修得富丽堂皇，这在村里还是第一次。装修好后，特意将他父亲的书法作品挂在大厅显眼的地方，使得屋里弥漫着浓浓的文化气息。雾自己很忙，这次装修只好委托同学马校长代替。马校长鞍前马后、费时费力，为报答他的辛苦，雾任命马校长为礼品公司某分公司的经理。

雾是个孝子，有了钱后很会迎合父母的喜好。他的母亲信佛，认为雾的突然发财都是菩萨保佑的结果。因此，她每年的正月初一都要求雾去拜菩萨，还叮嘱每月的初一和十五要装香还愿。雾的悟性很高，他在跟着父母信佛的过程中，灵机一现：生产与佛有关的礼品！说干就干，他的黄金珠宝以"开运"为主体，生产系列佛像或与此相关的产品。

雾的成功当然不仅限于村里，也惊动了县里的父母官。很快，当县领导到北京出差时，雾邀请其参观他的公司，父母官也非常乐意。雾自然倾力招待，在推杯换盏、觥筹交错之际，领导问他县里有什么事需要帮助解决？雾乘机把父亲曾经是教师身份后被下放，但却一直未能恢复的事说了。雾提出，父亲很在乎这个老师身份，并不是为了退休工资，而是一种荣誉。领导说，这事好办，回去就办。果然，不久，已经70多岁的父亲居然重新获得教师身份，除了补发工资外，每月还可以领取一份可观的退休工资。这让雾爸爸扬眉吐气，其自豪可想而知。

雾又拆掉其父亲建的那栋两层楼房，利用这块宅基地重建了一栋四层豪华别墅。这栋别墅是请了人设计的，自然是村里最好的，房间多，每个房间都带独立的卫生间，安装的都是坐便器。雾让在农村的家住起来比城里还好。新房建起来后，每逢过年，雾都要花一两万元购买烟花燃放。除夕夜，从雾新房院子里连续不断传来"砰砰"的爆炸声和冲天而起的焰火，将村里的天空照得五彩斑斓。

不知什么时候开始，礼品市场出现了重大变化。礼品市场的钱没有那么好赚了，那些产品的销售遇到了困难。这主要是因为礼品市场逐渐成熟，竞争日益激烈。进入21世纪第一个十年，随着国家政策的逐渐收紧，送礼之风渐渐淡了下来。雾感觉到阵阵寒意，客户对金银珠宝的款式和设计等要求也越来越高。雾很迷茫，经常出现幻觉，不相信这种情况是真的。为此，他日思夜想。终于有一天，他似乎想通了。2015年5月的上海国际珠宝首饰展览会上，他的七里香珠宝公司租用了位置最好的展台，他将自己的这次产品展示定位为"佛韵珠宝，心灵之礼"，带去和展览了护身金卡、佛缘珠链等含有佛教意味的十多种产品，他还是要打佛教牌。雾充满激情地介绍："我们的产品每一件都是一把'金钥匙'，但它打开的是人们的心灵之门，让拥有它的人心如莲花般清静和圣洁，最后找到心的依托。"

雾满怀信心能够扭转乾坤，但颓势并没有因为这次孤注一掷的策划而好转，生意反而一落千丈。此前的成功让他变得自信。而现在，面对越来越走下坡路的生意，雾有强烈的挫折感，却心有不甘，他还要寻求突破。为此，他到一个融合国学和西方文化的商学院学习。在这里，他读了学院自己编的《五度历练》，从王阳明的《传习录》中寻找灵感，甚至还研究了托克维尔的《旧制度和大革命》，等等。当雾从院长手中接过毕业卷轴时，他显得异常激动。他认为这次已经打开了自己的心门，灵魂找到了寄托。那些失败的日子，他认为自己的灵魂已经丢失了，他要重拾灵魂。他满含热泪吟诵起席慕蓉的《七里香》："而沧桑的二十年后，我们的魂魄夜夜归来，微风拂过时，便化作满园的郁香。"他把自己看作草原上的雄鹰，他决心成为重生的鹰王，准备飞得更快更高更远。

当大势已去时，很多努力只不过是对自己的安慰。到了2019年，雾的资金越来越捉襟见肘。而此时，以宋城工厂土地和厂房抵押的贷款的还贷期限又到了。不得已，雾只能向一家小额信贷公司求助。小额信贷公司借款除了利息比银行高得多外，还需要七里香公司和雾的关联公司以及雾本人担保。这笔借款成为压倒雾的最后一根稻草。小额信贷公司的借款，年息超过20%。一笔巨额款项到期后，先要拿去还其他贷款和利息，而后指望赚钱再来归还小额公司借款，此时哪里还有剩余资金？这样一来，连小额信贷公司高额利息都还不上，最后只能违约。还款期很快就到了，小额信贷公司提起诉讼，提出了支付超过30%的年利息的主张，简直是一个天文数字！借钱还钱，最后法院判决下来，利息虽然只支持了年息不超过 24%，但总数还是大得惊人。包括雾在内的担保人都被判决承担连带责任。

村里有人传言，雾公司的倒闭，是因为雾的野心过大，想让公司上市，为此，他与人签订了对赌协议。雾的公司到底是如何倒闭的，其实外人没有几个清楚的。但雾的公司确实已经倒闭，他被质押借款的金银珠宝店铺成为他人财产，他在北京、澳门、深圳的房产也被迫卖了抵债，在宋城的工厂也被银行拍卖用以收回贷款。雾曾经被传说有过亿身价，一夜之间竟然消失了。

在法院的失信名单中，雾上了黑名单。

作为雾的发小，我深深地同情雾，也为他惋惜。我内心不想看到雾的失败。雾当初的成功得益于时代，而他的失败，其实也是一代企业家经历的缩影。

家园（一）

1

20 世纪 30 年代，祖父在抚河东边一个叫西珠坊的村偏东北方向谋得一块空地，经过定盘、择吉、破土、上梁等一系列程序，终于建成了一栋大瓦房。多年以后，祖母无数次向我提起，这栋老屋用的木料都是上等的，几乎花光了家里的积蓄。这栋老屋，凝结了徐家那辈人的全部心血，也寄托了他们对未来生活的美好期望。但可惜的是，没住几年，就被日本人烧毁了。

话说 1939 年 4 月，日军发动南昌会战，占领了抚河以西的南昌大部分地方，抚河成为国军与日军对峙的分界线。到了 1942 年，从航母起飞的美国飞机轰炸日本本土，然后在浙江衢州、丽水和江西玉山机场降落。为摧毁上述机场，日军发动了浙赣会战。该年的 5 月 31 日，日军越过抚河，沿浙赣铁路向东进犯。一过梁家渡大桥，日军就窜到我们村，放火烧毁了全村的房屋，唯一留下的只有村东头一个碾米的小碾坊。日军为何要烧我们村？据说是在与国军隔河对峙时，日军通过望远镜发现我们村有人扛枪（其实只是有个村民扛了根扁担），怀疑村里有国军出入，烧毁房子就是为了报复。好在日军过河前，村民得到了消息，因此大部分人都已外出逃难。我们这个族的人一起往东南方向逃，直到金溪县的浒湾镇才停下。不久，有消息说日本人走了，于是又纷纷往家乡赶。祖父母随大家回到村里时，发现辛辛苦苦建起来的房屋已经烧毁。面对劫后的灰烬瓦砾，全家人都无比悲痛。这意味着，从此无家可归。

一栋房屋的被毁深深刺痛了我家几代人。到我们兄弟姐妹稍懂事后，还经常听到祖母偶尔念叨那栋老屋，语气中满是怀念。老屋被毁时，父亲已经成年，他对此的记忆想必同样深刻。中华人民共和国成立后，父亲在历次政治运动中都会提到那栋老屋。每当父亲向组织"交代"个人历史问题时，就会不厌其烦说到这栋被日本人毁之一炬的房子，笔端流露的满是义愤。我们这辈人里，对老屋故事听得最多的可能是大哥。因此，大哥只要谈到日本人，都要咬牙切齿一番，似乎老屋被毁的仇恨已经转移到他身上。

被毁的老屋确实耗尽了祖父那辈本来就单薄的财力。日本投降后，当村里有钱人家陆续在废墟上重建家园时，我们徐家那块地基却一直空着，已经无力再建一栋房子，哪怕是更小的。如此，有一段不短的时间，祖父母只得借居在村里一樊姓人家。既然没能力建房子，祖父将地基上的瓦砾清除后，用稻草和着泥巴搭了一圈围栏，将地基变成了一个菜园。

2

1950 年 8 月，全国开始了按财产划分阶级成分的运动。祖父母名下因为没有房屋，只有极少的耕地，幸运地划为贫下中农，真所谓福兮祸兮。祖父母就是在这种情况下，与姓万和姓吴的两家一起分到了一栋地主家的大瓦房。因为人少，祖父母分到的只有一间瓦房。从此，这逼仄的居所，竟然成为我们家三代三十余年的窝。

祖父母分得的瓦房是江西传统特色民居，主要是用杉木支撑起来的，木柱、木梁、木板壁，还有木楼板，都是杉木。这栋瓦房实在太普通了，无论是柱、梁，还是檩、枋、椽，都不见有钱人家喜欢的雕龙画凤。主屋有一个厅堂，是我们三家的公共活动空间。怪不得这样居住在一起的三家人，被称为"共堂屋的"。瓦房有前后四间，与主屋连接的还有东西两个厢房。主屋与厢房中间，有一个天井，天井下面是由青石砌成的排水阴沟。天井是我们小时候观察气象的窗口，无论春夏秋冬，似乎从天井里都可以看出。春天的雨，夏天的风，秋天的落叶，冬天的飞雪。记忆深刻的还是冬天，从天井看下鹅毛大雪很有趣，那飘下的片片雪花，像是从天空射向地面的无数箭头。

万家的人口是全村最多的，分得了主屋的前面两间，两个厢房也归了他们。祖父母分到的是东边的后间。吴家刚解放时，也只有夫妻二人，因此，他们分在了祖父母对面的西边后间。

祖父母除一间主卧外，还搭配了一间紧邻厅堂的小房间，我们叫拖铺，刚好用作厨房。这个不大的空间，先是只有祖父母两人住，然后陆续迎来了母亲、大姐、大哥、二哥和我。父母本来是住在那个叫温家圳的街上。父亲是政府干部，而母亲是温家圳水上小学的一个老师。1958 年，父亲听从组织安排，不得不离开家乡，参加创建位于抚州东郊的七里岗垦殖场，从此，一个人长期在外。三年困难时期，一向繁华的温家圳突然比我们老家农村更缺吃的，母亲实在无法填饱几个嗷嗷待哺的孩子，最终选择回到了父亲出生的老家，依靠祖父母一起度过这生死难关。从此，一家人蜗居在这乡下置锥之地。

好多年，村里的房子似乎从未增加，只是越来越旧。社员们祖上留下的宅基地不能建房，也不能做菜园，只得荒在那儿。我家的那块宅基地上，野生出好几棵苦楝树，这些树成为哥哥姐姐系牛的木桩。那时，他们都为生产队放牛。从我记事起，我们住的这栋瓦房，已经开始风雨飘摇。房子上的木板，腐烂得很厉害。有的屋楞因腐朽而断裂，瓦片在屋顶压成窝形。那些钉在外面做板壁的木板日晒雨淋后，像纸片一样随风飘落到地上，只露出装订板壁的木条，像七八十岁老汉赤膊时露出的一根根肋骨。

最怕的是雨季。暴雨来时，整个屋里都会大水漫灌。此时，三家人就要大人小孩齐动员了，大家找出各种能用的工具，或搪瓷脸盆，或木头泼勺，甚至喂食鸡鸭用的蚌壳，一起将厅堂地上的积水往外浇。有时在夏天的晚上，睡梦中的我会因脸上突然的冰凉惊醒，那是雨水穿过破损的瓦片和楼板打在我的脸上。此时，我们这些贪睡的孩子在大人的惊叫声中飞速起床，赶紧让大人将床暂时挪到漏雨淋不到的角落。

那时夏季好像年年都要涨水。我记得水总是涨到徐福德家的台阶附近，他家的地势比我们这栋房子稍低。徐福德家的台阶下面，有一排大柳树，白天，柳树上蝉鸣不断；傍晚，柳树下则会响起此起彼伏的蛙鸣声。"共堂屋的"长根娘一到晚上，就会拿着手电筒，对准青蛙的两个眼睛，然后将一动不动的青蛙捉了，扒了皮用辣椒一烧成了一盘好菜。大人告诉我，曾经有一年水涨得好大，我们这栋房子都泡在水里，水面离二楼楼板不到一米，整座房子都摇摇欲坠。大家都搬到二楼，挤在有限的空间避难。这样的日子很不好过，没有干净水，而三家几十号人吃喝拉撒都在楼上，生活十分不便。不过，一些年轻人却也有快乐甚至浪漫的回忆。那年，生产队冒了天下之大不韪，居然在村外的洲上种了西瓜。大水涨起来时，洲上的西瓜正好熟了，于是，生产队动员社员划船摘西瓜，分给各家各户。坐在涨水的楼上吃西瓜，真是苦中有乐。

到了 20 世纪 70 年代，因为大搞农田水利基本建设，县里组织所有社员利用农闲开挖排渠道。排渠道通了，从此，我们那就再没有涨过大水。

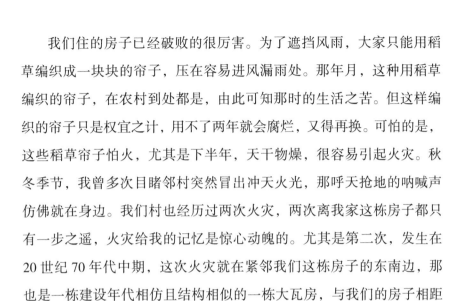

3

我们住的房子已经破败的很厉害。为了遮挡风雨，大家只能用稻草编织成一块块的帘子，压在容易进风漏雨处。那年月，这种用稻草编织的帘子，在农村到处都是，由此可知那时的生活之苦。但这样编织的帘子只是权宜之计，用不了两年就会腐烂，又得再换。可怕的是，这些稻草帘子怕火，尤其是下半年，天干物燥，很容易引起火灾。秋冬季节，我曾多次目睹邻村突然冒出冲天火光，那呼天抢地的呐喊声仿佛就在身边。我们村也经历过两次火灾，两次离我家这栋房子都只有一步之遥，火灾给我的记忆是惊心动魄的。尤其是第二次，发生在20世纪70年代中期，这次火灾就在紧邻我们这栋房子的东南边，那也是一栋建设年代相仿且结构相似的一栋大瓦房，与我们的房子相距不到10米。我是亲眼看见这场火灾是如何烧起来的，但这却成为我不敢说出来的秘密。

那是一个下午，我正在村前的塘边为家里洗红薯，目睹了几个小孩玩火引起火灾的全过程。此事我一直不敢声张，大人也反复叫我沉默，怕说出真相会引祸上身。当然，现在说不说出来已经不再重要。这次火灾除了造成四五家人家无家可归外，还导致其中住在这栋房子里的我的一个玩伴因惊吓病亡。火势越来越大时，差点烧到了我们这栋房子。好在万家壮劳力多，他们爬到最接近着火点的位置，将浸湿了的棉絮披在房子的木楞上，不断浇水，这才让火龙停止了吞噬。

不知什么时候，政策开始松动，其中就包括允许社员有一点自留地。我家的那块宅基地也可以种菜了。父亲请人用稻草和着泥巴搭了一圈围墙，仿佛回到了祖父当年菜园的样子。逢年过节，父亲只要一回到家就会在园子里忙碌起来。正是这个菜园，让我永远记住了父亲的勤劳能干。他将菜园变成了科学种菜的试验场，时不时会把在垦殖场的各种种子带回来，玉米、芽白菜、一半长在地上面的白萝卜等等，这些当年在农村还是稀罕物。

1975 年，父亲突然病倒。给我最深的感觉就是那块菜园又失去了生机，因为再也没有人像父亲那样热爱种植。但此时，大哥大姐们已经长大成人，家里最突出的问题不是种菜，而是房子不够居住了。到了 1976 年元月，我家终于在紧靠这栋旧房子的后墙用木料接了一大截出来，延伸出一间半住房，同时边上还多了一间厨房。从此，我们一家在这里又挨过了好几年。再苦，日子当然还是要过。这段时间，大姐出嫁，大哥迎娶了大嫂。

20 世纪 70 年代末，村里人的条件慢慢好了起来。我们这栋住了几十年的房子，终于开始有人搬离了。率先离开的，自然是人口最多、劳动力最多的万家。

每家经济条件的改善都离不开时代大背景。1980 年，我家也终于离开了那栋已经破败不堪的老房子。大哥大嫂用省吃俭用积攒的钱，在祖上留下的已经空置了好多年的地基上建起了一栋带舍间的瓦房。这是我看到的我们徐家第一次建了一栋完整的房子。新房地面是砂浆拌土做的，那散发出的砂浆的味道还在我记忆中。那时，祖母应该是最高兴的吧，因为这算是她老人家第二次见证在同一块地基上建房的"盛况"。

在这栋瓦房里，我们迎来了徐家翻天覆地的变化。先是二哥顶了父亲的替，成了一个有"铁饭碗"的工人。1981 年，我的第一个侄女徐琳在这里出生，接着是老二徐谦、老三徐珊。1987 年，侄子徐茂也是在这里出生的。就在这栋房子里，徐家人口增加最多。但痛心的是，1984 年 10 月，父亲也是在这里去世的。

当然，有变化的不光是我们徐家，村里的房子似乎一下子多了起来。中国在经历了几十年磨难后，终于走上了正确的道路。在农村，最主要的变化是实行了家庭联产承包责任制，农民们终于不饿肚子了。有了余钱的村民第一件事就是建房子。

到了 20 世纪 90 年代，村里开始有人将房子"升级"了。他们不再满足于传统的瓦房或有马头墙那样的房子，而是学着城市，以钢筋水泥为材料建成二层甚至三层的楼房。大哥是个不愿意落伍的人，他与大嫂商量后，决定也建一栋两层的楼房。那时，建房子的还是少数，因此，建新房还没有向村外扩张，基本在旧房子基础上重建。1991年，我们家的楼房建起来了，位置就在拆掉一部分瓦房的老地基上。房子建好后，上下共四间。大哥大嫂选的是西边的房间，东边给了祖母和母亲。二哥和我都在外地工作，自然不需要固定的房间。逢年过节，我们回家小住时，就在二楼临时搭铺。而 80 年代建的那栋瓦房只保留了一个厨房，当然仍在西边。

这栋房子建好后，家里又失去了两个亲人。1996 年 11 月，慈祥的祖母离开了我们。1998 年 9 月，二哥也走了。新旧更替是自然规律，给我们希望的是，年轻一代在成长。为了给年轻一代更好的教育，几个侄子女分别到县城读书。我曾经与哥嫂商量，无论如何，我们徐家的下一代每个人都要接受高等教育，此事至关重要！大哥大嫂是听进去了。很欣慰的是，侄子侄女们都做到了，尽管有些跌跌撞撞。

我内心曾经希望，下一代年轻人不要过于留恋故乡。我认为，一个在故乡成长的人，很容易出现留恋故土的心态。一个人唯有离开故乡，才能更爱故乡。有时，我甚至认为，唯有离开，才有资格热爱。

在这栋房子里，母亲是住得最久的那个。曾经有那么几年，为了两个侄子读书，大哥大嫂平时租住在县城。这样一来，母亲只能一个人待在乡下，自己管自己。那几年，我经常下乡去看望母亲。2003 年初秋，天气炎热。一天，我似乎感应到有什么事要发生。于是，驱车下乡去看母亲。等我到家时，发现母亲已经快说不出话，显然是中暑了。我赶紧请来余志连医生，他看了一眼母亲住的房子说，可能是楼上未开窗户，热气不能散发造成的。母亲总算救过来了，我在心里暗暗庆幸，感谢老天开眼。如果我没有及时赶回家，母亲这次肯定要出事，那将会无比遗憾。这次之后，我看望母亲的次数更勤了，几乎每个星期都要回来一次。

4

很长一段时间，母亲和姐姐姐夫一起，住在国道旁大哥的厂子里，他在这里改造和维修架桥机。

不得不说，改革开放给农村带来了巨大变化。我家所在的西珠坊村，人口从曾经的不到三百人，居然增加到近千人。富裕起来的村民对住房有了更高的需求，村民的房子越建越多，也越建越好。房屋的不断更新换代成为一种无法阻挡的趋势。村民们建新房不再只为了居住，还要追求好看。大家还把房子往马路边建。没过几年，马路边的粮田像桑叶被蚕食了一样，这里形成了新村。如此一来，老村却慢慢被遗弃了。

当村民都在老村外建新房时，我家那栋二层小楼也显得越来越孤单，看来是落后了。从不服输的大哥，其实有他的苦衷。多年来，他是村里那个带领大家富裕的领头人，但自己却没有富起来。工程做了不少，总看不到钱。因为，一方面他过于善良，从来不会算计别人，反而总被人算计、被人坑；另一方面，他的管理理念从未更新，导致做了工程却没有效益。但大哥又是一个要面子的人，终于，当无数人在他面前谈房子时，他开始动心了。

要建房子，就要先选择一块好的宅基地。最初，大哥是准备建在靠近马路自己家的一块责任田里的。但那块地有个先天缺点，就是经过的各种光缆多，移动公司的、电力部门的，甚至军事机关的都有。在这样的地上施工，说不定会引起什么麻烦。正在这时，有好心人悄悄告诉哥嫂，称村口的鱼塘位置做房子最好，塘主有意流转，他希望通过流转为儿子换到一栋建新房的钱。此前，已经有人与他谈过，但他的这个条件被认为过高，加上做宅基地需要填塘，成本很大，所以尽管都知道这是一块好地，却因为各种顾虑而未最终谈成。

正所谓天赐之福。刚好塘主在大哥工地做事，平时大哥给予他各种关照，一听是大哥想要，他当即答应，几天后便签订了流转协议。

2010年春天，新房动工了。大哥因为忙工地，所以建房就由我具体负责。这一年，我几乎天天往乡下跑，还要跑材料，其中的辛苦可想而知。到年底，房子基本落成。第二年，大哥又请人围了围墙。春天，我们开始种树，院子里顿时充满生机。

这些年，留住乡愁是个很热的话题。窃以为，只有有过乡村生活的人才会有乡愁吧？现在有不少在城市事业成功的人，都想在乡下建一栋房子，这是可以理解的。其实，很多人并不是为了回农村居住，更多的是为了安放灵魂。确实，有了一栋实物的房子，乡愁就有了寄托，不但可以思念，还可以触摸。

家园（二）

家园的含义似乎可以无限延伸。家园可以仅限于指自己的家庭，也可以指自己的故乡，还可以是家国。而在一部美国人拍的科幻电影《家园》里，家园则说的是地球。人人都乐于谈论家园，也似乎都眷恋自己的家园。一个对所处世道失望的人，则希望家园可以是逃避现实的世外桃源。

我心中的家园，当然不敢奢望与明末清初文学家冒襄（冒辟疆）那"园中林峦花卉掩映若绘画"的水绘园相比，更不敢有"丝竹之盛"之想。我只希望在自己出生的地方，有一个处所，除了一栋栖身的住房外，还带有一个院子，可以种花种草，可以看着孩子们在院子里嬉闹。等到我退居之日，这个院子里放满了酒具茶具。届时，"四方名士，招致无虚日"，我则可以与朋友"耽诗酒"。

2010 年，乡下新建的房子，一定程度上满足了我的想象。这里有一个院子，院子里种植了不少植物。看起来虽然显得简陋，还是让我发自内心的喜欢。

在种植的植物中，除各种果树外，还有香樟树、桂花树、樱花树、芙蓉树、竹子、含笑、栀子花、月季、蔷薇等等。十多年过去了，院子里的植物不断地更换。最近几年，我们还逐渐将已经长成和定型的景观植物红榉木、红叶石楠、女贞等刻意挖除淘汰了。原因是这些植物虽然好看，却实在难以打理。

有几个稍晚结婚的侄辈，他们就选择在这个院子里举行结婚典礼。庆典的时间都选得恰好。几次庆典，院子里都盛开着散发迷人香味的花朵，这些花有月季和蜀葵，或者含笑、栀子花等，加上翠绿的香樟和桂花树等，配上婚庆公司的彩色气球和梦幻布景，在亲友和邻居的欢呼声中，真是别有一番风味。在这里举行婚礼，尽管没有电影"唐顿庄园"那般奢华和气派，却也有一种中西结合的独特浪漫。比起每年在城里都要参加好几次的豪华宾馆或酒店里的婚庆那千篇一律的场面，我们这个院子里的婚庆肯定让来宾感觉自然和舒服得多。

很多时候，这里成为孩子们游戏的天堂，这些孩子大都是侄子侄女或外甥外甥女的后代。他们一边吃着树上新鲜采摘的果子，一边追逐打闹。从城里过来的他们，可以如此放肆，真是好不快活。我多次对侄辈外甥辈们说，经常在这个院子玩耍的孩子，其想象力一定比平常孩子丰富，说不定这些孩子中就会出一个作家呢！

也是在这个院子里，我们送走了母亲。母亲一走，我才意识到，原来此前那么多的热闹都与老人家有关。母亲手上就像有一根无形的绳，在无形中把我们系在一起。只要她在，就是儿孙们从城里、从出差途中赶回乡下最有说服力的理由。平时看起来无关紧要的母亲，让我们的相聚变得那么自然。

在这个长满植物的院子里，我们可以贪婪地呼吸带有甜味的空气和花香。那时，每次回家，我都会顺便打理院子里的花花草草，经过打理的花花草草，更加充满生机。母亲走后，院子顿时变得清静了许多。相聚当然还是有的，只是次数却不知不觉少了。少有人打理的花花草草，竟会偷偷地疯狂生长。而这，让曾经的风景，变成了令人嫌弃的杂乱无章。时间一长，大家越来越觉得不能忍受，于是，我们一商量，下决心拔除了许多。

有那么一个阶段，侄子侄女们也不太想回来，因为大多正处于事业的高峰期，加上他们的孩子陆续出生和成长，每个人忙得不亦乐乎。

孩子稍大，又要送去学习，送完幼儿园送小学，送完小学是初中。只要还有那么一点点课余时间，又要送去课外班补习。如此，哪还有下乡的闲情逸致？！

大哥的时间更多放在了城里。他每天挖空心思讨好那些能给他工程做的有权人，或者奔波于工地。喜欢乡下的大嫂也不得不在儿女家轮番帮忙，每个人都恨不得将这个妈妈分成几个使用。乡下的这个院子只能经常空着。经过十多年的风吹雨打，房子的表面有些破败，外墙石膏腰线部分开始脱落，涂料也逐渐变色，部分还出现了黑色的斑点。

看着这日益变旧的房子，越来越杂乱的院子，我心里突然有一种失落感。我总忍不住想起母亲在时的温馨，会想起院子里花团锦簇时的美好。有时，我也会想到是否需要对房子进行一次维修？但当我将想法即将付诸实施时，又会戛然而止。我在想，修好又如何？我也经常会忍不住回去看看，只是总觉得缺少一点什么。

直到两年前，大哥的改变让我重新燃起了热情。曾经自信的他，或许是终于意识到，他的性格在当下很难真正赚到钱。或许是他有了对生活的顿悟，毕竟已经过了花甲之年，现在已不再是属于他的时代。总之，有一天，他退租了在城里租了很多年的办公楼，将办公家具和用品全部搬回了乡下。

让我更惊喜的是，大哥曾经的勤劳又回到了身上。他重拾了对种植的爱好，他的心事似乎慢慢回到了这个院子里。去年，他在院子的空地上种了梨瓜，在一度荒废的菜地里种了各种蔬菜。他精心看护起了果树，当果子将要成熟时，他担心有人偷摘，所以在树上挂了一个警示牌，上书："果树已打农药。"此前，我家院子里的果树是任人采摘的，大哥总是一副漠不关心的样子。而现在，果子成熟后，他会打电话告诉我们，记得休息日回来。有时，我们实在有事回来不了，他则会将熟了的果子摘下来，小心翼翼地放到冰箱里冷藏起来，等我们回来后再吃。偶尔，当有人趁他不在摘走了他认为好吃的果子时，他还会非常生气。我们知道，他是为我们未能吃到而伤心。

嫂子见大哥有了些许的改变，内心自然高兴。其实，无论是园子里的蔬菜，还是做饭、洗衣或砍柴，她才是那个最勤快、最能干的人。大哥回归了，她并没有指望他真的做多少事。大哥在，她的心才踏实。

我和妻子也变了。我们回乡下的次数越来越多，在院子里停留的时间更长了。妻子是城里长大的，很长时间她并不喜欢乡下，那时，即使是我母亲在世时，她回乡下的次数都是有限的。而近年，一到休息的日子，她总要主动问我，是不是下乡一趟？多数情况下，我自然是高兴地连忙应允。有时，我因为有事不想回去，她则会说："哪有那么要紧的事！回来再做吧。"我很奇怪，乡下有什么吸引她的呢？如此一来，我们会连续三个星期的休息日都回去。

每次回家，大哥大嫂自然很高兴，像期待了很久。我们如果隔的时间稍长未回去，大哥则会说："没有什么事就回来玩玩。"当我们回来后，嫂子总要为我们做一大桌好吃的，其中大多数都是这个院子里的土产。每次，我都觉得乡下的饭菜格外好吃。大哥大嫂开始专心于蔬菜的种植，因而蔬菜的品种多了，也长得很好。我们喜欢吃家里的蔬菜，嫩且带有自然的甜味，比买的口感好了太多。下午要回城时，我们总是依依不舍。侄子侄女们回乡下的次数也多了起来，他们回乡的理由是因为他们的父母，就像当年我们这辈是因为我们的父母一样。不同的是，现在，我是和这些侄子侄女们一起回乡，我们又可以经常在乡下聚会，一起享受这欢乐和美好。每次回城里前，大哥大嫂总要为我们用塑料袋分装好几袋蔬菜带回。最近的几次，每次还要我们带走几十个鸡蛋，这是在院子里自己养的土鸡生的。

看着大哥大嫂的劳动成果，我们总有满满的亲情和幸福感。家园，哪怕是破损的房屋、简陋的菜园，都会带给我们无法言语的满足感！

第四辑　夏天，在禾场乘凉

过端午节

1

我们乡下，一年三节的叫法分得很清楚：过年、过节、过中秋。这里的过"节"，指的就是农历五月初五过端午节。我一直没有弄明白，年和中秋都是节，为什么我们只把端午叫节？

"细伢子喜欢过年，大人喜欢过节"，这是我小时候经常听到的一句话。稍懂事时，我问过好几个大人："为什么大人不喜欢过年？只喜欢过节呢？"我这小孩的疑问，在大人那早有标准答案。他们都会在哀叹一声后回答我说："过年的时候，穷人家的粮食快吃完了，还要花钱做好吃的。过年的时间长，小孩天天有吃有玩，只知道快活，哪知道大人背后的艰难呢？而过节，田里的禾已经抽穗了，快到收割的季节，一年中最困难的时候就要熬过去了，大人们悬着的心总算要放下了。"

挨过饿的我，慢慢懂得了过节的意义。此后，我也喜欢上过端午节了。

端午节带给乡下人的变化是显著的。这个时节，大地对人类慷慨起来，好像把以前藏起来的好东西突然呈送到人们面前。小时候，我们那水果是很难见的，但菜园里的茄子、辣椒、豆角等是有的，此时都疯了一样长出来了。尤其是黄瓜，随便种一棵就会有很多的收获，上午摘了，下午又可以摘。那缺吃的年代，黄瓜胜似地瓜。端午时节，田埂里，水沟边，很容易抓到黄鳝和泥鳅，它们都到了最肥美的时候。端午，正是梅雨季节，经常是瓢泼大雨，雨后，天边突然露出斑斓的色彩，偶尔还挂上一道彩虹，仿佛告诉我们："好好活着啊，这世界很美。"我喜欢赤着脚丫趟在水中，暴雨后，水快涨到老屋前的红石板台阶了。水温刚刚好，给人沁人心脾的快感。大地一片翠绿，稻花散发出一种特有的香味。雨后，树上蝉声骤起；日落，田野蛙声一片。

为了过好端午节，村里人早就忙开了。哥哥一早从村外的水沟拔来了菖蒲，姐姐从田坎上采来了艾叶。艾叶杆是硬直的，把它横插进门缝里。菖蒲是软的，把它从兜部掰开，骑放在艾叶杆上，菖蒲和艾叶的搭配构成一种和谐的风俗。端午的这天，一大早，祖母就会点上一支又长又粗的香，倒插在装有砂的破搪瓷盆里。在我爷爷留着山羊胡子的遗像下的凳子上，放一只蓝边大碗，碗里装满粽子和染红的鸡蛋，有时还会放上几个包子，包子中间必须是点了红印的。碗里的东西一般不吃，如果要吃，就必须对着遗像叩三个头。每家的大人都会给自家的小孩脖子上戴一个五彩蛋兜，是用来装咸蛋的。早餐，母亲为家里每个人煮两个"秤砣鸡蛋"，喜欢咸的放盐，喜欢甜的则放糖，一切随意。中午饭是不需要讲究的，一般吃现成的粽子和咸蛋。快断夜的时候，母亲赶我去村后的塘沿折一把带有药香的植物枝条，说是可以驱赶蚊虫。我至今说不出这种植物的名字，再去找时，好像哪种都不像。不知道是否真的可以驱赶蚊虫，反正我折了一大把，放到门缝很大无法关严的房间里。母亲一声令下，全家人人手持几支，握成扇状，从里而外将每个角落不断拍打，口中念念有词："赶蚊虫，赶蚊虫，赶到山上吃毛虫。"端午节晚上吃的才是正席，全家围桌而坐。当时吃了些什么，我已经记不得了。

3

不过，对端午节的记忆，我印象最深的还是吃粽子。吃粽子不是简单的事，是个烦琐的过程。先是要准备包粽子。其实，在端午节的前几天，无论是小孩还是大人，早就在议论包粽子了。那些年，粽子的花样不多，不外乎红豆馅的、腊肉馅的，当然最多的还是碱水粽子。快到端午的时候，每家都准备好了粽叶，用潲水把又绿又硬的叶子浸泡几天，中途不断换水，每换一次水都用清水洗一遍，去掉叶子上的涩味和滑溜的液体。处理好的粽叶用手摸起来是平顺而涩涩的。等到开始包的这天，已经吊足了大家的胃口。终于到了农历五月初四，每家每户都不约而同包起粽子。包粽子是母亲和姐姐们的事。我们那包粽子的方法与现在街上买的完全不同，我们包出的粽子一头是尖的，而另一头呈三角形，用的是一根细细的麻丝捆扎。包粽子很有技巧，如果捆扎不到位，容易使粽子在炖的过程中散了。粽子越大越难包，但总有人喜欢比赛，就是比谁包的粽子大。我看过最大的粽子包进了一斤多糯米。

粽子包好后，还要分组，十个绑在一起为一提。吃完晚饭，洗好锅碗后，将一提一提包好的粽子放进大锅里码好，然后，用柴火慢慢地炖。炖粽子是个慢工活，用大火也得四五个小时，中途不能停火，炖出的粽子才糯实。否则，很容易出现外熟里生的"半拉子工程"。看到粽子放进大锅里，一开始，我还在坚持等，等着等着实在熬不住就睡熟了。正在做梦的时候，突然有人叫我："起来。"我还是不醒，不知是谁对着我耳朵大叫一声："粽子熟了！"一听粽子熟了，我立马清醒了一半。这时，飘来的粽子香味引出了我的馋虫，很快全醒了。不知是哥哥还是姐姐，帮我用筷子叉了一个粽子过来，我狼吞虎咽吃了起来，真是有滋有味！

这事已经过去好多年了。现在，不知是什么原因，无论是多贵的粽子，无论放了什么馅的粽子，我再也吃不出那种味道。

夏天，在禾场乘凉

小时候的记忆中，夏天的晚上是惬意的。那时，我不懂苦难。

我们村坐落于抚河东岸。太阳还没完全落山，但已经渐渐收起了白天时的灼热。祖母呼喊二哥和我，一同将两张竹床抬到屋前的禾场上。这个时候，共堂屋的万家也早早搬出了他们家的竹床。万家的竹床最多，占据了禾场超过三分之二的位置。万家是全村人口最多的大家庭，有二十多口人。共堂屋的还有吴家。吴家可能是全村人口最少的人家，只有四个人，所以他们家只有一张竹床，且总是最晚搬到禾场的。吴家虽然人口少，但都是社员，要收工后才有时间。这个禾场是我们三家的公共空间。白天，这里是晒谷晾衣的地方。

有人端了一搪瓷脸盆的水，左手用力握着盆，右手将盆里的水往外浇，撒到禾场的每个角落。禾场的地面是泥土夯实的，不过，经常还会凸出一些小而尖的青瓦砾，这是日本人当年放火烧毁我们村的罪证。老一辈人常说，日本人与国民党军隔着抚河对峙了三年，待他们过河后，就在我们全村放火。最后，全村的房屋都烧成了瓦砾。这些从土里冒出的瓦砾，提醒我们这段曾经被侵略的历史。水泼到的地方立马溅起一坨尘烟，带有尘土味的凉意。

在禾场乘凉好像有固定的仪式。从下午开始，每家已经在做着乘凉的准备。水缸挑得满满的，大灶上的锅里已经煮好了白米粥。喝白粥需要配上腌菜，吃起来才有味道。但到农忙季节，每家就会把平时舍不得吃的红豆、绿豆都拿出来，煮成红豆粥或绿豆粥，再加一把盐，这样的粥不但有豆子的香，还带有鲜味。无需配腌菜，粥本身是咸的，加的盐还可以补充劳动中随汗流出的盐，稠稠的粥在炎热的夏夜是大家的最爱。喝粥前，大人还要烧水帮孩子洗澡，万家的媳妇不断用蘸了白色粉末的棉刷子往孩子身上扑，他们说这是痱子粉，扑了粉的孩子们身上白白的、香香的。偶尔还可以闻到女人身上花露水的味道。万家是让我们羡慕的，那年代，他家劳动力多，家里还有人在生产队里当干部，生活条件自然比我们要好。

　　大姐、大哥，还有母亲每天都在田里出工。双抢季，生产队不到断夜不能收工。小脚的祖母操持着家务，下午四点左右煮好粥后，会用蓝边碗盛好几碗放在灶台上凉，省得出工的人回来后烫着。一缕北风吹过厨房，蓝边碗里的粥面上会结一层巴。我们小孩与祖母一起将竹床抬到禾场，放好位置后，祖母就会打一盆冰凉的井水，先将抹布浸湿拧干，然后把竹床细细抹一遍。不等竹床干透，我和二哥就坐上去，屁股上有湿漉漉的清凉感。二哥天生犟脾气，那天与母亲斗气，突然就不见了。天还未完全黑，一家人正为他着急时，他竟悄悄地回来了，手上拎着用梓树枝穿的一串鲫鱼。原来，他一个人下午到村西边那个塘里摸鱼去了。此时二哥的气早消了，母亲也没说什么。二哥摸来的鱼用辣椒煎了一大碗，一家人一边乘凉，一边津津有味吃着晚饭。

　　农忙季节，每家都是让小孩先吃完晚饭，当然也是喝粥。劳累了一天的大人回家后，立即将已经凉好的粥倒进肚子里。一碗自然是不够的，第二碗就得自己到锅里去添了。刚添上来的粥仍然冒着热气，于是端着粥，在禾场随便找个竹床角坐下，一边摇着蒲扇，一边等着粥凉。这时，大家都特别希望吹来一阵自然风。隔壁海文爷（海文的爸爸）过来，手上也端着一碗热粥。只听他嘴里念念有词，好像是在呼唤风。风真的听他话似的，说来就真的来了。这时，他才用嘴沿着碗口移动，把粥喝出了各种声音，一边喝，他还一边说："这是扯洋布。这是扯麻布。"引得大家大笑。

孩子们开始还坐在竹床上玩耍，一会儿就累了，便躺下了。躺在竹床上，是看星星的时候。夏天的夜晚，漫天的星星在天上闪烁。那时夜晚的天空格外的蓝，星星亮得耀眼，白色的银河离地面看起来很近。有人告诉我，那七颗连起来像一把舀水勺子一样的星星叫北斗七星，出远门的人，跟着北斗七星就能回家。每年的农历七月初七，左邻右舍们的话题离不开银河两边的牛郎织女星。他们总神乎其神地说，这一天是看不到鸟儿的，所有的鸟儿都去为牛郎织女的会面搭桥去了。

大人一边用蒲扇为孩子们扇着蚊子，一边讲着各种故事。说着说着，小孩就睡着了。但大人怕孩子们着凉，一般不让小孩在禾场过夜，等小孩睡着后，就抱回房间。如果半大的孩子，是没有这种待遇的，总是睡到又熟又香的时候，大人就会把你推醒。有的贪睡的孩子叫了几遍都叫不醒，暴躁的大人就会用蒲扇的把手把他打醒。他只能迷迷糊糊找着拖鞋，跌跌撞撞摸索着进屋。而有的时候，大人还会叫他一起抬竹床进去，抬着抬着，他不小心一头就撞上了大门。好在那时的门是杉木做的，顶多额头上撞出一个包来。

夏天是多雨的季节，有时刚刚在禾场的竹床睡熟，雷雨就来了。孩子们在手忙脚乱中惊醒，在懵里懵懂中被推进了老屋。记得有一年，半夜突下暴雨，大家赶紧往屋里跑，但那时老屋无钱维修，屋外下雨，屋里漏水。水很快就浸过脚脖子，大人们惊慌失措，被子还被打湿了。

禾场也是社员们进行信息交流的场所。村里的社员都会到这里谈天说地。有的讲新闻，有的讲传说，我听的最多的是关于鬼神的事。新闻主要是万家在铁路上工作的老二带来的。那一年，他神秘地告诉大家，城里人民公园里的铁树开了花，说这是不祥的预兆。"'铁树开花，人头滚瓜'，我们国家要有灾难了。"过了一段时间，果真河北发生了地震。一次，他又说东北天上掉下巨石，"天崩地裂，可能……"他没敢继续说下去。这年9月，伟人去世。隔壁家的海文在南昌搞基建，夏天回家时，带回了他的见闻。那时，城里有点乱，海文跟我们讲了一个女工智斗流氓的故事。说是有个流氓晚上在路上，用尖刀劫持了一个江纺下晚班回家的漂亮女工，要强行不轨。该女工急中生智，假装答应，让流氓先脱衣服，流氓中计。流氓穿的是毛衣，要往上脱，正当流氓将毛衣脱到遮住头的位置时，女工拿起流氓放在桌上的尖刀刺向流氓。流氓死了，她成了大家传颂的女英雄。

禾场不时也会传来村里不幸的消息。那年夏天，全村都在说王家嫁到河那边的女儿，才16岁，因为生孩子难产流血死了，死时全身煞白。将近秋季的一天傍晚，我们正在禾场乘凉，突然听到海文爷死去的消息。海文爷帮队里挑粪到山上时，路上突然摔倒，大粪泼了一身。等大家召唤他时，已经断了气。海文爷死时，不过50来岁。

夏天禾场乘凉的事，已经过去很久了。而我总会想起，想起那些再也见不到的人，想起那蓝蓝的夜空，想起总向我眨着眼睛的明亮的星星。

嘎嘣脆的红薯片

我住的小区边，有个专卖炒货的店铺，花生、瓜子、杏仁、腰果、大麻枣等等，不下百种，有些是现炒现卖，十分新鲜。炒货店铺的名字叫"山东炒货"，一问，老板果然是山东人。仔细算来，这个炒货铺子已经存在十来年了。

过年前几天，我经过炒货店，突然发现店铺里多了一种平时没有的品种——红薯片。整整一塑料袋的红薯片，看起来金黄焦脆，闻起来很香，吃起来则嘎嘣脆。

我下意识地停在红薯片边上，与老板聊了起来。

老板告诉我，红薯片10元一斤。我问："要多少生红薯才可以做成这一斤嘎嘣脆的薯片？"他说："大概三斤生红薯才可以做成一斤。"他主动介绍说，这些红薯片是为过年准备的，是他自己炒的，最近买的人很多，就剩下这一袋了。经他这么一说，我才发现，红薯片已经不多，还真是供不应求！

我忍不住买了一斤回家。拿起一片放进嘴里，立刻生出一种曾经熟悉的味道。

我突然想，这么多人同我一样买红薯片，难道跟我一样是因为这曾经的味道？

我将红薯片拿回家后，却并没有很想吃的欲望。望着这红薯片，想到的还是小时候。我这才知道，买红薯片不过是因为怀旧。

我小的时候，国家虽然已经过了那段困难时期，但也常常处于粮食短缺的状态。很多人虽然没有饿死，但也是在半饥饿状态下勉强长大的。没有饿死，其中红薯起了不小的作用。我家乡虽然主产大米，但那时产量不高，其中还要将一部分交公粮，农民能留下的完全不够养活自己。那时候，多数人家每年都有个"青黄不接"的艰难日子，就是上半年早稻收获之前的一段时间，每到这时就会断粮。

为了度过这漫长的时间，家家未雨绸缪，从头年的下半年红薯成熟时候开始，将红薯搭配大米，煮成稀饭，叫作"红薯煮粥"，这可以节省大米用量。正是这"红薯煮粥"，帮大家撑到了新米上市。在我的记忆里，红薯起着与大米一样的作用，很多时候，红薯倒成了餐桌的主角。一天三顿，早上吃红薯稀饭，米只是算计着放那么一两把，满锅都是红薯，还要在里面放一些青菜叶，让早餐变成三合一。中午虽然叫吃米饭，不过在米饭上还要放一些红薯一起蒸熟，搭配着吃，当然目的还是节省大米。大多数情况下，晚饭则是全红薯。

虽然很多时候红薯当饭，但红薯不是要多少有多少的东西，也不是想吃就有吃的。那时是生产队种红薯，一个家庭能分到多少，是根据这个家庭劳动力人口决定的。我发现，我家的红薯总比人家的少，不知是不是我家的劳动力没有人家多的原因。生产队挖红薯的季节，我们这些小孩会邀上伙伴一起上山，在生产队挖过的地里用锄头重新翻一遍，寻找那些"漏网之鱼"。不过，能挖到的有限，偶尔挖到，也是一些小的或破损的。

生产队分了红薯后，大家就各显神通，变着法子吃出花样来。上面所说将红薯当作主粮的吃法当然是最主要的一种，还有更多的吃法，比如将小红薯蒸熟了晒干，就变成非常有嚼劲的小红薯干；将生红薯切片晒干，晒干的生红薯片白白的。这样做的红薯干晒干后可以放置很久。上学时，我会偷偷放一些在书包里当零食，在上学的路上慢慢咀嚼，那味道真的不错。

只有过年了，大家才用平时舍不得用的油来炸红薯片。

我们村有个久远的风俗，正月初一一大早，全村的孩子都要到各家各户去拜年，而每家都要给来拜年的孩子们礼物。小时候拜年，几乎大部分人家都是抓一把红薯片给我们。每家的红薯片可以分出水平来，有的金黄，有的脆甜，也有的因为火候掌握不好，炸出的红薯片有焦味。高级的红薯片，有的人家用煮熟的红薯去皮后，放进芝麻捣成薯泥再摊成薄饼，晒干后炸成红薯片，又香又脆。从红薯片，可以看出哪家的女主人心灵手巧。

农村生活好了后，村里也没有人种红薯了，曾经生产队用来种红薯的山地，早已抛荒，长满了野草。有很长一段时间，村民们的口味也变了，他们觉得红薯片很低级。正月初一孩子们来拜年，大家给的吃的大都是工业产品。吃红薯片的人很少了，更没有人家愿意花工夫自己来做。

不知从什么时候开始，城里的人突然又流行起吃红薯了，有人说，红薯可以防癌，不但吃红薯，连红薯叶子也成了抢手菜。传到村里，有些年纪大的人开始怀念起从前，就在自家菜园里种一些红薯，不过，长出来的红薯，不再是一种主食，而是变成了辅食和零食。但红薯片村里好像已经没有人做了，或许是忘记如何做了吧。

不过，有人想吃红薯片还是有办法的，可以去买。于是，这给了炒货店赚钱的机会。

父亲帮乡亲包"换财"

我们乡下过年的乡俗很多，亲朋好友、左邻右舍之间互送"换财"是其中的一种。

"换财"是我们那对礼物的一种叫法。"换财"叫法的来历无法考证，我猜是不是将礼物互相交换的意思？礼物，广东等地叫"手信"，台湾、福建人叫"伴手"或"单禄"。兴许他们的叫法更显洋气，这些年，内地叫礼物的也不多了，通常也叫起"手信"和"伴手礼"来。

其实，我们古人对礼物的称呼显得更雅，叫"贽"（读 zhi，第四声）。我们不愧为礼仪之邦，古人是很重视"礼"的，这个"礼"既有礼节、礼貌的意思，也包括礼尚往来之间的互送礼物，所谓"交贽往来"（《左传·成公十二年》）。而孟子所称"出疆必载质（通贽）"，原意也是指国与国之间交往须送礼，后来变成了里通外国的贬义词。古人送礼很有讲究，礼物有重有轻，有大有小，而且送大官、小官，送男送女都不一样。比如对方是大夫（一种官名）就要送一只雁鸟，而卿（也是一种官名）则要送一只羔羊。"男贽，大者玉帛，小者禽鸟，以章物也；女贽，不过榛粟枣脩，以告虔也。"（《左传·二十四年》），意思是给男人送礼时，礼大的送玉器丝绸（金银财宝），小的可以送鸡鸭猪羊，以东西的贵重来显示敬重的程度；而送女的只需要送一些榛子、枣子等吃的东西，只是为表示心意罢了。

我们村送"换财"的习俗，据说曾经也是很讲究的，不过到我小的时候，因为大家都贫穷，就讲究不起来了。

那年代，很多流传下来的乡俗在政治运动中被废除，但我们村送"换财"的传统却保留了下来。

因为经济凋敝，农民的日子尤其艰难。因此，过年送"换财"只能简单化。因为买不起包扎好的点心，大部分人家都是买几斤散装的大麻枣、小麻枣等，作为包扎"换财"的原料。

"换财"的概念在那时好像变得狭隘起来。小的时候一说到"换财"，就知道是那种用牛皮纸或者白色包装纸包的点心，而且里面的内容不外乎大麻枣、小麻枣，或者灯芯糕之类。

或许当时没有好东西相送，因而大家将重点放在"换财"的包扎上，似乎包扎得越好，越能显示送礼者对对方的重视。"换财"都是用牛皮纸或者白纸包扎，包扎好后，上面再放一张红纸，然后用纸绳捆起来。包扎得好的"换财"棱角分明，还包括红纸的大小、放置的位置，纸绳的长短和打结的位置都要恰到好处，绝对不能散包。包扎好的"换财"就像一件艺术品，让人看起来舒服，可以给送礼者带来面子。

然而，这样的"艺术品"并不是普通人能包好的，村里真正懂"换财"包扎的人很少。这样看似简单的包扎，需要经过特殊训练。父亲就是这样一位经过训练的高手。后来我想，我们村对"换财"包扎的讲究，很可能就源于我父亲，是他让大家懂得了包装美。父亲的这门手艺，是他小时候在商铺当学徒时学来的。村里老一辈都说，父亲的悟性很高，当学徒时在温圳街就很有名。我印象中的父亲，确实是一个会动脑子、喜欢学习的人。父亲有一种对家乡深沉的热爱，这种热爱具体表现在对乡亲的乐于相助，只要是乡亲需要的，他都肯付出。

从20世纪50年代末开始，父亲就在抚州地区的一个国营垦殖场工作，每年只在三个传统节日回来，过年是其中较长的假期。父亲是个十分勤劳的人，回家后从来停不住手脚。同时，他也是一个从来不摆架子的人，尽管那时他是农村人很羡慕的国家干部，但对乡亲的请求，他总是有求必应。包"换财"这样的小事他也总是乐此不疲。我记得过完年后，大概从初二开始，我家就会有人络绎不绝地上门，都是求父亲帮他们包"换财"的。父亲放下家里的活，专门包起了"换财"。那些日子，他其实被乡亲们"包"了，每天要从早忙到晚。

经过父亲手包扎的"换财"，没有不让人满意的。父亲有求必应，在求助的人里，会提出各种现在看来不可思议的要求，最多的就是希望用最少的材料，包成看起来分量十足的"换财"。这显然与当时人们拮据的生活分不开。

因为拮据，关于"换财"就有了很多故事和笑话。说有两个兄弟家里特穷，父母委托他们走亲戚，父母好不容易买了"换财"，里面包的是灯芯糕。亲戚家路途有点远，出门时，两个兄弟没有吃饭，走在路上肚子饿了，于是，其中一位，管不住嘴馋，就从"换财"里抽出一根灯芯糕吃。另一个不服气，当然也抽一根来吃。这一抽就停不下来，还不断为自己找理由安慰。最后，把一包灯芯糕都吃光了。兄弟二人做客，没有"换财"不行，于是急中生智，扯了一把干稻草折成灯芯糕的长短，再放了一些泥巴增加分量，放进牛皮纸里包扎好，冒充"换财"，结果肯定"露馅"了。这个故事当初听起来好笑，但现在回味却有一丝莫名的苦涩。

父亲帮乡亲们包"换财"早已经成为往事。现在的人们虽然每年照样走亲戚朋友，照样送"换财"，但"换财"的内容已经不可同日而语了，用牛皮纸或白纸包装，再在上面放一张红纸的"换财"已经看不到了。父亲早已不在，那些求助过父亲的乡亲大多数已经老去，有的和父亲一样作古。

不知父亲包"换财"的往事，村里还有多少人记得？

正月做客

我小的时候，正是 20 世纪 70 年代。那时，国家的经济落后，普通人的生活不好，农村更是窘困。

不过，无论多么艰难，生活总要继续。中国人自古就有韧性，条件再艰苦，总要想方设法活下来，甚至还要苦中作乐。当年，还是孩子的我，并不知道家里常常处于饥饿的边缘。但食物短缺带来的生理反应，就是总期盼过年。过年有好吃的，因为大人会把积攒了一年的好东西，在过年时全拿出来。

正月做客是过年的重要内容。当年与现在不同，正月是无所事事的农闲时节，有的是时间，做客正好可以打发这段日子。对不谙世事的孩子而言，正月却变成一段快乐的时光。我记忆中，正月的最大快乐就是到亲戚家做客。

做客当然还是以拜年的名义，所以总要带点礼物。礼物很简单，就是大人手中提着的一两包点心，一般是用牛皮纸包着的，要么是罗溪大麻枣，要么是贵溪灯芯糕。为了节省购买牛皮纸的钱，有人干脆用报纸包。报纸是从生产队那里顺来的。有意思的是，当时什么都缺，报纸却从来不缺，报纸的用途也被发挥得淋漓尽致，除了包食品外，还有拿来裱新房的，用作手纸的等等。

带我做客最多的是祖母。家里经常派我们一老一少做客。为什么老是我们祖孙俩？当时祖母年龄最大，算是最有资格做客的代表。而我在家里最小，最喜欢做客。祖母到哪里都受到亲戚尊重，我则因为乖巧被亲戚喜欢。一老一少，成为做客的最佳搭档。

做客有很多讲究。祖母在路上一直嘱咐我："等到了后，要记得喊人。"喊人，意思就是要有礼貌，见到亲戚要叫表伯、表叔、姑姑、姨娘之类，嘴巴要甜。她还叮嘱我："吃东西的时候要有吃相，不该吃的千万不能吃。"我不住点头，牢记在心。

做客的日子是早就商定的。一般是正月初一之后的双日，比如初二、初四、初六，这是带点迷信的风俗。当然，整个正月都是可以做客的。具体哪一天，是祖母与亲戚已经商量，最后敲定的。等到了亲戚家，先是祖母与亲戚寒暄，接着祖母会把我推到前面，要我喊人。喊过后，我就会文静地坐到一边，接下来是等吃。吃，是做客的主要内容，也是亲戚接待客人的中心大事。其实，我们还没到，亲戚一家人就忙开了。那时用的是土灶，烧的是稻秆或者干草。这样的灶，做饭一个人就可以，但做菜则要有两个人配合，一个负责掌勺，一个负责烧火。土灶烧出来的饭菜好吃，只是那时食品短缺，常常为吃发愁。

我和祖母在厅堂坐着，很快闻到了厨房传来的香味。过了一会儿，主人就端上热气腾腾的两个蓝边碗，碗里装的是面条。亲戚大声招呼我们吃面，我看着面前堆积起来的面条有点发愁，不敢下筷子。祖母低声对我说："先不要吃，跟着我做。"只见祖母对亲戚说："你太加劲了，吃不完，帮我拿个碗来减掉一些。"亲戚客气地说："不多不多，吃得完。"双方一阵礼让，祖母故意不动筷子，这是坚持要减掉的意思，亲戚只好拿出一只空碗。祖母先是夹了一筷子面到空碗里，然后把筷子往碗底下探。祖母将剩下的面往一边拨，露出了一只腊鸡腿和一个荷包蛋。祖母将鸡腿夹到了空碗里，自己碗里只剩下半碗东西了。接着，祖母转头向我示意。

因为路上祖母已经再三告诫我，吃面时，一定不要吃碗底下的肉或鸡，只能吃蛋。我牢记住祖母的话。当祖母将鸡腿往空碗里夹的时候，我也用筷子在自己碗底下拨。当我掀开面条时，看到碗底下不是鸡腿，而是两块腊鸡肉。我学着祖母的样子先是把面条往那只碗里送，减得只剩下几根面条。我一直不喜欢吃这种咸咸的挂面，尽管平时吃不饱，过年毕竟肚子里有了点油水，所以看见这种面条就觉得多余。接着，我减掉了一块鸡肉。闻着腊鸡的香味，第二块却迟迟不想再夹走。祖母已经注意到我碗里是两块鸡肉，看出我的心事，就对着我不住眨眼。见我在故意耍赖，就低下身子轻轻对我说："这个不能吃！要吃，等下还有酒席，空点肚子！"意思是要我把剩下的那块腊鸡也挑出来。我知道是赖不过去了，不情愿地将另一块腊鸡也夹到那只碗里。那只空碗一下满了，而我的碗里，除了几根面条，只有一个金黄的荷包蛋。

做客就是吃。吃，分为两个阶段。第一个阶段是吃点心，即上面说的面条加鸡蛋、腊鸡、腊肉等。但点心是象征性的，不可能吃饱。主人在客人碗底放几块腊肉或腊鸡，不是真的要给客人吃，腊肉或腊鸡只是道具，主人做面子的。客人一定要把腊肉或腊鸡夹出来，还给主人，主人还要留作招待其他客人用。否则，就会被视为不礼貌、无教养。这样的风俗现在早就不存在了，说明有的风俗并不是一成不变的，是根据条件变化而变化的。腊肉或腊鸡不能吃的风俗，发生在那物资奇缺的年代，说明这是"穷风俗"，是迫不得已。

客人在主人送上点心后，就应该将做面子用的腊鸡或腊肉还给主人。但也有的客人会不动声色地吃完碗上面的面条，然后将腊肉或腊鸡留在碗底。这个做法不太卫生，放在现在是无法接受的。但那饥饿的年代，没有多少人会计较，一切都顺理成章。

接着是第二个阶段，即正式的酒席。酒席不会是光为我们两个人做的，亲戚早就精打细算。亲戚会邀请他的其他亲朋好友同一天来做客，这样刚好凑满一桌。桌子是正方形的八仙桌，东西南北四方，一方一条长板凳，每条板凳上坐两个人。主客坐上，即坐北朝南的位置。

其他都是按长幼亲疏顺序一一落座。

为了这次接待，亲戚精心准备，将家里的好东西都拿出来，做成各种菜放到桌子上。客人品头论足，主人的面子都在这里。

但那时的酒席实在寒酸，通常是"四盘两碗"六个菜，意涵"六六大顺"。四盘包括一盘红烧肉，一盘鲤鱼，一盘蹄膀，一盘线鸡（阉公鸡）。两碗则是一碗糊羹、一碗猪肝或其他猪内脏。但多数人家拿不出这样完整的好菜。四盘中，一盘红烧肉是要保证的，多数情况下，主人会在红烧肉里放大蒜一起烧，往往大蒜比肉好吃。鲤鱼有时会换成鲢鱼，因为鲢鱼便宜；蹄膀和线鸡往往会换成牛肉炒芹菜，或炒米粉代替，有的甚至换成青菜。不管什么鱼，都不能吃，要留给主人讨口气"年年有余（鱼）"。

一顿酒席下来，能吃的东西寥寥，除了吃饱外，记忆中真正好吃的东西不多。

吃完酒席，与亲戚寒暄告别。客就算做完了。

交公粮

中国农村的人民公社制是直到 1958 年才普遍实行的。对农民而言，这是根本性的变化。按照 1949 年颁布的《中国人民政治协商会议共同纲领》："凡已实行土地改革的地区，必须保护农民已得土地的所有权。"第二年，中央人民政府又颁布《中华人民共和国土地改革法》，进一步强调："废除地主阶级封建剥削的土地所有制，实行农民的土地所有制。"由此，中华人民共和国刚成立时，实行的是土地私有的产权制度。得到土地的农民，生产积极性极高。到 1953 年，中国的粮食产量已经超过中华民国时期的最高水平。进入人民公社后，土地制度则变成"队为基础，三级所有"，土地不再属于农民个人。所谓三级所有，指的是人民公社、生产大队和生产队，实行的是以生产队为基础的集体土地所有制。这种制度的特征是，农民都是社员，由集体安排生产，个人没有生产自主权。直到 20 世纪 80 年代初，随着家庭联产承包责任制的推广，土地在一定程度上又回到了农民手中，重新调动了农民的生产积极性。

伴随土地公有制的有农业税。1958 年 6 月 3 日，全国人民代表大会常务委员会第九十六次会议通过了《中华人民共和国农业税条例》。农业税不是用现金缴纳，而是用粮食代替。由此，交公粮成为中华人民共和国实行了很长一段时间的农业赋税制度，这是农民的法定义务。交公粮的"交"字最生动地道出了税的属性，"交"是带有强制性的。

也有人用"粜公粮"这个词代替，"粜"有卖的意思，其实这是美化了公粮的性质，表达是不准确的。事实上，农民在大多数情况下，以公粮形式交给国家后，换来的是一张代表爱国和光荣的公粮证，并没有得到对等的货币。

我对交公粮的记忆最早停留在 20 世纪 70 年代。当时，在人民公社化之下，实行的是集体生产劳动，农民被称为社员，在生产队组织下，集中参加农业生产劳动。但集中劳动表现出的劳动效率很低，有些人善于在这种制度下"磨洋工"（偷懒），结果是粮食产量一直高不起来，水稻的产量每亩不过 300 到 500 斤，这样一来，生产队交完公粮后，剩下的经常是社员自己不够吃。

当时最难熬的是每年 7 月的"双抢"（抢收抢种），夏日炎炎，社员们每天都要起早贪黑，每天都是汗流浃背。那时，农村基本上还在以最原始的方式进行耕种，人力是最主要的生产要素。从插秧到割禾，靠的都是农民的双手。那些动作快、力气大的社员被称为能人，被大家崇敬。早稻收割上来后，就要及时晾晒。晾晒稻谷是相对轻快的工作，但也并不简单和轻松。那时似乎每天午后都有一场暴雨，负责晾晒稻谷的女社员，必须赶在暴雨下来之前，快速地将稻谷收拢，装箩，移到屋檐下。有时暴雨下得急，来不及装箩运走，只能堆在操场，匆忙中用一捆捆稻草覆盖在上面，等到雨过天晴，地变干后，再将稻谷箑开重新晾晒。总有一些来不及收拢的稻谷被雨淋湿，一两天后，禾场边角处就会冒出一丛丛稻谷的绿芽。

经过好几个毒日的曝晒，谷子已经焦干，接着是用风车将瘪谷扇掉，剩下的是颗粒饱满金灿灿的稻谷。将几粒晒干的谷子放在嘴里一咬，嘎嘣出一粒粒的米，说明可以打包进库。生产队总是选出最好的稻谷用来交公粮，有公社坐队干部的监督，也有大队干部的动员。每个公社都有一个粮库，用来收储公粮。将公粮送到粮库，靠的是社员的劳力。我们村离公社粮库差不多五公里，用箩挑过去，这自然是一桩苦差事。但队里总有办法，把这个苦差变成了社员们个个争抢的美差。原来，为了鼓励有劳力的人送公粮，队里的做法是，每个送公粮的社员都可以到公社粮库附近的国营饭店吃一顿。为此，生产队除了公粮外，额外多卖一些粮食，这样可以换得一些粮票和钱，为每个送公粮的社员买一碗肉片汤，外加几个大馒头。那时，这是难得的奢侈，是重赏。重赏之下必有勇夫，就冲着这份待遇，社员们都争着去，队里要求送公粮的社员每人至少要挑一百斤稻谷。社员们去时个个累得龇牙咧嘴，回来的时候，却都是满脸笑容，似乎获得了巨大的满足。已经许久没有吃过肉的，总算肚子里增添了几个油星。有的社员还将节省下的一两个馒头偷偷藏在口袋里，留给自己心爱的家人分享。

过了几年，队里不再用社员送公粮了，因为请到了拖拉机运送。拖拉机送公粮免除了社员的辛苦，人们只需要用麻袋装好稻谷，一袋压着一袋，整整齐齐码在拖斗上。尽管将麻袋扛上搬下也需要人，但要的人少多了。能够跟随拖拉机搬运公粮的，只是生产队干部和几个有话份的人。不过此时，其他社员却不高兴，心里有说不出的失落。他们只能眼巴巴看着拖拉机屁股冒出黑烟开上了机耕路，而坐在拖斗麻袋上的那些有资格送公粮的，正得意地看着他们。拖拉机一走远，他们就在议论："今天这几个肯定不知要吃几碗肉片汤！"

时间到了20世纪80年代初，农村实行了家庭联产承包责任制，人民公社消失了。很快，粮食多了起来，农民们不再挨饿。当然，公粮还是要照常交的，只是交完公粮后，农民可以将多余的粮食卖出去，换回一些现钱。这个时候，不再是以生产队为单位送公粮，农民每家每户都要自己去送。20世纪80年代初，我也有几次送公粮的经历，只是那种滋味非常难受。

记得是晚稻收割以后，大哥将晒干、去掉瘪谷的稻谷用麻袋（有时也用的是蛇皮袋）打包，装上大板车。他在前面拉，我在后面推。我们走的不再是小路，而是国道。那天，我们自以为起得很早，赶到粮库时，还不到8点。但此时，我们看到的是粮库前面黑压压的送公粮队伍，一辆辆大板车上堆满了各种粮食。一打听才知，很多人天未亮就来排队了，有的甚至是头天晚上就来了。大家都想尽快完成送公粮任务。我们只能耐心地等，好不容易快到粮库门口，已经超过11点。此时，只见水泥路上到处晒着稻谷。问前面的人才得知，验粮员认为你家的稻谷含水分，你就要将稻谷重晒，或者拖回家去。好不容易拖来了，谁想拉回去呢？！因此，大部分人选择将稻谷倒在路上晒了起来。交完公粮的人边走边议论，说交公粮要走后门，如果认识乡里的干部或者粮库的领导就好，最好认识验粮员，很容易交进去。我们开始将信将疑。大哥自信自家的稻谷已经晒得很干，质量又好，所以并没有当一回事。等到终于轮到验我们家的谷子时，一切传言都成为现实。只见那个验粮员耳朵上塞满了香烟，左手还拿着一把零散香烟，右手拿把木柄铜制验粮具，就是那种尖头带木柄可以漏出谷子的特制工具，胡乱在我们装有稻谷的麻袋上戳。我当时心里很不舒服。要知道，麻袋被戳破了好多个口子，以后还怎么装东西？买麻袋可不便宜。但验粮员丝毫不心疼，只见他将戳出的谷子放进嘴里，连正眼看我们一眼都没有，嘴里却说："你这个必须再晒一个日头。"大哥一听，急得不得了，这才相信根本不是谷子含水的问题，而是故意刁难。但人在屋檐下不得不低头，只好忙上去递烟，求他放过。但验粮员接过烟，仍然不屑一顾地走向下一家。无奈，我们只能将稻谷拖到旁边马路，找个地方晒。此时正是中午，烈日当头，我们还没有吃中饭，饥肠辘辘。好在出来时带了水壶，只好不停喝水，汗水几次湿透了衣背，裸露在外的皮肤也晒得通红。大哥不停地去找验粮员，但他似乎视而不见。这样，一直拖到下午将近五点，大哥一直跟在那个验粮员后面，不断递烟说好话。无意中，大哥提到了一个与验粮员熟悉的人，他终于斜着眼看了一下大哥："你真的认识？为什么不早说！"这下，好像一切都烟消云散，我们的公粮顺利交了进去。

农村实行家庭联产承包责任制若干年后，中国的市场经济逐渐成熟，粮食不再短缺。终于，2005 年 12 月 29 日，十届全国人大常委会第十九次会议决定，自 2006 年 1 月 1 日起，废除《中华人民共和国农业税条例》。从此，交公粮成为历史。

第五辑　奈今生，愁时又忆卿

中午十二点三十分

中午十二点三十分，我总会突然想起这个时间。是下意识的，还是条件反射？

中午十二点三十分，这不过是一天中的一个特定时间。这个时间，或许你正在下班的路上，或许你刚刚回到家里，或许你正在与家人共进午餐，又或许，你午饭吃得早，此刻刚想要午睡。对于现在的上班族而言，你可能正坐在一家快餐店无聊地拨弄着手机。

而这时的我，若有所思。"中午十二点三十分"，我搜肠刮肚，是在想这个时间本身？还是在想这个时间发生了点什么？哦，我记起来了，记起来了……

1

我记起还是读初中的时候，中午十二点三十分，我正开始收听长篇小说连续广播。我还想起我为听长篇小说连播，那急匆匆从学校往家赶的情景，我想起满头大汗急迫地打开收音机，听收音机发出"现在是小说连续广播时间"的美妙音符。

那是 20 世纪 70 年代末 80 年代初，我正上初中。那是知识饥渴的年代。我们普通人家的孩子，尤其是我们乡下的孩子，还不知道什么叫课外读物，不知道世界上有读不完的书。因为家里贫穷，所以，更不知道也没有想过自己花钱买书。我当时十几岁，鸿蒙初开，对外面的世界十分好奇。凡是书，特别是讲故事的书都深深吸引着我。

我不记得家里怎么会有一本巴金的小说《家》，反正这是我读过的第一本小说，小说中的几个角色觉新、觉民、觉慧，梅表姐、琴表妹和丫鬟鸣凤，我现在都记得很清楚。只是这本书太破旧，加上缺页，书中故事有的地方只能猜。接着，我似懂非懂看了一遍《红楼梦》。一次，偶然还读到一本歌颂军人英雄的书《欧阳海之歌》。在学校时，有个同学借给我一本《一千零一夜》，我如获至宝，以最快的速度读完。村里有个人曾做过老师，家里收藏有几本书，我和他儿子是发小，他将书偷偷借给我看，有《戊戌喋血记》和《聊斋志异》。书读得不多，还有点囫囵吞枣，但实实在在解了一些读书的饥渴。不要说书，凡是文字的东西，比如报纸我都不放过。有个远房亲戚，是邮电局职工，负责到各村送报纸。一年夏天，他将一大捆旧报纸送给我家。这些报纸，有《人民日报》，还有《参考消息》等。整个暑假，我把这些报纸上的文章从头至尾读了个遍。

这些还远远不过瘾。我偶然发现，每天中午十二点三十分钟，中央人民广播电台都有一档小说连续广播节目。我顿时入了迷！

这首先得感谢家里那台收音机。那时，国家开始朝好的方向走，只是仍然物资奇缺，收音机这样的东西，乡下还是新鲜物，不是每家都有的。一部流行的牡丹牌或红灯牌的收音机，价格都在 20 元左右，那可不是一笔小钱。我家这台牡丹牌收音机是我大哥结婚时，南昌城里的表伯、表叔三家凑一起送的礼物，现在想想，那是一份多么有意义的珍贵礼物！收音机正常安装的是两节二号电池。不过，两节二号电池不经用，听不了十天半月就没有电了。为了省钱和延长电池收听时间，我们学着别人，从收音机安装电池的两头用电线接出正负极，然后在收音机外面用木夹片夹四节一号电池，将电池绑在收音机的上面。四节一号电池电量足，当然经用多了，几乎可以用两个多月，直到电池流出液体，证明必须更换了。不过，收音机用了一两年后，还是会出现接触不良的毛病，经常在广播到关键时戛然而止。这样，就需要通过转动电池，或者将连接正负极的插片紧固，有时急了，就拍打收音机，这样的土办法往往很管用。奇怪的是，我听小说连续广播时，出现断播的情况却不算多。

那时我正读初中，学校设在另一个叫仓头大队仓头村的西边，离我们村有大概两公里的路程，中间要越过一条公路，即320国道，接着翻过一条铁路，就是浙赣线，抄近路则须经过一段田埂小路，然后通到一条正对着我们村的机耕路。机耕路不算宽，遇两辆车交会，则无法通行。但可能一个月都难得有车走，两车交会的可能性极低。路当然不是柏油的，也没有水泥打底，只填了一些青色的麻石子和一层薄薄的细沙，好像专为拖拉机所修建。但下起雨来，路还是有点泥泞，人只能踩在石子上，才不致沾了一脚的泥。

这所初级中学没有食堂，学生三餐都得回家吃饭。对我而言，这不是坏事，因为我可以回家听广播。上午安排的是三节课，这最后一节课下课时间是十二点整。等到最后一节课时，我早已经是"身在曹营心在汉"了，心里惦记着小说连续广播，急迫地想往家赶。下课时间越往后，我心里越急。一听下课铃声，我就像脱缰的野马，立即往外冲。我的脚步飞快，因为我知道，三十分钟在路上，不快走就会耽误听收音机。因此，我总是一马当先，急匆匆往回赶。开始，同学们不知道也不理解我为什么要这样。后来，我把自己听到的小说与同学分享时，有的同学也学我一样了。

我必须在中午十二点三十分钟前赶到。从此，这对我而言，成了一个刻骨铭心的时间！

2

我天天赶路，我的步伐就这样练起来了。以后，我走路总比别人要快，以致形成了习惯。有意思的是，在我家，走路最快的还不是我，而是我大哥。他走路快，是年轻时在城里拉大板车练出来的。他走路如风，而我跟他一起走时，只勉强可以跟上。我快走的这个习惯，大了以后发现也有"副作用"。恋爱时，我与爱人一起上街，总会不知不觉把她丢在后面，等我回头时，看见她立在原地，面无表情地盯着我。等我满脸歉意地回到她身边，只听她说："你走啊！怎么不走了！"看得出她很生气，我只能尴尬地陪着笑。这样的事经常发生，每次我都是不由自主地把妻子甩在身后。好在久而久之，妻子习惯了，也包容了。

回到正题。急匆匆赶到家后，我赶紧打开收音机。最希望听到的是"现在是小说连续广播时间，请继续收听长篇小说某某某"。最怕的是打开收音机时，这句话已经说过了，正在播小说内容，意味着耽误了。

当然，最希望老师不要拖堂。有的老师似乎故意与我作对似的，老是喜欢拖过几分钟下课。这样，我就要加快脚步，甚至要小跑一阵。等到了家里，打开收音机时，如果还是刚刚开始，即使满头大汗，也是满心欢喜。一边听着小说，一边吃着饭，知识就这样一点一滴进入到脑子里。

通过收听小说连续广播，我相当于读了姚雪垠的《李自成》、黎汝清的《万山红遍》、梁斌的《红旗谱》、周立波的《暴风骤雨》、魏巍的《东方》，后来又听了刘心武的《爱情的位置》。演播者声情并茂，听起来很容易进入情境里。在这些演播者中，我记得最牢的播音员是曹灿。

中午十二点三十分，这一刻，拨动了我的生命之弦。

第五辑　奈今生，愁时又忆卿

179

高中岁月

20世纪80年代是一个启蒙时期，越往后看越会发现这个年代的可贵。这个年代是个梦想的时代，人人都憧憬未来，充满希望，怀有激情。

——李泽厚

我从小在农村长大，切身体会到做农民的艰难。改革开放前，农民除了温饱问题外，还有农村与城市之间无形的屏障问题。农村青年没有出路，更没有晋升通道。因此，那个时代，有多少农村青年被耽误和埋没！这是一种无形的禁锢。某种程度上，这种禁锢甚于历史上管束最严厉的明初朱元璋做皇帝时期。那时，也是严格限制农村人口流动，但科举取士还是没有停下来，农村青年还有读书作官这条路，且明朝对知识分子的尊重堪比宋朝。故，仍然不断在演绎"朝为田舍郎，暮登天子堂"的励志故事。

恢复高考制度之前的农村，一切企图通过读书改变命运的做法都是徒劳。跳出农村，成为许多农村青年的梦想。等到可以通过读书改变出路时，我已经在读中学，但仍然不敢有奢望。记得读初一时，老师布置作文，题目是"我的理想"。我在作文中，充满向往地说，我的理想是做一名工人。别怪我胸无大志，那时做工人是铁饭碗，工人的生活水准明显高于农民，我能看到、能拿来比较的只有做工人的亲戚。也许作文中我流露的，是作为一名农村孩子的真情实感，老师大大地夸赞了我，给了我95分的全班最高分。其实，我不知道的是，比工人更好的职业有很多，尤其是知识分子，会有更多的选择，也有更高的待遇。曾经当过下放知青的作家阿城，谈到那时的农民时，感叹地说："农民没有医疗保险，连土地都不是他们的，真的是什么都没有，任由他们生灭"，而"中国的知识分子其实是既得利益阶层，因为从经济上他们起码享有福利待遇"。阿城的话在同情农民的同时，对知识分子的认识自然失之偏颇。他没有说出特殊年代知识分子的无奈和被体制性歧视的另一面，没有揭示知识分子的心灵创伤。但仅从物质上而言，阿城的话又是有道理的。即使在那荒诞岁月，知识分子被打成"臭老九"了，大多数人多少还保留有比工人更高的工资，比农民当然强得多。总之，被解放了几十年的农民，实实在在从未脱离社会底层。由此，谁不想挣脱农民身份的羁绊呢？

如何挣脱？这就要感谢机遇、感谢时代了！如果没有改革开放，没有邓公的恢复高考制度，恐怕我这一辈子只能待在农村。而我，幸运地赶上了这个机遇，赶上了好的时代。相对于那些失去机会的农村人而言，我是幸运的。

如果要聊一聊我个人的幸运，那我的幸运始于20世纪80年代。

1. 接到进贤一中录取通知书

1981年8月的一天，我在村外的田埂上放牛，有个村民站在远处大声喊我的小名。他告诉我，刚才大队接到大塘中学的电话，说我考取了进贤一中，要我赶紧到学校去拿录取通知书！

考取进贤一中！当我听到这个消息时，无法掩饰内心的兴奋。那时，到进贤一中去读高中，是全县初中毕业生的奋斗目标。

如果说，1978年是改革开放的启幕年，那么，作为好戏，在进入

20 世纪 80 年代后，才真正渐入佳境。1981 年于国家而言，是重要的一年。这年，中共十一届六中全会上，通过了《关于建国以来党的若干历史问题的决议》，标志着中国共产党在指导思想上完成了拨乱反正，为今后的发展指明了前进的方向。这年，一首《在希望的田野上》的歌曲燃起了中国人被长久压抑的希望。同年 11 月，中国女排在日本大阪首次夺得世界冠军。中国女排的胜利，对于百废待兴的中国来说，无疑是一剂强心剂，预示着中国人开始醒悟和自强。那时，学习女排，"振兴中华"成为时代的最强音。

1981 年，于我而言，也是重要的一年。我不但升到了重点高中，而且就在该年，我的家乡开始实行土地"包产到户"，即家庭联产承包责任制，我们可以不再为吃不饱饭而过度发愁了。农村的家庭联产承包责任制源于安徽凤阳小岗村。在邓小平等领导人的推动下，关系到吃饭问题的"包产到户"迅速向全国推广。当中共中央在 1980 年颁布《关于进一步加强和完善农业生产责任制的几个问题》后，这个据说有点含糊的政策却以最快速度传开，并得到绝大多数农村的积极响应和落实。"包产到户"的实质是多劳多得，是对"一大二公""左"倾错误的纠正，意味着平均主义的破产。"包产到户"后，农民一改在集体劳动中的故意"磨洋工"，起早贪黑地干。立竿见影的效果是，当年粮食就增产丰收。除能够吃饱饭外，农民们得到的另一个明显的好处是不需要再看干部的脸色。同时，这种为"自己"做事也算是获得了一种自由。

农村的观念也在悄然改变。进入 20 世纪 80 年代，高考正极大吸引着年轻人。考大学，成为时代旋律。这种背景下，在农村稍有见识的家长都鼓励自己的孩子拼命读书，希望通过高考"跃出农门"。

全县读书人都把眼光盯住了进贤一中。进贤一中良好的师资和全县中学最高的高考录取率都吸引着学子们。那时，学生高考还不能随便跨县流动，即便是本县成绩最好的学生，其最佳的选择也只能是进贤一中。当时的规矩是，在农村中学读书的初中生，按中考成绩，第一批录取到进贤一中，第二批录取到进贤二中，其他考上的则只能进附近的普通高中。

因此，当我得到被进贤一中录取的消息时，那种高兴是可以想象的。我庆幸自己初中三年的刻苦和努力没有白费。回首过往，那点着煤油灯夜读的日子，那寄宿在拥挤不堪宿舍的日子，那一星期只能回家带一次腌菜或豆腐乳下饭的日子，似乎已渐渐离我远去。顿时，我觉得天空格外湛蓝。抬头眺望远方，一切美好似乎都在向我招手。

我一路小跑，赶到了就读的大塘中学。这是一所我家所在公社的初级中学。我们这届有两个毕业班，加起来有八九十个毕业生，集中了全公社的农家子弟。当年的大塘中学学风还是不错的。那时，老师和同学们都很单纯，老师负责地教，学生认真地学。我无法忘记在这所条件很差的学校教过我的饶桃芳老师、叶小玲老师、吴振荣老师、梅呈芳老师、龚南生老师、聂同发老师、吴玉昌老师、曹三九老师、杨雷老师等。大塘中学因所在的公社得名，据说曾经也办过高中，不过时间很短。我们离开后的1984年，大塘公社改名为泉岭乡，大塘中学随之更名为泉岭中学。如今，随着我国经济发展带动的农村教育的变化，泉岭中学又改称为泉岭中心学校了。听说学生人数与之前相比已经少了很多。近些年，农村家庭条件稍好一点的，都把子女早早送到城里的学校上学去了，留在农村的生源，无非是那些家庭条件较差的。因此，比起当年人头攒动的校园，现在有越来越冷清的趋势。盛衰之间，令人唏嘘！

到了学校，我直奔校长办公室。接待我的是吴振荣副校长。吴老师教我们化学，连鬓胡很少刮，有些不拘小节，但上课时十分幽默风趣，再调皮的学生都不会打瞌睡。他微笑着告诉我："这次大塘中学共有4个同学考取了一中，你是最高分。"我这才得知，与我同时考取进贤一中的，还有黄爱和、王富饶和余友德三位。除了我们4个，也有几位同学考取了进贤二中，如黄爱民、游良根、饶凤鸣等。这些同学平时都是大塘中学成绩最好的。除此之外，其他考上高中的都去了温圳中学。那时，普通高中录取的名额也有限，能够考上的都不容易。

拿到录取通知书，就要为上高中做准备了。家里特意帮我请裁缝做了一件白色的确良衬衫，一条绿色军装裤。这种搭配当时是一种时髦。置办一套这样的行头，记得花了家里 16 块钱。这对我家而言，是奢侈了一回。由此可见，家里对我考取一中寄予的厚望。衣服做好后，我舍不得马上穿，而是放进箱子里，准备到学校再穿。但那个箱子却让我尴尬。我曾经希望家里帮我请木工打个木箱，但找遍各个旮旯也没找到可用的木料。家里也没钱买个新箱子，只能将就把一只藤条编织的扁平的旧箱子给我，好像是我祖父母那辈曾经用过的。箱子的部分藤条已经破损，更主要的是，箱子只有两个用来提的铁把手，连上锁的合页都没有。锁住铁把手，箱子却无法关拢。这样的箱子用来提提东西可以，没有任何防盗功能，这为后面的被窃埋下了隐患。

2. 艰苦中的憧憬

9 月 1 日，我如期到进贤一中报到。从大塘中学考进进贤一中的 4 个同学，王富饶与余友德分在高一（1）班，我和黄爱和分在高一（2）班。

等我们到了进贤一中才发现，眼前遇到的很多事没有我想象的那么美好。

住

首先是住宿问题。学校安排一个旧教室作为我们的临时宿舍。这个显得很旧的教室，两面墙上的窗户玻璃全破了，漏风不算，连门都没有。教室里当然没有课桌，而是摆满了上下两层且破旧的木床，手一摇嘎嘎作响。住的学生很杂乱，不同班甚至不同年级的几十个学生都挤在里面。新生带来的箱子等生活用品没有专门地方放置，只能随意地堆在床上。这种糟糕的环境根本无法保证安全。从未单独出过远门的我，以为学校应该是道不拾遗、夜不闭户的地方，根本没想到还会有贼。可怜我那套舍不得穿的新衣服，第二天就不翼而飞了。得知失窃的一瞬间，我的内心充满了愤怒和悲凉。有同学同情地对我说，就怪那个箱子，贼偷起来太容易了，只要一伸手就顺走了。那个晚上，我几乎一夜没有合眼，懊悔自己粗心，更心疼家人的血汗钱。之后，我一直留意周围，看看到底是哪个家伙偷了。但终究没有查出来。后来，这个破教室陆续又发生了几起盗窃事件。看来，倒霉的不仅仅是我一个人。这些被盗的同学，有的是在睡梦中被偷了新买的鞋子，有的是被偷了刚换的食堂饭菜票。

那件被偷的新裤子是我带到学校唯一的长裤。天气很快转凉，但我一时不能回家。余友德好心借了一条他的旧长裤给我。当穿上长裤的瞬间，那种温暖我至今清晰地感知。也许当时他腿上生过疖子，很快我发现小腿被感染，接着有几处糜烂。直到中秋节回家，我才赶紧换掉。此时，小腿上已经留下了几个疤痕。

庆幸的是，我们在破旧教室住宿的时间不长，学校新建的学生宿舍楼已经竣工。墙上的白石灰还没全干，我们就急不可耐地搬进去了。这是一栋三层的宿舍楼，专为寄宿学生而建。我们这届新生成为最早的入住者。新宿舍房间不大，放了三张窄窄的双层铁床，这床比后来大学宿舍的要小很多，因而显得很局促。不管如何，有这样的宿舍我们已经十分满足，那尚未干透的石灰的味道闻起来都很舒服。同我一个宿舍的，是我们高一（2）班的几个同学，这让大家都有了安全感。同学们在这间小小的宿舍里蜷缩在床上看书，有时也聊聊各自的见闻。此期间，我读了《朝花夕拾》《且介亭杂文》等，从此爱上了鲁迅。记得和我同住这个宿舍的有来自温家圳的郑少平，来自架桥公社的喻敬恩等人。那时大家都没有什么见识，但都想显得自己比别人更高明，因而经常为一些小事争论。一次，宿舍争论的主题，是南昌最高建筑有多高？有人说是江西宾馆，那江西宾馆到底有几层啊？郑少安坚持说只有四层。他毫无商量地说，南昌的房子没有超过四层的。大概那时他没有到过省城。我则胸有成竹地说，最少九层！我的自信来自我从小经常去南昌姑姑家，我姑姑家就住在江西宾馆附近的花园角。无数次，我坐在江西宾馆那旋转门下的台阶上歇息玩耍，曾经用手指头一层层数过。但郑少平就是不信，这样的争论最终当然没有结果。郑少平的成绩很好，但他当时过度的自负令我在内心对他产生了不屑。现在看来，我当时的较真是多么的可笑！"谁人年少不轻狂"，如今想起当时的争论情景，我只会心地一笑。据说郑少平已经成为某大学的教授，想必已经学富五车了。只是曾经的少年，如今安在哉？

吃

第二个问题是吃饭。进贤一中的食堂设在学校大礼堂，礼堂很是破旧，大概年久失修。学校却将这礼堂的作用发挥到极致。学校开大会在此，文艺表演在此，甚至雨天我们的体育课也在此。但最大的作用还是兼做了学校的食堂。由于食堂的操作间与礼堂相连，或者说这操作间当初就是考虑到借礼堂的一侧而搭建，因而巧妙地利用了礼堂的空间，将礼堂与食堂操作间之间的窗户拆掉，变成学生的打饭窗口。礼堂里没有桌椅板凳，空空荡荡，学生吃饭只能站着，要么就到礼堂的外边去吃。

我们这些来自农村的孩子，向食堂交纳从家里背来的大米，食堂将大米过秤后换成相应的饭票。凭饭票打饭，每餐吃多少由自己定。食堂另外会提供学生需要的菜，菜可以卖钱，这大概是食堂收入的主要来源。每天早上，食堂会单调地卖一种叫薯粉条的"菜"，是用红薯做成的粉丝为原料做的。这道"菜"对我们而言，其实一半充当了主食。师傅们将粉丝泡进大铁锅煮胀，加一些猪油、盐，再放进大蒜叶为佐料，想必做工简单。但在那尚未完全解决饥饿的年代，猪油和大蒜叶的香味，也常常令我们这些穷学生垂涎。薯粉五分钱一勺，是我们早上吃得最多的"菜"。中午的菜从五分钱到两毛钱不等。便宜的当然是蔬菜，如果见荤则需要一毛钱以上。我们条件不好的学生极少吃带荤的菜。偶尔，学校食堂还会为学生提供"红烧瘟猪肉"，两毛钱一份。说来也怪，这"瘟猪肉"烧好后，其香味会飘到很远，特别吸引肚子里缺荤的学生。不少同学购买，当作对自己的一次犒劳。公然让学生吃"瘟猪肉"，这在现在是不可想象的，而当年却十分自然，没有人提出异议，更没有相关机关来查处。

学生之间的条件是不一样的。像我这样家庭条件不算好的学生，除了在学校食堂买菜外，经常从家里带来咸菜是不可少的，咸菜可以搭配着下饭。条件更差的，甚至很少买学校食堂的新鲜菜，偶尔在学校食堂打点菜，只作为改善伙食之用。多年以后，我文科班的同学，已经成为萍乡市安源区法院副院长的熊胜华同学回忆这段岁月时，感叹地说："当年至少吃了一车皮的萝卜腌菜！"那时大家都是长身体的年龄，特别能吃。但那时来自农村的我们，都特别懂事，虽说吃饱饭的问题可以解决，也许是曾经的饥饿带来的忧虑很深，为体谅家里，总是有意克制自己的饭量，每顿控制在四两或者半斤。如果放开肚皮吃，一斤恐怕都不够。为了解馋，我曾经和同学胡兴华、吴文渊和吴国光四人，轮流坐庄，约好每星期天打一次"平伙"，即一起凑份子吃一顿月饼。现在打死我都不吃的月饼，那时却觉得味道实在是好极了。当然，条件好的同学，他们的生活可能是另外一种情景。后来到文科班时，与我们一起住学生宿舍的宋成彬同学，父母在永桥劳教农场工作，似乎他对吃穿从来不愁，还经常从家里带来农场特产，除自己吃外，还会送给与他关系好的人分享。这可馋坏了我们。

食堂有三个打饭菜的窗口，分别站着三个负责打饭菜的师傅。三个师傅，老中青结合。我不知道他们的名字，也忘了他们的姓，但打饭的印象非常深刻。他们每个人手上分别有三两、四两、五两的三个不同木筒，再配一个短木铲。打饭时，正常的程序是，先问明需要几两，就用相应的木筒对着装满米饭的巨大木盆舀一下，接着用短木铲将饭按紧，最后把木筒里的饭倒到学生伸出的饭碗里。每次打饭，我们都要盯着他们手中的家伙，希望他们"开恩"打多点。三个师傅中，大家都愿意排在中年师傅的队伍里，因为他总是乐呵呵舀给我们满满的一筒饭，他的短木铲总是在木筒下面护着，不让米饭掉出；而那个青年师傅次之，打的饭量不多也不少。我们最怕不小心排在那个老师傅的窗口。因为他打饭时，不但木筒里的饭故意盛得很松，还要用右手中的短木铲朝木筒里刮一下，一些本该在木筒的饭都被他刮了。大家都觉得，在他手上打五两米，还不如中年师傅手上的四两多。我曾经多次观察这个老师傅，发现他的眼神中只有贪婪，见不到一丝善良和同情，难怪大家都避之不及。运气不好排到他的窗口，大家都要诅咒几句。从三个师傅的表现，可以清楚地判断他们的为人。人确实有善恶之别，而肉眼看不见的人心，有时可以从他的手上功夫看出好坏。如今，几十年过去了，我在心里一直记着那位中年师傅的好，记得他善意的微笑。但愿他一生平安、幸福和长寿！那位老师傅，恐怕早已经不在人世了。他给我最深的记忆，就是用铲子刮掉穷学生们眼巴巴的口粮。至于那个年轻师傅，不知大家记得的又是什么呢？很有意思的是，据说在我们尚未毕业之际，他居然与我们文科班一个女同学恋爱了。这位女同学可能清楚自己考不上大学，选择一个当时在食堂打饭的师傅结婚，恐怕也是实惠的考虑吧。我完全理解，在那个还没完全摆脱饥饿的年代，嫁给一个能天天保证吃饱的食堂师傅，何尝不是明智的呢？！如今想想，当年的进贤一中食堂，三个师傅，分别是三种性格，代表的是三种人生观吧！

食堂排队打饭是一件不得不说的事。那时，学生打饭秩序很乱。老实人排队，但那些调皮的学生，根本不讲规矩，一来就插队，北方人叫加塞。谁都希望早点吃到饭，谁都珍惜时间。因此，当插队成为常态时，老实人也会变得不老实。这样一来，就没有人愿意排队，打饭就变成"抢饭"，谁能够先挤到窗口，谁就能够先吃到饭。每到饭点，食堂总是吵闹成一片。大家都想挤到前面，但挤进去打饭是很需要力气也很需要技巧的。我没有这个力气，所以只好寻找帮助，几个人组成了一个"抢饭同盟"。我们的这个同盟是在高二开始不久形成的，负责挤的是好朋友胡兴华，谁叫他是我们中个子最高、力气最大的呢！在此，我要对他表示深深的感谢！这也是年少时的一份无法忘却的友情。奇怪的是，学校很少派人来维持秩序，偶尔有人来管一下，但人一走一切都恢复原样。

行

再说说行吧。那时，交通尚不发达。我从家里到学校路程不过是二十多公里，放在现在根本不算事。但那时，这样的路程却遥远得很，以至于每一次回家都很困难。我从家里到学校，坐得最多的交通工具是绿皮火车。我一般走到梁家渡车站上车，无论是去南昌市还是去县城，这是离我家最近的火车站。偶尔我也在温家圳车站上车。到进贤的车票好像是三毛五分钱。但那时这三毛五分钱对我也不算小钱，至少可以解决几顿蔬菜。为了省下这车票钱，我曾经冒险逃过一次票。

那次，我没有买票上车，装作若无其事站在车厢连接处。车开动后，列车上开始查票。我想转到另一个车厢连接处，但做贼心虚的样子并没有逃出那个女列车长的火眼金睛。她把我带到她的列车长室，连珠炮似的对我进行盘查。我当时的狼狈相一定很难看。开始，列车长的样子很凶，先是问了我的名字和身份，也问了准备在哪里下车。我支支吾吾。她吓唬我说，要把我带到鹰潭去。我一听，真的快吓哭了，我担心这会耽误我上课。我哀求她，露出老实巴交的样子。但她故意不作声，还去处理其他事务。这可让我紧张的不得了。火车快到进贤站时，她这才走到我的面前，语气和缓下来："今天就原谅你，下不为例哦！"我当然不停点头。车到站时，她微笑着让我下了车，我心里充满了感激。这次逃票的经历真的给了我教训。从此以后，我再也没有逃过票。

最后一次回家，我坐的是大哥的自行车。那时高考刚刚结束，大哥特意来学校看我，顺便带我回家。我记得的是，当时国道很不平，起起伏伏。因此，遇到上坡，我就下车帮大哥推车，下坡，再上车。如今想起，那起起伏伏的公路，不正预示着人生吗？

在进贤一中读书，遇到的困难很多。但我们没有因为这些困难而退缩，没有过多影响读书。那时，我们心中怀有希望，坚信风景就在前方。

3. 老师说，考取进贤一中就等于一只脚迈进了大学校门

我家所在的西珠坊村位于梁家渡附近，与南昌县隔一条抚河。小时候，我们这边的人很少去县城，买稍微贵重一点的东西都是去南昌市。这也难怪，我们这边中华人民共和国成立前本身就属于南昌县管辖，直到20世纪50年代初，才划归进贤县。

有人说，进贤是"进能纳贤"的意思。进贤因孔子弟子七十二贤

人之澹台灭明在此讲学而得名。我进入高中时，进贤县城还很小很土，卫生状况也不是很好，印象中，街上满是红土黄泥，县城也没有几条街道。主街叫胜利路，这是一个走遍全国都可以看到的名字。好在还有条街叫舒芬街，让我稍微觉得有了一点人文气息。舒芬乃是明德年间出自进贤的状元，算是一个文化名人。但有点尴尬的是，舒芬出生在一个叫塘南的地方，塘南曾经归属进贤县，而同样随着县界的调整，已经变成南昌县辖地。不过，如今算作进贤县的晏殊、晏几道父子，却曾经属于抚州的临川县，他们出生的文港沙河村如今则在进贤县的文港镇内。比起舒芬，晏氏父子的名气可大得多。如此看来，进贤并不吃亏。认真数一数，进贤的历史文化名人还是不少的，尤其是五代南唐时的大画家董源，他的画可影响了明清乃至近代的山水画。

澹台灭明在进贤讲学，进贤理当是一个尊师重教的重地。可惜的是，进贤的教育尤其是近代教育却落后了。直到1941年，进贤才设立了现代意义上的初级中等学校，就是我考进的这所"进贤一中"的前身。很庆幸的是，我到进贤一中读书的时候，正处于其有史以来最好的时期。关于进贤一中，我是在毕业多年以后，基于对母校的关心，查阅了有关资料，这才稍有了解。民国时期，开办一所学校是不容易的，哪怕是初级中学，也要惊动省府，甚至是省长本人。在进贤有识之士的不断努力下，才于1941年得到时任省长熊式辉的批准，成立了这所"进贤县立初级中学"。所谓县立，乃县政府所开办也，说明这是一所公立中学。此前，进贤子弟读中学，大多选择去南昌市。有的进贤人干脆自己跑到南昌开办中学，当然是私立的，招录了很多进贤子弟。进贤人在南昌开办最成功的中学叫"洪都中学"，是现在南昌三中的前身。1953年，"进贤县立初级中学"更名为"江西省进贤初级中学"，到1958年再更名为"江西省进贤中学"，1978年，定名为"江西省进贤县第一中学"，简称"江西省进贤一中"。同年，它被江西省教育厅确定为全省首批八所重点中学之一（另一说是1981

年）。1982年，也就是我们进校的第二年，进贤一中被时任省长命名为"先进学校"。建校八十多年来，进贤一中专注教育，从这里走出了不少优秀人才。截至2022年，仅清华录取的达23人，北大录取的达20人。

也是在多年以后，我才得知，进贤一中与我多少还有那么一点渊源。在进贤一中的校史中，肄业于北京大学的饶澍系第一任校长兼创办人之一；而我的三外公周寿铭则系进贤一中第二任校长，也被称为创办人之一。三外公1927年毕业于北京大学物理系，该专业同年毕业的只有4个人。毕业后，他先后在武汉大学、江西省第八中学（即现在的抚州一中）、暨南大学、南昌第一女子中学和心远中学教过书，其中在江西省第八中学任校长。那时的知识分子似乎不太讲究条件和环境，他们以国家需要为价值选择，这才有三外公这样布道似的教育生涯。1935年至1945年，三外公受聘为国民党中央研究院物理研究所研究员，参与南京紫金山天文台之地磁台的建设，这让他成了中国地磁学的奠基人之一。抗战胜利后，他基于对家乡的热爱，放弃优渥的条件，回到进贤，就任这所正处于风雨飘摇中的初级中学的校长。为办好这所中学，历经筚路蓝缕。在翻阅进贤县的历史档案时，我惊奇地发现，三外公在就任"进贤县立初级中学"校长期间，还积极参加当时的地方治理，出任如考试委员会、监察委员会、文献委员会、建筑委员会等超过十个委员会的委员。可见，那时当局对知识分子的重视。1953年，应中国科学院调令，三外公到东北长春领导创建中华人民共和国第一个地磁台，为中华人民共和国的地磁事业做出了杰出贡献。后回到中国科学院，直到1984年逝世。更有意思的是，三外公在这里当校长期间，高小毕业的母亲在"进贤国立初级中学"的简易师范班就读，这是她后来能够成为小学老师的渊源。

待我们到进贤一中读书，已经是第八位校长饶清民。他是个宽厚的长者，前面说的进贤一中最好的时期，正是始于他的任内。此后，第九位宋金城校长和第十位朱明校长，都曾经是我们熟悉的老师。

我是幸运的，因为遇到了美好的 20 世纪 80 年代。我懵懵懂懂地来到进贤一中，希望通过读书来改变命运。我清楚地记得，第一堂语文课，梅辕老师就对我们说："恭喜同学们历经千难万险考取进贤一中！这意味着，你们的一只脚已经踏进了大学的校门。"这句话瞬间让我们热血沸腾，真切感觉到原来大学距离我们不是那么遥远。此后的三年里，我想，梅老师的这句话一定鼓励着很多人。

我欣赏和同意作家查建英对 20 世纪 80 年代的判断。她说："我一直认为 20 世纪 80 年代是当代中国历史上一个短暂、脆弱却颇具特质、令人心动的浪漫年代。"

查建英所说的短暂，涉及对 20 世纪 80 年代的定义和时间段的划分。知识界对此存在不同的理解。有人认为，20 世纪 80 年代应当自 1977 年开始起算，而不能仅限于严格意义上的 1980 至 1989 年。因为，20 世纪 80 年代的那些元素始于 1977 年的变革。事实证明，20 世纪 80 年代又是脆弱的，就像斑斓的"月光石"（萤石中的一种），其莫氏硬度太低，几乎一碰就碎。那些出现于 20 世纪 80 年代才有的反思、启蒙、激情和理想，不知怎么了，在一夜之间已经消失得无影无踪。20 世纪 80 年代是绚丽和璀璨的，其价值是不言而喻的。刘再复拿 20 世纪 80 年代与"五四运动"并列，将其称为"20 世纪中国的两大思想运动"。如此高的评价，算不算让我们留恋的理由？

曾经我们是受 20 世纪 80 年代熏陶、浸润过的学生，是身处其中的主角，我们的身上镌刻了 20 世纪 80 年代的特质，带着一种符号。有人把这样的一群人概括为"80 年代人"。几十年过去了，随着中国社会经济的巨变，我们不断被新时代裹挟，我们的特质不断被新时代的洪流冲刷。因此，我们每个人都在变，即使同为"80 年代人"，我们对许多事物的认识已经出现很大的差异，或者说，我们在很多方面已经找不到共识。不少人在思想上已经慢慢将 20 世纪 80 年代遗忘，我们几乎所有人身上的标签都被冲洗得越来越淡。

然而，从情感上，我始终不会忘记你——我曾经的老师和同学。我牢记美国作家马修·托马斯在小说《不属于我们的世纪》中的话："我永远都会知道你是谁，我向你保证。即便你以为我已经忘记，即便我看上去已经忘记。"

4. 在高一（2）班

2022 年 9 月底的一天，我为写这篇稿子赶到进贤，打算收集一些相关资料。感谢原高一（2）班同学支小平、张发平、徐国金和我在文科班同学胡兴华等的帮助，让我得以从进贤一中校史馆查阅到当年高一学生的完整名单。这些名单现在看来颇有意义，可以让我们联想到一段尘封的记忆。

1981 年，进贤一中高一共设有六个班。每个班的人数在 50 个左右。从名单上得知，高一（1）班有学生 54 人；高一（2）班有学生 49 人；高一（3）班有学生 55 人；高一（4）班有学生 53 人；高一（5）班有学生 52 人；高一（6）班有学生 55 人，总计 318 人。在六个班中，高一（1）班和高一（2）班绝大部分同学像我一样，都是从县城之外的农村公社中学招来的，另外四个班则是由进贤一中初中部升上来的。这四个班的同学，要么家住县城，要么虽不住县城，但初中就在县城就读。

中国自古是个熟人社会，科举考试就是对此的最好注释。试子们很讲究"同乡、同年、同门"的关系。所谓同乡，是指来自一个地方；同年指的是同在一年被录取或者考中；同门则指的是出自同一个老师。如果恰巧三者都重合，则被称为"三同之友"，关系非比寻常。如果跳出时代、跳出进贤看，我们这一届的同学是不是类似于"三同之友"呢？时间过去了很多年，在 318 个同学中，我因各种因缘有幸认识了其中不少人，有的还结下深厚的友谊。

也是从名单中，我首次发现，后来与我在文科班同班的同学中，他们高一时曾经"潜伏"的班级：杨中兴、靳鹰、黄罗兴来自高一（1）班；舒燕玲、陈越、刘晓燕、熊清华、胡少春、郑样华、涂志雄、章晓辉来自高一（3）班；徐小敏、吴文渊、童智孟、陈方炎、李军、朱海文、王普云、胡小玲、王世辉来自高一（4）班；胡兴华、姜前勇、汤卫红、刘贤芳、王华珍、吴金平、王佩兰、舒启华来自高一（5）班；顾强、熊胜华、宋成兵、任懿华、邬青、杨爱华、赵海鹰、孙俊兰、洪兰、聂小兰、李渤、胡国辉来自高一（6）班。

言归正传，让我还是回到高一（2）班吧。高一（2）班是唯一人数没有达到50人的班级。让我没有想到的是，在这49人中，来自架桥中学的同学居然超过10人，他们是徐国金、喻敬恩、胡金国、余国文、陈东华、王赛珍、姜小庆、吴丽娟、樊根凤、李玉金、黄小军、杨国良；而罗溪中学的同学也差不多10人，他们是王发根、支小平、曹官水、周幅员、周青员、周国员、周世辉、周荣辉。如果以浙赣铁路划线，来自铁路以北的还有周坚、吴小平、罗玉玲、梅平和、陈智文、陈伙生、黄辉国、邵青文、万文彬、余小里等，来自铁路以南文港、李渡、长山、温圳和白溪的，则有徐大忠、吴玉华、张发平、操学荣、操秋阳、李河水、郑少平、邹小明、王金友。我和黄爱和也算是铁路以北的。此外，还有部分同学来自县城，他们是陈文放、吴素华、陈国明、万力、喻琴、黄恒洪、刘小华等。

高一（2）班有一种明显的群体特征。从这些同学的名字看，你会发现不少都带有乡土气息，折射的是父辈们的农民身份。同时，这些名字多少流露出大家生的年代，怪不得有同学为我们建的QQ群取名为"'文革'中诞生的你我"。这样的一群学生，质朴、诚实和善良。在强调纪律的学校，他们都显得安静和听话。但淳朴的外表下，他们又是聪明、勤奋、坚韧和积极向上的。大部分同学一心想读好书，因为都承载了亲人的殷殷嘱托和期待。

待在这样的一个班，如果成绩跟不上，心里是会有一种无形压力的。记得有人说，孩子在成长过程中，家长的影响是有限的，决定孩子未来的，主要是周围小伙伴的相互影响。这个说法，似乎在高一（2）班得到验证。彼此的努力都会相互影响。上课时，每个同学都是那样的专心致志，生怕没有听懂或者遗漏了。当然也有个别例外，那个叫周坚的同学，是用不着太过用功的。我坐在三排，经常瞥见坐在第一排的他在桌子底下偷偷看课外书，不知是古典小说《七侠五义》，还是当时正流行的金庸小说《射雕英雄传》？但每次考试，他的成绩总是名列前茅，尤其是数理化，似乎天生就会，真是令人羡煞！大家都说他是天才。人与人的差距是客观事实，不服气那只是因为少年时的无知。

高一（2）班的班干部中，我只记得班长是性格稳重、人缘好的吴玉华，学习委员是风度翩翩、成绩拔尖的陈文放，副班长则是一个叫赵联的女同学。教室里，桌椅按横竖摆成四排，中间两排，两边各一排。可能是出于公平考虑，每两个星期，老师就会让我们换动一次座位，横排不变，变的是竖排，大家整体朝一个方向移动。如此，人人都有坐在中间正对黑板的机会。我坐横的第三排，一年当中，分别与邹小明和吴小平同过桌。两位的成绩都非常出色，后来他们分别考取了南方医科大学和西北工业大学。

高一（2）班女同学很少，数一数只有6个。她们是赵联、罗玉玲、吴丽娟、喻琴、王赛珍和樊根凤。在49个同学中，女同学只占到12%多一点。这说明，改革开放初期，农村女孩子受教育的机会比同时期男孩子更少。究其原因，在于以前宣称的读书无用论，还在于当时政策导致的农村贫困，无力支撑孩子读书。如果一家多几个孩子，女孩总是成为父母选择时首先舍弃的那个。能够读到高中的，已经是凤毛麟角，证明了该女同学家长的开明和远见。我努力回忆她们六个人的样子，大部分依稀还有印象。

令人痛心的是，那个叫赵联的女同学在高考后自杀了。赵联以优异成绩从农村公社中学考取进贤一中，按理说，她是一个幸运的女孩。在（2）班，因为成绩突出而引起老师的注意，让她当了副班长。当年，我们这些农村来的男孩子，大多数性觉醒较晚，不太关注女同学的动向。相反，农村出来的女同学往往比城里长大的女孩还要早熟。一天，有同学悄悄告诉我，问我注意到没有，赵联的成绩下降得很快，因为她喜欢我们班某个男同学，但人家根本没有这个想法，赵联是单相思。等到进入高二，我离开了（2）班，有关赵联的事慢慢淡出我的视线。若干年以后，与同学偶尔谈到她，语气中充满惋惜。我问："赵联怎么了？"他告诉我，赵联没有考上大学，在高考后自杀了。我听后非常惊愕！这样的故事怎么会发生在我们同学身上呢？歌德在《少年维特之烦恼》中有一句名言："妙龄少女哪个不善怀春，英俊少年哪个不善钟情。"早熟的赵联喜欢一个人，这本身没有错，那时的她单纯善良、充满幻想，错的是她在不该恋爱的年龄、不具备恋爱条件的时候的一厢情愿，更错的是"情不知所起，一往而深"。单相思可以有，但多数人想通后会戛然而止。事实证明，单相思不过是一种无谓的冲动。假设当时赵联就懂得单相思的结局大多不过是"情不知所终，一往而殆"，那么，她还会这么傻吗？或许她会成为出自（2）班的另一个大才女。

我仍然记得教过我们高一（2）班大部分老师的名字和样貌。语文老师是说话轻言细语的梅辕（他也是我们的班主任），数学老师是温文儒雅的王文达，物理老师是夏兆和，他总是把"硬"字读成"摁"，化学老师是鼻音很重的吴浪友，英语老师先是那个紧跟时髦喜欢穿喇叭裤的李丁山（我唯一能背几句的英文课文《卡尔·马克思》一课就是他教的），后又换成一个女性徐老师，她是后来文科班同学刘贤芳的小姨。

有个有意思的现象，那时，进贤一中的老师中，不少系上海人。教数学的王文达老师是上海人，教历史的章士彦老师是上海人，教英语的宋金城老师是上海人，就连教我们体育，那个嗓门大、声音亮、脸长得有点长的把宏珍（音）老师也是上海人。他们大多在20世纪60年代读过大学，有的还出自名牌大学。他们很可能是因为某种政策下放到进贤。等到恢复高考后，他们马上引起有关部门注意，并被安排到能发挥他们长处的岗位，其中最需要的当然是教育。也许他们都曾被耽误了不少宝贵时间，成为老师后，即以"时不我待"的状态工作着。那时，我们都觉得，这群老师教学认真、踏实，且有水平。进贤一中的教学质量好，不得不说这些人起了很大作用。等到我们高中毕业离开进贤一中后，回上海的政策也有了，陆续有人悄然回到上海了。也有人因为已经成家，在艰难的选择中，最后留了下来，成了新进贤人，比如章士彦老师。

高一过得很快。这一年，让我记住的同学很多，但有趣的事记得的不多。如果一定要说，那就说说那次集体劳动吧。我从小学到高中参加过无数次学校的劳动。在中华人民共和国的历史上，有一段时期特别强调学生的劳动，甚至将农业大学干脆改成"共产主义劳动大学"，强调的是"劳动"。恢复高考后，劳动仍然是一门课。农村中小学尤其注重学生的劳动课，老师利用劳动课让学生为学校干活，在他们看来，是一举两得的事。因此，我小学时帮学校割过禾、晒过菜，初中时帮学校扛过粪、拔过草。进贤一中的这次劳动有点特别，学校让我们这些刚进校门不久的学生干脆住到农场。那个农场离当时有名的江西省第二造纸厂不远。听说这块地现在已经变成了进贤新城的一部分。我们在那集中劳动了一个星期，具体做了什么已然忘记。但我记得的是，在这个农场吃的免费饭菜。免费的菜中，主要是农场自产的南瓜，用的是味道很重的菜油。我们都无怨言，甚至还很快乐。有一天晚饭过后，带队的王文达老师叫上我们一起散步，他指着那栋在江西第二造纸厂位置上新建的办公楼对我们说："你们看，这房子看起来很漂亮啊。"

那栋当初看来漂亮的大楼或许已经被拆除，但那刷着绿白相间油漆的颜色却让我记住了，王老师说话的那个场景让我记住了。让我记住的，还有那段单纯而美好的青春时光。

高一（2）班在第二年发生了变化。因为升高二了，我和一部分同学选择了文科而离开，但有更多优秀的同学补充进来。遗憾的是，我与这些新进来的同学"擦肩而过"，未能一起奋斗到高三。在这些新进（2）班的同学中，有我后来熟悉的吴军、金立群、梅冬娇、邹春、易署云、洪智勇、熊燕、颜志鸿等同学，还有我虽然不熟悉，但仍然知道他们大名的何永玉、杨淦清、徐蔼芳、李忠和等同学。虽然我离开了（2）班，但一直视自己为（2）班的一员。

高三毕业后，（2）班同学高考录取率很高，基本诠释了梅老师当初的预言。尤其让大家津津乐道的是，同一个（2）班，陈文放被北大录取，周坚被清华录取，这可是了不起的成绩！无论过去了多少年，他们一直是同学们的谈资和骄傲。

当时在一中，我记得理科班还有几个被大家寄予厚望、认为有实力问鼎北大、清华的同学，吴军、金立群和一个不记得名字的小个子同学。

高考是人生的一个重要节点，也是同学之间的一次分水岭，但我要说的是，高考只是人生的一个部分。高考过后，我们慢慢地、不知不觉会把对一个人的评价和注意力放到其在事业和家庭是否成功上。是的，如果这是人生第二阶段的话，这个阶段的重要性无疑大于第一阶段。几十年之后，我为（2）班的同学们骄傲，这些同学中，无论是事业还是家庭，成功率都很高：有"学而优则仕"的吴军，有为国家的军事技术做出重大贡献的陈文放，有成为著名企业工程师的周坚、吴小平、杨淦清、胡金国、曹官水等人，有献身于国家医疗卫生事业的吴素华、周幅员、邹小明、王发根、喻敬恩、洪智勇等（其中吴素华同学已经成为我国在心血管领域著名的专家），有投身于教育事业的郑小平、罗玉玲、李河水、徐国金、支小平、陈冬华、余国文等，有成为企业家的邹春、周青员、易暑云、黄恒红等同学，有在海外工作的金立群、黄爱和同学，还有从事公安、税务、市场管理、医疗卫生管理、房管、教育、邮政、农业等机关工作的同学。我也深深知道，每个人的成功都来之不易。

时间过得很快，我们的年龄眨眼正在逼近法定退休的界限，部分同学可能已经提前退了。此时，我们再来定义成功，可能又会是新的标准。如果要我说，我会问："老同学，你的身体好吗？你的心情好吗？你是否真的想通了？看透了？你曾经也许辉煌，或者遇到一地鸡毛，此时，该放下了！建议你带着爱的人，一起去看看风景；或者，你也可以像吴玉华同学一样，和爱人一起，找一块干净的土地，'躬耕于南阳'，每天，'种豆南山下'，'戴月荷锄归'。"

5. 选择文科

1982 年，发生了很多影响中国和世界的大事。

国内，最为人瞩目的，莫过于中国共产党召开了第十二次全国代表大会。该次大会上，新一届中央委员会成立，确定废除党主席制，只设总书记的制度。该年，修改后的《中华人民共和国宪法》在五届人大五次会议上通过，恢复了 1954 年宪法关于公民在法律上一律平等等诸多影响民生的规定。该年，邓小平首次提出"一国两制"的构想。

国内的大事中，还有著名语言学家、曾被称为清华大学"四大国学导师"的赵元任、著名经济学家马寅初、七君子之一的沙千里逝世。这些民国年间风云人物的离去，标志着某种文化和精神上的断裂。

国际，发生了围绕马尔维纳斯群岛（英称福克兰群岛）的英阿战争、以色列与黎巴嫩之间所谓"第五次中东战争"。前者以英国胜利很快结束，后者以以色列迅速占领黎巴嫩四分之一土地暂时休兵。这些影响深远的胜利证明，想要赢得战争，除了师出有名，还要依靠高科技。

转眼要升高二，每个人都面临重大选择。自高二开始，就要分文、理科了！当时，仍然流行的是"学好数理化，走遍天下都不怕"。邓小平在全国科技大会上提出"科学技术是生产力"。重视理工科，是国家的导向和趋势。因此，学理科对我们这些人，尤其是从农村出来的学生而言是天经地义的，是王道。事实也证明，学理工科更有前途。

我稀里糊涂选择了文科。做决定时，我并没有多少犹豫。那时，我并不知道学了文科出来以后可以做什么，但在我的心里，就觉得我的兴趣在文科。高一（2）班和我一同选择文科的，有徐大忠、王发根、余国文、王赛珍、杨中兴、杨国良等人。但王发根经过老师做工作，最后还是放弃了。班主任梅辕老师虽然教的是语文，却耐心劝导我们几个从（2）班转到文科班的同学，希望我们回到（2）班。记得他找到我时，语重心长地劝我说："凭你现在的成绩，如果留在理科班，考一个好大学应该没有问题。你为什么要放弃有把握的事呢？你是不是真的考虑好了？"我当时并没有反驳，只低着头，但语气坚定地说："我已经考虑好了！"

梅老师是到文科班教室找到我们的，我和其他选择文科的同学已经坐在教室准备上课了。文科班的班主任是章士彦老师，此时正站在黑板边，静静地看着梅老师劝说我们。他似乎也在关注我们这些人的决定，只是并没有插话。当听到我们几个人决定留在文科班时，我看到了他露出的微笑。后来，章老师对我们说，他希望有一些理科成绩也好的同学来读文科，考取大学的把握更大。

高一时的六个班，到了高二分科后，整合成了五个班，其中理科四个，文科一个。我们文科班按顺序排在第五，因此，我们就成为

（5）班的学生。

很多人都问过我："你为什么选择文科？"我的回答总不是那么肯定。我不是凭理性而是凭感觉选择的。如果一定要问为什么，我只能说，可能是因为喜欢语文。我一直喜欢读小说、散文，读那些有故事的书。我甚至喜欢语文课文里的那些晦涩的文言文。可惜我们这代人读过的古文太少，连经史子集都不了解。因此，我们是没有国学底子的一代。不过，我自小读过一些名著，也通过听小说连续广播弥补了一些买不起书读的缺陷。也许与此有关，从初中到高中，我的作文都不错，经常被老师表扬。高一时，梅辕老师将我的一篇作文推荐参加了全省中学生作文竞赛，居然得了一个奖。梅老师告诉我，这是高一全年级同学中得到的唯一的一个奖。这对我也是一种莫大的鼓励，无形中增加了我选择文科的天平砝码，促使我最后下定读文科的决心。

读文科，还让我觉得轻松。到了文科班后，我发现压力小多了，文科班也没有在高一（2）班时的那种紧张气氛。文科班的同学思想更活跃。记得当时正流行金庸和琼瑶，一些同学会把他们的小说带到班上传阅。我哪抵挡得住这样的诱惑？于是，借过来，上课时在桌子底下偷偷阅读。我读的第一本金庸的武侠小说是《书剑恩仇录》。文科班一些同学非常调皮，知道我这个人一本正经，就故意捉弄我。某天，我们班的那个捣蛋鬼悄悄给了我一本手抄本小说，这是禁书或者少儿不宜的标志。我一看书名是《少女之心》，立即条件反射式地将手抄本摔还给了他。之前，有人就向我介绍过，说这是本黄色书，我哪敢看呀！因此，这本书到现在我都不知道其中的内容。想想就很傻，按我后来看的《金瓶梅》标准，我想，这本书肯定算不得什么。当时我们这些从农村出来的学生非常恐"黄"，其实是无知，担心被腐蚀影响读书。

在文科班我甚至觉得很快乐。有时候我还会挤出时间画画。我自学了水彩画，我对颜色特别敏感，我觉得颜料是一种十分神奇的东西，可以满足一个人的无限遐想。我很喜欢画蓝天、白云、远山和青草，营造出那种辽阔或寂寥的景色。我还会速写，经常在课堂上"创作"，用简单的线条将一个人的轮廓勾勒出来，有时还十分传神，一看就知道画的是谁。我最得意的一次是上数学课时，将数学老师即姚俊副校长的侧脸画了出来，很像，背后的同学看了哄堂大笑。姚老师回过头看着大家，并不知道大家笑什么，一脸的莫名其妙。有一次，我差点得罪了某个同学。我趁他不注意，将他的鹰钩鼻画了出来。可能他自己也不喜欢自己的鹰钩鼻，因此他很生气。因为画画，我经常被老师抓差，帮班上出黑板报。不过，我只负责画画，字是由宣传委员吴文渊写。我的这个画画的爱好保留到大学，在工作以后丢了。不过，我女儿似乎捡起来了。因为画画，她额外得到一个艺术学位。我在文科班还有一件快乐的事，是与顾强、姜前勇他们玩文字游戏。我们将班上同学的名字巧妙和隐晦地制作成谜语让对方猜，或者一起玩成语接龙的游戏。

文科班的同学一共68人，来自五湖四海，是高一六个班中选择文科的同学凑起来的，还有一些来自校外。文科班的女同学相对理科班要多得多，接近30个。读文科的女同学有两个特点：一是漂亮的多，二是很多女同学性格开朗。因为漂亮女同学多，经常引得其他班的男同学到我们班来东张西望，明的是找男同学玩，其实醉翁之意不在酒。性格开朗的女同学很会搞气氛，她们的声音都很好听，无论是尖声的叫喊，还是温柔的问候。因此，这样的文科班从来都是一派欣欣向荣的景象。更有趣的是，女同学一多，这混杂的荷尔蒙偶尔会制造一些似是而非的绯闻。这些绯闻传播速度很快，可能是因为每个人骨子里都热衷于打听。如今看来，我们应当感谢这些制造"绯闻"的同学，没有这些所谓的"绯闻"，我们的青春就会少了一些什么，就会觉得不够完美。在这些"绯闻"中，有人看见某某男同学与某某女同学半夜一起去吃炸酱面了，或者某位女同学在电影院门口痴情地等某位男同学看电影了，某某男同学给某某女同学写了多封求爱信了等等。

我喜欢文科班，就是喜欢这个班同学的多样性，无论是同学之间成绩的差距，还是在遵守校规校纪下的不同选择。但两年下来，并没有因为有的同学成绩差或调皮捣蛋影响另外一些同学的成绩好。这种多样性是文科班的魅力所在，是让我怀念的地方。这个理念正如我对一个国家的认知，我认为最好的国家就是允许公民的思想有差别，想法可以不同，但求同存异，国家的活力就出来了。任何整齐划一，或者视不同意见为异端，都会导致一潭死水。

文科班值得怀念的地方很多，这里我想说一说关于朗读。语文、历史和地理这些课有时需要死记硬背，但同学对如何记住课本分两派，一个是"朗读派"，喜欢读出声音；另一个是"默记派"，认为理解和默读比读出声音更有效，舒燕玲、万稀梅和王华珍同学似乎是代表。不少同学包括我都喜欢通过大声朗读来增强记忆，老师又"推波助澜"说，读出声音更容易记住。"朗读派"和"默记派"在同一个教室是一对矛盾。"朗读派"必然会挤压"默记派"的空间，产生的噪音则涉嫌损害"默记派"拒绝听的权利。我觉得在"朗读派"中，我是那个声音大得过分的人。但比我更过分的是黄罗兴同学，他的声音有点沙哑，就是如今非常流行的"烟嗓"。因此，黄罗兴读出来的声音天生带有破坏力，连我都听不下去。我用眼角的余光睨到"默记派"同学时，发现她们正用两只手牢牢地捂住自己的耳朵。回过头再看黄罗兴，发现他正读得起劲，旁若无人，好像是一种超然的享受，丝毫不觉得妨碍了他人。高考以后，我不断反思，我觉得必须代表"朗读派"向"默记派"道歉。我希望这迟来的道歉多少可以弥补一些"默记派"曾经受伤的心灵。

其实，那时如果不想在教室吵别人，还是有替代方案的，那就是移步到那个空旷的斜坡林。

高中教学楼东边，有一片茂密的树林，树林矗立在一个差不多四十五度的斜坡上。斜坡被踩出了好几条小道。沿着这些小道，可以看到不少同学手捧书本，或口中念念有词，或大声朗读。来这里读书的同学，文理科均有。仔细分辨，发现主要是那些毕业班的同学。原来这里也有"朗读派"和"默记派"。或许是树林有吸纳声音的功能，如果你站在稍远处，你会发现读书声很是悦耳。但如果你慢慢走近，这种声音也会越来越大，变成"刺耳"了。在这里"练嗓子"的，我看到最多的是理科班的李河水和金立群两位同学。听他们"朗读"，我顿时觉得文科班处于下风，如果放在一起，他们的声音完全盖过了文科班的同学。

高中毕业以后，我经常还会梦见那片斜坡林。回想起同学们专心读书的画面，总是倍感温馨；而想起树林中的读书声，伴随着风吹树梢声，真是声声入耳。

多年以后，当我重温故地，希望重拾记忆时，发现斜坡林还在，当年的树更高更大了，只是没有看到有学生在里面读书，也看不到树下踩出的那一条条小路。斜坡林已经不再是原来的样子。

6. 不平凡的 1983 年

1983 年，我从高二升到高三。这一年是个多事之秋，我虽然只是一个学生，记得的大事有限，但其中的几件，当年尽管并不完全理解，多少还有印象。

第三次浪潮

1983 年中国大陆出版了一本影响深远的书，即《第三次浪潮》。该书最初是由美国未来学家阿尔文·托夫勒于 1980 年 3 月在美国出版的。一经出版，即产生爆炸性效果。托夫勒在这本书中，认为人类社会已经经历过两次浪潮，第一次是农业革命，标志着人类从原始野蛮的狩猎时代进入以农业为基础的社会；第二次是工业革命，在摧毁古老的文明社会时，将人类带进工业文明；第三次浪潮则是信息化革命，人类必然进入信息时代，应该在思想、政治、经济和家庭来一场新的革命。托夫勒的《第三次浪潮》在中国出版后，就席卷了神州大地，给正在改革开放的中国产生强烈冲击。据说许多持开放态度的领导人书柜里都有一本。这本书也让许多中国知识分子对未来充满想象。当时中国科技大学著名教授温元凯以这本书的理念，借用美国另一个未来学家约翰·奈斯比特的《大趋势》书名，在1984年也写了一本《中国大趋势》，成为风靡一时的畅销书。温元凯在书中预测了从商将变成中国人的新选择。托夫勒的超前思想，以及对未来的设想大多得到验证，成了如今见怪不怪的现实。

1983年对刑事犯罪的严打

关于1983年严打，在我看来，这是中华人民共和国的历史上，尤其是法律史上的一件大事。严打的发起者是邓小平，执行者则是公检法部门。关于该次严打的决策过程，我在严打直接参与者、时任公安部部长刘复之的回忆录中看到较完整的介绍。但在有关邓小平的著作中却没有找到相关叙述。

关于严打的起因说法很多。不过，其背景是"十年内乱"滋生了一大批打砸抢分子，加上大批知识青年陆续返城，许多因为找不到工作成为待业青年，导致改革开放之初，各种恶性犯罪层出不穷，人们对当时的治安产生深深的恐惧。邓小平在江苏考察时，时任江苏省委书记江渭清谈到当时的治安状况时感叹："城市里女工晚上不敢上班，好人怕坏人！"这让邓小平觉得问题很严重。如今，人们在探寻严打的具体成因即导火索时，大都会说到发生在那时的几件事：一是1979

年9月上海控江路骚乱事件，很多警察在街头挨成群的流氓追打；二是发生在1983年6月的内蒙古呼伦贝尔杀人、强奸案。8名犯罪分子（大部分还是未成年人）持枪杀害了27人、强奸了多人，酿成一起特大恶性杀人案；三是"二王"大案。这个案子当时造成的恐慌，我至今清楚地记得。那时，到处张贴的是对"二王"的通缉令和他们的照片。"二王"事件指的是1983年2月，王宗坊、王宗玮两兄弟从东北杀人后南逃，逃跑途中还一路抢劫杀人，其中包括杀死多名警察，最后在江西广昌县的深山被击毙。

邓小平在同年7月19日提出："对于当前的各种严重刑事犯罪要严厉打击，判决和执行，要从重，从快。"8月25日，中共中央作出了《关于严厉打击刑事犯罪活动的决定》，拉开了严打的序幕。严打中对于如何从重，全国人大常委会作出的解释是"可以在刑法规定的最高刑以上处刑，直至判处死刑"，而所谓从快，就是将被告人上诉期限由10天缩短到3天。以此，严打抓了很多人，据说当时内部流出的政策是"可抓可不抓的，坚决抓；可判可不判的，坚决判；可杀可不杀的，坚决杀"。

严打开始后，有一天，我们正在上课，突然听到外面传来嘈杂声，原来是宣传严打的游行队伍经过学校门口，公安人员将犯人押在敞篷的汽车上游街，每个犯人身上挂一块牌子，牌子上用大字写着所犯罪名，如"杀人犯某某某""抢劫犯某某某""强奸犯某某某"等。如果该犯被判处死刑，则会在其名字上打一个大大的红叉。有人看到其中一个犯人正是进贤一中的学生，他犯的是抢劫罪。除了游行，还会在街头张贴处刑布告。几天后传来一中那个学生被执行死刑的消息。我记得的关于严打的第二个场景，是在那个破旧的学校大礼堂，全体师生被安排听法制宣传课，讲课的是操着很重进贤口音的县法院刑庭负责人。但他说的具体内容我一个字都不记得。

当时在治安成效不彰的情况下，严打确实是必要的。严打的效果也很好，震慑了犯罪分子，提高了人们的安全感。但这次严打的副作用也凸显出来。事后，有法律学者认为，这种运动式严打，有违真正的法治，严打体现的还是政治和军事思维。另外，严打期间重刑的过度使用及程序的被简化，造成罪刑失衡，导致司法不公，从而酿成冤假错案。当年在很短的时间内，据说仅判处死刑的就超过 24000 人。很多人达不到死刑的程度也被杀了，其他重判的更是不计其数。有意思的是，1987 年，我读大学三年级下学期，学校安排我到某中级人民法院实习，具体分在刑二庭。当年的刑二庭，专门负责错案复查和减刑假释。我跟着老师一起办错案复查时，其中就纠正了不少 1983 年严打期间被明显重判的案子。只是那些被杀的已经没有起死回生的机会了。这种大批量对运动式严打的纠错做法，现在似乎已经看不到了。

反精神污染

1983 年接近年底，学校大喇叭里天天转播中央人民广播电台反"精神污染"的内容。我们学生并不知道"精神污染"是怎么回事。但包括学校在内，掀起了一股反留长发、穿喇叭裤、跳迪斯科等的风潮，不知道这是否与反"精神污染"有关？

关于反"精神污染"，我在多年以后才了解了其中的原委，搞清楚了是怎么回事。事情起因于时任中宣部副部长、中国文联主席周扬的一篇《关于马克思主义几个理论问题的探讨》的演讲报告，报告反思了人道主义及其异化问题，实质是对"文革"期间违背人性做法的批判。但当时胡乔木看到后，将该讲话定调为"资产阶级自由化言论"，是"精神污染"。为此，从 1983 年 10 月开始，当时的理论界就清除"精神污染"掀起了一场激烈的争论。参加争论的双方，一边是胡乔木、邓力群等，另一边是周扬、王若水、王元化和顾骧等，双方都是中国共产党内的理论权威。最后，由于胡耀邦出来讲话，才大事化小，争论逐渐平息。该事件发生在改革开放初期，说明当时理论界对一些问题持有不同观念。有人认为这是思想启蒙运动中一起大的波澜，是"左"倾思想的一次回潮。但我还是认为，也只有在20世纪80年代的大背景下，才可能容许这种不同观点的争鸣，没有被权威噤声。

高考舞弊事件

1983年，对进贤县的许多高考考生而言，无疑是一场噩梦。这年的高考中，进贤县出现了重大舞弊事件。当年，进贤县55个高考考场中，有30多个考场不同程度发生考生夹带、传递纸条和考试期间上厕所现象。该事件引起省委、省政府震动。这次舞弊事件的直接后果就是取消全县考生的高考成绩。所谓池塘失火，殃及池鱼。真正作弊的当然应当受到处罚，但那些平时成绩好并没有参加舞弊的学生也受到牵连，有的已经被北大等名校录取，事件之后仍然被退回。最后，省里决定，没有作弊的考生可以按分配的名额在本省大学中选择。这样，很多本来已经被录取或者可能录取到外地名校的学生也被迫选择进了本省大学。极少数学生选择放弃，准备第二年再考。

有个被本省大学录取的学生，怀着悲愤写信给一中的老师，说自己被大学老师莫名其妙当众羞辱。原来，有大学老师在课堂上点名，有意将进贤来的学生与舞弊事件联系在一起。当老师给我们念信的时候，大家都感觉心情格外沉重，似乎这种屈辱不仅仅是他们。

1984年，我进入江西大学读书时，遇到一个本来被北大录取而退回的老乡，他选择的是江西大学历史系。聊到这件事件，他非常淡然，似乎接受了命运的安排。大学毕业后，他被分回进贤某中学教历史。当了两年老师后，他通过研究生考试，最终还是进了北大。

7.1984 年我们参加高考，意味着高中时代的结束

"如果似水不曾流年，

我该用怎样的姿态怀念，

你温暖而忧伤的脸；

如果沧海不曾桑田，

我该用怎样的表情祭奠，

那惨烈而美丽的从前。

那些零零碎碎的时光，

那些断断续续的画面，

为什么

在蓦然回首的一瞬间，

总让我泪光闪闪。"

——《回忆少年》

我想借用这首不知作者的诗歌，来表达我对高中时光的怀念。

文科班 68 个同学，老实说，随着岁月的流逝，部分面容变得越来越模糊。文科班虽然是个性格相对可以张扬的地方，但那时，我们还是专注于学习，以至于没有多少空余时间与同学交往。那又是一个保守的时代，尤其是我们这些从农村到县城读书的男孩子，社交是我们的短板。男孩子之间的交往还要多点，而与女同学之间虽然有的只隔着一张桌子，但似乎距离很是遥远。有时，即使有性格开朗的女同学主动搭话，也会脸红心跳，总会找最简单的词句结束对话。高中两年，很多同学可能连话都没有说过。那些印象深刻的，除平时一起吃住的兄弟，要么是成绩突出的尖子，要么是班上活泼有特点的"异类"。

两年过得很快，转眼就要高考了。

高考的前一个月，全县组织预考。这是一次淘汰赛，是当年精英

教育特有的筛选法。结果，我们全班68人，淘汰赛后，参加高考的似乎少了很多。这种筛选，有时会使一些本来成绩不错，只是没有发挥好的学生无辜出局。但考试就是残酷的，即使你努力了，有时还要加一点点运气。

　　高考进入倒计时。一天，我放在教室的整套复习资料不翼而飞。有同学告诉我，在厕所的粪池里看到了。我不知道是谁干的。我自度平时没有得罪过谁。就在高三时，一次对班干部的民意测评，我得到的是全票。这是哪位同学对我有如此"深仇大恨"？学生时代，同学之间暗暗竞争是有的，但这种用毁掉同班同学资料的暗算是没有意义的。因为，大家面对的竞争对手是全省的考生，多我一个不多呀。我想，这位同学如果是善良的，事后一定会反思和自责吧？

　　高考那几天，我有点倒霉，居然连续三天失眠。这是我平生第一次失眠，躺在床上，越想睡越睡不着，非常痛苦。第一天失眠后，起床觉得头昏昏沉沉。往考场走，走到半路，突然发现没带准考证，于是赶紧折回去拿。还好，赶到考场，开考的铃声刚响。当知道我失眠时，有同学建议我睡觉之前跑步，跑累后自然就想睡。此话似乎有道理，我担心跑累了第二天更没有精神，就不敢跑。晚上，我又失眠。一连三天都是如此，最后考完时，人快崩溃了！也奇怪，此时，走在路上都想睡。

　　我自认为考砸了，垂头丧气。同学们都高高兴兴填报志愿，我没有填报，准备提前回家。离开前，我委托胡兴华帮我随便填报。他问我："填报哪里？"我说："反正考不上，无所谓，你帮我做主。"在校门口，大哥正在等我。看到他兴冲冲的样子，我则悲从中来，差点掉下眼泪。他问我："怎么样？"我回答的是："没考好，我想重读，明年再考。"

　　我终究是幸运的。也是8月，我意外得到了江西大学的录取通知书。心里觉得不是那么理想，也没有像接到高中录取通知书一样兴奋，因为曾经希望到外省读书的愿望落空了。当然，我还是默默接受了现实。作为一个农家子弟，在 20 世纪 80 年代能够读上大学，这就是一件应当感恩的事。

该年，我们文科班的高考成绩出来后，自然是几家欢喜几家愁。分数最高的是顾强，他成为当年江西省文科的榜眼，这真是一件让整个进贤县都觉得荣耀的事，顾强也一夜之间成为进贤的明星。按理，他完全可以报考北大清华。但那时，游戏规则是，考生在不知道分数的情况下自己估分并先报志愿。顾强填报的第一志愿是武汉大学新闻系，我们一点也不觉得奇怪。当年，武汉大学也是考生心目中的热门大学。《女大学生宿舍》的放映又为武大无形中做了极好的推广。这是一部根据武大中文系学生喻杉同名短篇小说改编的青春励志电影，1983 年上映，时间正好直接影响了 84 届的考生。

刘晓燕也考得很好，被录取到北京外国语学院。她在高中期间，成绩最突出和稳定的也是外语，证明她天生是吃语言这碗饭的。徐大忠，这个平时看起来不怎么努力，骨子里却聪明异常的同学，经过高考最后的冲刺，以高分考取了山东大学经济系。熊胜华，一个眼睛机灵得发亮的小个子，分数也上了重点线，被录取到兰州大学哲学系。当时，这也是一所很多人向往的好大学。姜前勇，这个为人厚道、骨子里却精干的同学，与徐大忠一样，平时不显山露水，但高考时一鸣惊人，以高分被录取到江西师范大学政教系。宋成兵，一直想到北京读书，最终如其所愿，录取到北京财贸学院。当年文科班只有七个同学上了本科，且都上了当年的重点线。顺便说一句，当年大学录取只分重点线、本科线、专科线和中专线。也有不少同学平时成绩不错，但没有考到理想的分数，有的被录取到大专和中专学校。一些同学在此后经过努力，陆续上了他们理想的大学。可别小看了当年只录取到大专和中专的同学，放在如今，分数最低的应该都可以上 211 吧？！还要实事求是地说，很多同学虽然最终放弃了高考，但他们在工作中取得的成绩一点不比读过大学的差。

总之，我对我们同班同学的命运做出分析后，得出的结论是：老天对一切都有最好的安排。

一别经年。同学已经不再是当年的同学，经历几十年的世态浮沉，有的人接受并融入了现实社会，也有的人认为自己经历了一场精神的幻灭。

只是，当回想往事的时候，你是不是也与我一样，猛然间泪眼婆娑？

8. 忆老师

语文老师梅辕

梅老师是高一时的班主任和语文老师。到文科班后，高二的语文是梅老师接着教的。高三时，语文则换成年龄更大的陶棠老师教。梅老师教过我两年语文，因而他留给我的印象很深。他早年毕业于一所师范学校，学历虽不高，但我认为他是一个优秀的语文老师。

梅老师总是穿着那件当时流行的藏青色青年装上衣，给我们讲语文非常生动。记得最清楚的是他上朱自清的《荷塘月色》一课，虽然他的声音并不怎么洪亮有力，甚至还因为他的身体瘦小而显得有点中气不足，但他似乎调动了全部热情，所以读起课文来声情并茂，让大家仿佛身临其境。他善于讲作文，会把学生作文的优劣分析得清清楚楚。通过他的讲解，我知道了什么叫说明文，此前我还真是不懂。梅老师还很会调动学生的创造性。高一时，梅老师让我们每个学生做一份手抄报，并进行评比。一份手抄报，版面内容由学生自由发挥，大多人都会参照正式报纸来编排，少不了新闻、小文、诗歌、短评、图画等等。这份手抄报，完全由学生一个人完成，对激发学生的创造性是一件多么具有挑战意义的事！我当时很是新奇，编排的过程觉得趣味无穷，把自己全部能量都释放出来了。最终，我的手抄报也得了高分。

梅老师除了是语文老师外，还是一个业余作家。20世纪80年代正是文学热的时期，想必梅老师也乐在其中。他非常欣赏同是师范学校毕业的王一民。当时，王一民是我们江西的大红人，陆续写了《乡音》《乡情》和《乡思》等电影。看得出，梅老师是很想成为一名作家的。但很遗憾的是，我并没有看过他写的小说，据说他写的东西偶尔会发在一份叫《抚河》的期刊上，这是由抚州地区文联办的一份文学刊物。现在看来，梅老师尚未上到更高的文学层次，还真谈不上很成功。不过，1982年谷雨期间，梅老师在给我们上语文课时，很兴奋地拿出一份报纸，说是他的一首诗登载在《江西日报》副刊的"谷雨诗会"专栏里。梅老师将登有他诗歌的报纸贴在教室的走廊上，供我们下课时欣赏。这首取名为"春"的诗歌，我至今记得其中部分内容："杨柳吐新芽，惊落了桃花，逗笑了李花。出门看春，春在何方？春在谁家？"这首诗很可能是梅老师最得意的作品，犹记得梅老师介绍这首诗时那眉飞色舞的神情。他说能够登载在省报副刊，这是很不容易的。梅老师的这首诗，写得浅显，却很生动。让我想起苏东坡的词《蝶恋花·春景》。都是写春，梅老师诗句中"杨柳吐新芽，惊落了桃花，逗笑了李花"与苏东坡词中"花褪残红青杏小，燕子飞时，绿水人家绕。枝上柳絮吹又少，天涯何处无芳草"有异曲同工之妙。只不过苏东坡描写的是在逆境中欣赏春天美景，感叹春天的美好和可爱。而梅老师正处于改革开放的顺境，他以轻松和惊喜的心情观察春天，发自内心赞叹春天的美好。

可惜，这么好的语文老师，在我们离校后不久就被调到县政协当秘书长。官场多了一个科级干部，学校则少了一个好的老师。这个科级待遇，对梅老师个人来说，似乎是一种肯定和褒奖，让他在县城也算是有头有脸。我理解梅老师，理解身处这个古老国度的文人很难跳出"学而优则仕"的诱惑。但我也怀疑梅老师从教师到政界是不是最好的选择？我代他自己问，是从事教育有价值，还是当个县级政协秘书长有价值呢？

作为一个文人，梅老师一生只止步于秘书长这个角色。退休后，也曾发挥余热，为进贤县修了县志。但梅老师从政协退休后没过几年就因病去世了，真是可惜啊！梅老师一生为文，可我并没有看到他结集出版过一本完整的个人著作，让我们这些想更多了解他的学生留下遗憾。

历史老师章士彦

就在我写这篇文章的时候，传来章士彦老师于 2022 年 10 月 12 日去世的消息。这无疑让我们顿感悲痛。呜呼！斯人已去，作为他教过的学生，此刻，我的脑海里除了章老师的音容笑貌，就是对老人家的深切缅怀！

章士彦老师从高一就是我们的历史老师，又从高二开始，成为我们文科班的班主任，一直伴随我们毕业。因此，他是进贤一中老师中我最为熟悉的那个。

章老师 20 世纪 60 年代从华东师范大学历史系毕业。他是如何来到江西的，特别是如何成为进贤一中老师的，我却一直没有探寻。我所知道的，章老师到江西后，在这里娶妻生子，因而一直留在了这片土地上。他的夫人即我们的师母是个小学老师，据说曾经是他的学生，是不是证明他曾经也教过师范？我感觉章老师很爱夫人，上课时经常听到他引用夫人的话，他可能已沉浸在夫人的话中，一引用夫人的话，就会情不自禁笑起来。我喜欢看章老师笑，是那种发自内心的、孩子般纯真的笑，一笑就会露出因经常抽烟被熏黑的牙齿。

章老师教我们时，已经五十多岁了，我认为那是他状态最好的时候。想不到的是，如今，作为他的学生，我们大部分人已经超过了他当时的年龄。

我喜欢听章老师的课。他与一些照本宣科的老师不同，会利用知识点讲述一些书本上没有的东西，增长了我们的见识。比如上《世界历史》课，涉及美国的"三权分立"制度，章老师把美国总统、国会和最高法院之间的权力及权力制衡关系讲得清清楚楚，我还做了详细的笔记。这让我第一次对西方政治体制有了粗浅认识。

章老师上课，经常超出课本之外，兴致高时，便会天马行空讲一些他小时候或者大学时的故事，我们听得很是过瘾。我记得他多次讲到他的老师郑逸梅先生。我一度误以为郑先生在华师大待过，是他华师大时期的老师。后来，因为心里一直记得郑逸梅的名字，所以购买了郑先生的书。我这才知道，其实，郑逸梅只教过中学，与华师大并无关联。郑先生中华人民共和国成立前在上海多所中学任教师。中华人民共和国成立后，又出任晋元中学副校长。我推测章老师是在这所学校读的中学。

郑逸梅是中华人民共和国成立前上海著名的报人，号称"八卦大师"，正面的称呼则为"报刊补白大王"，专门搜集各种趣闻和名人轶事。我买了他写的《尺牍丛话》《世说人语》和《艺林散叶》。这些书记录了许多有趣的典故。如李鸿章所说"天下最容易的事，便是作官，倘使这人连官都不会做，那就太不中用了"一语乃出自郑先生的《艺林散叶》。

章老师对他在华师大读书的经历也总是念念不忘，多次给我们讲在华师大时的记忆。他说到一次学校请一个歌唱家到学校来唱歌，大家看到歌唱家在唱歌时肚子会鼓得很大。看到大家对他的肚子很感兴趣，歌唱家就在台上向听众介绍唱歌时如何吸气呼气。为现身说法，还叫人上台在他唱歌时摸他的肚子。摸过的都说，那个肚子非常有弹力。

章老师还有个特点，就是很有学生缘。他教过的学生考取大学后，起初总有人喜欢给他写信，聊自己在大学时的所见所闻。章老师则会将学生来信的内容，选择一些读给正在准备高考的学生听，用来鼓励。这种方式往往会起到非常好的效果，引得考生对未来大学产生美好向往，于是更加努力。

章老师有一种魅力，只要是章老师教过的学生，大多会记得他，哪怕时间过去很久，只要提到章老师，没有人说已经忘记。我自己毕业以后，开始有很长时间没有章老师的消息。有一年，好像是进贤一中84届毕业生集会，我们几个文科班的同学相邀去学校看望他。但不巧，章老师到广东他儿子家去了。

七八年前的一天，有个同学突然告诉我，说章士彦老师要来南昌了。于是，我们84届文科班几个在南昌的同学相约一起，由我做东请章老师在摩天轮下的一家餐馆吃饭。章老师已经八十多岁了，我注意到，尽管依稀还是当年的样子，头发和胡子却变白了，脸上明显有苍老之色，不禁在心里发出岁月无情的感叹。章老师非常高兴，谈性很浓。大家在一起聊了过去和每个人的近况，我们这些学生表达了对章老师的热爱和感谢之情。饭后，章老师与我们交换手机号码，然后与大家依依不舍作别。过了几个月，我突然接到章老师的电话，他在电话里大声问："你是徐建章吗？"问了好多遍。我一直在回答："章老师，我是徐建章！"他好像耳朵很背，我的回答他没听清。好在师母就在他的身边，师母接过他的电话，告诉我他们两个刚从广东儿子家回来，希望我到西客站接一下他们。我放下电话，立即驱车赶到西客站，找了半天才接到两位老人。章老师的精神看起来似乎不如上次吃饭时好，脸上隐隐有郁郁之色。我准备把他们带到饭店就餐，但师母死活不同意，只是要我将他们送到南昌火车站，师母说他们已经买好回进贤的车票。章老师好像与师母意见不完全一样，但欲言又止。我说："如果回进贤，不如我直接送你们回去。"我的提议也被师母态度坚决地拒绝。真是可爱而倔强的师母！无奈，我只好将他们往老火车站带。路上，章老师忍不住对我说，又好像自言自语："下次可能再也不去广东了，不如两个老人自己过自在。"话中，透露出与儿子之间的隔阂。我在安慰老人时，没有过多相信他们与儿子之间真的会有隔夜的嫌隙，更不至于真的不相往来。老人在我面前说这些气话，证明他们已经回归童真。

又过了一段时间，我再次接到章老师的电话。这次，我听清楚了，他在电话里问我，南昌哪家养老机构好？他说年龄大了，他们想进养老院，希望我帮他打听打听。但遗憾的是，那时我对南昌的养老机构几乎一无所知。所以，我没能完成章老师交给我的这个小小的任务。等到我后来真的了解了一些养老机构，甚至还担任了两家养老机构的法律顾问后，再打电话给章老师，他却没有接我电话。我不知道发生了什么事，猜测老人是不是已经改变主意了？直到这次去进贤一中查阅资料，我们几个同学还到章老师当年住过的平房的位置怀旧。问起章老师如今何在？同学告诉我，他可能又到广东儿子家去了。我在心里笑了。父子毕竟是父子，即使章老师的儿子在百忙中疏忽了他们，章老师的内心哪里舍得下他的儿子呢？！

不想，章老师竟然诀别了我们，我们再也没有机会见到章老师了。

地理老师任小瑞

高中文科有一门地理课，很多人都觉得不感兴趣，也很难学。但我们遇到了一个把枯燥的地理课讲得饶有趣味的老师，他就是任小瑞老师。

任老师有一个绝活，一下就镇住了所有学生。什么绝活？当任老师迈着四平八稳的脚步走进教室后，会用粉笔在黑板上随手一画，一幅中国地图或者世界地图就很精确地呈现出来，让我们佩服得五体投地！

据说任老师早年毕业于民国时代的中央大学，难怪基本功如此扎实。他对地理知识的熟悉，已经到了信手拈来的地步。从任老师的普通话里，我听出他不像是进贤人。任老师似乎把自己定位为只负责上课的老师，其他似乎都与他无关。他不像章老师会不知不觉将自己的来历和背景流露出来，任老师可从来没有说过个人的事，这方面让我们捉摸不透。

但任老师绝对是一个好人，他的善良已经写在脸上，我们也从来没有听过他的一丁点负面信息。任老师是那种一看就像知识分子的人，如果在大学遇到，你肯定会把他认作一个大教授。他有那种骨子里透出的儒雅和高贵，在他面前，即使是坏人也不得不收敛起粗鲁和不敬。任老师有一张生在贵族家的脸，白里透红，身上的皮肤也像女孩，他的手细腻而丰满。但他讲课时的声音却特别洪亮，洪亮中散发出一个知识分子的修养。

任老师的课讲得好，这自然没得话说。他的课，如果你仔细听，有时不知不觉会流露出一个知识分子的爱国情怀，让他对我们又多了一分神秘感。一次他讲到中国东北土地被沙俄侵吞过时，语言中满是对沙俄的痛恨，也有对失去国土的痛惜。

进贤一中的文科学生，没有多少人有我们幸运，能够有这么好的任老师上地理课。我估计他那时可能是已经接近退休的年龄吧。毕业后，我就不知道他的消息了。

这里我还想提到另一个地理老师。说实话，我已经不记得他的名字。他似乎是任老师在请假不能上课时的临时替补。他的年龄应该三十多接近四十。那时，中学老师还很单纯，大部分对外接触少，对外面的世界不甚了了。但这位替补老师似乎是个例外。他戴着一副眼镜，镜片的反光闪烁着智慧的同时，也让我觉得他高深莫测。那次，他跟我们讲到了中国的改革开放政策。他肯定是改革开放的坚定支持者，否则，一个地理老师为什么话锋突然转到政治呢？他聊到我们国家为什么必须对外开放时，举例说，你看那些从国外回来的人，哪怕是从香港或澳门回来的，一进海关就可以看出与我们大陆人的区别：大陆人看起来面黄肌瘦，而他们看起来个个红光满面。我们如果改革开放了，日子就会越过越好。他的这些话，是在当时情况下说出来的，对我很是震动，因而记得格外清楚。

高中毕业后，我得出一个判断：一个学校，如果有那么一些，甚至只有一个见识卓著的老师，就一定是个好的学校。所谓见识卓著，除了就学业本身传道解惑外，还能给学生带来更多的思想启发。能在这样的学校读书，何其幸也！

我的大学

英国人乔治·奥威尔在 1948 年写的小说《1984》，是世界反乌托邦三部曲之一。这本小说直到 1988 年才在我国公开发行。这本书深刻影响了作家王小波，也影响了许多其他的中国知识分子。《1984》是一部思想深邃的小说，有人说，《1984》中的故事至今读起来仍觉得很熟悉，一点也不遥远。

老实说，我是很晚才读到这本书的，立即被书的内容所震撼。我不想在这里讨论这本书，只是我觉得很奇怪，奥威尔为什么要把故事中的时间虚构为 1984？

1984 年，对于中国人来说，具有不同凡响的意义。改革开放的总设计师邓小平说，1984 年他做了两桩大事，一桩是确定用"一国两制"解决香港事务，另一桩是开放了 14 个沿海城市。"一国两制"的重要性无须多言，但一次性开放 14 个沿海城市则意味着中国坚定了改革开放的决心。因此，1984 年对改革开放而言有着特别的意义。这一年，中共中央通过了《关于经济体制改革的决定》，这是第一次对改革进行的"顶层设计"。在这份文件中，也第一次提到了"商品经济"这个新词，无疑是市场经济的前兆。而关于开放，虽然早在十一届三中全会就提出来了，不过，对于开放的标志即"特区"建设问题还存在不同认识，据说争议不断。该年 1 月，邓小平第一次公开"南巡"，一改过去对特区的慎重态度，宣布"开放政策不是收的问题，而是开放得还不够"。正是在这种背景下，沿海 14 个特区成立了，改革开放的东风吹遍了全国。

吴晓波在《激荡三十年》一书中认为，1984 年是中国公司元年。海尔、万科、联想、科龙、四通、健力宝、正泰等叱咤风云的企业都是在这一年创立的。

邓小平倡导的改革开放政策深入人心，这在 10 月 1 日国庆 35 周年的北京天安门群众游行上得到证明。北京大学学生在游行队伍中打出"小平，您好！"的标语，无疑代表了人民的心声。

1984 年，对于我个人而言，也是十分重要的一年。与《1984》小说虚构不同的是，这一年，我的每一天都是实实在在的。

1. 大学不大

1984 年，我参加了高考，被录取到江西大学，读的是法律专业。

拿到大学录取通知书的时候，我并没有显得很兴奋。那封装有录取通知书的牛皮纸的挂号信太普通了，似乎在暗示我要去的大学就像这信封一样普通。我曾经想过到省外读大学，可以看看外面的世界。但一个人的命运是注定的。大学就在离家很近的省城，路途注定不会有千山一碧的风景。回头想想，这也不见得一定是坏事。那时，我家的经济条件还处于困难的阶段，并不允许我离家很远，远则意味着花更多的钱。父亲已经因为偏瘫卧床了九年，脑梗造成的失智也越来越严重。我拿到大学录取通知时，父亲并不知道为我高兴，此时的他已经不是那个曾经深爱着我的真实的父亲。在我的内心，父亲一直是我的牵挂，但久病让我的那根神经已逐渐麻木，对父亲病情的恶化没有引起过多的注意。其实，父亲已经到了油尽灯枯的时候，在我进校不久的 10 月 30 日就离开了世界，我不在身边，未能尽到最后的孝道，留下了永久的愧疚。

9月14日是江西大学新生报到的日子。因为距离南昌不远,我是当天从家里出发去报到的。本来我完全可以独自一个人去学校,但大哥执意要送我去。他说他对南昌熟悉。大哥17岁开始就在南昌拉大板车,为建筑工地送材料。这是一份沉重的体力劳动,要用一边肩背用力,久而久之,他曾经挺直的身板变得有些弯曲。那时南昌城并不算大,大哥拉着大板车穿越南昌的大街小巷,故而他说熟悉自然没有夸张。

我们选择坐火车,大哥用一根扁担帮我挑了行李。我的行李不多,一个木箱和一个包裹。包裹里是家里为我准备好的一床被服,崭新的被套里包裹着新弹的棉絮。箱子里装了我的一些衣物和日用品。木箱是临时请木工打的。这次家里接受了我上中学时的教训,要为我打一个扎实一点的木箱放东西。可是找木材时却遇了难,翻遍家底,才算找到一些,材质却很一般。帮我打箱子的是村里做木工的犁苟,他的人品很好,平时干农活,木工只是兼职。装在木箱里的衣服中,有一件灰色青年装,是为我上大学特意在南昌百货大楼买的。后来大学几年的春秋季,我主要靠这件外套装点门面。另一件是灰白色的羊毛衫,柔软而暖和,质量特别好。这是我毛娘(妈妈的姐姐)她老人家送给我的。听说我考取大学,老人家把她大女儿即我的大表姐送给她的这件最好的毛衣转送给了我。能拿出这样时髦的东西,是因为大表姐正生活在那个资本主义的香港。大表姐年轻时长得漂亮,被从香港回乡探亲的表姐夫看中。那时,大多数人对香港一无所知,家里人担心香港是个水深火热的地方。大表姐勇敢嫁了过去,结果成为大家羡慕的香港人。多年以后,当我见到大表姐时,她告诉我,其实广东那边很多人都想方设法逃到香港,她亲眼看过有人企图从船舱甲板下面偷渡到香港,却不幸窒息而死,也听到过有的人企图通过泅渡去香港而淹死的故事。毛娘送给我的这件毛衣,平时我舍不得穿。可气的是,一次回家在汽车站等候汽车时,不小心被小偷偷走了。这让我难过了好久，想起就心疼。更重要的是，辜负了善良且喜欢我的毛娘的心意。

当我和大哥按录取通知书的要求到了南昌火车站时，有人撑着江西大学的旗子引导我们到车站广场。这里已经有不少学生和家长聚在一起，等候迎接新生的校车来接。但左等右等，校车一直未来。心急的大哥说，不等了，学校离这里又不远，我们自己去算了。我那时并不清楚江西大学在哪里，故不清楚大哥说的不远到底有多远？看他已经动身，只好跟着他走。大哥拉板车练就的走路速度不是一般人能比的，而我也因为中学时，每天赶听中午十二点半的小说连续广播，养成了快走的习惯。我的速度和耐力与大哥相比仍然有差距，只得跟在他后面一路小跑。走了大半天，总是看不到学校大门。我这才知道，大哥说的不远不能太过相信。

在气喘吁吁中，我们总算到了学校。学校大门"江西大学"几个字很大气，看着很舒服。后来才了解，这是1949年以后最为江西人认可的原江西省省长邵式平书写的。进了校园，一眼看到几栋气势恢宏的教学大楼，是苏联式的建筑。江西大学创建于1958年，尽管那时中苏关系开始出现裂痕，但还没完全破裂，这些建筑带有苏联式风格并不奇怪。

入学手续有点复杂，填各种表格和体检是不能少的。好在不需要学费，似乎只交了十多块钱的书本费。办完各种入学手续，在学长的带领下，我找到了我的宿舍，即五栋4-19房。这是一栋新建的学生公寓，只住男生。

我们的寝室是8人间，房间放有四张上下铺的木床。我到时，看见房间有点凌乱。比我先到的钱骞、程初林、秦贵明和殷和清，有的正在整理床铺和生活用品，整理好的已经躺在床上休息。我来得不算早，却也不是最晚到的。我和殷和清是上下铺，从此成了他"住在上铺的兄弟"。当年大学的条件有限，寝室很拥挤，没有空调，连电风扇都没有。南昌的天气，冬天很冷，而一到夏季，寝室就像蒸笼。先来的同学都会友好地打个招呼。钱骞是靖安人，长得肤白英俊。殷和清是南昌县富山乡的。我问程初林是哪里人？他回答是上 jiao 的。他问我时，我回答的是 zheng 贤的。话一出口，我们都有点不好意思。其实我知道他说的是上高，他也知道我说的是进贤，但谁都没有说破。我们都从农村来，大概都是第一次真正说普通话，显得陌生而又突兀。那时的大学，从农村考取的学生比例很高。我们宿舍只有秦贵明是纯正的南昌市人，他在我们寝室里也表现得最为活跃。他喜欢武术，性格开朗活泼，一高兴就忍不住要动手动脚。那时在我们看来，城里的孩子应该都是这样有点调皮捣蛋，并不反感。

不多久，同一个寝室的梅文彬、郭友鸿和罗德锋陆续到来。梅文彬是九江市人，郭友鸿也是九江地区彭泽县人。罗德锋则是鹰潭人，报到不久就与住在对面宿舍的熊赣平对调。这样，我们寝室八个人到齐了。八个人都是江西人，这就是江西大学的局限，只对本省招生，最大的弊端就是学生之间缺少全国范围的区域交流，一定程度上限制了学生的见识。

八个男人一台戏，还是一台丰富多彩的戏。当大家都熟悉之后，总有说不完的话。很多个晚上，学校熄灯以后，寝室并没有安静下来，而是开始了畅聊。有时比谁记得《水浒传》里的人物多，有时争议《三国演义》里谁的武功强。最帅的钱骞被班主任孙晓萍老师指定为班长，与长得高大的团支部书记张寒松搭档。殷和清也成为了组织委员。这样，江西大学法八四第一届"内阁"，我们寝室占了俩。但不久，第一届"内阁"改组，班长变成了李小仁，团支书换成了王强。个中原因，我这样远离"权力中心"的人至今不得而知。但实话说，李小仁和王强确实是更恰当的人选，他们这对搭档，与后来换届后由李光曼、胡建华组成的另一对搭档一直被同学们所肯定，记得钱骞和张寒松曾任班长和团支书的人恐怕不多。钱骞虽然班长没有李小仁当的时间长，进入社会后却是一个非常好的领导，他当过法院院长、检察院检察长和某县政法委书记。他最为同学们称道的是有情有义，对成为他部下的同学关爱有加。瘦长的梅文彬总是不修边幅，三分钟可以洗完几套衣服，是否洗干净了只有天晓得。不过梅文彬可能是我们寝室最聪明的人，这样说的依据，不光因为他是我们班大学毕业后少数几个考取研究生的同学，而且还有他的围棋下得好。秦贵明与熊赣平都是武术爱好者，为此秦贵明还当上了学校武术队队长。程初林和郭友鸿是交谊舞的高手，当年大学正流行交谊舞。此外，程初林还喜欢打篮球，看起来身强体壮。他的父亲偶尔会来看他，初林告诉我，他父亲是县郊的菜农，每天要起早贪黑，非常辛苦。我发现初林的父亲个子非常瘦小，与高高大大的他形成鲜明对比，看不出是父子。初林与我还探讨过这个问题，他说他的个子像爷爷，可能是隔代遗传。令我万万想不到的是，看起来身体最好且热爱运动的初林，居然壮年早逝，令人痛心。寝室里总的相处和谐，室友之间偶尔也有矛盾，甚至大打出手。不过事后总会重归于好。毕竟，那时我们都很年轻和单纯。

也许是班上人多的原因，我现在完整记得的只有住在我们对面和隔壁寝室的同学。对面寝室住着一群"高人"。他们不但个子高，而且能力强。他们是韩军、彭慧仁、匡敦校、曾南海、李小雄、何积民、罗德锋和黄胜春。排在前五的都是高个，韩军、曾南海和罗德锋还是我们班的体育强人。说他们水平高也是有依据的，彭慧仁考进来的分数全班最高，匡敦校后来成为了名校博士，韩军的能力强毕业后被证实。隔壁寝室，则住着一群与我们相似的八个朴实可爱的同学，他们是秦斌、高新民、胡启元、黄绪银、程腮平、张代水、熊建峰和聂志新。难能可贵的是，秦斌和高新民虽是城市人，却从没有城里人的傲慢。启元是我的同乡，和我一样是个实在人，且一样一辈子没有学会喝酒。在法84，这个寝室的同学看起来不算活跃，私下交往你会发现，其实他们都很聪明、幽默。

安顿好住宿，第二天一早，我一个人逛了整个校园。先走了一遍教学区，这里三栋呈品字形的教学大楼都是苏联式建筑，中间是文科楼，东边叫化学楼，西边叫理科楼，无论是单个建筑还是整体来看都是完全对称的，三栋大楼都很气派。记忆中，文科楼呈赭红色，而另外两栋大楼则是水泥的灰色。在文科楼的后面，有一个较旧的三层红砖墙建筑，是学校图书馆。这让我有些失望，因为在进大学前，我就知道图书馆对一个大学的重要，眼前的图书馆却是如此的不起眼，阅览室看起来还有些灰暗。我以为这就是要伴随我们四年的图书馆，好在不久，学校新图书馆就建好了。原来，在这栋旧图书馆的后面，正有一栋高楼在建设之中，形状有点怪异，有人告诉我，这是学校新图书馆，很快就要竣工。果然没过多久，新图书馆就完工交付了。新图书馆无论外观还是内部都非常新潮，在当时应该是很先进的。新图书馆由两部分构成，东面是藏书楼，藏书楼前面是一个学术报告厅。藏书楼共 11 层，层高低于普通的建筑，但藏书空间足够大；西面则是阅览区，共四层，拥有多个阅览室。阅览室布局合理，桌椅质量很好，桌面看起来像原木的，光滑漂亮，椅子也很舒服。后来，这里成为我经常光顾的地方。

走过化学楼和一片高高的树林，则是学生宿舍区。当然，也可以从连接两个莲池的拱桥到达学生宿舍区。学生宿舍一共是五栋，前四栋都是三层红砖带瓦的房子，依然是苏联式的建筑，看起来已经有些老旧。只有我们住的这第五栋楼是新建的四层平顶建筑，只住男生，是十足的光杆楼。四栋和五栋之间，也有一个莲池。五栋的背面，是一个学生食堂，我们称之为理科食堂。在理科食堂的北面有一个大礼堂，学校大型活动都在这里举行，会议宣讲，文艺演出，同时兼具电影院功能。大礼堂再往北，则是一个新建的漂亮食堂，我们称为文科食堂。两个食堂的饭菜票是通用的，或许是叫文科食堂的原因，我们都喜欢到文科食堂用餐。到学校后的第一次早餐，我就是在文科食堂用的，那天文科食堂的稀饭很特别，呈金黄色，显然是煮得够稠形成的，吃起来又香又黏，可能是放了食用小苏打。但几天后，稀饭就变成正常的白色，再也没有吃到那么好吃的稀饭。早餐很丰富也很便宜，肉包子只要一两粮票加三分钱，肉多包子大。直到我们大学毕业离校，包子的价格只涨到七分钱一个。一毛二分钱一份的是土豆片烧肉，两毛的可以吃到红烧肉。这样的物价，这样的日子真的让人怀恋。那时，学校还发放助学金，根据学生经济状况的不同，分成不同等级，最高的每月 21 元。一开始，我的助学金是每月 9 元，我父亲去世后，老师将我的助学金调增到 12 元。当年，不但不用交学费，还有一定助学金，这样的好事当然得感谢好政策。那时实行的是精英教育，否则，政府肯定负担不起。班上还有一些令我们羡慕的"富豪"，他们是带薪读大学的同学。这些同学，在考进大学前是有工作的，如班长李小仁。

学生宿舍的东面就是教师居住区了。隔开学生宿舍和教师居住区的，是一排球场，后来我们经常在这里上体育课。教工宿舍，大部分仍然是红砖红瓦的苏联式建筑。教师宿舍靠近马路边，附近有一个教工食堂，还有一个小小的商店。教工宿舍区再往前往东，则是几栋新建筑，有学校医院，而其中一栋灰白色外墙的集体宿舍，是专为青年教师居住用的，被青年老师谐称为"白宫"。

整个校园逛完，其实没花多长时间。但在我这样一个刚从农村来的人眼里，觉得学校很大。后来我才了解到，那时的江西大学，整个校园面积不过 420 亩，而那时的招生人数，每年未超过 1000 人。这样一所大学，与后来动辄占地几千亩甚至上万亩，招生人数每年逾万人的大学相比，真是一所很小的大学。

2. 那时的大学

刘再复说："没有经历过 80 年代跟经历过 80 年代是很不同的。"20 世纪 80 年代，除了改革开放，中国打开大门外，在思想和价值观上，人们在努力从过去的阴影中走出来，进行价值重构。因此，那时的大学，在硬件上无法与后来的大学相比，但自有其特别之处。

1984 年，尽管已经是高考恢复的第八年，但当年参加高考的人数和录取的人数仍然算不上多，能够考上大学还属于"凤毛麟角"。记得同学们上街时，在公共汽车上或者走在路上，如果胸口佩戴大学校徽，仍然会引起人们羡慕和崇敬的眼光。哪怕是在大学食堂打饭，天天与学生们打交道的食堂工作人员，其言语间也不时流露出对大学生们的仰慕。这背后，反映的是当年国家对知识和人才的重视。那时，大学生毕业不愁工作，工作几年的又很容易得到提拔重用。因此，难怪人们把大学生说成是"天之骄子"。1949 年之后，随着社会的变迁，曾经孕育出不同的"天之骄子"，如工人老大哥、军人、售货员、销售员等等。大学生的吃香，完全不同于以往其他职业的受青睐。这是一种新的价值观，意味着国家转向科技、文化和经济建设上来。

当年的婚恋观受到冲击。按规定，大学是禁止学生谈恋爱的，一旦发现，学校就要处分。有的学生因为恋爱而失去分配工作的机会，有的因为恋爱中途被退学，有的女大学生因为怀孕被学校开除。大学生到底能不能恋爱？这事在我们进大学时就有人议论。有一段时间，报纸杂志对此进行了广泛的讨论。反对恋爱的人占多数，但支持恋爱的人也逐渐增加。记得某杂志上公开刊登了复旦大学校长谢希德教授的意见，她是一个著名的物理学家，1983 年当上了复旦大学校长，谢校长公开支持大学生恋爱。她的名气大，且德高望重，因而她的意见影响大，转变了很多人的观念，有的人由反对转而变成支持。在那个时代，观念的转变也很快，大学生谈恋爱渐渐被大众接受。实际上，大学里学生恋爱一直未能杜绝，每个学校，甚至每个班都有，这是公开的秘密，只不过多数大学都睁一只眼闭一只眼，除非闹出事故，否则不会当真。时代在静悄悄地改变。

那时，体育课很受重视，人人要过关，否则可能影响毕业。体育课中，一定会有排球。学校体育比赛最多的也是排球。排球热，这或许与中国女排连续取得世界冠军有关。1984 年 7 月，中国代表团参加了在美国洛杉矶举行的第 23 届奥运会，这是中国代表团继 1932 年第一次参加奥运会后，时隔 52 年再次参赛。有意思的是，这届奥运会有苏联、朝鲜、民主德国、越南等 19 个国家因为抵制而未参加。第 23 届奥运会，中国没有加入以苏联为首的社会主义阵营，而是派出一个庞大的代表团参加。这是一件十分值得玩味的大事，意味着中国新的价值选择。在这届奥运会上，中国运动员许海峰为中国夺得历史上第一块奥运金牌。而中国女排战胜美国女排取得奥运冠军，这也是中国女排的三连冠。

当年大学的娱乐活动很多。在我的印象中，那时的娱乐，一是音乐，二是围棋，三是电影，四是香港武打电视剧，最令人痴迷的还有跳交谊舞。那时文艺界才情迸发，台湾校园歌曲、香港电视连续剧插曲，加上大陆原创的流行歌曲，真是百花齐放。我们班会弹唱的才子很多。男同学里，我有印象的就有杨志华、叶晓东、罗德锋、曾南海、李小雄、李少鸿、胡朗明等，女同学唱得非常好听的有叶爱英、梅文、彭湘清、卢红英等。《外婆的澎湖湾》《爸爸的草鞋》《酒干倘卖无》《童年》《鼓浪屿之歌》《长江之歌》《月光下的凤尾竹》等无数好听的歌曲不断涌现出来。一次，班长李小仁在教室里用低沉的声音将张明敏的《故乡》唱得我泪流满面："在这静静的黑夜里，故乡故乡我想起它；在这悠悠的小河畔，故乡故乡我想起它……"调皮的胡朗明故意将《月光下迪斯科》歌词改为"没有切菜的刀，没有醉人的酒……"围棋下得好的，少不了何春、梅文彬等。大学电影院经常会放电影，那是我们快乐的时光。我喜欢看电影，只要放电影，几乎每场必到。20世纪80年代文艺繁荣而活跃，电影拍得多，质量还很好。看过的电影，我记得的有《黄土地》《黑炮事件》《老井》《芙蓉镇》《红高粱》等。在电影繁荣的同时，涌现出了不少优秀的导演，陈凯歌、张艺谋等等都是那个年代出来的。除了去电影院看电影外，我记得有一次还跟着同学到中文系资料室看用磁带播放的电影《这里的黎明静悄悄》，一下就被苏联电影震撼了。大学期间，我也看过一些电视剧，都是香港拍的武打片，有《天涯明月时》《马永贞》《霍东阁》等。前两部电视剧是随郭友鸿在他一个同乡老师家里看的。电视剧不是每天都放，但每次都会播几集。当时香港电视剧很火，拍得扣人心弦，武打动作设计得很吸引人，看过了开头就停不下来，一到晚上就会想起，真是欲罢不能。难得那位老师很包容，我们这些学生去打扰，从未见过老师家人不高兴。《霍东阁》则是在理科楼的一个阶梯教室看的，也是每星期放几集。不过，不知什么原因，这部电视剧只看过几集就作罢了。

说起那时的大学，交谊舞是不能回避的。20世纪80年代的交谊舞是如何流行起来的？恐怕没有人说得清楚。据说是1980年从北京的文艺青年里兴起来的。开始，有关部门把交谊舞和大喇叭裤、蛤蟆镜等联系起来，当作"低级庸俗、伤风败俗"的事物，有时还把跳交谊舞当成流氓行为。很多流氓犯罪中，确实有打着跳交谊舞幌子骗女青年的。对此，有的报纸还通过听众来信的形式公开进行讨伐。公安部和文化部联合下发了《关于取缔营业性舞会和公共场所自发舞会的通知》，称"人民群众"坚决要求取缔，否则要依法给予治安处罚。1984年，一部电影《红衣少女》改变了人们的观念。电影讲述了上海纺织女工穿衣比赛的故事。电影放映后，红裙子在一些向往美好生活的女孩中流行起来。思想一通，一切都顺理成章。这年，中宣部、文化部、公安部联合下发《关于加强舞会管理问题的通知》，交谊舞改禁为限，其实是一种让步，算是解封。后来王蒙当上文化部长，喜欢跳舞的他彻底将交谊舞解禁。我们进大学的时候，实际上已经可以跳交谊舞了。当时我们并不知道有什么禁忌，只觉得交谊舞新奇。我们班的交谊舞应该是由女同学教会的，也不知道她们从哪里学来的。法84分成了四个小组，分组的目的是便于活动。因为女同学少，一个组只能分到几个，所以个个都成了宝贝。我们这个组的交谊舞大概是梅文、彭湘清等女同学教的。在学交谊舞的过程中，估计我们这些手脚有些笨的男同学肯定都踩疼过她们的脚。慢三、慢四、快三、快四，交谊舞很快成为大学的时尚。学校顺应形势，经常在文科食堂举办舞会，成为风行的社交活动。遇到节假日，班级也会举办这样的交谊舞会。

毕业后的20世纪90年代，离我居住的单身宿舍不远，有一个非常有名的舞厅，叫南昌玻璃厂舞厅。它是利用停产后的工厂办公楼开设的营业性舞厅，我们这些单身人士偶尔光顾。再后来，交谊舞居然没有人跳了，成为了时代的记忆。

3. 六十分万岁

有人说，中国的大学是考进难，毕业易。考大学时，大家都拼了老命，终于考上了，就想放松放松。反正毕业包分配，不愁找工作。进难出易，20世纪80年代确实如此。

大学里混日子的人确实有，不过，我记忆中，竞争同样有，有时还很激烈。尽管只要拿到毕业证就有工作，但大家心照不宣的，多少会担心成绩不好将影响前程。临到期末，每门课都要考试，学校还要将成绩单寄到学生家里，这无疑是一种压力。如果考试没有通过，就要在暑假或寒假结束前提前到学校补考，影响假期不说，更会坏了心情。当年对我们而言最难的是英语。尤其是我们这些从农村来的学生，英语基础大都不太好。那时，虽然还没有四六级的考试，但学校对我们的英语成绩提出了较高要求。我们班在进校后不久就进行了英语水平摸底，成绩好的编成甲班，其他的当然就进了乙班，分开上课。我们这些人对英语有现实主义的考虑，认为只有考研才值得花更多时间。我就是那个一直认为英语对我没有用处的短视的人，思想一放松，就越来越不喜欢英语课。分在乙班的我，只想混过去，好在英语只上了两年。不过，在英语学习结束前，学校布置了一次过关考试。英语老师在考前警告说，如果这次考试不及格，就拿不到学位。这是对我们的一次考验，当时气氛相当紧张。等成绩出来后，真的有不少人未达到最低分数线，我侥幸过关。

很幸运的是，大学四年我没有补考的记录。但像英语等少数科目可能刚过六十分。那时大学里正流行一句响亮的口号：六十分万岁！

六十分万岁并不意味着不学无术，六十分万岁是一种对考试成绩的超然态度。不少人更愿意把精力在自己喜欢的地方多放一些。有人喜欢体育，有人热爱文艺，有人乐于社交，有人还热衷集邮。我则喜欢读杂书，最喜欢的还是文学。为此，我读了不少的文学名著。有段时间，我甚至喜欢上日本推理小说，除了森村诚一的"三证"（《人性的证明》《青春的证明》和《野性的证明》）外，还读了很多日本小说家的短篇推理小说，为小说精巧的构思拍案叫绝。那时，文学热还没有消退，我们班热爱文学的同学不少，叶晓东、何忠广、张文明、邓辉、胡爱军、赵春燕、李小雄、范来辉等都在其中。偶尔有同学会在不大的报纸杂志发表一些小小说或诗歌，只可惜没有人写出更高级的作品。如此，偌大的一个文科班没有人成为真正的文学家。

我喜欢学校新图书馆。大学期间，如果要问我在哪里待的时间多？我的回答是，除了寝室，第二可能就是图书馆。我没有特别的爱好，也没有资本花时间在恋爱上，只有图书馆让我觉得舒服。我尤其羡慕那些有体育特长的同学，真切感受到他们在篮球、足球、排球或者武术中的快乐，我偶尔的体育锻炼不过是为了成绩达标。学校体育课也按成绩分了好班和差班，差班被委婉地称为"普通班"。同我一起分到"普通班"的，除了胡启元和张代水等平时像我一样不太热爱体育的同学外，还有一个个子都比我高不少的彭慧仁。谁都不愿"普通"，因此，彭慧仁分到"普通班"是对我们"脆弱心灵"的一种安慰，他都在"普通班"，何况我呢！平时不以为然的体育也很折磨人，不管是不是"普通班"，成绩达标是硬性要求。为了达标，我们不得不花时间努力训练，费了好大功夫。我不怕跑步、引体向上、推铅球之类，但短板在跳高跳远，好在最终都过了。这段经历让我们这些"普通班"的同学不容易忘记，以至于毕业时，彭慧仁给我的留言就是："建章，还记得在'普通班'里的往事吧？"一句简单的话，点出了我们的那段辛酸，也拉近了我们"患难之交"的距离。如此看来，"普通班"一点也不普通！

我一直认为，新图书馆是江西大学最漂亮的建筑，也是最舒适的处所。新图书馆的环境好，看书气氛也好。借书方便，阅览室大而安静。据说藏书超过 100 万册，书足够我读。很多人都在为自己的大学好坏争得你死我活时，我从来不以为然。我私下认为，一个大学只要有个好图书馆，就一定是个好大学；一个学生愿意经常待在图书馆，就一定是个好学生。好图书馆的标准，一是藏书丰富，二是借阅方便，即服务好。大学主要是靠学生自学，尤其是文科。如果没有学习的主动性和自学的能力，再好的大学也是枉然。反之，一个人心有梦想，胸怀志向，只要给他一个好的图书馆就足矣！大学期间，我除了经常到江西大学图书馆，还曾经到江西师范大学图书馆去借书，用的是我高中同学和好友姜前勇的借书证。当时，江西师范大学图书馆似乎比江西大学图书馆藏书还多，因为师大的历史比江西大学悠久。在图书馆，我读了柏拉图、亚里士多德、卢梭、伏尔泰、孟德斯鸠、罗素等西方思想家的经典著作，我注意到，这些西方名著大都是商务印书馆出版的，为此深深记住了商务印书馆。若干年后，我才注意到，其中罗素写的《西方哲学史》上卷是由清华大学著名学者何兆武先生翻译的。

在图书馆，偶尔也有"艳遇"。大学期间，像我这样不起眼的人平时很难有机会与女同学说话。但在图书馆就不一样，这里有个先占座位的原则，谁先到谁先坐，没有挑选的余地。这样，就有可能"艳遇"她们。我记得在图书馆遇到过我们班几个漂亮的女同学，钟国萍、余志红、王晓娣、卢红英等，还与余志红"搭讪"过。毕业时，余志红给我的毕业留言就是："'请问 miss，你看的什么书？'使我认识了你而且记住了你，愿你记着我这青春的岁月不多得。"多年以后，当我读到余志红这句话时，我都不禁唏嘘。岁月无情，不知不觉已将我们的青春带走。但在我的内心，已永远记得她们年轻时的美丽，永远记得我们曾经共同的青春！

大学时，中国正处于一种相对宽松的政治氛围中。那时，各种书籍、杂志琳琅满目，学者们各种学术观点允许发表和争鸣。因而，那真是一个美好的时代。

1984 年，学者金观涛等人编辑的《走向未来》丛书和著名哲学家汤一介等人编辑的"中国文化书院"丛书带给人们全新的视觉体验。1986 年，又有一套《文化：中国与世界》问世，介绍了许多之前不为中国人熟知的西方思想家和他们的著作。此期间，正在流行尼采热，我读过周国平的《尼采，在世纪的转折点上》，了解了"酒神精神"和"日神精神"。那时，大家还争相传阅《弗洛伊德论创造力与无意识》和《梦的解释》，还有萨特的《作为意识和表象的世界》。通过阅读，世界在向我们逐渐敞开胸怀。

4. 大学的名人讲座

除了喜欢上图书馆，大学期间，我特别喜欢听名人讲座。

当时，大学里名人讲座非常盛行。现代大学的名人讲座源于西方。等到中国有了大学后，名人讲座也跟着过来，鲁迅、胡适、傅斯年等众多名人都在北京大学等做过讲座。中华人民共和国成立后，名人和要人也要到大学去演讲的。"文革"之前，每逢毕业季，据说一定会有一个中央副总理级别的大员到北京大学演讲，并形成了惯例。改革开放后，名人到大学演讲又热起来。像江西大学这样偏文科的综合性大学，名人也是喜欢来的。名人演讲对大学来说非常重要，名人丰富的阅历和卓越的见识，可以开阔学生的视野，启迪学生的人生。

20世纪80年代的名人讲座可以分为三类，其中一类是以"爱国、奉献"为口号的政治性演说。我听过的有李燕杰和曲啸两位先生的演讲。他们都被尊为"共和国演说家"。李燕杰是那时的青年导师，口才非常了得，声音洪亮，感染性强。而曲啸名气更大。他曾经在20世纪50年代遭难坐牢，无罪释放后，正值著名导演谢晋的电影《牧马人》上映，因为遭遇相似而被称为活的牧马人。平反后，他也到处演讲，从北到南，从中国到外国，演讲几千场，演讲几乎成为他后半辈子的专业。他演讲的主题可以从演讲题目看出，如"人生的价值""信念的力量""心底无私天地宽"等。他教导青年，无论个人受到什么委屈，都要爱国和奉献。最关键的是，哪怕暂时像他一样受到委屈，但"党就是妈妈，妈妈打错了孩子，孩子是不会也不应该记仇的"。

遗憾的是，上述两位先生与另一个叫彭清一的演说家，在1988年1月一起到深圳蛇口与部分青年的一次对话中，他们的演讲被这些青年视为"说教"。这些特区青年不接受他们"个人价值应该在群体中去体现，青年人应该把祖国的命运放在第一位""个人不应该是为了享乐而来深圳"等的说法。他们的这次演讲"翻船"了，他们的这次遭遇被称为"蛇口风波"。

不过，年轻的我们，真的被李燕杰、曲啸们抑扬顿挫、高山流水般的演讲打动了。记得听他们演讲，我们都跟着他们时而大笑，时而感动得流泪。

第二类是以"励志"为主题的演讲。他们包括张海迪、老山前线残疾战士、南极科考者等。其中，张海迪的那次演讲给我印象较深。她是坐着轮椅来的，那时她还很年轻，被称为"保尔·柯察金"和"中国的保尔·柯察金吴运铎式"的人物。张海迪演讲的主题是介绍她从小高位截瘫，然而自强不息，自学英文并且翻译了英语小说等。

第三类演讲是学者或者作家的演讲。不少作家和学者都来过江西大学，这是我最喜欢的。印象最深的是吴祖光、新凤霞夫妇的演讲。吴祖光是著名戏剧家，新凤霞是著名评剧表演艺术家。这次演讲是由时任江西大学校长戴执中教授亲自主持的。戴校长在介绍吴祖光时，说到他自己曾经在大学期间，就看过吴祖光写的《正气歌》和《风雪夜归人》等戏剧。戴校长自己也是个了不起的人物，他1946年毕业于中央大学数学系，先在南开大学任教，中华人民共和国成立后又在南京大学做老师。1958年，江西大学成立时，来到南昌参与创建江西大学数学系。他从讲师一路做到名教授，1983年，从前任校长、著名历史学家谷霁光教授那接过江西大学校长职位。戴校长学问做得好，他因"赋值论"和"域论"而著名。遗憾的是，他只做了三年校长，1987年就卸任校长一职，同谷霁光一样，只担任江西大学的名誉校长，后成为省政协副主席。可惜我们的毕业证校长一栏不是他的名字。

吴祖光和新凤霞夫妇的演讲非常吸引人，这可能与他们的非凡经历有关，也因为他们在演讲中都很坦率和真诚，谈经历，实话实说，与李燕杰、曲啸等人是完全不一样的风格。李燕杰、曲啸说了什么，内容我一点不记得，但吴祖光夫妇当时演讲的情景和他们娓娓道来的很多东西，至今历历在目。吴祖光敢说，并不避讳对中华人民共和国成立后一些错误做法的不满。新凤霞作为著名表演戏剧家，身体好的时候，她演的戏剧有的被拍成电影，我看过的有《花为媒》和《刘巧儿》。《花为媒》里，除了新凤霞，还有后来成为著名小品演员的赵丽蓉，她在其中扮演媒婆阮妈。从他们的演讲中我还得知，新凤霞早年其实并没有读过书，演戏台词完全靠她惊人的记忆。认识吴祖光后，她才开始识字读书。而她瘫痪后，凭着极强的毅力和极好的悟性进行文学创作，成了一个作家。

印象深的，还有在学校新图书馆阶梯演讲大厅听的一次讲座，是一个祖籍江西萍乡的旅美华裔律师的演讲。他拥有极好的口才和风度。当时有人提问，他的口才这么好是如何练出来的？他说，作为一个律师，虽然学的是法律，但应当多读书、多读文学的书，这可以培养出口成章的能力。

除了学校组织的讲座，我还蹭听过一个作家的会议。那时，江西大学中文系有好几个著名作家，所谓"三胡一相"，即胡平、胡辛、胡经岱，再加相南翔，一个系有四个作家，这是很了不起的。出席会议的，除上述作家外，还有省里其他几个作家。会议上，作家们发言都很活跃。那时，这些作家们大都还很年轻。后来，胡经岱和相南翔相继离校去了南方，胡经岱成为华南师范大学文学院教授、广东省作家协会副主席，相南翔成为深圳大学文学院教授、深圳市作家协会副主席。他们的离去，无疑是江西大学中文系的损失。但"孔雀东南飞"现象，是江西等经济不发达省份不得不接受的现实。

5. 学法律不要当贪官

江西大学法律系创设于 1980 年，1982 年正式开始招生，这在当时全国综合性大学中算是比较早的，比很多 985 的综合性大学法律系都早。

当时江西大学法律系有一批非常优秀的老师，这是我们这些人的幸运。系主任胡正谒先生是法律系唯一的正教授，他教的是刑法。可惜我们班的《刑法学》不是他教的，不过，他给我们班讲过一次刑法课。最初的那批老师进校时年龄都不小，由于进校时间不长，职称大部分只是讲师，副教授都不多。这是历史原因造成的，这些老师正当年时，遇到的都是各种"运动"，哪有评职称的机会？！不过，没有高职称，不等于没有高水平。

教我们84级必修课的老师大致可以分为两部分，一部分是《英语》《语文》《哲学》《党史》《政治经济学》等公共科目，一部分是《法学基础理论》《宪法》《刑法学》《民法原理》等专业课。教我们公共课的都是其他系的老师，这正是综合性大学的好处，教师资源可以在全校调度。这些老师在他们的专业中都是佼佼者，教我们当然是信手拈来。

在公共科目中，给我留下较深印象的有大学语文老师陈东有和逻辑学老师颜振诚。那时，大学语文是法律系学生的必修课，陈东有老师是中文系毕业留校，给我们上语文课时应该毕业不久，但他年龄较大，阅历丰富，基础扎实。他上课深入浅出，很受欢迎。我们上的《逻辑学》加了"法律"二字，故叫《法律逻辑学》。作为哲学系专讲《逻辑学》的老师，颜振诚老师驾轻就熟，他的课很吸引人。最后考试时，这门课大部分同学的成绩都不错，是真听进去了。颜老师戴一副眼镜，文质彬彬，有一种发自内里的儒雅。

专业课老师让大家记住的当然更多。即使过了很多年，我仍然能想起他们的音容笑貌。严鸿老师教我们《法学基础理论》，他让我联想起电视剧《家有儿女》中那个可爱的"爷爷"文兴宇，一副学究气，教得非常认真。李方陆老师的《宪法》上得好，他善于对比各国宪法，让我们获得不少宪法知识。《刑法学》是李保源老师教的，他长得敦实，据说在法院工作过，实践经验丰富，上课很接地气。教《婚姻法》

的老师叫金云娥，浙江口音很重，是婚姻法的专家，调皮的学生们故意把她的名字谐音成"金银鹅"，她讲解的摩梭人的阿注婚姻让我们耳目一新。教我们《民法原理》的有章志贤、陈鼎海老师。章志贤老师讲课轻言细语，课堂上善于归纳总结，把复杂的问题简单化，一边讲课一边将要点用粉笔写在黑板上，让人一目了然。蒋松茂老师的《刑事侦查学》也有意思，他注重现场教学，让我们对勘验、鉴定、痕迹和侦察照相都有很具象的了解，最实用的是还让我们学会了拍照和在暗房冲洗胶片。《民事诉讼法》是刘仕才老师教的，他个子不大，声音却洪亮，思路清晰。《中国法制史》开始是刘序传老师上的。他第一节课就在黑板上写了一句话，即"观今宜鉴古，不古不成今"，他当时的神情和语气让我们确信这是颠扑不破的真理。教《国际法》的是邱光冼老师，当时他还兼任83级的班主任。这门课我记得的不多，但邱老师给我们班做的一次讲座却让我记忆犹新。讲座的主题是希望我们关注时代变化，劝我们多读书，不要局限于课本。大学期间，另一个给我们班做过讲座的法律系老师是刘新熙。刘老师旁征博引、慷慨激昂，反映了他丰富的知识面。《国际私法》也是两个老师一起上完的，有趣的是，两个老师的颜值都很高，一个是美女老师黄瑞，一个是大帅哥祖明。祖老师先上，中途换成了黄老师。换老师的原因，据说是祖老师找了一个英国的夫人，随夫人移民国外了。

选修课不少是年轻老师教的。《中国法律思想史》是我们班主任边玉峰老师教的。那时，他很年轻，比我们班有的同学年龄都小。《外国法制史》同样是年轻的涂书田老师教的，《青少年保护法》是胡祥福老师教的，《劳动法学》是孙晓萍老师教的。辅导员利子平老师虽然经常与我们见面，系里却没有安排他给我们上课，这算是一个遗憾。

年龄较大的老师也有教选修课的。杨丹老师的《外国宪法》教得不错，我很喜欢。丁文华老师的《外国刑法》更成为选修人数最多的课，甚至比很多主课都受欢迎。丁文华老师长得瘦削，十分风趣幽默，上课时金句频出。有时，他还会来点黑色幽默。一次，他在课堂上突然指着大家说："你们不要以为自己今后当然是清官，我看，说不定你们可能个个都是贪官！"我们哄堂大笑，但在笑过之后，又让我们反思。多年以后，我们班确实有不少同学当了官，手握重权。或许是丁老师的话成为了大家心中的警示语，我们这个104个同学的班上，因贪腐而锒铛入狱的极少。

6. 实习趣事

1987年和1988年，我们班有两次实习。这两次实习中，有到外地的，如萍乡、吉安，更多的还是在南昌的司法机关。

两次实习我都在南昌。1987年的那次在南昌市中级人民法院刑二庭，1988年的那次则在西湖区人民检察院。

1987年五六月，天气正在变热。按照安排，我们班不少同学来到南昌市中级人民法院实习，具体有分在刑事审判第一庭的，也有分在民事审判庭的，还有分在经济审判庭的。而我和周文军、许坚珍分在刑事审判第二庭实习。我们尚未报到就知道，南昌市中级人民法院在不久前的4月刚审判了江西省省长倪献策的徇私舞弊案。省长被判刑，这在当年是一个特大新闻，一时家喻户晓。南昌市中级人民法院组成临时审判庭，由主管刑案的副院长徐明为审判长，刑一庭的副庭长傅琼和刑二庭的庭长赵克韶为审判员，三人组成合议庭。我们实习时，院里还弥漫着审判"省长"的特殊气氛。

我们所在的刑二庭，不直接审案，而是负责案件的申诉复查和减刑假释等工作。刑二庭人不多，庭长是赵克韶，他在20世纪50年代曾经做过律师，戴着一副眼镜，斯斯文文，为人非常和善。副庭长姓余，名字忘记了。还有一个法官叫万保京，一个叫谭兴发。书记员中有一个女孩，长得非常漂亮，她叫陈建琴。另一个书记员是个男青年，叫殷荣，是 1984 年从西南政法学院毕业的科班生。我们都分配了老师，带我的老师是谭兴发。万保京法官性格直爽，说话嗓门大，而谭兴发法官则很温和，比较沉稳。谭法官的年龄是最大的，喜欢抽烟。

刑二庭的法官每年要到监狱去"出差"，就是去核实监狱方提交来的减刑假释人员的材料，决定是否减刑假释。每次去监狱，监狱方都非常重视。到了监狱，需要提审这些可能减刑或假释的犯人。我们这些实习生，成了法官的临时书记员，帮他们记录。我跟随法官去过豫章监狱、温家圳监狱等好几个地方。每次到监狱，听到看到的都给我这个未出茅庐的学生很大震撼。一次，我们到监狱提审的人员中，有个"文革"期间参与武斗的江西工学院的大学生。他看起来一点也不像坏人。见到我们时，他显得十分拘谨，生怕说错了影响他的减刑。他在叙述自己的过往时，对当年因为幼稚被卷进运动而忏悔不已。

那时，刑二庭正在做一项纠偏工作，就是复查 1983 年严打期间错判或者量刑过重的案件。这样的案子不少，但也只能把那些有申诉且明显有错的案子改判，否则，根本忙不过来。

刑二庭办案有一套完整的程序。一个报上来需要减刑的案子，分到经办法官后，经办法官需要调阅该犯人的全部资料，然后做好阅卷笔录。笔录包括案犯基本情况，所犯罪行，减刑理由和依据，最后是法官建议等。谭法官虽然文化程度不高，但做事非常认真仔细，每次看他做笔录，都一板一眼。

实习完成后，已经是暑期。赵克韶庭长、余副庭长、殷荣、陈建琴同我们三位实习生在法院门口合影留念。赵庭长早已退休，但他的儿女子承父业，都在法院工作。殷荣从书记员直做到民二庭庭长，后主动辞去实职。万保京法官从刑二庭转到执行庭工作多年。谭法官很早就退休了，他后来的情况，我不得而知。陈建琴一直在南昌中院，我从事律师职业后，多次在法院见过她。她为人善良，对我们这些律师也很友好，从不仗势欺人。因机缘巧合，我与她弟弟陈伟明也成了朋友。陈建琴后结婚生子，但天妒红颜，因为癌症早逝。希望她在天堂安好！

第二次实习是在毕业那年，也就是1988年。同样是上半年，我和张代国、殷和清等同学分在西湖区人民检察院审查起诉科实习。当时审查和起诉似乎没有分得很清楚。这个科是检察院最大的科，人数最多。当年，这个科大部分检察官是从部队退伍来的。科长姓徐，年近五十，个子不高，却非常精干，对业务最熟悉，是检察院业务的主要把关者。带我的检察官也是部队营级干部退伍回来的，坐在他对面的检察官则是一个团级干部退伍转来的。从司法学校毕业的则有钟晓宁、周劲民和一个漂亮的女孩。

西湖检察院实习的这段经历，让我开了眼界。这里办的都是奇奇怪怪的刑案。那时，改革开放不久，各种犯罪层出不穷，刑案除了盗窃、抢劫、诈骗、投机倒把等与金钱有关的外，还有不少强奸案、流氓案。看案卷，总让我们这些涉世未深的学生心惊肉跳。记忆很深的一个案子，是某个年近六十快退休的老职工，有经商头脑，承包了一个大集体印刷厂的车间，成为了"老板"，很快赚到了不少钱。他承包的印刷厂车间，除了他外，还有九个年轻的女性。真印证了萧伯纳说的："金钱的力量不仅能使高贵的人雍容华贵，也完全可以使卑贱的人腐败堕落。"有了钱的他，不久就与车间的一个女工混到了一起。这当然是他用钱买来的。看见这位突然"阔绰"起来的女同事，其他女工当然知道是怎么回事。于是乎，纷纷主动向这位"老板"投怀送抱。一时间，"老板"成了车间的"皇帝"，不分白天黑夜与他的"贵妃"们在车间鬼混。但这样的好日子没有多久，就因为九位"贵妃"之间争风吃醋传了出去，成了当时法律不能容忍的"流氓"案。男的以流氓罪被判刑，女的好几个被送去"劳动教养"。从中，我看到了人性的另外一面。除了这个案子外，有的案子比这更加荒谬和不堪描述。

在西湖检察院实习，我们每天都是骑自行车上下班，早出晚归。我的自行车是表姐王瑞花借给我的。中午，我们则在西湖检察院搭餐。午休时，我们可以与在西湖法院实习的其他同学一起畅聊。分在西湖法院实习的谌红同学后来在我的毕业纪念册上留言："在西湖我们聆听了你儿时的五彩梦，带着童年的纯真和那瓜田李下的心惊胆战。愿好梦永伴着你的安睡。"郭卫真同学也深情回忆："怎能忘记风雨同行，西湖共勉……"那时，无论是在法院还是检察院实习，我们都可以同检察官、法官一起出庭。我们充当了临时书记员或者助理检察官、法官的角色，与法官、检察官一起开庭。开庭时，我们还要穿上检察官或法官的制服。制服带有"专政"色彩，具体表现为大盖帽、红领章。那时，法院、检察院对我们这些学生持非常开放的态度。这种做法，现在已经不再有了。

7. 毕业留言：梦想和祝福

1988 年 6 月，我们要毕业离校了，同学们开始依依不舍起来。喝完毕业酒，大家都在对方的"毕业纪念册"上写上几句，留下真诚的祝福。

纪念册分别请了中国法学会副会长、北京大学张国华教授、名誉校长谷霁光教授、名誉校长戴执中教授、校长王仲才教授，以及我们的班主任边玉峰老师、辅导员利子平老师题字。这些题字无疑都与我们的记忆同在。

同学间的留言在即将分别的那几天达到高潮。相处四年，分别总是让人伤感，没有说过话的也可以借此表达。尽管那段时间大家都忙于毕业分配，却尽量腾出精力为同学写几句。无论过去了多少年，翻阅同学们的留言，总让我产生自己仍为"少年"的错觉。全班 104 个同学，有 61 个为我留言。其他没有留言的，或许是当时过于匆忙离开了学校。但无论是否留言，这本纪念册都带给了我们共同的记忆。

偶尔梳理这些留言，会觉得很有意思，甚至有一些"黑色幽默"。那时，我也不知怎么变成了同学眼中的"诗人"。故这本纪念册，"诗人"成为我的标签，想想就问心有愧。我知道这是同学们对我的错爱，是另一种祝福。说我是"诗人"的有好几种类型。

当真的：余晓芳："对诗不是很了解，却愿意拜读你的诗。能感受诗情画意的人，生活一定会美好、幸福……"吴泉友："徐诗人，我曾拜读过你的诗，深沉而不乏功力……"刘友香："早在报纸上拜读过你的大作……"何春："建章：你的诗真美，画亦很美……"黄绪银："平凡的外表中，透出的是诗人的才华……"吴锦萍："我的诗人：急切地盼望能早日见到你的不朽的篇章。"欧阳金："诗人的沉思，使你成熟……"张代水："作为诗人，你拥有的是整个大自然……"

故意夸张的：匡敦校："北岛的才，徐志摩的韵。"秦斌："建章，你和志摩同宗，也与他一样才华横溢……"何浩（何忠广）："建章何人？……呼吸之间，千诗出笼。"郭卫真："……你诗气逼人……"彭湘清："四年来，我一直在嫉妒你的才华横溢……"钟良生："但愿以后著名诗人的史册上能看到你的大名。"

委婉道来的：钟国萍："缪斯：你的心是否偏了，否则你为何在缤纷烂漫的花苑中只钟情于玫瑰？……"邓辉："具有诗人气质的人总是幻想多于推理……"何积民："诗人的敏锐、朝气……"罗德锋："痛苦的时候你写诗，欢乐的时候你亦在写诗……"陈琳："你似一首朦胧诗，我读了你四年……"

道听途说的：李春兰："我从别人那里很早就知道你与诗结成了良友……"梅文："所有的男孩女孩都有幸得到你的离别情诗，情切切、意绵绵……"

恍然大悟的：余志萍："原来只知道你是个难得的好人，今天才得知你还是个出色的诗人。"林红："这些天拜读了你的大作，真不愧是才华横溢的大诗人……"

以诗会友的：张文明："生命是个悲壮的过程，人生是一个美丽的痛苦……"黄慰萍："虽然原来就认识你却没有今天这般清晰，昨夜拜读你的小诗才知道你也喜欢这种诗体，我也喜欢……"陶茶香："有时轻轻漂过，有时涓涓地流淌……"聂志新："引首行吟，梅鹤是友！"姚中华："很遗憾，遗憾的我竟不懂得诗为何物……"黎莉干脆引用李昱的词："剪不断，理还乱，是离愁，自是人生长恨水长流。"

遗憾包含失望的：赵春燕："常常，把《诗刊》送到你手里，却不曾拿回诗人诗语。于是，只有待将来某一天，翻开《诗刊》拿回。"沈张茂："你是我班的小诗人，遗憾的是没能有机会拜读你的大作……"邓桂凤："何妨将成果拿出来瞧瞧……"

鼓励和祝福的：朱伟华："祝你早日成为名扬四海的大诗人。"周建新："愿你在未来的文坛尤其是诗坛上占有一席之地！"李俊美："愿你的诗章早日走出江西，冲出中国……"程初林："希望早日见到你的诗集和小说集。"

回看这些留言，我有时会会心地一笑。我在想，这样的话语也只有同学才能说出吧！即使是明知不可能的夸张，也是那么的真诚和深情。我哪是什么"诗人"？不过是一个文学爱好者而已。随着文学热的退潮，我连爱好者都不是了。有时，我又会万般惭愧。大学时，曾经有过文学梦，但自己才情不够，加上缺少见识，一直未能真正写出过什么有价值的东西。记得在大学时向杂志投过一两次稿，却被退回。在这有限的投稿过程中，那次退回的函件里编辑评价我的诗有"散文语言"，恰巧被我们班某个同学收到，并且私自拆开了，大有拿这个嘲笑我之意，后来还听说他还在背后对我嗤之以鼻。我万分羞愧，从此不敢再投。我为此很迷茫，有很长时间，我失去了自信。多年以后，当我读到莫言回顾自己的文学之路时，说他曾经投稿无数次均被退回。其他很多出名了的作家也有类似的经历。莫言等人的说法告诉我们，没有人能够一次成功。这让我又有了另一种后悔：为什么当初不坚持呢？为什么那么在乎别人的眼光呢？

不过，我的文学梦至今没有完全死。毕业后，为了生计忙忙碌碌，梦想总屈服于现实。但只要有空暇，我仍然没有放弃读书。通过阅读，扩大了视野，开阔了胸襟。而几十年工作和生活的阅历，又丰富了我的认识。我早已经认识到，其实，文学并没有那么神圣，实现文学梦也没有那么遥远。我的朋友圈中有不少诗人、作家，他们没有让我觉得遥不可及，甚至见识与我相差不大。2018年，一个偶然的机会，我开始写《南昌律师简史》，我的文学功底帮助了我，文章得到了业界的肯定，算是歪打正着。此期间，我也开始写一些散文，同样被不少人认可。

一些同学的留言有意无意在鼓励着我。杨润华给我的留言是："是金子总是要发光的。吾兄，你就大胆地往前走吧！"我不是金子，但即使是瓦片又如何？遇到阳光照射，也要发出反光。高新民的留言是："伟大的事业也时常降临到无名之辈身上……"是的，我承认自己的平凡，却从来不曾认命，即使在最困难的时候，我也相信程腮平留言所说的："坚信时机会来临……"胡启元用的是另一种鼓励，他了解我当时的不自信，也深知我内心的不甘平凡，他留言说："徐'矮子'：当别人在你面前折腰时，你比谁都高大！"我从来没有想过让别人折腰，我想要的，只是不仰人鼻息！

大学是人生最美好的阶段，而我们恰逢一个激情与梦想的时代。能在20世纪80年代读大学，我们是幸运的；能与这么多优秀的同学生在同一个时代、学在同一个教室，何其幸哉！我无比珍惜同学之间的友情，正如韩军同学所说："人活着就不是件容易的事，更何况我们有缘同窗四载。"

奈今生，愁时又忆卿——写在毕业三十周年

来也匆匆，去也匆匆，恨不能相逢

爱也匆匆，恨也匆匆，一切都随风

狂笑一声，长叹一声，快活一生，悲哀一生

谁与我生死与共

——周华健 / 詹德茂《刀剑如梦》

时光太滑，指缝太宽。自 1988 年大学毕业，已经整整三十周年。过去的三十年是我们每个人人生最重要的岁月，这个可以断定吧！

记得几年以前就有同学在议论毕业三十周年聚会事宜，似乎在期待着这个时刻的到来。几个月前，班长李光曼就在微信群里号召，希望同学们为三十周年聚会提供一些素材，比如照片什么的，也可以写一点感想。其实，我们这个年龄真的已经到了有一说一的时候了。我今天斗胆说说自己和自己对同学的一些认识吧，不管大家喜不喜欢听，也算是完成班长布置的任务。

三十年往事依稀。

1. 幸运的 80 年代大学生，大变革时代的见证者

要说这三十年，绕不开大学读书的四年。大学四年是后三十年的基础。因此，我要先说说大学四年。

这些年流传着一个说法：生于 1962 到 1972 年这十年的人是中华人民共和国最幸运的一代人。因为躲过了三年困难时期和"文革"时期，"文革"结束赶上了高考、毕业后基本都有国家包分配，更主要的是遇到了中国改革开放的最好时机。这些好像都说对了。我们这代人确实遇到了好时代，我们遇到的是中国历史上一个难得的转折时期，中国开始融入世界，中国人开始摆脱贫穷落后。而我们在毕业后的三十年工作期间见证和参与了中国经济的崛起，经历了一段不平凡的历史，经济的崛起和国际化让我们获得了父辈不敢想象的物质条件和见识。当然，我们这代人也不是在所有的方面都是幸运的，比如我们从农村出来的，或多或少小时候也饿过肚子。又比如，我们这一代人恰好遇到独生子女政策，基本都是一个小孩，而这个年龄，如果没有二婚或其他特殊情况，恐怕一辈子都只能有一个小孩。但总的来说，我们比我们的父辈确实幸运多了。我经常想起自己的父亲。他出生的年代战乱多于和平，中华人民共和国成立后由于层出不穷的政治运动，国家经济凋敝，他那微薄的工资总是不够养活一家人。遗憾的是，他一生连买一只上海牌手表的愿望都没有实现。在我的记忆中，父亲这辈子没有过过一天好日子。

站在历史角度看，我们这代人的幸运要特别感谢邓公，是他开启了改革开放，也是他给了我们高考的机会，而改革开放和高考改变了我们的命运。记得 1984 年进大学后的 10 月 1 日，学校安排我们在文科楼五楼宽大的投影电视前看直播，我们亲眼见证了天安门游行队伍中北京大学学生高举的"小平您好"的横幅，代表了我们那代人的共同心声。有人说 20 世纪 80 年代是中国的黄金时期，更是大学的黄金

时期，我深以为然。那时的大学生都很珍惜学习时光。正是在大学时期，我有机会读了一些书。当时的思想大解放，很多西方经典著作被引进中国。所以我认识了尼采、萨特、弗洛伊德、孟德斯鸠、洛克等，罗素的《西方哲学史》、孟德斯鸠的《论法的精神》、卢梭的《社会契约论》等让我开阔了眼界。同时，我了解到世界上除了马列主义还有存在主义、实用主义、空想社会主义和虚无主义等。那时国内也是思潮涌动，杂志上各种不同思想的争鸣不断。我至今记得，在图书馆、在杂志上还读到过曾经的复旦大学王姓老师写的关于威权主义的政论文章。有意思的是，那时的流行歌曲都很好听，尤其是台湾校园歌曲，喜欢文艺的同学边弹吉他边唱的场景至今让我回味。那时的大学生似乎都热爱文学，很多同学自己订阅小说和诗歌期刊，几乎人人了解伤痕文学，没有人不读朦胧诗。朦胧诗人北岛、顾城、舒婷等代表人物大家都耳熟能详，都能吟诵"卑鄙是卑鄙者的通行证，高尚是高尚者的墓志铭""黑夜给了我黑色的眼睛，我却用它寻找光明""我如果爱你，绝不像攀缘的凌霄花，借你的高枝炫耀自己；我如果爱你，绝不学痴情的鸟儿，为绿荫重复单调的歌曲……"而我印象深刻的朦胧诗，除了那些著名诗人的诗句外，还有那句不知名字的诗人写的"图书馆，那把会咳嗽的椅子"，大概是自己经常上图书馆的原因吧。那时，我们学校经常会有作家或其他知名人物来演讲，他们的阅历和思想给我幼稚的心灵带来很大的冲击。那年代每出现一篇热门小说，大家都先睹为快，比如马尔克斯的《百年孤独》，比如军旅作家李存葆写的《高山下的花环》，刊登热门小说的刊物一时洛阳纸贵。大学那几年，读书给我留下了很多美好的回忆。犹记得我们同寝室的几个人一起读德国作家施托姆的爱情小说《茵梦湖》的情形，我们为主人公不完美的爱情叹息，那淡淡的忧伤仍然留在我的记忆中；读日本小说家森村诚一的"证明"三部曲，知道了世界上还有另一种小说。除了读书，留下美好记忆的当然是同学的友情。遗憾的是，我很少和同学一起去春游、秋游，故大家晒的出游照里找不到我的影子。大学时记忆深刻的事情，甚至还有 20 世纪 80 年代中国与美国的贸易摩擦（说明中国与美国的贸易摩擦由来已久），经济系同学站在课桌上慷慨激昂的演讲。

那是一段激情燃烧的岁月，那是一段纯真美好的时光！

2. 个人三十年的平凡工作阅历

1988 年我们毕业的时候，改革开放进入热潮，国家改革动作不断，一切欣欣向荣。当然，刚毕业的我是懵懵懂懂的，缺少眼界和见识。当时国家包分配，但包分配对于我们地方高校和没有关系的毕业生而言，也存在不公平现象。外地院校毕业生回江西更容易分到好的单位，地方大学毕业没有关系的学生的档案则直接发回老家县里。尽管那时市一级司法单位很缺法律人才，但不走关系同样留不下来。更奇怪的是，一方面不要正规大学生，另一方面又年年从高中生里"招干"。这些因素，大概是省城外同学很多被分回家乡工作的原因吧。因此，命运从一开始就注定了不公平。

我有幸分在南昌第一律师事务所工作。那时分在律师事务所当律师肯定不算好的，有背景的人是不太愿意到这样的单位工作的。但我觉得这工作适合我的性格，最起码有相对的自由，所以一干就是三十年。

我的工作经历可以分为两个阶段：前十年即自 1988 年 8 月至 1997 年年底在国办所工作，是"为国家工作"；自 1998 年开始至今的二十年一直在合伙制律师事务所工作，算是"为自己工作"。

1988 年 8 月我分配到南昌市司法局时，政治处同志问我："是愿意做公证员还是愿意做律师？"我毫不犹豫说我愿意做律师。然后叫我到南昌市第一律师事务所报到。记得当时的所主任也跟我出了一个难题："你要考虑好啊，我们这里没有房子的。"我仍然没有动摇。所以，毕业前两年，我都是与朋友挤在一个借来的狭小的楼顶房子住的，天热的时候是个蒸笼，冷的时候犹如室外。南昌市第一律师事务所是从原南昌市法律顾问处分出来的，沿用的是行政管理模式，我进去的时候全所不到三十人，有主任、副主任，分了四个科，其中三个业务科和一个行政科。在国办所有感觉压抑的地方，也有很多值得我留恋的回忆。我与同事之间相处融洽，在老律师身上学到了办案的经验。当时不像现在，没有严格意义的师徒关系，我们科的科长就算是我的师傅。也正是在这十年，我完成了成家和立业两件大事。

　　1997 年年底，我和其他五个国办所的律师一起辞去公职，成立了一家南昌市司法局所属真正意义上的合伙制律师事务所。当时在相对落后的江西还是新鲜事。开业的那天，很多新闻记者来采访，大都以敢于"打破铁饭碗"为主题进行了新闻报道。到 2000 年时，国家发布文件，将国办律师事务所一刀切改制成合伙制律师事务所（经济落后的地方允许保留少数国办所）。从这时开始，中国律师才成为真正意义上的律师。此前，据说很多外资公司对中国律师颇有微词，因为律师事务所是国办的，当然代表国家利益，而外资往往与国有企业合资或做生意，双方发生纠纷依照中国法律又只能请中国律师，那律师到底能不能维护外方利益？改制后这个问题就不存在，算是与国际接轨了。我个人认为，中国律师的改制是我们国家最彻底最成功的一次改制，改制没有给国家增添任何负担，律师们几乎没有像国企下岗职工一样提要求。2002 年，我转到现在的豫章律师事务所做合伙人。我觉得这是我最正确的选择。在豫章所的这些年，是我律师生涯真正成熟的时期，我不再是那个不知天高地厚的人。随着年龄的增长，自然开始了对人生、对职业、对社会更深层的思考。从职业角度来说，更清楚了司法的深层意义，也更理解了当事人的悲苦，懂得了做这份职业的责任。因此，我无论是作为律师代理案件，还是作为仲裁员裁决案件，都不会单纯为办案而办案，会更多从宏观角度理解和判断。

三十年过去了，我的工作都是平凡的。当初的很多想法都没有实现，但心中的理想之火仍然在燃烧。

3. 我眼中和心中的大学同学

比起我的同学，我自己不值一提。毕业三十年后，我们班 104 个同学（101 个统招，3 个委培）中，很多人混得风生水起。我们班大部分同学分配在司法机关和其他政府部门工作，做律师的似乎更少一些。在机关工作的同学很快成为单位的骨干，很大比例成了单位领导。记得毕业二十周年聚会时，我一数，发现光在基层法院、检察院任正职的就有八个，副职就更多。也有好几个在市级法检机关做到副职。当时我就想，这些在基层做得这么好的同学真是不容易，他们的才华得到了肯定，如果当初分在层级更高的机关，应该能做到更高职位吧。到现在毕业三十周年时，已经有几位同学在不同的部门当上厅官了，权力更大了。我由衷为他们高兴！

更让我骄傲和自豪的是，这么多有权力的同学，至今没有人因为腐败而"进去"！当我偶尔与人聊起这个话题时，都说这简直是个奇迹！这当然是好事！我认为之所以没有出事，是因为我们班的同学总的来说比较朴实，胆子较小，循规蹈矩。但也有人从另一方面说，我们班的同学比较中庸，缺少创新精神。如果这个说法成立，是不是要追溯到大学期间了？我们进大学时，好像没有人教导我们要敢于怀疑和大胆创新，因为这些话要么是开学典礼上那些善于演讲老师的名言，要么是毕业典礼上校领导的谆谆教导。而我们似乎既没有这样的开学典礼，也没有非常正式的毕业典礼。

毕业以后，我们班的同学大部分保持了互相的联系和友谊。前年建了一个微信群，让大家觉得更近了，联络感情更方便了。最近统计，陆续入群的同学已经超过 90 人了。有意思的是，联系方便了，而真正经常在一起走动的同学却不多，大家各自都有忙不完的事。刚毕业那会儿，出差到一地，一般都会去找当地的同学叙旧，甚至绕些道也要去见见，而被访问的同学都很高兴。后来，这种纯洁的友谊慢慢变得有点复杂起来。十年、二十年和三十年都不一样了。出差去找同学要看情况了，担心被访者没有时间，或者被委婉拒绝。如此一来，有时即使出差到某同学的城市，可能还要故意回避一下。另一方面，有的同学听到有人来找，还会故意找理由不见。同在一城的同学，也不像原来那么随便。同学之间也有意无意画圈子，极个别掌握一定权力的同学有了一些官气了，身处发达地方的同学有的也看不起"老区"来的同学了，与同学交往都要看具体对象了，要衡量这个同学对自己有用无用。有的同学偷偷告诉我，第一次遇到这种情况很不习惯，心里很难接受。不过，现在我已经不会这样想，会坦然面对。我知道，我们都身处这复杂的社会，掉进这势利的染缸，哪能置身其外呢？这一切再正常不过。但我们班仍然有重情重义的同学。我永远感谢那些在我遇到困难时对我提供帮助的同学！因为我一直无权无势，帮助我纯属出于友情。

4. 面对不同的命运，努力看透生命的意义

三十年的变化确实很大，大多数同学过得很顺，但也有部分同学命运多舛，有的甚至失去了生命。每当想到那些失去生命的同学时，总让我黯然神伤。104 个同学，三十年后已经不满 100 了。

饶同学是在法律上失去了生命，据说失踪多年。记得饶同学毕业分配回了老家县城，没有关系的他又分到县司法局，司法局再把他放到几乎没有人愿意去的县法律顾问处。一次坐车到乡下办案，车上有人携带制鞭炮的炸药爆炸了，饶同学的皮肤烧伤面积超过 80%。1990

年大概 5 月份，他来省城参加律师资格考试培训，打电话找我，我才得知他的遭遇。他希望我帮助查找索赔的法律依据。当我见到他时还是大吃一惊，几乎变形。他希望通过索赔后美容。那个携带炸药的家伙根本赔不起，他希望告汽车公司，但当时县汽车公司也没有多少实力。这是我唯一一次见过毕业后的他，也是最后一次。若干年后，听说他投湖自杀了，最近又有人说其实没有跳湖，是离家出走了。但无论如何，大概是因为彻底失望了吧。他走得无声无息，就像一片落叶。

饶同学的失踪我们尚可理解，因为遭遇不测而失去生活的动力和勇气。但投湖自杀的林同学却叫人不可思议。与饶同学出身卑微不同的是，她生于高干家庭，人又长得漂亮，是我们班个子最高的女同学，用现在时髦的话说，她是个实实在在的白富美。在大学时，我等只能仰视。毕业后她自然分配到一个好的省属行政机关，大家都认为她前途一片光明。但想不到毕业二十多年后却用自杀结束了自己的生命，让我多了几分对一个人出生背景的思考，重新认识所谓"顺利"这个词。出事前，她几次打电话向我咨询，谎称有个朋友委托她来问父母将房产过户给儿子的事，哪知她其实是在安排自己的后事。至于她自杀的原因，大部分都是猜测，但关于婚姻导致之说比较可信一些。

另外三个同学均是因为疾病。卢同学与我是同行，最早传出得了胰腺癌，那正是毕业二十周年之际。在大学时她看起来是那么的健康！性格似乎也很开朗，还在大学时就开始了恋爱。我依稀记得，她大学恋爱时容光焕发，看人时都有那么一点点睥睨，可以看出当时的她是多么的心高气傲，大概那时是她最幸福的时候吧！工作几年以后，那个曾经的爱人却与她分道扬镳。不过，听说二婚的丈夫对她不错。毕业二十周年，我们几个同学代表全班去上饶慰问她时，看见那个男人围在卢同学身边忙前忙后，证实了传言不虚。也许是她的乐观，也许是她割舍不下这个美好的世界，直到去年她才去世，离发现病灶已经近十年了。让她可以放心的是，她最挂念的儿子继承了她的事业，据说发展得还不错。前年她特意打电话给我，当时她儿子正在参加全省律师辩论比赛，她希望同学们可以关照他。

钟同学也是死于癌症，他走得太快，让不少同学都感到意外和遗憾。他经过奋斗成了某中级人民法院副院长，走到这步，作为农家子弟的他比其他人显然更为不易。有人说，一半是靠了他的勤奋和才华（他能写专业文章，几次获得某专业刊物一等奖），另一半是靠运气，因为他长得很像某位能决定命运的领导，而这位领导还真把他当作了"兄弟"，欣赏他、关照他。他曾亲口告诉我，他的每一次提升，该领导都是亲自过问。也许他懂得这个位置来之不易，因此特别投入工作。当发现自己腹部疼痛时竟然疏忽了，迟迟不去就医，等到去医院检查时，发现已经是直肠癌晚期。那次他刚刚从上海做完手术回来，我与另外一个同学去看望他时，人已经形容枯槁，完全没有了原来那个体型偏胖的样子。后来，他又住进了省二附院，当医院告知家属已经无药可救时，并不宽裕的家里决定放弃治疗。而此时，他求生的欲望比以往更加强烈，这是他向看望他的同学明显流露出来的。最后终于无治，我们可以想象他的不舍与无奈。据出席追悼会的同学代表说，法院的追悼会开得很简单。发来的现场照片印证了这一点，看了让人心酸。

同样是追悼会，罗同学的去世牵动了很多人的心。从参加他追悼会的同事、同学和朋友的泪眼中，读出了对他的真心悲痛。他是一个公认的好人：性格温和，任劳任怨，与人为善。可惜还是应了那句话：好人不长寿。他所在单位在他去世后几天在院微信公众号上发了一篇怀念他的文章，竟引起强烈共鸣，公众号点击量暴增。当我把该文章转到我们律师微信群时，认识他的人对他好评如潮，纷纷表示怀念和哀悼。

5. 认清自己，承认自己只不过是大历史夹缝中的小人物

我看人类历史，知道人类在地球上出现顶多只有三十万年，在人类出现的三十万年中，真正文明史只有几千年。在这几千年中，涌现出无数的英雄和能人，但能青史留名的却屈指可数。在埃及旅游，我参观了帝王谷，这里从 17 王朝到 20 王朝共 64 位法老，但很多法老都没有记载完整的名字。法老就是国王，连国王的名字都无法记全，何况其他人。在我们中国的历史上，同样出现过那么多皇帝，你能说出名字的又有几个？再从近的来说，我们江西，中华人民共和国成立前的地方领导人名字几乎没有几个人说得出，中华人民共和国成立后的省委书记、省长一级的大人物，除了 20 世纪五六十年代的邵式平和 2000 年后的孟建柱，普通人能记住的也没有几个。作为官本位的中国，连这么重要的大官都不能记住，何况其他人？这充分说明，这世上绝大部分人都是凡人，都是匆匆的过客。

因此，一方面，我们不要过于看重自己。我们要承认，即使时代在剧变，多数人也不过是历史夹缝中的小人物。另一方面，如果你有机会成为历史人物，希望你成为一个真正有家国情怀的伟人。我们这些默默无闻的普通人，如果还在工作，那也让自己尽量远离污秽的潜规则，把自己变得崇高一点。如果不再工作了，那么，就尽量回归自然、回归原来的自己吧！

江西近代法律教育的开端

如果以 1949 年为分界线，在很多法律人（其他更不用说）的思想里，江西在这之前是不是没有法律教育？至少我自己曾经是这么认为的。然而，当我查阅资料，了解实际情况之后，却非常吃惊！原来，江西自清末到民国期间，曾经存在过不少专门的法律教育机构，培养了不少法律人才！

话说近代中国的教育是两次鸦片战争之后，伴随"师夷制夷"的主张开始的。向西方学习，当然都要从教育开始。1905 年，科举制度的废除，中国近代教育开始兴起。当时，一些率先觉醒和有远见的知识分子懂得国家要振兴，就必须向西方学习。于是纷纷到西方先进国家"留洋"，学成后又回到国内。很多学有所成的人回国后，首先就是开办教育，或加入教育机构中充当教师。于是乎，各种教育机构陆续成立起来。那时一个显著现象是，私立教育机构与官办（公立）教育机构并行。私立教育机构的办学质量有一部分很不错，有的成为名校。而说到官办（公立）教育，在当时也是新鲜事。洋务运动之后，官家一改之前不直接参与办学的做法，开始参与到对教育的投入中。尤其到了民国，对教育的重视愈盛。各种冠以"国立""省立""县立"等字样的学校在各地开花。到后来，官办教育竟然成为教育的主流。

所办各种教育机构中，其中就包括一些专门的法律学校。这些法律教育机构，一部分是大学开设的法学院，还有一部分叫"法政学校""法政学堂"等。比如台湾"中央"大学法学院、国立北平大学法学院、北平私立燕京大学法学院、山西省立法学院、私立朝阳学院（中国政法大学的前身）、私立东吴大学法学院、私立上海法政学院、私立大夏大学法学院、私立广东法政专门学校、浙江省立法政专门部、江苏法政法学专门部、私立法政专门学校等等。

在这些法律教育机构中，也包括江西的法政类学校。根据资料显示，江西的法律机构，早期共有四所，即江西省立法政专门学校、江西私立法政专门学校、江西豫章法政专门学校、赣州私立法政专门学校。这些培养法政类人才的机构，有的是专科，有的是本科。十分有意思的是，经过这四个学校培养出来的"法政"人才总计超过四千人！这些人从学校毕业以后，除一部分进入行政机关成为公务人员外，绝大多数活跃在江西的司法界。他们或做法官（推事），或为检察官，或是书记员，或当律师，基本垄断了民国时代的江西地方司法。就连著名的中共江西早期领导人，即中共江西省行动委员会书记、赣西南红军军官学校校长兼政委、江西省苏维埃政府执行委员李文林都是江西省立法政专门学校的毕业生。

这四所法律学校，最早设立的是江西省立法政专门学校。该校创办于光绪三十二年（1906 年），那时还是大清朝。开办时称为江西法政学堂，1911 年改名为赣省法政学堂，1913 年又改名为江西公立法政专门学校。江西豫章法政学堂，1909 年创办，1911 年改为私立豫章法政学校，1928 年 12 月改名为私立豫章法政专门学校。江西法政学堂，1910 年创办，地址设在南昌系马桩。1913 年改名为江西私立法政专门学校。1927 年，豫章法政学校和私立江西法政专门学校由于校舍被当时的军队所占，两校曾经合并为一个学校，即私立章江法政专门学校。因为当时报教育部立案未被批准，故一年后私立章江法政专门学校只能分开，时间在 1928 年 12 月。除南昌外，在江西赣州还开办了一所法律学校，名为赣州私立法政专门学校。

这些学校，有的师资还不错，聘请的很多都是留日和留学欧美的老师。如江西法政专门学校校长胡薰，就是江西新建县人。他和他的弟弟胡蕙，还有宜丰的漆璜、漆璵兄弟、万载县人蓝鼎中等都毕业于日本早稻田大学。漆璜担任过江西高等审判厅厅长和贵州高等法院院长。蓝鼎中先是参与江西省立法政专门学校的创建，后在南昌地方审判厅辖区从事律师工作。当时出国的人还不少。在江西省立法政专门学校"曾任职教员一览表"中可以看出，教师的成分非常复杂，既有日美留学归来的"洋老师"，如日本宏文大学毕业的萍乡人叶先堪，也有著名大学毕业的本土人才，如北京大学商科毕业的遂川人钟灵秀；既有北京译学馆这样看起来不像大学的机构毕业的老师，比如南昌人吴著，也有旧时科考出身的文人，如前清举人南昌人段笏。

1928 年，南京政府颁布《私立学校条例》。自 1929 年开始，南京政府教育部又多次颁布《私立学校规程》。按照这些规定，所有私立学校实施立案，严格审定，对不合格者严加取缔。在这种情况下，私立豫章法政专门学校和私立江西法政专门学校因为达不到立案要求，被明令禁止限期停办。这两个学校拖到 1933 年，最后一批学生毕业后，学校即全部停办。其他私立法律教育机构命运肯定好不到哪里去。但官办的江西省立法政专门学校也在 1933 年同时停办。

至此，江西的法律教育告一段落。

历史上的中正大学有没有法学院？

我在《江西近代法律教育的开端》一文中说到，1933 年江西的"法政"学校全部被关闭。查阅资料得知，这是因为该年，当时的中央政府决定地方不得设立"法政"学校。如此，意味着江西近代法律教育戛然而止。彼时当局关闭各地一哄而上的"法政"学校也许是对的。据说，"法政"类学校盛极一时，曾经仅一年，全国进入法政学校的人数就超过三万人，比同时期美国全部大学法学院在读的学生总数还多。清末民初，很多读书人把相对容易学的法律作为谋求出路的捷径，只要花两年或三年读一个"法政"学校，出来后就可以谋得一份法官（推事）、检察官或公务员的差事，或者从事收入可观的律师。大概这种乱象引起当局的注意，最后只好采取"一刀切"的方法，取消地方设立"法政"学校。

此后，江西的法律教育又是从何时重启的呢？这就让我们想到了 1940 年成立的江西第一所真正意义上的综合性大学——中正大学。作为隶属中央政府、当时非常热门且办学层次高的这所正规大学，有没有开办法学院呢？

还是让我们先从这所大学的设立情况开始吧！

唐末以降，江西在全国地位逐渐凸显。宋、明期间，江西无论是人口、经济，还是文化，都排在各省前列，用现代流行说法，就是妥妥的"一线省份"。说到文化，江西作为中国文化的后发地区，综合排名居全国第三。有人说中国的大学起源于古代的书院，而书院最早正是发源于江西。德安义门东佳书院和高安桂岩书院是中国设立最早的书院。地处庐山的白鹿洞书院为宋代四大书院之首，还有鹅湖书院、华林书院、白鹭洲书院都是古代著名的书院。

然而，从明朝后期开始，江西各方面又开始式微。就是这样一个"大学起源地"，到了近现代，高等教育发展却远远落后于他省，居然无力办一所现代意义的综合性大学。等到中正大学在抗战乱世中成立，距离先进地区已经晚了几十年，成为当时江西有识之士的心病。

1. 中正大学成为"名校"的缘由

中正大学，翻开了江西教育崭新的篇章，让江西的高等教育一跃成为先进省份。尽管当时条件很差，但在那特殊的年代，短短几年，就迅速跻身全国大学教育的第一方阵，是当时二十三所国立综合性大学之一。有人说，中正大学是当时的"十大名校"。其实，排名多少不好说，但当时中正大学确实是非常热、非常优秀的一所大学，学生们选择报考的很多。

根据《抗战时期的民国大学招生研究》一书介绍，1940年，国民政府组织全国大学统一招生考试。在"考生第一志愿统计表"中，该年总共四十一个参与招生的大学里，第一志愿选国立中央大学（5538人）的排第一，选国立武汉大学（1909人）的排第二，选国立西南联大（1480人）的排第三，选中正大学（1419人）的排第四，且当年只有这四个大学的第一志愿选择人数超过一千人。要知道，这是中正大学第一次招生。

很多成绩非常优秀的学生选的都是中正大学，有的人甚至从其他公认最好的大学转学到中正大学。比如后来成为中国科学院院士的黄克智回忆，1943年，他是以全省统考第二名的成绩考进中正大学的。

毕业于南昌一中、在全国会考时获得全国第一的学生熊正湜（获林森主席奖），1940年进入中正大学文法学院经济系学习，第二年改为文史系就读。而一个叫黄克敏的回忆，当时他是已转移到重庆的国立中央大学的学生。中正大学成立后，他和同在中央大学的同学挚友吕学谟及弟弟黄克燊三人申请转学到中正大学就读。学生们的选择当然不是随意的，他们都经过了慎重的考虑。资料显示，中正大学的师资在当时也是非常强的，真正贯彻了"名人名校"的办学思想，师资排在很多大学的前面。比如，1945年时，中正大学有教授七十八人，排在全国第十三位，副教授四十五人，排第三位。这样的师资一直很稳定。

那么，当时的中正大学为什么能迅速崛起，得到众人的青睐，成为耀眼的大学"明星"呢？究其原因，大概可以归纳为以下几点：

第一，中正大学的设立得到当局的重视和支持。

早在1934年夏天，正在"夏都"庐山的蒋介石与时任江西省政府主席熊式辉（字天翼）等同游秀峰时，看到庐山壮丽的景色，蒋介石说："此处最宜讲学，大学设于此处乃佳。"这大概是中正大学能够在江西设立的起因。蒋介石最大的支持，就在于同意让这所大学以自己的名字命名。那时，蒋的名字可是一块金字招牌，以"领袖"名字命名大学可不是小事。消息一传出，立马引起"各方颇多物议"。最有力的反对意见是，"总裁为全民族之领袖，应受全国之崇敬，江西不得而私，中正大学应为一全国性之大学，宜设于首都"。意思是，以领袖名字命名的大学只能设在首都，显然是想否定设在江西啊。最后，还是蒋介石自己明确表态，支持以自己的名字命名，且设在江西。不但设在江西，蒋介石甚至还想好了设立的具体地点。按他的意思，"中正大学应迁建庐山"，永久校址在庐山海会寺附近。蒋介石还考虑到了细节："关于永久校址，海会寺亦属相宜；如因该地不敷应用，可将白鹿洞圈入使用。"由此可见，蒋介石对江西，尤其是庐山情有独钟。

为了支持中正大学的设立，在当时财政十分困难的情况下，蒋介石特批一百万法币启动。当中正大学正式成立时，蒋介石亲自为学校写下创校开学的"训词"。他对设在江西的中正大学寄予厚望，这从"训词"的最后一段可以看出。他写道："赣省在吾国文化历史上，占有重要地位，诸生丁此抗战建国千载一时之机，修习于先哲前贤风流未沫之地，当知实行三民主义、复兴中华民族，即所以为天地立心，为生民立命之前途，愿相与交勉而终身行之！"

第二，时任江西省政府主席熊式辉的决定性作用。

熊式辉是中正大学真正的创办人。早年毕业于日本陆军大学的熊式辉在国民党政府中也算是一个"能臣"。翻阅江西历史，他是出生于江西（安义人）又主政江西少有的能力出众者。在那非常岁月，他主政江西十年（据说他主动放弃主政富裕的浙江的机会，而选择主政落后的江西，主政期限从1931年年底至1942年2月），为江西各方面的进步作出了非凡成绩。这些成绩中，就包括设立中正医学院和中正大学。当然，现在大家提的最多的还是中正大学，也许这所大学对江西教育的改变最重要吧。其实，江西在19世纪20年代末，就开始设想成立一所综合性大学，名字都想好了，就叫"江西大学"。熊式辉主政后，大学筹委会题署为"江西大学筹备委员会"。当蒋介石在庐山说要设立一所大学时，正中熊式辉的下怀。

这之后，熊式辉及时顺应和推动了这所大学的设立，"江西大学"省办变国办，名字也随之变成"国立正中大学"。为了办好这所大学，熊式辉克服重重困难和阻力，其中的艰辛超出很多人的想象，终于让中正大学在当时的江西临时首府泰和落地。熊式辉在推进这所大学创建的过程中，充分展示了过人的魄力和见识。为了高起点办好中正大学，在他的主导下，学校筹委会选聘的教授都"极端审慎，务期品学兼优，经验丰富，如不得其才，则宁缺而不滥"。各学院所聘请的教授大多是当时国内知名之士，在学术上都有相当的贡献。在"名人名校"思想指导下，胡先骕、蔡方荫、俞调梅、戴良谟、张闻骏、周拾禄、潘慎明、雷洁琼、叶青、王易、何正森、周宗璜、邵德彝、刘乾才、黄野萝、任启珊、余精一等在各自领域都有非常成就的一大批教授陆续到位。可以说，没有熊式辉的"苦心擘画，积极筹备"，就不可能有迅速崛起的中正大学。

第三，胡先骕、萧蘧作为校长的办学理念和奉献。

一个大学的好坏，与校长直接有关。中正大学成立时，尽管隶属于中央，但仍然委托熊式辉主持筹备，一应事务均由熊式辉操持和决断，其中包括了校长人选的推荐。熊式辉向蒋介石推荐了七个校长人选，包括陈布雷、蒋廷黻、王世杰、何廉、甘乃光、吴有训、胡先骕，这些都是响当当的人物。但最后还是定了国际著名生物学家胡先骕。

胡先骕系江西人，对江西有特别的感情，对办好中正大学有很高的热情。事实证明，选择他为校长是对的。作为首任校长，在他的领导下，中正大学日新月异，取得了很大和明显的成功。

有人说胡先骕对中正大学的贡献表现在：第一，褪去政治色彩，让大学走上学术轨道。按照民国政府教育部门最初的设想，是要在江西开办一所临时的"政治学院"，后改为"中正行政学院"，最后在这基础上由熊式辉提出设立一所综合性大学。所以，中正大学的设立，一开始是带有政治色彩的。这在蒋介石的上述"训词"中也可以看出，如"本校之所欲造成者，非仅博通学术之专才，实为革命建国之干部"。但胡先骕并不想把中正大学办成"革命的大学"，而是回归大学本身。他淡化政治，注重学术，让中正大学在学术上立于潮头。第二，广泛延揽社会名流、校外名师演讲，扩大学生视野。当时到校讲课的最少包括张治中、陈立夫、朱家骅、熊式辉、蒋经国、吴有训、陈嘉庚、邓文仪等民国时代的名人要人。非常有意思的是，当时作为"太子"的蒋经国不但到中正大学演讲，还亲自作为主角，参与当时非常热门的学校剧团演出，为前线筹款。第三，对大学管理有方，对师生爱护有加。胡先骕管理大学，极具人格魅力。他对学生做学问要求非常严，学生考试达不到要求的勒令退学；考试绝对不允许作弊，发现就坚决开除。

因此，一方面，尽管当时条件非常艰苦，但中正大学老师教学都十分投入和认真，学生学风非常好。另一方面，胡先骕对老师和学生都发自内心的爱护。比如，在他的努力下，没有钱的学生可以贷款读完整个大学。1942年春夏之交，学校很多人感染疟疾，最后有好几个学生因此病故。胡先骕在病故学生的公祭大会上，放声恸哭，"久久不能自已"。文法学院的姚显微（姚名达）教授发起组织"战地服务团"，与日军遭遇，姚显微和团员吴昌达同学英勇殉国。当两人的灵柩抵达学校大礼堂时，胡先骕校长又是抚棺恸哭。这些都表现了胡先骕的纯真和对师生的挚爱。胡先骕的离职也是因为不愿处罚学生，宁愿自己辞职，因而得罪国民党当局。

1944年3月，著名经济学家萧蘧教授接手胡先骕，出任第二任国立中正大学校长。他是江西泰和人。他一上任就提出，要把中正大学办成名牌大学。他认为第一流的大学必须有第一流的教授。为此，他除了安抚和稳固胡先骕校长任内那些教授外，又亲自到全国各地延聘大批著名学者来学校讲学和任教，包括蔡文显（外文系主任）、王福春（数学系主任）、刘橡（化学系主任）、谷霁光（历史系主任）、戴鸣钟（经济系主任）、潘祖武（物理系主任）等。有人形容萧蘧校长在任时，中正大学真可谓"群贤毕至，盛极一时"。此外，还聘请了国学家余骞、历史学家徐中舒、经济学家郭大力等人，但因为时局变化而未成。甚至还聘请了在国外的著名学者熊式一、崔骧来任教，也是同样的原因未能实际就任。可以说，萧蘧校长为中正大学的建设也是煞费苦心。

两位校长都为中正大学的成功倾注了热情和心血。

第四，爱国爱乡思想下的人才聚集。

很多人说，江西落后他省，其中一个很重要的原因是，江西文化的特点是缺少抱团思维。优秀的人才出去后，他们都只顾自己的发展，没有热爱家乡的情怀。这个说法放在民国时期，显然没有说服力。当时，有两所学校，让全国人民对江西刮目相看。其一是开在云南昆明"江西会馆"里的、由一群西南联大为主的江西籍青年设立的"昆明天祥中学"。这所中学，按照2021年百岁高龄过世的、出生于南昌的著名翻译家许渊冲的说法，是当时"名副其实的天下第一中学"。之所以说是"天下第一中学"，是因为其师资阵容强大，当时全国没有第二所中学可以出其右者。这些教师队伍中的绝大多数，后来都成为名家。光教数理化的，其中七人成为中国科学院院士。许渊冲在这所中学教英文。当时的军政要员和名流，都千方百计把自己的孩子送进"天祥中学"，包括总参谋长何应钦的公子。

其二就是国立中正大学。中正大学的很多教师都是江西籍人。三任校长，第一任，新建县人胡先骕；第二任，泰和人萧蘧；第三任，上饶人林一民。他们都是那个年代十分出色的人物。但又何止是校长呢？

当时，很多江西籍的名教授和学有所成的学者，听到在家乡办大学，都纷纷放弃较好的条件，奔赴江西。如已经在西南联大任土木系主任的蔡方荫教授（南昌人）、西南联大教授兼云南大学理工学院院长戴良谟（乐平人）教授、西南联大教授张闻骏（九江人，后任中正大学机电系主任）等，都是第一批赴任的名教授。黄野萝（贵溪人）教授当时正在美国罗杰斯大学任教，条件优越，当胡先骕校长邀请他任教中正大学时，他毅然回国。查阅当时的教师名录，发现中正大学的教授队伍中有一大批江西籍的。除上述外，最少还有杨惟义（上饶人）、刘乾才（宜丰人）、邱椿（宁都人）、罗廷光（吉安人）、蔡枢衡（永修人）、罗容梓（新建县人）、卢润孚（南昌人）、徐量如（乐平人）、胡光廷（南昌人）、盛彤笙（永新人）、萧宗训（永新人）、邹岭侯（南昌人）、吴曼君（吉安人）、王咨臣（新建人）、贺治仁（永新人）、万发贯（南昌人）、万良逸（南昌县人）、王易（南昌人）、欧阳祖经（南城人）、姚显微（兴国人）、刘泳溱（安福人）、黄辉邦（今樟树人）、程臻（南昌人）、严学窘（分宜人）、吴宗慈（南丰人）等等。正是有这一大批江西籍教师做底子，才撑起了中正大学良好的声誉和教学质量。

2. 中正大学何时开始有法学院？

中正大学创立时，是按照综合性大学设立的，除教导处、总务处、训导处外，设有三个学院一个研究部，即农学院、工学院、文法学院和研究部。其中农学院包括农艺系、畜牧兽医系、森林系、生物系（1941年增设），对应的著名教授包括胡先骕、张肇骞、戴立生、严楚江、何琦、杨惟义、周宗璜、任明道、张宗汉、周拾禄、汤庆鑫、任启珊等名师；工学部包括土木工程系、化学工程系和机电工程系，对应的有蔡方荫、余调梅、戴良谟、刘乾才、王修寀、邵德彝、何正森、黄学诗、殷之澜、张闻骏、赵仲敏等名师；文法学院包括政治系、经济系、教育系和文史系（1941年增设），对应的有叶青、雷洁琼、周葆儒、潘大逵、王易、欧阳组经、姚显微、刘泳溱、黄辉邦、胡光廷、谢康、吴宗慈、顾毓、余精一、吴曼君、邹岭侯、萧宗训、朱力生、王咨臣等名师。

从上述可以看到，虽然有文法学院，但有"文"而无"法"，即没有法律专业。上述教授或老师中，没有学法律教法律的。勉强与"法律"能够搭上边的有雷洁琼教授。查阅雷洁琼资料，虽然她被称为著名社会学家、法学家、教育家，而且她后来出任过北京政法学院的副教务长，但她在美国南加州大学获得的只是社会学学位。有人回忆，她1940年来中正大学前是从"江西法专"过来的，但我暂时没有查到当时江西有这所学校的存在，也没有资料介绍雷洁琼在这所学校教过法律。她到中正大学后，是政治系老师，也不是教法律。另一个与法律有点关系的是经济系教授方铭竹，他曾经在北京大学法学院攻读货币银行学，获得法学硕士学位。1940年到中正大学任经济系教授，也不是教法律。

1944年，第二任校长萧蘧来后，学校的实力尤其是经济系的实力更强了。萧蘧是著名经济学家，是时任美国副总统的同班同学。萧校长在他上任校长之初，曾力邀他的堂弟、著名政治学者萧公权来校出任法学院院长（或文法学院院长）。但萧公权没有答应。这件事却传开了，以至于以讹传讹，说萧公权将出任文法学院院长。大部分回忆文章都说萧公权答应来任职，只是因为国内政治变故而未成行。这个说法与萧公权自己在自传《问学谏往录》中的亲笔所述似乎不合。萧公权回忆说，萧蘧邀请他出任中正大学"法学院院长"，他并没有答应。如果按他的说法，是不是萧蘧准备成立法学院？如果要萧公权出任法学院院长勉强还是合适的。虽然他是政治学者，但政治与法律本来就有交叉。更何况他从美国回来后，曾经在南开大学法学院教过《法理学》。但这或许是萧公权听错或误会了萧蘧的意思，萧蘧可能只是邀请他出任现成的文法学院院长。事实上，中正大学在萧蘧校长任上，一直没有设立法学院或法律系。

直到 1947 年 8 月，林一民出任中正大学第三任校长后，才将文法学院分设为文学院与法学院，在法学院设立法律系。这样，法学院就包括了政治系、经济系和法律系。到这时，中正大学才有了理、工、农、文、法五个学院，十八个系（又说十六个系），中正大学具备了完整的大学规模。

自此，江西的正规本科法学教育才真正开始。

林一民是江西上饶人，曾在美国留学，回国后先后在多所大学任教，出任中正大学第三任校长前在复旦大学任职。1949 年以后去台湾从事政治，他是个行走在教育与政治边缘的人。从林一民的履历看，此君也不是泛泛之辈。他到中正大学以后，大刀阔斧，将当时因政治陷入一定混乱的学校，很快通过整肃变得平静下来。

十分遗憾的是，关于中正大学法学院的资料奇缺。在诸多对中正大学或老南昌大学师生的回忆文章和书籍中，几乎没有看到法学院教师和学生的只言片语，似乎法学院从来就不曾有过。

但我们又明明知道中正大学法学院确实是成立了的，法律系也是有过的。其中，著名法学家蔡枢衡教授还担任过法学院院长（可能还兼任法律系主任）。

关于蔡枢衡教授在中正大学的这段经历，在有关蔡教授的介绍中都有提及，只是往往一笔带过。蔡枢衡教授是江西永修人，早年像很多人一样留学日本学法律，先后就读于日本中央大学和东京帝国大学，专攻刑法。有人说，蔡教授是我国第三代法学家中顶梁柱式的人物。确实，他是个有思想的法学家。尽管他学的是外国法，但他没有像多数人那样仅停留在"鹦鹉学舌"的书面上，而是最早对西方法律进行反思，提出了法学研究的本土化。因此，他的代表作除了《刑法学》外，还有《中国刑法史》等。据说蔡枢衡还做过律师，或许是教书之余吧？因为他耳朵有些失聪，因此，每次出庭都要带上儿子做翻译。然而，无论是法官（推事），还是对方律师，都非常怕他发言。到底是因为他法理精深辩不过他呢？还是因为他学者气太足，喜欢长篇大论让大家觉得烦呢？

1948 年，时任北京大学法学教授的蔡枢衡月薪为大洋四百元。该年的 5 月 25 日，他因回家乡永修探亲，而被当时的中正大学强力挽留。基于对家乡强烈的热爱和使命感，他留了下来，出任中正大学法学院院长。

为了不辜负父老的期望，办好中正大学法律系，蔡枢衡教授用心良苦。为了帮法律系延聘人才，他从自己的学生"下手"，其中就有他在北京大学的得意门生胡正谒。胡先生 1940 年在北京大学毕业后，先是留校做助教。1943 年应聘广西大学法律系讲师。1944 年 9 月，到当时的大后方昆明，在几个江西青年老师开办的天祥中学教国文兼任教务主任。1946 年，他被聘为东北大学法律系讲师，第二年成为副教授。1947 年年底，胡先生回到南方，就任厦门大学法律系副教授。1949 年，已在厦门娶妻生子的胡先生，美好生活刚刚起步，却连续接到恩师蔡枢衡的信函，催促他赶紧回南昌就任中正大学法律系教师。也许是急切，也许是蔡教授将学生比自己，认为凡是江西人都应该为江西的教育做贡献，他居然用"威胁"的口气对胡正谒说："胡正谒，如果你不来中正大学教书，那么从今往后，你就不要叫我是你的老师，我蔡某人也没有你这个学生！"（见胡正谒之子、作家胡平《哲人老成，维德之基》一文）。胡先生肯定是个有情有义、爱国爱乡的人，一听恩师如此说，立即"携妇牵雏"，回到了南昌，成为中正大学法律系副教授。当笔者看到这段故事时，被深深地感动！心中对蔡枢衡先生和胡正谒先生油然产生了无比的敬意。

或许是法律系还没来得及招生，或许是已经招的学生根本没有学完，此时，南昌已经解放。学校随时局变化而变化。蔡枢衡教授被任命为临时校务委员会主席。该年 6 月毕业生的"临时毕业证书"中，署名一栏"国立中正大学校长"中间，用红印盖的是"校务委员会主任委员蔡枢衡"。

接着，中正大学更名为南昌大学。蔡枢衡不久回到了北京大学。不知是他自己的意愿，还是接到上级命令而身不由己。

蔡教授离开后，法学院院长由经济系的方铭竹教授继任。在更名为南昌大学后，原中正大学已经分开的法学院与文学院再次合并为文法学院。

1953 年，南昌大学因为全国院系大调整而撤销，其文法学院并入了中山大学、武汉大学和华南师范学院等。师生都不在了，这可能是没有任何法学院师生对中正大学法学院或法律系置评的原因吧。南昌大学的撤销，让江西的高等教育立即回到了中正大学设立之前的状态，从此一蹶不振。直到今天，江西仍然为中国高等教育的洼地。

胡正谒先生倒是践行了对恩师蔡枢衡奉献江西的承诺，没有随文法学院离开，一直待在江西。南昌大学撤销后，该校的残留部分先是变成了江西师范学院和江西农学院。胡正谒先生留在了江西师范学院。只是此时，国家不再需要法律，大学不再需要法学教授。他没有机会讲授法律，只能充任公共课老师。据当年江西师范学院的学生、著名语言学家刘焕辉回忆，胡正谒先生所讲的公共课，即《马列主义基础》非常受同学们的欢迎。由此看来，胡先生很能"随遇而安"。同时，他似乎是个文科通才，不但能讲授法律，也会讲授哲学和政治，当然还能讲授中学语文。

胡正谒先生可能在内心以为，这辈子要远离法律课本了。但命运似乎开了个玩笑，若干年后的 1980 年，一纸调令，竟然让他去创建江西大学法律系。这是中正大学之后法律本科教育在江西的又一次重启，只是他取代了恩师蔡枢衡的角色。这恐怕是他始料未及的。

不过，江西大学法律系的创办，却成就了他一番崭新的事业！

从江西大学法律系到南昌大学法学院

> "法学院，是一种强大而神秘的存在！"
>
> ——【英】罗伯特·史蒂文斯《法学院》

1952 年到 1953 年，一场疾风骤雨似的高等学校院系调整在全国展开了。这场深刻影响中国社会的"运动"，起因于当时不容置疑地向苏联模式学习。这场"运动"最大的震动，一是取消私立大学，二是对综合性大学进行手术刀式的调整。民国时期的那些实力强大的综合性大学，除极个别外，要么被改造为文理科大学，要么被改造成多科性工业大学，而最惨的则几乎被完全拆解乃至于撤销。在这些被拆解和撤销的综合性大学中，就有解放初更名为南昌大学的原中正大学。在当时的历史背景和氛围中，曾经以蒋介石名字命名的南昌大学被拆解和撤销，更是顺理成章。南昌大学的被拆解和撤销，给本来就在教育上落后他省的江西带来了可谓"灭顶之灾"。

所谓对大学调整，就是将原有的大学建成苏联高校的行业归口单科模式，如工学的归工学，财经的归财经，政法的归政法。在政法的归政法模式中，综合性大学中的法律专业被归结到少数院系（所谓"五院四系"）。尽管一些政法学院在这次调整中应运而生（如西南政法学院、华东政法学院、中南政法学院），但民国时代绝大部分综合性大学的法学院系则不复存在。那场轰轰烈烈的运动开始之后，中国的高等教育进一步陷入深渊。到 1971 年之前，全国还剩下八个政法院系，包括四所政法学院（北京政法学院、华东政法学院、西安政法学院、西南政法学院）、四所综合性大学（北京大学、中国人民大学、吉林大学、武汉大学）。而到了 1971 年，全国教育工作会议通过《关于高等院校调整方案》，撤销了一百零六所高校，作为与意识形态密切相关的政法学院更是首当其冲。政法学院被撤销，全国保留法律系的大学也仅有北京大学和吉林大学两所学校。

直到"文革"结束。1977 年 4 月 15 日，国务院批准恢复西南政法学院。因此，西南政法学院成为最早恢复的政法院校。1978 年，中共中央批转《第八次全国人民司法会议纪要》，提出"恢复法律体系，培养法律人才"。同年，中共中央〔1978〕32 号文件又提出"恢复政法院系，培养司法人才"。接着，教育部发布教学字第 620 号文件，明确了各政法院系和各大学法律系应按"绝密专业"的政审标准录取新生。从此，各地政法院系纷纷恢复或新设。

江西从中正大学后期到改名后的南昌大学，设有法学院，法学院中设有法律系。1953 年，南昌大学被拆解和撤销后，其法律系被并到武汉大学等院校，法律系的学生一同被并到武汉大学等。这样，无论是中正大学还是改名后的南昌大学，自己并没有法律系毕业生。当初招录的法律系学生，毕业时拿到的是武汉大学的文凭（刘序传老师就是其中的代表）。同时，自 1953 年南昌大学撤销后，江西则一直没有高等法律院校。在中央提出恢复法律院系时，江西首先想到的，是由江西大学筹备创设法律系。这项工作的启动时间为 1980 年 6 月，拟计划招收法律本科生。查看相关资料，同时期，全国大学设有法律院系的并不多，加起来有二十来所，就连天津大学、四川大学、重庆大学、湖南大学等老牌 985 重点大学都没有。因此，江西大学属全国较早设立法律系的大学。

这里需要说明，在江西，恢复高考制度后，最早招收法律专业学生的并不是江西大学。1978 年 1 月，当时的江西省革委会批准成立江西省政法学校，与此前已经有的培训在职政法干部的江西省政法干部学校合署办学，即两块牌子一套人马，为全日制普通中等专业学校，设公安、司法两个专业，学制两年。1978 年 4 月，上述学校开始招生，其中公安专业招生一百九十四人，司法专业招生四十一人。该二百三十五人为恢复高考制度后江西首批招录的法律人才。后上述两校经过几次整合，分成现在的江西警察学院和江西司法警官职业学院。从上述两校培养出来的法律人才，很多成为江西省公安、司法、法律服务领域的骨干。尤其是最初几届毕业生，素质较高，支撑起江西早期司法的半边天。这些早期的法律人才，有的至今仍活跃在江西的公安、司法和法律服务领域。

1. 江西大学是一所怎样的大学？

现在，还有多少人知道江西大学？年轻人里恐怕已经没有多少人了解江西有过这样一所大学了。兴许那些考取南昌大学的学生，会从南昌大学的起源中获取一些信息，知道这是南昌大学的前身之一。但也或许仅限于此。

早在 20 世纪 20 年代末，当时的江西有识之士就想创办一所综合性大学，名字都起好了，就叫"江西大学"。遗憾的是，最终没能成立起来。到 20 世纪 30 年代，时任民国政府江西省省长熊式辉拟创立一所大学，该大学的筹委会，名字也叫"江西大学筹备委员会"。可见，江西人心目中一直有要设立一所叫"江西大学"的想法，可能认为"江西大学"这个名称最能代表江西吧。结果大家已经知道，熊式辉主导成立的大学没有叫成"江西大学"，而是叫了"国立中正大学"。

直到 1958 年，中华人民共和国成立后，江西省才最终把"江西大学"成立起来了。由此，这所叫"江西大学"的大学寄托着江西人民对高等教育的渴望和梦想。江西大学首任校长是当时的省委书记杨尚奎，不过担任的时间很短暂。校名却是深得江西人热爱的时任省长邵式平书写的，"江西大学"四个字写得遒劲有力。成立江西大学的时间正是"大跃进"那年，因此，一切似乎都是快节奏，当年决定，当年建设，当年九月就开始招生。而老师则是从上海、南京、武汉、广州等地的名校调来，复旦大学、南京大学、武汉大学和中山大学都支持了一些教师。但从这所新成立的大学当时的专业看，文科只有文史哲，理科只有数理化。因此，江西大学创办时并没有办成一所完整的综合性大学，而很像是把民国时代那些综合性大学拆解后的文理科大学。

江西大学创设时自然是一所全新的大学。不过，经过调整后，又有一些其他大学的影子。1962 年，江西师范学院的生物系划转到江西大学。随生物系而来的有部分原中正大学时期的老师，比如著名生态学家林英、生物学家邓宗觉等。因此，有人说江西大学包括后来成立的新南昌大学，部分继承了原南昌大学或中正大学，这是说得过去的。其实，仔细考证后，就会发现，江西大学并非只继承了中正大学生物系的一部分，中正大学部分其他专业的老师也调过来了。1953 年撤销后，原南昌大学留在江西师范学院的教师有七十五人，这七十五人中与师范部有关的只有十六人，其余留下来的还有文法学院、理学院等的老师。比如理学院院长郭庆、副教务长谷霁光、副总务长熊化奇、数学系主任彭先荫、文史系代主任欧阳琛、艺术系主任刘天浪等。因此，现在大家都说江西师范大学只继承了原中正大学或南昌大学师范部，这也是不准确的。最早成立的江西师范学院，尽管是原中正大学的一部分，但当时无疑是一所实力不错、江西最好的大学。20 世纪五六十年代甚至后面较长一段时间，江西师范学院都是江西实力最强的大学。在江西师范学院留下来的老师中，后来又有一部分转到了江西大学，成为江西大学的教师，如著名历史学家谷霁光等。

自中正大学后，江西没有国家级的重点大学（江西共产主义劳动大学是特定时期的产物，继承了中正大学部分师资，仅凭这还不算是真正意义上的全国重点大学）。但江西人从来没有放弃过办一所全国重点大学的想法。这个任务似乎顺理成章落到了寄托江西人民愿望的江西大学身上。1978年，江西大学制定了《江西大学1978—1985年发展规划》，规划明确提出，要将学校办成"全国重点水平的大学"。尽管没有直接说办成全国重点大学，意思却不言而喻。这是笔者看到的那个时候明确提出要将学校建成全国重点大学的江西高校。

江西大学囿于当时的条件，终究没有成为全国重点大学。很长一段时间，连招生都仅限于江西省内（当时全国范围的省属大学情况大抵如此），极少招录外省学生，是一所地地道道的地方大学。不过，令不少"老江大"人耿耿于怀的是，这所不是全国重点大学的大学，在恢复高考制度后的若干年内，却按全国重点大学分数在本省招生，录取了一大批本省高分考生。很多人进校后都认为自己是莫名其妙被"骗"进来的，有的人分数甚至可以进北大、清华。笔者所在的江西大学法律系84级，班上就有不少这样的高分同学。那时，新闻和法律专业是文科热门，高分考生选择的多。当年全省文科第一二名都选择的是新闻专业。记得那年高考录取的重点线是484分，我班超过530分的有不少，分数最高的是彭慧仁同学，他是554分招进来的，他的这个分数，应该排在当年文科全省前十五名，甚至前十名。当年为什么会出现这种现象？一是录取方式与现在不同。当年本科院校只分重点和普通本科录取，江西大学是划在第一批重点取录的大学。那时没有大数据，每所大学录取学生也只能划一个大概录取线。二是那时的很多考生尤其是农村考生对大学的了解有限，填报志愿时没有什么概念，事后很多人认为自己是"明珠暗投"。三是那时江西省有意要留下一部分高分考生。当年省里提档权很大，凡是填报了江西大学的，不管第几志愿，一概留下来。当然，是不是这些理由？现在只能私自推测。但高分考生很多留在江西大学却是事实。还有一部分高分考生是自愿选择江西大学，那时，大家都认为江西大学是江西最好的大学。

江西大学招生录取人数不多。根据《江西大学1981—1990年十年规划设想和前五年计划》，1981年招生数为650人；1982年招生数为700人；1983至1985年，平均每年招生数为934人；1986至1990年，平均每年招生数为1375人。有很长一段时间，在校学生人数不足4000人，有点像美国高校中那些奉行博雅教育的文理学院。

因各种原因进入江西大学的学生，进校后总有一段时间感觉失落。大家只要聚在一起，就会对学校的各种不满吐槽。其中之一，就是《录取通知书》。江西大学发给新生的是一封极为普通的牛皮纸挂号信，里面除了一份白纸黑字的简单《录取通知书》外，就是一张"入校注意事项"，其中包括"自带两个月的江西粮票和伙食费（34元），一学期的教材费10元"。如此简单的《录取通知书》，放在现在不可思议，几乎是一种敷衍，学校似乎没有把这些从千军万马中好不容易杀出重围的"天之骄子"放在心上。多年以后，当我看到各个大学都在争先恐后制作精美得像艺术品一样的《录取通知书》以"讨好"新生时，我发自内心感叹：一所大学的人文关怀是多么重要！

过了一段时间，大家才慢慢对这所大学接受和适应。好在那时的学生对大学的期望值不算高，不好的地方慢慢就淡忘了，大家将注意力转移到学习上来。久而久之，对学校开始有了感情。作为文科生，我满意的就是学校有一个不错的图书馆，可以读到各种书和杂志。还有，每年总有机会能听到·些名人讲座，可以拓宽视野。

可是，当很多人从江西大学毕业，已经把江西大学当成心中的寄托时，江西大学却"消失"了。1993年，江西大学与江西工业大学合并，成立了新的南昌大学。其背景是，当时江西省得到消息，国家要实施高校"211工程"，这当然对江西是个机会。但是，当时江西的任何一所大学，其单独的实力都不够格。于是，江西采用了这种类似于企业"资产重组"的办法，将两所大学合而为一，合并成立一所新的大学。南昌大学成立的方式，江西算是首创，开了全国先河。这之后，全国很多高校纷纷仿效，"合并"或"兼并"一时成为潮流。

网络上不断有人在问，这所合并后的大学，为什么不叫江西大学，而叫南昌大学？其中的原因，原江西大学中文系作家相南翔（现为深圳大学教授）在南昌大学刚成立时，通过江西某报纸撰文专门做了较详细的介绍。大意是，省里本来是要保留"江西大学"这个名称的，但原江西工业大学领导不愿有被对方"吞并"的感觉，坚持重新取名（当然，说得比我这个委婉）。于是，合并工作组参考全国重点大学的叫法，准备为新设大学取名。有人发现，不少重点大学都是以所在城市名作为大学名的前缀，如南京大学、武汉大学、厦门大学等，故最终决定以"南昌大学"作为合并后大学的名字。相南翔的说法得到原江西大学副校长、江西大学方委派的合并工作组负责人邹道文先生的证实，笔者曾经亲耳听到邹道文先生说到两校合并时的一些花絮。据他介绍，当时他代表江西大学，坚持要保留"江西大学"校名，差一点就定下来了。但最后，省领导为平衡两校关系，决定另行取名。他说他很长时间不肯妥协，差点得罪领导。最终改为"南昌大学"后，他还耿耿于怀。

南昌大学成立后，"南昌大学"四个字校名是由南昌大学当代文学研究所所长、作家陈公重（笔名公仲）到北京请中国佛教协会会长赵朴初题写的。这几个字确实漂亮经看，但"南昌大学"（尤其是简称南大）校名却经常引起人们的争议。而在争议的时候，有人又常常发出"当初为何不叫江西大学"之问。

2. 江西大学法律系的创建

1980 年 6 月 16 日，江西大学向江西省教育厅提交（80）江大发字第 45 号《关于我校创办法律系的请示报告》。令我不解的是，这份报告中提出的要求创办法律系的理由，并不是前述中共中央批转《第八次全国人民司法会议纪要》或中共中央〔1978〕32 号文件精神，而是称，因为"三中全会要把全党工作重点和全国人民的注意力转移到社会主义现代化建设上来的决定，要求教育事业必须根据新形势的需要，加快培养各类建设的专门人才，就当前我国高等教育中理工科比例大，文法商科比例小的实际情况，我校应考虑增设文法商科专业。这个问题省里有关领导也曾提示过。现经我校研究拟创办法律系，培养有理论基础的法律工作人才"。从报告中不难看出，创设法律系的背后一是有关领导的"提示"；二是考虑高等教育中理工科比例大，而文法商科比例小，要加大文法商科建设。

1980 年 9 月 22 日，江西省教育厅做出《关于同意筹办法律系的批复》（以下简称《批复》）。《批复》称："根据实现四个现代化的要求和我省法制建设需要人才的情况，经我们与有关部门研究，同意你校创办法律系。从现在开始筹备，争取明年正式招生。"批复呼应了江西大学请求创办法律系的请求。同时，对招生时间提出了一个弹性要求，即第二年"争取"正式招生。

尽管上述报告和批复都没有提到前述中共中央关于恢复法律院系、培养法律人才的有关精神，但我想，实际情况肯定离不开这个时代大背景。

正是这份报告和批复，重启了江西高等法律教育，并让江西的高等法律教育最终结出了成果。

不过，在江西这样长久没有高等法律院校的地方创设法律系，是何等的艰难！

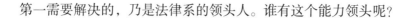

第一需要解决的，乃是法律系的领头人。谁有这个能力领头呢？

3. 创办法律系的领头人——胡正谒先生

非常有意思的是，在江西大学上述关于创办法律系的请示报告的第二段，直接点明了江西大学法律系的创办人。报告称，"为了尽快着手筹建工作，建议将师范学院胡正谒老师调来，负责此次筹备工作。今后如有法律方面的专业人才，亦请省厅予以调配"。

看来教育厅和省里对江西大学的要求是明确支持的。为什么会有这样"指名道姓"点将似的文件？这是因为，当时，偌大一个江西，只有胡正谒先生一个人是实实在在的法学教授。要办法学高等教育，除了他找到不到其他人。上述报告批准后，很快，如愿将胡正谒先生从江西师范学院调到了江西大学。这纸调令，是将一个因为政治原因被长期埋没的杰出法律人才，得以让他回归其法律特长。接到调令的胡先生应该是乐意的！

胡正谒先生出生于南昌附近的新建县（现南昌市新建区）的一个乡村，其父是清末秀才，除民国年间当过三个月县长外，一直以教私塾为业。作为私塾先生的儿子，胡先生自小随父亲读《论语》《左传》等，因而打下了坚实的国文底子。他中学就读于南昌著名的心远中学。1936年，胡先生考取北京大学法律系，师从法学家蔡枢衡先生。蔡先生是著名的刑法学家，由此胡先生主攻的也是刑法，他的刑法造诣也很深厚，毕业后留校为助教。后胡先生几经波折，最终从厦门大学法律系副教授任上，应老师蔡枢衡先生召唤，回到故乡南昌，就任国立中正大学法律系副教授。1951年，胡正谒先生在中华人民共和国第一次职称评定时成为中正大学更名后的南昌大学的正教授。

1957年，这个被他早年在厦门大学的学生、后成为厦门大学法律系主任何永龄教授评价为"做人做事从来都是老老实实，心中只有人

第
五
辑

奈
今
生
，
愁
时
又
忆
卿

民"的法律教授。1958 年 5 月，被撤销教授学衔，工资降三级，调到图书馆，从事打印图书卡片的工作。1960 年，被下放到进贤县一个养殖场监督劳动。

胡先生确实是幸运的，总算等到了改革开放，终于用上了曾经所学、心中所想的法律专业。也许只有经历过那段历史的人，才格外珍惜这样的机会。这时，他已经过了正常的退休年龄。当一纸调令将他送到江西大学法律系筹办人的岗位时，他表现出了极大的热情，并为之付出了艰苦的努力。

江西大学法律系在胡正谒先生的筹划下，先是从名称和组织机构上成立起来了。1980 年 12 月 2 日，江西大学办公室下发《关于启用江西大学法律系印章的通知》。通知中，启用"江西大学法律系"印章的时间为同年 12 月 3 日起。自此，江西大学法律系正式宣告成立。

法律系成立后，胡正谒先生成为第一任系主任，而老家是东北吉林的南下干部李庆轩成为第一任系书记。

光有名称和系领导还不够，现在，最急需的是法律系的老师。

4. 一帮可敬可爱的"老叟"法律人，撑起了最初的法律系

要让法律系"活"起来，光有公章不行，光有胡正谒一个法律先生也不行，要有更多的法律老师，尤其是要有能上法律课的老师。可是，由于法律人才严重断档，此时要找出一批能教法律的老师谈何容易啊！这个艰巨的任务当然落在负责筹备法律系的胡正谒先生的身上。

胡先生开始了千方百计寻找教师的过程。

找到的第一位是刘焕文教授，他是一个泰斗似的法学家。此时，刘焕文教授就在江西大学，真是得来全不费工夫！关于刘焕文教授的资料，现在可以查到的并不多。刘焕文教授来江西大学之前，在原华东政法学院工作。华东政法大学校长何勤华教授是一个非常有情怀的

人，他花了很大精力搜罗华东政法大学最早一批老师的资料和故事，陆续以《华政的故事》在报纸上向大家介绍。他在《华政的故事》介绍到刘焕文教授时，表现出了明显的推崇。根据何教授的介绍，刘焕文为湖北省天门县人，是华东政法学院成立时（1952年10月）的最早和最主要的老师之一。文章称，刘焕文教授1925年进入北京大学法学院学习，毕业后历任多所大学的法律老师。1942年开始到上海私立大夏大学任职。在民国时期，刘焕文在就职的法律院系教授《民法总则》《刑法》和《商法》等，是民国时期的知名法学家。1951年7月，由于大夏大学与光华大学合并成立华东师大，刘焕文教授则调入复旦大学法律系工作。到复旦大学法律系时，正逢全国大学院系调整，法律系被撤销，刘焕文教授跟着复旦大学法律系调整到新成立的华东政法学院工作。

那么，本来在上海工作的刘焕文先生，又是如何进入江西大学工作的呢？话说刘焕文作为"旧法人员"，虽然转入华东政法学院，虽然念念不忘法律专业（还冒险偷偷发表法律文章），但却不被允许教授法律。1957年，因为他"旧法人员"身份卷入运动。1958年，华东政法学院被撤销，受到冲击的部分老师被送去大西北，但教职工大部分转到上海社科院政治法律研究所。刘先生有点特别，既没有去大西北，也没有留在上海，而是到了江西。个中原因，不得而知。他来到江西后，据说一直在江西大学图书馆工作。这样一位法律造诣深厚的教授，不能用其所能，只能躲在图书馆虚度宝贵年华。大概他正和当时中国很多老一代知识分子一样，按学者余英时在《论文化超越》所说"以平静的心情等待生命的终结"。在这段日子里，并没有多少人注意到他是一位了不得的法学家。等他重新出山时，人们把他看成是一位少林寺"扫地僧"似的人物。江西大学法律系热情召唤他时，他早已经退休，不过还是让他成了"香饽饽"，见过他的法律系老师都非常尊重他。正当刘先生准备抖擞精神为法律做贡献时，七十有三的他却突然病倒，不久去世。这让江西大学法律系很是遗憾。出于对他的尊敬，法律系在他去世后，还专门派了第一届的两个女学生住到刘焕文先生的遗孀胡女士家里，目的是便以照顾。两位女同学尽职尽责照顾了这位"师母"一段不短的时间。

第二个进入胡正谒先生视线的法律人才是李方陆先生。李早年毕业于国立中央大学法学专业，民国时代在国立中央大学教授法律，是个难得的行家。他在大学期间是地下党员，来法律系时已经是享受厅级待遇的干部。李方陆先生进来后，成为江西大学法律系第一位副主任。我们读大学时，他教的是《宪法》，印象中他总是从容不迫的样子。

胡正谒先生为搜罗法律人才，真是煞费苦心。此时，他想到的一个办法就是从他曾经的学生中寻找。这个方式似曾相识，自然复制的是他的老师蔡枢衡先生。当年，他不就是被蔡枢衡先生从厦门大学"威胁"回来的吗？他找到了他曾经在厦门大学任教时的学生严鸿、李保源、饶章泉、舒文烈、晏致端五人。他们居然都如约而至，胡先生用的是什么方法，已经无法探究。这五个人也是个个不凡。严鸿老师中华人民共和国成立前也是学生中的地下党员，此时也是厅官待遇。严老师教我们《法学基础理论》，一副斯斯文文的学究气。李保源老师来大学之前，长期在法院工作，他教我们《刑法学》。饶章泉老师是那个著名的大人物饶漱石的亲弟弟。他大学毕业后参加了中国人民志愿军。他多次对法律系老师介绍，他曾作为志愿军的代表，参与过在板门店的停战谈判。这话很大程度上是可信的，毕竟当年凭他的身份，完全有这个参与重大事件的条件。他没有教我们主课，教的是《环境保护法》。舒文烈老师教的也是副课，即《西方法律思想史》。晏老师没有教过我们，故没有印象。

更多有学问的法律老师被挖掘并陆续调了进来。也许是因为师资未到位的原因，1981年并没有招生。直到1982年，法律系正式开始招生前，一批优秀法律老师陆续到来。毕业于中山大学的丁文华老师、廖凡老师、邱光诜老师；毕业于北京政法学院的黄文永老师；毕业于武汉大学的刘序传老师；毕业于湖北大学的谢庆演老师；毕业于湖南大学的刘寿昌老师；毕业于北京大学的刘仕才、胡济群老师；毕业于中国人民大学的陈鼎海老师；毕业于华东政法学院的陈嘉宾老师。还有暂时不知道从哪所大学毕业的章志贤老师、卓帆老师、朱树屏老师、汤永祥老师、彭士珉老师、林植月老师、万雨孙老师、夏宏根老师、梅世灼老师、杨楠老师、蒋松茂老师、盛世靖老师。这样，加起来共三十余名。这些老师，每个人都有一段不平凡的故事。

如果把上述招生之前或当中调过来的老师做一个评价的话，这些老师有一个共同的特点，就是年龄偏大。刘焕文先生生于 1907 年，胡正谒先生生于 1917 年。李方陆、廖凡、邱光诜、梅世灼、盛世靖五位同为 1924 年；刘仕才、卓帆老师出生于 1933 年；谢庆演老师出生于 1934 年等等。最小的是胡济群老师，他是 1940 年出生的。1980 年，胡济群老师调到法律系时，刚好四十岁。四十不惑，这本是一个大好的年龄，但胡老师谦虚地说，他算是四十岁才起步，因而从事法律教学还是晚了。胡济群老师在回忆起江西大学法律系创办时的这段难忘过程时，十分感慨，写下了一篇《创建法律系，有赖诸老叟》的文章专门介绍。

在这些"老叟"教师中，有的人来法律系时间不长就去世了。这里有最早去世的刘焕文先生，也有 1986 年去世的黄文永老师。胡济群老师深情回忆，说黄老师系越南归国华侨，为人好、性格耿直，他负责法律系的教务，是第一个开课的老师。他开的是《法学基础理论》，可惜因为鼻咽癌去世，否则，给我们上这门课的可能就是他吧。

当时江西大学法律系真是求贤若渴啊，明知道从各地找到的这些老师年龄偏大，但还是毫不犹豫并想方设法将他们调进来。还有，明知有的老师面临退休，却还是花钱安排他们到各个大学去进修。有两位老师被派往上海进修时，已经五十有八。更有一位老师，送到北京某大学进修，等他学成归来，学校就通知他办理退休手续。

这些老先生中最晚来的是毕业于华东政法学院的李保民、金云娥夫妇，他们都是 1984 年才到的。金老师教我们的是主课《婚姻法》。

这些"老叟"先生也真的没有辜负重托。他们知道此前失去了岁月，但此刻不能失去对专业的学养。因此，他们珍惜工作的每一天，个个像拼命一样，生怕耽误学生，或者担心对不起这份信任。谢庆演老师说，他从萍乡某中专调来法律系，一直居住在爱人单位（江西师范学院）在青山湖边上的一套不大的房子里。为了批改作业，或者撰写课件，夏天要忍住炎热。冬天，室内没有空调，就在腿上盖一条旧毯子，但仍然难以抵御刺骨的寒冷。

这些老先生的努力没有白费，换来的是法律系正式招生，并逐渐步入正轨。

1982 年，法律系正式招生时，因为有了这些"老叟"，所以充满底气。

5. 法律系来了一批年轻有为的新老师

1982 年，江西大学法律系拟开招第一届学生前，还迎来了第一批年轻的教师。这些刚刚大学毕业的年轻老师给法律系带来一股清新的气息，同时也带来了法律系的希望。这批年轻的老师，均为改革开放后第一个复院和招生的西南政法学院的毕业生，他们分别是刘新熙、徐国栋和刘晨华。今年已八十八岁，曾任江西大学法律系第二任系主任的谢庆演老师，和已经八十一岁，曾任法律系第一任、第二任系副主任的胡济群老师，他们都在回忆中说，新来的几位年轻老师很受大家欢迎。他们法律功底好、能力强、有活力。从两位老先生肯定的语气中，可以看出年长老师对后辈的殷切希望。谢庆演老师谦虚地说，虽然自己也是学法律的，但新时代的很多法律原先都不曾学过，学过的也忘了。他从萍乡调到江西大学法律系时，连什么叫"法人"都不知道，一切似乎都要从头学习。因此，自己的功底肯定不如这些年轻老师。胡济群老师也说，他早年虽然在北大，但那时学苏联，真正的法律也没有学到多少。他们在大学时，各种运动不断，大学生把很多时间花在专业之外。胡老师也表示很羡慕这些新来的大学生，认为改革开放后的大学生，学到了实实在在的东西。

1983 年前后，第二批大学毕业生又分配到江西大学法律系工作。他们是，毕业于北京大学的邱水平，毕业于华东政法学院的利子平，毕业于西南政法学院的孙启福和徐敏洪，毕业于上海社科院研究生院的王国良等。接着是 1984 年，毕业于西南政法学院的涂书田，毕业于华东政法学院的胡祥福、匡爱民，毕业于西北政法学院的边玉峰，毕业于武汉大学的孙晓萍等。1985 年，外校毕业分来的老师有，毕业于山东大学的肖萍、毕业于华东政法学院的王惠。1986 年，最后一个分来的外校老师是毕业于南开大学的曾凡光。

其间，还有一些非法律专业出身的老师来到法律系。如由江西大学外语系转到法律系的祖明、李怡、顾建中（顾系北京大学政治经济系毕业）老师。1985 年 7 月，有一位特殊的老师在法律系短暂工作，他就是本科毕业于厦门大学、研究生毕业于南京大学的谢维和老师，他的专业是哲学。

这些新人来到江西大学法律系后，很快展露了他们的才华。刘新熙老师在当时权威的法学杂志《法学研究》上连发两篇重要文章，其中《公平责任原则探讨》一文中的立法建议，被立法机关采纳到 1986 年 4 月 12 日通过的《中华人民共和国民法通则》中。其他青年老师也是如此，要么发表论文，要么在教学中有所建树。

1986 年暑期，江西大学法律系第一届学生毕业，法律系从中挑选了几个优秀毕业生留校。他们是郑晓明、邓兴华、王俊、张国民。这一年，毕业于华东政法学院、在省妇联工作过几年的黄瑞老师也调到法律系。到第二届学生毕业时，又留校了几个，他们是曹琦、郑为民。1988年，法律系有较大一批老先生退休。为了弥补教师的不足，这一届（即本人所在的法律系84级）毕业生中，有五个留校，他们是李光曼、李少弘、叶晓东、梅文、胡朗明（胡朗明很快离开，去了抚州工作）。毕业于华东政法学院的钟筱红也分配到了法律系。再下一届留校进法律系的只有陈奇伟。最后一个在江西大学名下的留校生为87级的周云。后面留校的，已经是南昌大学名下的了，如1992年进校、1996年毕业的张志勋等等。

在江西大学法律系名下毕业的学生中，还有一些工作后从其他学校调过来，如胡雪梅、刘本燕，或读研后分配进来的，如魏盛礼、刘冬京等。

无论是其他学校分配来的还是本校毕业留校的老师，都表现出色，无疑是优秀的。

这些年轻老师，与此前"挖"来的老先生，共同构成了江西大学法律系早期的教师队伍。这么好的教师队伍，放在任何地方比较都不会差。他们之中卧虎藏龙，法律系一时成了气候。

6. 善因结硕果，法律系毕业学生的质量证明早期办学的成功

江西大学法律系第一年（1982年）招录学生六十一名。人数不多也不少，也许可以说明当时筹办者的慎重。1983年，法律系招生数上升到一百人。1984年，法律系招生数为一百零一人（该年，另外有三个铁路系统的"委培生"插入这一百零一人中，因而84级实际学生人数为一百零四人）。1985年，招生数也是一百人。此后，法律系招生人数大致稳定在这个数以上。1986年开始，法律系从高考学生中招录了好几届"经济法专业"的专科学生，办学层次进一步丰富。1986和

1987 年，法律系还从司法机关和其他实务部门通过成人高考方式，招录了两届"干部专修科"学生，这应当是当时全国很多大学流行的做法，成为普通高等教育之外的补充。后面还创新了其他招录方式。

学生是招来了，那么办学质量到底如何？毕业生会受欢迎吗？这成为很多法律系老师隐藏在心中的疑问。等到 1986 年，第一届学生毕业，老师们的担忧顿时烟消云散。六十一个学生中，十六个人参加了当年的研究生招生考试，结果考取了六人（谢庆演老师说考取的是八人，笔者出于保守采用胡济群老师六人的说法），达到全部学生的十分之一，录取的院校包括北京大学、中国社会科学院、中国人民大学、中国政法大学等。这样的成绩，放在当年一点不输那些名校。两年以后，该班又有多名同学考取了名校的研究生。据说，因为连续几年不断有考取中国政法大学研究生的学生，江西大学法律系因而在中国政法大学小有名气。同时，毕业生也很受欢迎。当年的毕业生绝大部分分到了各级政府、人大、司法机关工作。若干年后，这个班的学生大部分成为各行各业的领导或骨干，成材率很高。

接着，后面几届毕业的学生也都表现不俗，无论从教、从政，还是从事其他行业，大多都做出了不错的成绩。

如今，江西大学法律系的毕业生遍布江西和全国，各为国家竭尽所能。

7. 一些年轻有为的老师离开法律系

从师资方面来说，法律系尽管在 1980 年就取得了"执照"，但却是等到具备了一支较强较完备的教师队伍后才正式"开张"。这体现了当初以胡正谒先生为首的筹办人对办好法律系的严肃认真的态度。经过几年的筹备与发展，法律系打下了较好的底子。

时间过得飞快。按照六十岁必须退休的制度，那些年龄偏大的老师纷纷到了办理退休手续的时候。但离开的岂止是老先生？年轻的老师也难以留住，很多有了离开法律系的念头。那么，他们为什么要离开？究其原因，大概可以归纳为以下几方面：

一是时代大背景的影响。自20世纪80年代开始到90年代初，改革开放由起步到深入，整个国家在发生巨大变化。反应最快的年轻老师触摸着时代脉搏，渴望向经济发达地区和更大平台移动，从而形成"孔雀东南飞"现象。地处内陆的南昌要慢人一拍，显然不太适应年轻人的节奏。这些年轻的老师虽然因各种原因来到了江西大学法律系，但他们中有的人具有更广阔的视野，需要寻求更多的机会，不甘于成为江西大学法律系的"池中物"。比如徐国栋、邱水平、谢维和老师等，大多通过考研"飞"走了。年轻时立志要当名作家的徐国栋老师，1984年就通过考研到了中国政法大学读硕士，然后又到中国社科院读博士。毕业后先是分到中南财经政法大学任教，后调往厦门大学。他最终虽然没有成为作家，却成了著名法律学者。邱水平老师在江西大学法律系待了两年后，很快考回北京大学读研。毕业后，经过多地多部门历练，成为北京大学党委书记。谢维和老师在江西大学法律系停留的时间更短，不久考取了中国社科院的博士。毕业后，他当过北京师范大学副校长、首都师范大学党委书记、清华大学副校长，现为清华大学文科资深教授、著名教育社会学家。孙启福老师也是通过考研回到西南政法学院，先留校，然后从政，现为重庆市高级人民法院副院长。边玉峰老师考研后分配到珠海市人大工作，曾任珠海市人大法制委主任。

除了考研，第二种情况是通过调动离开教师岗位，去了行政部门。如刘晨华老师离开法律系去了省政府机关，现为司法厅二级巡视员；徐敏洪老师调到福建，进入福建省公安厅工作，现为福建省公安厅二级巡视员。第三种情况，则是不少在法律系成长成熟起来的骨干老师，因为自身的发展调往其他高校。如匡爱民、黄瑞老师调到中央民族大学任教（黄瑞老师后再调深圳）。就连法律系第三任系主任刘新熙老师都调到中国政法大学。胡雪梅老师也调往上海某高校。

法律系毕业留校的老师大部分也离开了法律系，邓兴华最终去了北京，郑晓明、王俊、张国民、郑为民、李少弘、叶晓东、梅文等都南下去了广东。留下的只有李光曼、陈奇伟等少数几个。

第二个原因，则是经济的因素。作为一所省属地方大学的法律系，办学经费无法与全国重点大学相比。如此一来，教师的收入和待遇就受到了限制。时任法律系负责人的谢庆演先生介绍，法律系曾经通过开办律师事务所（江西第二律师事务所，后改为江西天翼律师事务所）来弥补部分经费，一些老师也通过当兼职律师获取一些收入。但这种做法在当时特定的历史条件下仍然受到一定制约，并没有彻底解决留人的问题。

我们没有任何理由责怪离开的老师。他们的离开，虽然是个人的选择，却是时代的必然。因为人往高处走这是常理。在大势面前，假设是无比热爱家乡的蔡枢衡先生再世，我想他也同样会做出大致相同的选择。遥想当年，当中正大学变成南昌大学以后，已经被任命为校务委员会临时主席的蔡先生，最终挂印而去，回到了北京大学。

但仍然应该感谢那些曾经在江西大学法律系工作过，哪怕只工作过一段时间的老师们，他们都曾经为江西大学法律系的建设添砖加瓦，都做出过贡献。他们离开后，也不曾忘记在江西大学法律系的那些日子。在纪念南昌大学一百周年活动现场，徐国栋老师深情回忆在江西大学的"白宫岁月"，那时四个年轻的单身老师蜗居一室，"白宫"是对那栋白色墙体的简陋单身宿舍的戏称。刘新熙老师更是滔滔不绝，谈起曾经奋斗过的江西大学法律系时，几乎忘记时间，没完没了。身居高位的谢维和老师也特意赶来，为的是了却在江西大学法律系时的那段情。

那些留下的老师当然应当得到尊敬。我们应当表示感谢，是他们的留下，才让法律系薪火相传。

8. 从江西大学法律系到南昌大学法学院

江西大学与江西工业大学合并变成南昌大学以后，正遇上全国教育大发展。法律系一度改为政法学院。直到 2000 年 8 月，政法学院正式更名为法学院。法学院下辖法律系和法学研究所等机构。

从江西大学法律系到南昌大学法学院，中间经过了二十年。而自南昌大学法学院到现在，又是一个二十年。这四十年中，经历了五任系主任（院长），他们分别是第一任胡正谒，第二任谢庆演，第三任刘新熙，第四任利子平，第五任杨峰。是他们领导法律系（法学院）从无到有，从小到大，并发扬光大。

南昌大学法学院作为江西在中华人民共和国成立后起步最早的高等法律人才培养学校，为江西乃至全国培养了大批法律人才，为国家的法治做出了自己的贡献。南昌大学法学院的发展，每一步都牵动着广大毕业生的心。四十年过去了，作为一个底蕴深厚的法学院，相信一定会越来越好。

第六辑　听来的故事

王姐

王姐是我家的钟点工。她是一个小个子女人，身高差不多刚刚超过一米四，远看像一个小孩，但近看脸上写满了沧桑，今年已经五十多岁了。

我家从抚河公园旁的金源大厦到红谷滩的鹿璟名居再到红角洲的绿湖豪城，三次搬家，王姐都一直跟随我们，这样算来王姐在我家做钟点工已经十三四年了。

王姐是一个很受客户欢迎的钟点工，除我家外还兼做了好几家的事。王姐帮哪家做事都丝毫不马虎，打扫得比你想象的还要干净。床底下、墙旮旯一点不会遗漏；油烟机，是很多人不愿意打扫的，她每次都要拆洗干净；窗户，她会用凳子垫高踮起脚尖站在窗台上擦洗，几次都看得我惊心动魄，叫她赶紧下来。但她却只是微笑说："没有事，我会注意安全的。"王姐打扫过后，你会发现什么叫窗明几净。总之，王姐会让你离不开她，现在这样的钟点工很难找了。王姐最早从我家做起，她的名声很快传开，很多人都想请她。这样一来，王姐做不做哪家，她都要掂量，不是每家都能请得到她。

王姐之所以一直不离开我家，有她念旧情的原因，不舍得离开我们。但更重要的是，她认为我和妻子都马虎，好相处。她不会向我们主动开工钱，当然我们也从来不让她吃亏，除按月支付工钱外，逢年过节，妻子都要给她个千儿八百的红包。今年开始，她随我们到绿湖豪城来打扫，每周三来工作一天。

我有时猜测，王姐愿意留在我家做事，或许还有一个原因，就是喜欢与我夫人聊天，两个人每次碰到，都要聊个没完。

从她们的聊天中，我得知了她的一些故事。

王姐出生于高安农村，从小家境贫穷。她家兄妹又多，父母轮不到喜欢她。在她不到二十岁时，将她嫁给了一个在县某大集体煤矿工作但年龄大她二十多岁的老单身汉。老单身汉是个一直找不到老婆的大个子，身高与她形成鲜明对比。娘家图这个男人有固定工作，月月有钱发。男人没有什么文化，性格粗暴，经常打她，又喜欢赌博。嫁给这个男人后，王姐帮他先后生了一女一儿两个孩子。生完第二个孩子几年后，男人因为赌博被法院判了刑，关进了监狱。王姐平时备受欺负，一直不敢反抗，两人也从来没有感情。此时王姐趁机下定决心与男人办理了离婚。离婚后，王姐虽然有获得解放的快感，但另一方面，面对两个嗷嗷待哺的孩子，一家人没有生活来源，不知如何活下去。经过几天考虑，王姐咬咬牙流着眼泪把两个孩子丢给自己的母亲照看，一个人跑到南昌来打工。

王姐这一走，争得了自由的同时，也给以后她与孩子的关系埋下了祸根。

王姐一个人来南昌打拼，她没有多少文化，也没有任何特长，只能找一些体力活。她找过好多种工作，好像都不太适合她。后来通过家政介绍所做钟点工，专门打扫卫生，第一个介绍的雇主就是我家。做下后，她找到了自己的方向，一干就是十多年。期间，她家乡也发生了很多事情。与她无关而又有关的是，前夫出狱后，得了重病，拖了两年死了。前夫生病期间，她从自己微薄的收入中还拿出钱帮衬他。前夫断气前都没有对她表示过任何谢意。

两个孩子也渐渐大了。与王姐不同的是，两个孩子身高都像父亲，长得高高大大。女儿是老大，像许多农村女孩一样，初中没有读完就提前进入社会。王姐的女儿我还偶然见过一次，是个长得蛮漂亮的姑娘。小的是儿子，由于从小没有人认真管教，学习成绩不好。王姐自己没有文化，但在城里做事让她深知读书的重要性。她没有能力供两个孩子同时读大学，只能被迫放弃女儿。尽管儿子高考时没有考好，在她的坚持下，还是勉强上了一所民办大学。儿子女儿从小与外婆一起长大，与王姐见面都少，但这样一来，从小就没有一个亲她。长大后，儿子女儿心中似乎都没有这个做母亲的，难得相见时，对着王姐一开口都是怨言。

女儿的成人也是从南昌开始的。刚找工作时，每次都做不了几个月就辞职，经常要到王姐身上拿钱吃饭。王姐见她做事没有恒心，忍不住说了她几句，哪知女儿赌气不见王姐，几年都找不到她。王姐一方面自责，另一方面到处打听，有人告诉她，女儿其实还在南昌。王姐见不到女儿的面，只能在心里暗暗牵挂，与人一说到就流眼泪。终于有一天，女儿突然出现在王姐面前，一见王姐自己就号啕大哭起来。王姐忙问怎么回事，女儿一直哭，就是不说原因。等她哭累了，王姐细细地问，才吞吞吐吐说出了原因。原来医生说她不能生育了。王姐一听，也哭起来了，女儿跟着又哭，母女俩第一次哭在了一起。在王姐看来，不能生育对于一个女人是天大的事。王姐慢慢问清了女儿这几年在外的情况，了解了女儿做的那些荒唐事，不能生育是因为年少无知打胎过多造成的。等慢慢冷静下来后，王姐懂得不能过分责怪女儿，所以还反过来安慰。

按乡下风俗，王姐的女儿已经过了出嫁的年龄。从此，王姐忙于张罗为女儿找夫婿的事。两年前，经人介绍，有个丰城乡下的男子，结过一次婚又离了，带着一个孩子，他知道王姐的女儿不能生育，两人各有所需，很快就凑合在一起。女儿总算嫁出去了，王姐也算是了了一桩心事。女婿跟随女儿也到了南昌，为了生计，在洪城大市场骑三轮车帮别人送货，夫妻两人住在一间租的房子里，算是在城里站住

了脚跟。

但好日子没过几天，两人就闹起来了。女婿嫌王姐的女儿喜欢花钱还好吃懒做，于是经常动手打老婆。王姐的女儿哪受得了？开始是三天两头离开家，后来干脆不回去。一天，王姐接到女婿的电话，问她女儿是不是被王姐藏起来了？王姐一听懵了："你问我？我还问你呢？"女婿知道老婆不在王姐这里，就要王姐退彩礼。王姐说："你的彩礼又没有给我，我到哪里退？"但女婿哪里肯罢休，天天找王姐，各种泼皮无赖的手段都用上了。王姐无奈，只得答应分期还了他六万元。

一年多以前，女儿突然给王姐打来电话。原来，她是来找王姐拿户口簿的，说自己要去澳门工作。王姐问她去澳门做什么，她说："不要你管，不关你事。"后来，有人告诉王姐，看见她女儿在澳门的葡京赌场，专门介绍客人，主要是江西客人下赌注，她从中提成。也有人悄悄告诉王姐，她女儿是跟一个男人在一起，那男人经常在澳门。但到底在做什么，王姐至今不知。

王姐的儿子我没有见过。但据说去年也大学毕业了，自然也在南昌工作。王姐以为总算熬到了头。儿子却告诉她，自己的文凭其实没有什么用，找工作很难。他好不容易找到一家民营企业上班，工资还不够养活自己。儿子虽然见面从来不叫王姐妈妈，却经常找王姐要钱。王姐想借这个机会弥补过去缺少的母爱，所以对儿子的要求总是有求必应。

王姐一个人在南昌打工，孤苦伶仃。一个偶然机会，她遇到保安老刘。老刘也是个高个子，年轻时应该长得不错。老刘的老婆很早就因病去世，一个人把儿子拉扯大。老刘的经济条件不好，所以从来没有想过再婚。见王姐也是一个人，算是同病相怜，两人自然走到了一起。但两个人一直没有领结婚证，可能都知道这种关系不一定牢靠，说不定说散就散了。

世上的事说起来也怪，也许真是距离产生美。两个人并没有把对方看作终身伴侣，但王姐与老刘关系却一直不错。去年三月份的一天，王姐打电话给我，说是有法律问题咨询。我在心里有点狐疑，王姐会有什么法律问题呢？等王姐找过来时，看到后面跟着一个身材高大而略显老态的男人。坐下来后，王姐介绍，这是老刘，是他有问题咨询。之前我并不十分清楚两人的关系，两个人坐在我面前时，像普通夫妻又有故意做出的距离感。我猜到是怎么回事，所以故意对王姐会意地一笑，我这一笑，两人似乎都有一些不好意思。

原来，老刘曾经在某公安局做保安，做了近二十年。前几年某公安局有了新政策，保安要社会化，局里自己请的保安要全部辞退。老刘当初来这里做保安是朋友帮忙介绍的，虽然工资比外面还低，但在这里做事图一个面子，邻里和亲友听说他在公安局，对他都肃然起敬。其实好不好老刘自己心里清楚，工资从一千多元做起，到辞退时也只有两千多。他问的问题是，局里一直没有给他们保安买社保医保，这个能不能向局里提出来？我回答当然可以，只是这事已经过了法律规定的劳动仲裁时间。建议去向有关部门反映，说不定就补上了。老刘一听这是向有关部门告公安局的状，马上像霜打了一样，连忙说："不敢哦，哪敢告局里呢？！"话到这里，我们就无法说下去了。

去年九月，王姐有一段时间没有来我家做事。夫人告诉我，王姐电话里说，因为老刘病了，她要照应。又过了一段时间，王姐来上班了，我问她："老刘的病好了？""唉！还好了？死了哦！"王姐回答。我大吃一惊，老刘身体看起来不错啊，怎么就死了呢？王姐告诉我，老刘在九月的时候突发脑溢血，在医院抢救过来不久，他就争着要回家，这样王姐只能丢下工作伺候他。王姐尽管精心照料，但老刘在不到一个多月的时间内再发脑溢血，这次不等送到医院人就死了。王姐帮他料理完后事就来我家上班。她感叹道："老刘还真会死，知道自己没钱没医保。如果拖的太久，那就不知道要怎么办！唉！只是太年轻了一些！"说完，眼泪就流了下来。

一次，王姐悄悄告诉我夫人，前年房价低迷的时候，买了一套一室一厅的房子。首付是女儿付的，女儿出走后，按揭是她每个月出的钱。她现在手中还有近八万元现金，是准备养老用的。她长叹一声："指望儿女是不可能啰！"

王姐买房子的事情不知怎么让儿子知道了。儿子找到她，说自己找了个女朋友，想要住到那套买的房子里。王姐十分为难，对儿子说："这套房是你姐姐出钱买的，房产证也是她的名字，我哪做得了主呢？"儿子十分不高兴，与她吵了好几次。那次他又来吵过后，一摔门出去了，好久都不理王姐了。

上个星期三，是王姐到我家打扫的日子，她看到我夫人，突然大哭起来。夫人问她怎么回事。她说，昨天，儿子总算回来了，她开始是惊喜，以为儿子想通了。谁知这次儿子带给她的又是坏消息。原来，他得了肾结石，需要钱做手术，要王姐给钱。王姐问清楚了，医生有两个方案，一个是通过激光碎石；另一个是开刀取出石头。儿子不知听了谁的，坚持要动手术。王姐也去问了很多人，都建议保守治疗，即碎石方式，这个在医学上已经不是大问题。动手术不但要多花近一万元，后果还不好说。母子俩为这个又争执不下。为此，王姐十分痛苦。

更让王姐烦恼的是，那套房子的事不知怎么让老刘的儿子知道了，硬说是老刘出钱买的，多次上门威胁王姐，坚持要王姐还给他。

王姐说，她真有崩溃的感觉。

遗物

1

最近刷到一个视频，讲的是一个子女对待自己父亲遗物的故事。

这位父亲，生前是一个大国企的副总工程师。偌大的中国，能够做到这个位置的也算是个人物，很不容易。这证明他的人生充满了奋斗和传奇。作为一个高级知识分子，除自己事业有成外，还教子有方，两个子女都送到国外留学，并留在国外工作。儿女出国后，工程师也退休了，一直与老伴相依为命。六年前，老伴去世了，他只能一个人在孤独中度过，直到去世。儿女在安葬完父亲后，很快就回到国外。工程师名下有一套房子，先是和妻子一起，然后一个人居住了多年。因此，这个房子留下了两位老人深深的痕迹。身在国外的两个儿女，通过委托方式卖掉了这套房子。卖掉房子无可厚非，毕竟他们没有打算回来，留着意义不大。

但故事的关键点来了。当买家在清理房子时，发现了这位工程师留下的很多遗物，包括自十五岁开始的各种照片，当下放知青时的日记，大学毕业证，工作时得的各种的奖状、证书，工程师、高级工程师职称证书、副总工程师聘书等等。还有很多不错的藏书，尤其是那个年代特有的《新华字典》《毛泽东选集》。买主是个文化人，知道这些遗物对工程师子女的意义，因此打电话给工程师两个在国外的儿女，问这些遗物如何归还给他们？谁知两个子女听到后几乎都没有什么反应，轻飘飘地说这些遗物不用为他们保留，由买家自己处理好了。这让买主顿时感到不可思议，难道他们不想留下点对父母的念想吗？在感叹之余，这个买家只好自己留下了一些他认为有意义的东西，其余的分送给了他人。

当我看到这个故事时，大为愕然！世道难道真的变成这样了吗？一个人的人生很精彩，怎么会连你的子女都不想记住？

2

正在热播的电视连续剧《人世间》，作者是著名作家梁晓声。疫情期间，我一口气读完了他写的这部同名小说，顺带读了他的自传体散文集《梁晓声自述》，其中恰好有篇文章叫《父亲的遗物》。

梁晓声的父亲不是什么大人物，不过是一个普通的工人，一辈子没有什么可以拿出来炫耀的东西。但这丝毫没有减少梁晓声对父亲的崇敬之情。父亲虽然已经去世十多年了，但是他仍然经常陷入不可名状的对亲情的回忆之中。

一次，梁晓声因为打开吊柜寻找东西，蓦地看见角落里有一只黑色的手拎包。这是他精心留下的父亲的遗物。这只包从外观，到里面的拉索、父亲的刮胡刀、一对父亲生前用过的玉石健身球、父亲身份证的影印件，梁晓声都记得清清楚楚。每一件遗物都有一个与父亲相关的故事，这些故事勾勒出父亲对亲情、金钱、生死的态度和为人。这样一件简单的遗物，却唤起梁晓声对父亲无比深情的回忆。回忆让作者伤感，令读者动容。

无疑，重感情的梁晓声懂得遗物的意义。当他发现父亲的遗物居然覆盖了一层灰尘时，马上产生了自责："一个对自己父亲感情很深的儿子，也是不该让自己父亲的遗物落满灰尘的啊！"

梁晓声的自责，难道对那些漠视亲情者不是一种谴责吗？

3

《合欢树》是作家史铁生散文中的名篇。这篇文章从另外一个角度讲述了一个遗物的故事。

史铁生二十岁时双腿残废，由此开始了艰难的生活。很长一段时间，他的人生是灰暗的、消极的，甚至感到绝望。为此，母亲愁白了头发。一方面，母亲要到处为他寻医问药。另一方面，还得像对待小孩一样哄他。有时，他拒绝喝药，说没有用。母亲为了鼓励他，总要说一句："再试一回，不试你怎么知道会没用？"无论经过怎样的努力，费尽了母亲多少心血，最终，史铁生的双腿还是无治。在正视现实后，史铁生萌生了写作的想法。母亲知道后，似乎抓到一根救命稻草，提醒他说："你小时候的作文不是得过第一？"从此，为了支持他的创作，母亲到处帮他借书，顶着雨或冒着雪推他去看电影。史铁生回忆，那时，母亲"像过去给我找大夫，打听偏方那样，抱了希望"。

等到史铁生在三十岁那年终于发表了第一篇小说时，母亲却已经不在人世。母亲去世时，没有为他留下遗物。几年以后，史铁生的小说得了奖，成为名作家。此刻，他的痛苦我们已经可以真切地感到：极想与母亲分享成功时，母亲已经看不到这一切。

史铁生对母亲的怀念越来越无以名状。但母亲去世后他搬了家，曾经与母亲一起居住过的小院已经物是人非。那个小院在一个大院的尽头。他很少再去从前那个小院，也不愿再去那个小院，即使偶尔去那个大院，也找借口不进小院。是怕睹物思人，还是担心看到曾经与母亲一起度过的场景而痛断肝肠？

终于有一天，史铁生又去了一次大院。当他与大院的那些曾经的邻居老太太们聊天时，她们建议他："到小院儿去看看吧，你妈种的那棵合欢树今年开花了！"他一惊，想起了那棵因悲痛已经忘记的小树。

这是一棵他母亲亲手种植的合欢树。那年，史铁生的母亲误把一棵路上捡到的植物当成"含羞草"。爱花爱草的母亲先是种在花盆里。"含羞草"在花盆里长了三年，越长越大，竟然是一棵合欢树！母亲认为是个好兆头，经常侍弄。直到第四年，她才把这棵合欢树移栽到窗前的地上。

史铁生摇着那辆残疾人车来到以前的窗前，看到了小院里那唯一的一棵树。是的，那是母亲亲手种的合欢树。从此，这棵合欢树成了他的牵挂。几年以后，当邻居们家将门前的小厨房扩大时，他的车再也摇不进小院，看不到那棵合欢树。不过，他从邻居们的口里知道，那棵合欢树年年开花，年年都在长高。

那棵合欢树是母亲留给他的另一种遗物，连接着他对母亲的思念。

4

父亲去世那年，我刚上大学。父亲是我自记事起第一位失去的亲人。

父亲病了九年，我是看到他生命慢慢消退的。安葬完父亲之后，我很想找到一些父亲的遗物，留住对父亲的记忆。但翻遍家底，实在找不到一件适合留存的。

父亲除小时候跟着他大伯在省城过了几年好日子外，一生辛苦。中华人民共和国成立后，当了共产党的干部，领着的却是最低干部标准的工资。这一领就是几十年，似乎从来没有增加过，说明那个年代经济是何等的不堪！在我的记忆中，父亲的工资很长时间都是全家生活的主要来源。那时，我们兄弟姐妹都小，家里月月盼父亲发工资寄回来，要用于买油买盐，更多的是要上交生产队，填补我们家劳动力的不足。父亲病了后，家里的开支愈大，那点工资更是入不敷出。

我曾多次听说，父亲在生病前很长一段时间，一直有一个心愿，就是想买一块上海牌手表。那时，这可能是最流行的时尚。但125元的价格难住了他，这可是他工资的几倍！每当有同事抬起手腕在他面前炫耀自己的手表时，我可以想象父亲的那种失落和尴尬。实际上，父亲直到去世也没有了却这个愿望。

我们在清点父亲的遗物时，真想找到一块寄托了父亲心事的上海牌手表。但遗憾的是，除了一些用过多年的衣物等无收藏意义的实物外，并没有发现父亲有什么可以长期留存的东西。我甚至想找到一张父亲生病前的照片。都说我长得极像父亲，我很想拿来做个比较，可惜父亲连这样一张照片都不曾留下。现在想来真是不可思议，生活在红旗下那么多年，父亲居然穷得连照照片都是奢想。而他，不过是千千万万个普通中国人的代表。

随着年龄的增加，我越来越有种想了解父亲的冲动。我想知道，那个给了我生命的人经历了怎样的人生？有一天，我灵机一动，既然父亲没有给我留下可以了解他的遗物，我是否可以主动寻找呢？我知道，父亲这辈子工作时间最久，也许是其一生最辉煌的地方，就在七里岗垦殖场。可不可以从他的档案开始？父亲的档案如果还在，说不定从中可以得到什么，或许还有他年轻时的照片？

经过多方打听，我终于了解到父亲的档案存在他曾经工作的那个县委组织部，我想到那里去碰碰运气。通过同学帮忙，终于联系上县委组织部档案馆的人。2021年8月，我带着介绍信来到档案馆。谢天谢地，父亲的档案还在！他的档案和其他已经去世的老干部们的放在一起，七零八落地随意堆积在一间房子里。当我打开父亲的档案时，就像一个探险者发现了宝藏，油然而生出一种无以名状的激动。仔细翻阅，父亲的档案只有几十页。我从档案中获得最大的收获，是父亲多次亲笔填写的家庭小传。但预想中的父亲的照片一张都没有。

感谢现代数码技术，我得以把父亲的亲笔文字拍了下来，并将这下载保存到移动硬盘。我把这当成父亲给我的最好遗物。

安妮的日记与特莱津小镇孩子们的画

1

《安妮日记》这本书早有所闻。但老实说，之前并没有读过，也没有认真了解。

2019 年欧洲之行，笔者随中世律所联盟的同仁一起参观了"安妮·弗兰克之家博物馆"。9 月 9 日午餐后，我们按计划赶到博物馆时，事先已经约定的博物馆副馆长 Jan Eric 先生已经在门口等候，他热情地接待我们，并引导我们进入馆内参观。

博物馆位于荷兰阿姆斯特丹王子运河畔的一栋六层的楼里，房子和里面的摆品都是原物，甚至连安妮用笔在墙上写的字和随意刻画的痕迹都是原来的，让参观者有很强的现场体验感。

《安妮日记》写于 1942 年 6 月 12 日至 1944 年 8 月 1 日。作者安妮·弗兰克（Anne Frank），是一个德籍犹太少女，开始写这本日记时只有 13 岁。《安妮日记》记录的是第二次世界大战期间，为逃避纳粹恐怖统治，尤其是对犹太人的迫害，安妮一家和随后进来的其他两家人躲藏在荷兰阿姆斯特丹的这栋楼里，从此开始了两年多秘密生活的情况。这本书真实记录了一个少女在这两年多的时间里的成长和感受。

1944 年 8 月 4 日，藏在密室里的三个家庭 8 口人，由于有人告密而被捕。他们先是被解送到阿姆斯特丹的一所监狱，三天后被转移到臭名昭著的奥斯维辛集中营。1944 年 10 月底，安妮和姐姐玛戈特从奥斯维辛转到德国汉诺威附近的贝尔根—贝尔森集中营。1945 年 3 月，安妮因为斑疹伤寒死于贝尔根—贝尔森集中营。这本日记是在她死后，由其侥幸活下来的父亲弗兰克先生帮助出版的，他把这当成是完成女儿的心愿。出版后，风靡世界，销量超过三千万册，成为仅次于《圣经》的在全世界翻译语言最多的书。

这本日记也是第二次世界大战期间纳粹迫害和消灭犹太人的最佳见证。

那天，我们顺着长长的参观队伍进入大楼。这栋大楼外表看似简洁，据说大楼原来是一个公司的办公楼，安妮的父亲就在这里工作。大楼的一楼是仓库，二楼是办公室，三楼以上才是安妮他们躲藏的秘密居室。但当我们走近以后，发现里面九曲回转，似乎有各种楼梯和无数个房间。可以看出，当时居住者经过了精心改造。这种像迷宫一样的设计，真实反映了当时安妮一家和其他同住犹太人的恐怖心境。

参观完后，我看到有很多人在买书。仔细观察后发现，这是博物馆向参观者在销售各种语言各种版本的《安妮日记》。我本来也想凑个热闹，买一本中文本的作为纪念。但遗憾的是，东亚文字只看到日文版的，没有发现中文版的。为什么会出现这种情况？我抬头看了一眼参观的人潮，看到的绝大部分都是西方面孔。我猜测没有中文版是不是因为来这儿的中国人很少？确实，"二战"时，相对欧洲许多国家被德国法西斯侵略，中国离得很远，中国的敌人是日本。所以中国人似乎不那么关心记录德国法西斯的文字。

2

回到国内后，我又进入忙碌模式，关于安妮博物馆和《安妮日记》的事很快就忘记了。

9月25日，出差哈尔滨。出发前，我顺手从书架上拿了一本书，准备路上翻看。这是我的习惯。在飞机上，当我打开这本书时，发现是一本旅美中国作家林达所著《像自由一样美丽——犹太人集中营遗存的儿童画作》。林达是我喜欢的作家。我很快就被书中的内容吸引。这本书写的是第二次世界大战期间，纳粹把侵占的捷克斯洛伐克一个叫特莱津的小镇当作集中营，而在这集中营里，除了3万多犹太成年人外，还关押了超过15000个儿童。面对残酷的环境，有些犹太儿童在里面偷偷作画，他们通过这些画真实记录了当时集中营的非人生活，同时通过绘画描述自己想象的外面的美好世界。

我一口气读完。当我掩卷时，突然，安妮博物馆和《安妮日记》的画面立即出现在我的眼帘。我这才发现，这犹太人集中营中儿童的画作与阿姆斯特丹的安妮日记有许多相同之处，都是在"二战"纳粹统治时期，犹太人被迫害的记录和证明，都是对纳粹罪行的无声控诉！

3

《像自由一样美丽——犹太人集中营遗存的儿童画作》，这本书用精练的语言介绍了特莱津小镇犹太儿童被关押的情况和他们绘画创作的背景。这个背景就是纳粹夺权后逐步统治德国，接着开始疯狂迫害犹太人。

书中说，纳粹走向政治舞台之日，就是人民遭殃之时。

我们看看德国是如何走向法西斯道路，又如何开始迫害犹太人的。

希特勒曾经对德国人民说："德国是不要民主这样无聊的玩意

儿的。"

希特勒统治之下，德国也有许多人良心未泯，他们知道这是错的。但那些不赞成希特勒的人都被当成"人民的敌人"。

希特勒上台后，控制了所有的报纸和杂志，并且非法逮捕那些持不同意见的德国人。他们只能悄悄告诉自己的孩子，但孩子是最容易控制的。他们还没有成年，不具备独立思考能力，非常容易受到学校和老师教育的影响，也非常容易盲目相信和崇拜强权和领袖。在一个排斥人性的法西斯国家，统治者会鼓励不懂事的孩子，为了"国家和人民的利益"，可以出卖自己的父母。德国当时的教育就是，假如父母反对国家元首，就是反对国家，就是德国人民的敌人。德国孩子，自六岁开始，即要求加入"少先队""希特勒青年团"，失去了独立思考的习惯。

德国在希特勒的愚民政策之下，变得狂妄自大而充满侵略性。

很快，德国社会就很难找到什么人敢于公开站出来反对希特勒。而报纸、广播和所有的宣传工具，都在宣传同样的思想。

希特勒发起了"雅利安种族纯化运动"。在德国，居于少数的犹太人，很快就失去了大多数人的同情。处于多数地位的雅利安民众，在希特勒的煽动下，把德国的一切困境，归于他们的"敌人"——犹太民族。

法律不再是一个人向社会寻求保护的保障，而是希特勒施加迫害的工具。法律失去了灵魂，失去了善的支撑。在纳粹德国，希特勒的意志就是法律。由于没有人反对，1935年，德国纽伦堡法院，宣布剥夺所有犹太人的德国公民权利。在"法律"的外衣下，他们失去工作，失去财产，失去了孩子上学的机会。他们在街上被公开殴打和谋杀。他们得不到国家和社会的帮助，因为希特勒说，这是他们的"内政"。

希特勒"聪明"地利用人们相信科学的心理，夸大和强调了人类思想中科学、理性的那一面，而有意抹去人类文化中同样重要的感情和思想资源，抹去人的善良、同情心和良知。

不幸的是，德国很多科学家自觉不自觉地加入希特勒的迫害队伍。

1933 年以后，德国犹太人在自己的德国同胞面前，已经成了待宰羔羊。

尽管欧洲的政治家都看到了希特勒的野心，但他们没有联合起来，反而在 1938 年 9 月 30 日做了一件永远蒙羞的事。该日，德国、英国、法国和意大利一起签订了"慕尼黑协定"。这份协定的中心意思就是把欧洲小国捷克斯洛伐克送给德国。同样的事情在 1939 年 8 月，当时的苏联出卖了波兰。他们以为，把祸水引向别国，他们就安全了。这明显是对希特勒的纵容。

所以，捷克斯洛伐克成为纳粹侵略的第一个牺牲品。1939 年 3 月 15 日，德军占领了捷克斯洛伐克的整个国土。

1941 年 10 月 10 日，特莱津小镇成为纳粹集中营。他们把特莱津作为中转站，通过这里将犹太人转到那些屠杀集中营。

1942 年 10 月，已经有 8000 多名犹太人通过特莱津在遣送后，被送进毒气室。同时，曾经美丽的特莱津在纳粹的铁蹄下也成为人间地狱。在这里，由于饥饿、冬天的寒冷、疾病得不到治疗，33430 名囚徒死在特莱津。15000 多个儿童中，最终，只有 100 多个活了下来。

4

1940 年 5 月，德国攻占荷兰。安妮在日记中记载："1940 年 5 月以后，我们的生活每况愈下：先是德国攻打荷兰，接着荷兰投降，德国人进驻。在德国人的管制下，反犹太人的法律一个接着一个地颁布，我们的自由大受限制：犹太人必须佩戴一颗黄色六角星；犹太人必须交出自行车；犹太人不许乘电车；犹太人不许坐汽车，开私人的汽车也不行；犹太人不准在下午 3 点到 5 点之间出门买东西；犹太人只能进犹太人开的商店和犹太人开的理发店；晚上 8 点到早上 6 点，犹太人不许上街，不得出现在阳台上，也不能坐在自己家或朋友家的花园里；犹太人禁止到戏院、电影院或其他娱乐场所去；犹太人禁止去游泳池、网球场和曲球场或其他体育场所；犹太人禁止划船；犹太人禁止在大庭广众之下从事体育活动；犹太人不得进入基督教堂，也不能到基督徒家里去；犹太人的孩子只能上犹太学校等等。这也不准，那也不准，我们的日子就在一片禁令中艰难地过下去。一不小心就有可能触犯法令，甚至有生命危险。"

安妮没有记录的还有，1942 年 8 月开始，纳粹规定不准犹太人拥有鸡蛋、牛奶、肉和蛋糕、白面包，否则违法。

这些真实揭露了纳粹的残酷统治，犹太人一步步被逼向深渊。

5

特莱津外表平静。但作为纳粹集中营，生活在里面的犹太人水深火热。即使在这种随时都有生命危险的情况下，关押在这里的一些画家偷偷在画一些"危险"的画，记录特莱津的真相。他们还偷偷教孩子们画画。孩子们在特莱津创作了很多的画，留下了 4500 多张绘画作品。这些作品被画家弗利德偷偷藏在阁楼上得以保存下来。每张画上都有创作者留下的签名。

这些被冒着生命危险保存下来的画作，曾经也被长久冷落，没有人懂得这些画的价值。但现在，这些画被布拉格犹太人博物馆收藏和展出，被称为"人类文化皇冠上的钻石"。

6

以下是《安妮日记》中的几段话：

"经过这次危机，我们痛切地记住，我们是身戴锁链的犹太人，我们被铐在一个处所，毫无权利而言，有的只是无尽的义务。我们犹太人现在不能意气用事，必须勇敢坚强，吃苦受难。我相信这场可怕的战争总有一天会结束，我们总有一天会重新成为人，而不仅仅是犹太人。如果我们经受住这一切苦难，只要犹太人活下来，等这一切结束了，我们将会从受难者变成人类的楷模，也许世界上所有的民族都会从我们的信仰中学会向善。"

"现在我们已经远离富裕生活了，但是我把所有希望都寄托在战后。我向你保证，我和妈妈、玛戈特的想法并不一样。我也憧憬华丽的衣裳和有趣的人，就像我之前告诉过你很多次的那样，我想去看看世界，多经历一些让人兴奋和刺激的事情。"

"我要活下去，在我死后也继续活着！"

7

无论安妮日记，还是特莱津小镇犹太孩子的画，其故事的源头都在德国。

安妮把自己成长过程的心路历程细腻地描写出来，难能可贵的是，在失去自由的日子里，她却不失乐观和希望。而特莱津的孩子们则把自己看到的想到的通过绘画表达出来。

他们共同的特征就是真实。

安妮的日记很早就由其父亲出版和向人们推介，因此，安妮是幸运的。但特莱津小镇孩子们遗留的画在很久以后才有人关注。最终，还是有人发现了其价值，这才让我们能够看到。

但无论安妮日记，还是特莱津小镇犹太孩子的画，现在都成为控诉纳粹暴政的证据，甚至成为历史学家研究的重要资料，成为人们反思和防止类似暴政再次出现的清醒剂。

　　这些出自孩子们之手的作品，最终都成为人类的宝贵精神遗产。

　　对于这些由普通孩子记录的文字和绘画，唯其是孩子们的作品，才额外打动人心，才额外显得宝贵而有价值。对此，西方人是懂了！

　　但我在沉思，为什么八年抗战，我们中国没有类似的孩子们的文字和绘画呢？是确实没有呢，还是有却没有人去挖掘？

　　假设我们也有，我们又该如何对待呢？

太阳雨

晴朗的天空里下着雨，

这是一场无法挽回的结局。

——齐秦《太阳雨》

1

冷香无数次在心里说，如果没有那次与奕祥的相遇，后面所有惊心动魄的故事肯定与她无关。

那天临上飞机时，天上还挂着令人眩晕的太阳，却突然下起了一场暴雨。

这场太阳雨，一直留在冷香的记忆中。

这次美国之行，冷香是首长们的全程翻译。

冷香毕业于大学外语专业。毕业分配时，当时的男朋友即后来的老公喜子的父亲帮了忙，他是这所大学一个系的系主任，刚好有个学生在一家央企的省分公司当副总。这家效益好、领导重视的国企，是很多大学毕业生的理想单位。那时，这家省分公司也正缺懂外语的人员，冷香很顺利就进去了。

冷香在公司的前几年，专业很少被派上用场，偶尔也只是让她将进口设备上的英文翻译成中文。后来，随着中国经济的起飞，她所在的这家公司规模也越做越大。公司的发展，离不开地方政府的支持。作为央企的分公司，十分重视处理好与所在地方政府的关系。当时中央管得没有后来这么严，有的大国企偶尔会支持地方领导出国考察，这次正好是冷香公司请领导出国。出国要带翻译，这样，从未放弃英语口语学习的冷香派上了用场，自然成为首长们的随行翻译了。

冷香被安排与首长一起坐在商务舱。她边上的首长是一个四十多岁的男人，一米七多的个头，戴一副无色镜框近视眼镜，气质儒雅，显得十分精明强干。上飞机前公司已经发给她一张表格，专门介绍这次参访首长们的基本情况，包括姓名、单位和职务。

在机场，公司领导也向她逐一介绍过这次访问的几位首长，反复叮嘱一定要服务好首长。她当时有些紧张，但还是记住了身边这位省委常委、唐城市委书记，知道他叫奕祥。

奕书记也知道坐在他身旁的女性将充当他们的全程翻译。那时的冷香三十多岁，长得眉清目秀，白皙的皮肤，看不出化过妆。中等个，看起来有点瘦弱，看人时还有些羞涩。他脑海中突然跳出李白的"清水出芙蓉，天然去雕饰"的诗句。

"奕书记，您好！"刚坐下，她出于礼貌首先向他点头问候。

"你好记性，怎么一下就记住我了？"他含笑看她，语气故意有点夸张，这是他一贯调节气氛的方式。

"您是我的父母官呀！我当然记住了呀。"冷香见奕书记很亲切，马上机智起来。

"啊！你家是唐城的？！那我们真有缘分！"当冷香说出奕祥是她的父母官时，他稍稍有些吃惊，这倒是他没有想到的。不过，奕祥似乎立马与冷香之间缩短了距离。中国主政一方的官员，在一个地方待了几年就会对该地产生一种独特的情感，有时甚至"错把他乡当故乡"。即便是离开了，只要有人说到这个地方，都很容易拨动他们的心弦。何况奕祥还正在唐城，地方官当得正十分投入。

他很自然地与她产生了一种亲切感，尤其在这个特殊的场合。

接下来十多个小时的空中飞行，两个人慢慢聊开了。

奕祥是"文革"后恢复高考最早的一批大学生，在著名的华东某大学学数学。那时他是班上年龄最小的大学生，却很早显露出远大的抱负。他在大学对所学的数学并没有表现出很大的兴趣，业余时间都用在他喜欢的文学、哲学和气功上。他把古典诗词背得滚瓜烂熟，时不时还会写几首旧体诗。当时气功非常流行，他天天练气功，自称打通了任督二脉。有时他在同学面前，称已经入功，此时浑身都会舞动，让同学们佩服得五体投地，很多人都跟着他学气功。

大学毕业后他一路顺风顺水，从共青团副书记、书记到市委常委，三十多岁就成为厅级领导。随后，他被调到内地，转战几个城市后，四十几岁已经是当了好几年的省委常委。

在美国的这段时间，从西海岸到东海岸，冷香与奕祥已经变得熟悉，冷香在他面前慢慢也少了羞涩，他们之间不知不觉变得随意起来。在奕祥眼里，冷香尽管不是那种五官精致的漂亮女人，却是一个毫不做作又温柔得像水一样的女人。他在心里把"秀外慧中、善解人意、通情达理、蕙质兰心"等这些形容女人的好词都与冷香联系在一起，与她在一起，他有一种从未有过的特别舒服的感觉。她与那些叫作漂亮或者妖艳、喜欢讨好领导的女人是根本不同的。这样的女人他见得太多了，他对这种女人一点不感兴趣，他内心看不起她们，甚至有一种厌恶。

而在冷香看来，奕祥不再是那个遥远得有点冷酷的首长，也不是那个家乡人一听说浑身都充满崇拜、恐惧的一言九鼎的领导，而是一个十分随和、充满魅力的大哥。

人们后来都传说，正是这次美国之行，让他们两个看似根本没有可能的男女走到了一起。

2

冷香回国后,作为丈夫的喜子明显感觉到她的变化,这种变化外人很难察觉。她拒绝与喜子同房,一改这么多年的好脾气,时不时对喜子冷言冷语,让喜子既奇怪又无所适从。

喜子在大学校园长大,是家里的老幺,父母看得比较重,从小聪明伶俐。这养成了喜子随意松垮的性格,他似乎也不懂得追求上进。大学他就在父亲身边读的,专业是经济。他与冷香是校友,只是比冷香高一年级而已。

喜子认识冷香是一个同学介绍的。那时大学校园子弟找本校女大学生做女朋友很容易,一些外地的女大学生希望可以通过婚姻留在省城。冷香当初答应做他的女朋友,是不是也有通过喜子留下来的目的不清楚,但最终冷香选择了喜子是事实。两个人之间虽然没有爱得轰轰烈烈,中途也没有出现过大的波折。冷香的性格好,喜子的为人不错。两个人在一起过日子没有红过脸,生活单调而平静。

结婚时,两人住在喜子父母在大学校园的家里,直到第二年儿子出生。喜子大学毕业后分在一家会计事务所,三年后,单位分了房。这套房离冷香公司有点远。此时,两个人慢慢有了一定积蓄,为了方便冷香上班,两个人商量后又在离冷香办公室不远的一个楼盘买了一套三居室的房子。他们把儿子留给喜子父母带,夫妻俩搬到新房过起两人世界。每逢节假日,两人都要去大学父母家,看望儿子和父母。

喜子偶尔也会同冷香去唐城,一起看望冷香的二老。

喜子与冷香结婚已经超过十年。喜子以为,这就是他完美的人生。

作为丈夫的喜子,从未对冷香有过任何怀疑。他认为,性格温和的冷香注定是他一辈子的爱人。

但这一次,喜子强烈觉察出冷香的不正常。

从不抱怨的冷香,嘴里开始说喜子赚钱少,不思进取,工作这么多年都没有自己的事业。说到儿子时，冷香竟呜呜地哭起来。她说，眼看儿子快初中毕业了，别人都将孩子送到国外留学，现在我们的儿子读不到好学校，肯定要比别人输在起跑线上，这样还会有前途吗？

最初，喜子以为冷香只是随便说说，他怀疑是不是女人到了一定的时候就会变得唠叨。哪知冷香越说越认真、越说越激动，喜子这才发现情况不对。他发现冷香已经不再是原来的冷香，几个月后，他不想再忍受这莫名其妙的抱怨，不再只听她数落自己。因此，当冷香再次发难时，他马上顶了一句："你现在嫌我这个不行那个不行，当初为什么要与我结婚？你难道不知道我就是这样的人吗？"

冷香冷笑一声："我如果知道你一直这样没有出息，才不会嫁给你呢！"

喜子一听就来了气："你现在找有出息的也不晚！你这么嫌我，我们可以离婚啊！"

谁知，喜子这话一说出口，就再也收不回来了。冷香抓住喜子的这句话，真要离婚，而且没有丝毫的商量余地。尽管喜子后来极力解释这只是气话，但冷香认了死理。

"离是你说的！离就离！必须离！"她决绝地说。

从此，她不再回家。

3

冷香之所以频频向喜子发难，其实是一种激将法。她就是要喜子自己说出离婚两个字，这样似乎可以减轻自己的责任和心理压力。

她的背后，是奕祥无形的手在催逼。她已经知道，现在是必须做出选择离开喜子的时候。

这事还得回到奕祥出国回来后的思想转变与决定。

奕祥自与冷香一起从美国考察回来后，每日眼前晃动的都是冷香的影子，搅得他无法集中精力工作。他觉得他已经无法摆脱对冷香的精神依赖。他突然冒出一个大胆的设想：让冷香成为自己的妻子！

他是一个如日中天的政治家，深知婚变对自己前途的影响。但他又是一个意志坚定的人，认准了目标不达目的决不罢休！

当时，奕祥与结发妻子的婚姻已经走到尽头。这段婚姻一直是他的心病。尽管他官至副部，但在婚姻上并不幸福。他与夫人年龄相仿，尽管也是恋爱结婚，但那时两个人对婚姻的认识都很肤浅，奕祥认为那根本就是一个错。

在他眼里，夫人与他完全是两类人，性格格格不入。最让他受不了的是，在夫人眼里，奕祥不管如何步步高升，在她眼里从来只是凡夫俗子，每次与他争吵，她的语气比奕祥还咄咄逼人，从不让步。这让他很讨厌回家。这些年奕祥在外地工作，本来按规定夫人是可以随他一起调到同一个城市工作的，但奕祥不愿意她跟着自己——眼不见为净。

这又反过来让夫人更多怨气，更多猜疑。在奕祥看来，他对夫人不堪忍受，两人的关系早已经是名存实亡。

冷香在奕祥心中却完全不一样。奕祥自认识冷香后，有回到初恋时的感觉，只要见到冷香，他浑身都充满激情和青春的活力。无论怎么看，冷香都是最适合他的。他打定主意要娶冷香，这才是他婚姻的归属。

奕祥也知道冷香已为人妻，他也知道，必须让冷香自己作出选择，心甘情愿地嫁给自己。为了让冷香下定决心，他清楚该做些什么。为此，着实下了一番功夫。

冷香尽管工作认真，但她的工作很难直接看到成绩，加上冷香天生不喜欢与领导套近乎，有什么好事领导很难想到她。与她同年进公司的人大都提拔到处长岗位，而她直到去年才提拔为副处待遇，这还是因为她几次陪领导出国做翻译，公司为了在领导面前顾点面子。

　　奕祥知道冷香的情况后，为她抱不平。他回国后，就跟她公司老总打电话，委婉地提出希望给她多多关照。这个公司领导以为这不过是客套话，并没有往深里想，打着哈哈说那是一定的，却光打雷不下雨，说完就没有了下文。奕祥是个性非常强的人，有一种不容拒绝的霸气。他见自己的话被当作了耳边风，勃然大怒，立即下令市有关单位找个理由将冷香公司在唐城分公司的竞争性业务全部停了。

　　奕祥刚调到唐城后，在市委扩大会上，作出郑重承诺，要让唐城三年大变样。他绝不是那种尸位素餐的领导，而是说干就干。一时间唐城掀起了大建设的高潮。规划大手笔，建设大项目，这给城市配套供应商提供了极佳机会。冷香公司所在唐城的分公司需要与其他公司竞争项目，离不开地方政府。奕祥把他们分公司的竞争资格都取消了，这对冷香公司来说无疑是大事。知道内幕的唐城人都在说，奕祥书记这是冲冠一怒为红颜。可见，冷香在奕祥心中的分量。

　　等到冷香的领导终于知道原因后，赶快亡羊补牢，立马将冷香转为正处。

　　如果说奕祥做的第一件事让冷香感知到他对她的真心关怀，那么奕祥为冷香做的第二件事，则让冷香切身体会到他对她家人的重要。

　　冷香是从唐城出来的，父母家人都还在唐城。冷香的父母都是老实巴交的普通工人。冷香只有一个弟弟，书没有读好，好不容易托人在市民政局找了一个开车的工作。当奕祥了解后，通过特别程序，以无党派名义将冷香的弟弟提拔到城管局副局长位置。这件事奕祥顶住了很大压力。冷香知道后，十分感动。

　　第三件事，则让冷香彻底下了要跟着奕祥的决心。

　　冷香与喜子的儿子转眼就初中毕业了。冷香一直为儿子的前途担忧。她是学外语的，自己又多次出国，比较了国内国外的教育，很希望自己的小孩有机会出国读书。但按照她与喜子的条件没有能力送儿子出去。奕祥了解她的心愿后，让她放心。孩子初中毕业前夕，奕祥通知冷香，说已经在美国帮孩子找到一家愿意接收他寄宿的好人家，所涉经济问题冷香不用管，高中到大学的学费他已全部解决。

冷香被深深打动，她知道自己再也离不开奕祥。

冷香不是没有考虑过她与喜子的关系，她也不是一个无情的人。当她想起与喜子这些年走过来的历程时，有一段时间总是夜不能寐。她知道喜子是好人，喜子是个马虎和好相处的男人，这么多年的夫妻关系难以割舍。如果没有遇见奕祥，冷香肯定会与喜子过完这辈子。但命运的安排，让她遇到了奕祥。在奕祥面前，她就像一根针遇到强大的磁铁，就深深吸附，没有了任何抵抗力。喜子是无法相比的，在世上，不，在这个社会，光做一个好人是不够的。她又在心里安慰自己说，这能全怪我吗？！

客观地说，确实不能怪冷香，换作任何其他女人，在这个要风得风、要雨得雨的市委书记面前，谁又能抗拒呢？！

喜子最终知道了冷香变化的真正原因。他突然感觉到自己的悲哀，发现自己就像大海中的浮萍，除了随波漂流又能如何？当冷香把利害关系尤其是儿子出国的事情摆在喜子面前时，喜子只有流着泪默默地答应离婚。

4

与冷香办理完离婚手续后，喜子一度难过得不能自已。每当走在他与冷香恋爱的校园，走到他们共同生活过的父母家门口时，总是触景生情，眼泪潸然而下。他与冷香在这里成家，在这里生子，一起度过了那么多美好的岁月。但如今，冷香不在了，儿子也出国了，只留下自己孤单的身影。

有时，喜子会莫名其妙恨自己。他恨自己为什么没有当官，为什么不多赚钱？当然，他在心里恨那个夺走冷香的人。他会一个人突然咆哮："他有权,就可以夺人妻子?!这是一个什么世道!"

有段时间,喜子十分消沉,很长时间不去上班,或者即使上班也用走棋来消磨时光。

有一天,喜子突然醒悟:我为什么不去赚钱?如果我有钱,也许就不会被人欺负。对,我要赚钱!喜子想,我应当去做生意!

说干就干,过了一段时间,喜子与朋友共同开设了一家专营建材的公司。

冷香与喜子离婚后,正筹备与奕祥结婚。

此时,奕祥与妻子的婚姻已经结束了,但付出了很大代价,主要是经济上的补偿。奕祥的妻子知道他很多不为人知的事,因此,在钱方面一点也不让步。她对奕祥口口声声说:"我知道你有的是钱,不满足我的条件我是不会签字的。"奕祥不想在钱方面与妻子计较,他本身也不想亏待她,毕竟两人还有共同的孩子,钱给得再多也是肉烂在锅里。

钱对奕祥来说并不是什么事。这些年,唐城作为一个矿产资源丰富的资源大市,想在这方面赚钱的人多着呢!求他帮忙的人无数。奕祥一开始很排斥别人送礼,但他知道,很多事要花钱。慢慢地,他不再拒绝。

在奕祥心里,除了冷香,升迁更是大事。到他这个级别,如果需要再往上升迁,必须有贵人相助。奕祥是个聪明而高情商的人,他浸润官场多年,深谙此道。此前,他已经谋篇布局,通过人认识了一个可以通天的大佬。

正在奕祥准备与冷香办理结婚人事的时候,突然接到调令。他被调到西北某省。别看同样是省委常委,但大省小省常委之间也是有很大区别的。有的人,一辈子都无法跨过这道坎。奕祥深知,这是大佬帮的忙。

奕祥踌躇满志,似乎已经看到了自己的锦绣前程。

奕祥与冷香商量，此时此刻，暂时不宜办理婚事。冷香非常理解，忙说："你的前途是大事，我不急。"

奕祥安定下来后，当然没有忘记冷香。他通过冷香所在公司集团领导，把冷香调到了北京总部。这样，两个人距离不远。奕祥在北京弄了一套高级住宅，让冷香住了进去。自己只要有时间，就会到这安乐窝与冷香相聚。

冷香憧憬着与奕祥的美好未来。一切安好，只静静等待着与奕祥的婚事。

5

2014 年 9 月的一天，冷香在北京的家里精心准备了好多好吃的，主要是奕祥喜欢吃的菜。她在等待奕祥来度周末。

她没有告诉奕祥她做的这些准备，是想给他一个惊喜。

然而，冷香越等越急起来。

平时应该回来的时间，奕祥却未出现。她开始以为是奕祥因为开会推迟出发，她打了他的电话，却是关机状态。她一直拨，一直拨，却一直拨不通。所有的可能都排除了。她突然有一种不祥的预兆。

这一晚，冷香几乎没有合眼。第二天，有条新闻让她所有的感官都调动起来：据中央纪委和监察部消息，某省委常委奕祥因为严重违纪违法正接受组织调查。

冷香惊得半天都没有反应过来。

时间能够抚平一切伤口。经过好长一段时间，冷香终于接受了事实。

奕祥做的违法违纪的事，冷香一概不知情。因此，冷香没有卷入奕祥的案子中。

冷香不断打听奕祥案件的进展，希望尽快见到他。

直到 2017 年 4 月，奕洋的案件才有了结论。奕洋因为受贿罪被判有期徒刑十六年，因为行贿罪被判有期徒刑六年，决定执行有期徒刑二十年。

直到这天，冷香才见到奕祥。冷香在心里数着，他们之间，已经有两年七个多月共 945 天没有见面。在法庭上，冷香看到已经满头白发的奕祥，恍如隔世，有一种无以言表的痛。

奕祥也看到了冷香。他注意到，虽然还是那个温柔如水的女人，但脸上明显有了沧桑感，眼角的鱼尾纹明显了。

奕祥看她的眼神是惊喜，是怜惜，是伤悲。

冷香在奕祥退庭的时候，满含热泪，不停对他说："保重！一定保重！我会等你的！"

冷香走出法庭时，晴好的天空突然下起了雨。

冷香若有所思：怎么又是太阳雨？

不知是谁的手机里传来齐秦的那首老掉牙的歌：

"晴朗的天空里下着雨，

这是一场无法挽回的结局。"

缨子的真命天子

1

缨子今年刚满三十二周岁。缨子姓柳，大名柳缨。缨子是地地道道的南昌人。传统南昌人叫人有个习惯，喊人尤其是女孩子不喊姓，而喜欢在名字中最后一个字的后面再加一个"子"字。比如你叫张瑞花，他们就叫你"花子"；你叫李红萍，他们就叫你"萍子"。缨子就是这样叫出来的。

缨子尚未结婚，自然是个大龄青年了。其实缨子的性格看不出她会成为大龄未婚青年，她虽然没有闺蜜，但偶尔会参加同学或同事的聚会。如果不是经济条件限制，她多次表明想去旅游。她也喜欢经常晒微信朋友圈。

不过，不知不觉她就成了大龄未婚女了！

2

其实，她也曾经恋爱过，只是知道的人极少。那还是在大学低年级的时候。那时她年幼无知，以为青春可以随意挥霍。她高中时成绩在班上中等，高考时并没有出现奇迹，故考取的是一所本地二本院校。

有人说大学有个规律，二本院校谈恋爱的多。上大学后，她好像真的中了这个魔咒，一进学校就有个男孩追她，他看起来痞痞的，她却喜欢上了他，就这样莫名其妙恋爱了，自己的第一次也稀里糊涂给了他。没过多久，她发现两个人完全不在同一个世界，她刚说了一句对他的不满，那痞子立马消失。她心里就十分懊悔，发誓要读一所好大学的研究生，重新定位自己的人生。功夫不负有心人，大学毕业后她如愿考取了一所985大学，学的是金融。毕业后，她稍稍找了一点关系，就进到现在工作的这家金融公司。这家公司有国企背景但其实又是私人操控，凭借良好的资源，公司效益一直不错。

不知不觉，她在这里工作了七八年了，已经算是这家公司的老人了。但也不知为什么，她到这家公司后并没有像原来计划的那样顺利。事业上不瘟不火，与她同来的同事，学历比她低的，有的都升了部门经理。而她除了工资有所增长外，职务上似乎没有升迁的迹象。去年有一次，有个部门缺少一个副职，大家都在传说是她的，主管人力资源的副总还与她谈过话，但最终被一个新来的人直接顶了，传说那人是市里某领导的儿媳。好在她本身对当官也没有多少兴趣，这样，慢慢地，她也死了这条心。

刚上班的那几年，总有一些小伙子会邀请她吃饭看电影，或者其他活动。但她总找不到那种来电的感觉，最终除了认识，并没有发展成男女朋友，单身的她还是单身。渐渐地，约她的人越来越少了。缨子长得并不难看，但也说不上好看，客观说是个普通的女孩而已。

对于婚姻，缨子自己似乎已经看淡了，对嫁不嫁人一点也不着急。

3

缨子自己不急并不代表家里人不急。这些年，父母催得越来越紧，她很怕回家。为此，她很希望有间自己的房子。等她自己的经济稍微宽松，她打算在办公室附近买一套。看了半天，要么太大买不起，要么户型不满意。这样，一直定不下来。

干脆，她在去年租了一套一居室。租房则容易得多，反正没有长期打算，可以临时凑合。她突然想，这租房买房与找对象是一样一样的，买房是找长期对象，越急越难找。而租房嘛，就像同居，凑合凑合是可以的。怪不得很多人选择同居呢！想到这，她扑哧笑了，突然觉得自己脸上有点发热。

缨子有了自己的空间，就很少回家。她把兴趣放在了下班后，她有她喜欢的东西。她住的边上有一家超市，每天下班后她都要进去逛一逛。她爱上研究美食，自己一个人照着菜谱弄各种好吃的。她最近喜欢上烘焙，买回面粉、砂糖和其他配料，邻居们经过她房间门口都可以闻到从里面飘来的面包香味。

有了自己的快乐，三十二岁的缨子似乎已经忘记恋爱这回事了。

这天，缨子像往常一样步行上班。她喜欢一边走路一边欣赏路边种植的各种花花草草，她爱花，熟悉很多花的品种，每一次园艺工人更换都逃不过她的眼睛。当她走到自己的办公桌边的时候，她惊喜地发现桌上居然放了一束玫瑰，是她喜欢的黄玫瑰。

她闻到了玫瑰花散发出的淡淡的香味，这香味仿佛唤醒了她的嗅觉。但她第一反应是，肯定有人送错了。她看了看是否有纸片留言？但她找了好几遍都没有发现。她环顾了四周，周围居然悄无声息，好像没有人对这束花提出疑问。她很想大声问，这是谁的花啊？放错位置了！但她终究没有发出声音。她觉得送花是很安静、神圣和很敏感的事，她没有这种勇气出声。

她一时不知道应该如何处理这束美丽的鲜花。她只能把花放在桌子靠近走道的一边，等花的主人认领。

但一直到下班，都没有人来认领。

4

第二天，她的桌上又有一束玫瑰。这次是粉红的。她愈加奇怪起来。

更奇怪的是，这样的情况连续一个星期都在发生。

她百思不得其解，然而又束手无策，只能任其自然。慢慢地，她居然习以为常了，她不再想追究到底是怎么回事。"管他呢！爱谁谁！"她为自己打气，让自己麻木。

第二个星期的星期一一早，她的桌上照样有一束花。但这次，花里夹了一张纸条。纸条上写的是"致缨子：如何让我遇见你，在我最美丽的时刻，为这，我已在佛前求了五百年，求它让我们结一段尘缘！"这是席慕蓉的诗，她读过。落款写得龙飞凤舞，她无法辨识是谁的名字。但恍惚间，这个签名又觉得似曾相识。

她隐约感觉，这是有人在向自己表白，而且是本公司的人。她顿时兴奋起来，一种强烈的发自心底的原始的春潮突然涌来。她这才知道，其实自己还是向往爱情的。平时对同学说无所谓、心如死灰等，不过是个自欺欺人的借口。

整个上班时间，她都处于亢奋之中。只有她自己才知道，她在克制自己，将自己的情绪强压着，她感到自己一定脸色绯红。她将公司那些未婚的男生一个个数了一遍，但一个个又被自己否定了。她突然想了一个办法，也写了一张字条放在那束花里，照样将花放在桌上。

第二天上班，她手机收到微信信息。这是她留言的要求。她一看发信息的人，简直不敢相信！怎么会是他？！

5

　　他是罗总！是的，就是公司的副总，全名叫罗克斯，是公司人人皆知的钻石王老五，年龄大概四十多了。近些年，罗克斯一直是公司议论的焦点人物，话题不外乎为什么这么大还不找老婆？是要求太高了，还是有什么特殊的癖好？甚至有人神秘地猜测，可能是生理上有问题。关心他婚姻的不限于公司内部。他的条件是如此优越，瞄准他的人多的是，帮他介绍女朋友的人可以排成一条街。有的条件很好的漂亮女士还会主动托人说媒，据说某个省领导还想把自己的宝贝女儿嫁给他。但他总是能找到恰当的借口，巧妙而不失礼貌地拒绝。

　　他负责公司的主要业务，只是不直接管缨子，难怪缨子曾经看过他的签字。因为他的能干，他的奖金和收入每年在公司里都几乎是名列前茅。

　　缨子无论如何都想不到，条件这么好的罗总怎么会看上她？！这是不是玩笑？

　　但罗克斯如此向她示好还真看不出一丁点假。他天天给缨子送花，好像一点不忌讳让全世界都知道他正在追求缨子一样，他的行为足以消除包括那些最喜欢多事的同事在内的任何质疑。

　　只是缨子不敢相信罗总到底看上自己什么了？她自问了无数次，她努力反思自己，是不是身上真的有被自己疏忽的吸引男人的东西？！

　　罗克斯在微信里说："你要问到底是谁向你送花，这个人就是我。我今天就坦白地告诉你，我想娶你为妻。你如果问我为什么会选择你，那我告诉你，其实你是一个低调而可爱的姑娘，我早就注意到你了，迟迟不敢开口，生怕自己的鲁莽伤害了你。确实，在婚姻上我有很多选择，但一个人喜欢另一个人是没有理由、不讲条件的，喜欢就是喜欢！我这次鼓起勇气但又小心翼翼地向你表达爱意，希望你能接受！"

　　缨子想不到罗克斯是如此心细的一个男人，好像就是自己梦中的那位。她内心不禁问：难道他就是自己的真命天子？！

6

当把关系挑破了以后，作为男未婚、女未嫁的大龄青年，很快就进入角色。两个人没有什么约会，连电影院都未一起进去过，只是有两次一起吃饭，一切似乎都是奔着结婚目的而去。这很符合缨子的婚姻观，她坚信婚姻就是这样直奔主题的，一切花里胡哨都是假的。所有人投来的怀疑的、嫉妒的或者是其他各种目光，对于缨子而言似乎都带有祝福，而罗克斯对于任何怀疑他的语言和眼神都非常大度，他从不解释，只是微笑。

结婚时间是在他们吃饭的时候由罗克斯提议的：五月二日。他说这天既没有那么多人，双方又都有假。缨子没有任何反对意见，算是默许了。罗克斯还提议婚事从简，只请少量的亲朋好友吃一顿饭。缨子当然没有异议。

现在离结婚时间不到一个月，婚房自然由罗克斯提供，但婚房的布置罗克斯则完全交给了缨子。缨子平时没有严格意义上的闺蜜，只是向父母像通报一样把自己结婚的事告诉了他们。父母听说她结婚，自然是高兴的，原来对她的担心被这个突如其来的好消息一风吹了。缨子的父母本来想按老规矩将女儿的婚礼办隆重一点，但缨子把婚事从简的理由告诉了他们，没有给父母任何反驳的余地，父母只能在心里留有遗憾。

婚房离办公室也不算远。这是一套两居室的房子，面积不大但显得精致。缨子很满意这套房子。

时间过得飞快，一个月的准备时间很快过去了。五月二日这天，缨子在少量出席婚宴的亲朋的祝福声中成了罗克斯的新娘。

婚宴散后，亲朋离去。婚房里，只剩下缨子和罗克斯，顿时安静下来。缨子静静地等着期待已久的美好时刻。

7

罗克斯走近缨子，缨子已经感觉到自己脸上的发烫，她等着他开口，或者用不着开口，他会以行动让她成为他的新娘。罗克斯对缨子说："实在对不起。今天我不能在这里陪你，我有个重要的事情马上要去办，现在就要走。"说完，他转身就要离开。缨子突然感觉自己从火里一下掉进冰里，一时不知所措，只能麻木地看着罗克斯的背影。她突然发现，罗克斯转身的那一刹那，看她的眼神是那么的冰冷，跟那次她到他办公室找他签字一样。

缨子开始还以为罗克斯真的是遇到突发情况，这样的突发情况尽管不合时宜，但男人遇到这种情况或许是有的。她虽然十分难受，但没有多想。

但这一等就过去了一个月。新婚燕尔的假期，她是一个人度过的。她不知发生了什么，想到这，正如罗克斯突然向她求婚一样让她不知所措。

缨子毕竟受过高等教育，开始是默默地等待，然后是等待中的忍耐，再接下去她开始了思考。她回忆罗克斯突然向她求婚的举动，慢慢回过味来。这不正常！她在心里反复确认，反复说服自己。但为什么会这样呢？她百思不得其解。

罗克斯一直没有出现，缨子习惯了一个人住。婚假很快过去了。等她上班后，她发现罗克斯已经辞职。别人问她，罗总到哪里高就了？她只能笑笑。她怎么知道？！缨子一个人继续上班，除了名义上由大龄未婚女变成少妇，一切与从前一样，没有任何改变。她有点自嘲，我现在算少妇吗？

她向罗克斯发过无数的微信，但得到的回复是，实在对不起，我暂时回不来。她知道这种解释是苍白的、没有任何说服力的。后来，他又一次回复说："这段时间委屈你了，到时我会跟你解释的。"她在微信语音留言大吼："你把我当什么啦？你是个骗子！我们离婚吧！"

他没有任何解释，也不再回复她。她茫然了。

8

直到有一天早上，她正准备出门，有个人站在她家门口。她大吃一惊。问："你找谁？"

"你是缨子吗？我是找你的。"

她仔细打量这个人，第一眼看起来是个女的，但仔细分辨后，才发现是一个男人。缨子问："我们认识吗？我好像不认识你呃。"

"我可是早就知道你，从罗克斯向你求婚那天起。"

"你认识罗克斯？你是他的朋友？那你一定知道他现在在哪里？"

"我叫曾奇。我当然认识他，也知道他在哪里！"

缨子看他的眼神突然变得迷茫，脸上有一种复杂的表情。

他说："要么我们找个地方聊聊。"

"嗯。"缨子想从这个人身上了解罗克斯。

缨子通过电话向单位请了假，他们到附近一家咖啡厅坐了下来。

曾奇盯着缨子的眼睛，说："你了解罗克斯吗？你知道他的情况吗？"

缨子说："我只知道他曾经是我们公司的副总，其他我真的不了解。我希望你告诉我。"

曾奇自我介绍说，他是一个艺人。他与罗克斯在一个偶然机会相识，但两人就像认识好多年，被彼此深深吸引。"你看过李安的电影《断背山》吗？"曾奇突然问缨子。缨子似乎想起了什么。曾奇盯着她继续说："我们两个就是安尼斯与杰克，我们彼此相爱！"缨子终于反应过来，但还是非常吃惊。回想起与罗克斯在一起的细节，很多的疑问顿时烟消云散了。

"那他为什么要与我结婚？"她问这个问题时，脸上忍不住充满愤怒！

曾奇告诉她，罗克斯根本不想结婚，只是为了向家里掩饰，他的父母一直在逼他成婚。

9

曾奇说："罗克斯的父亲在去年得了癌症。罗克斯的父亲对罗克斯说，他只希望在生前看到他结婚，否则死不瞑目。他是个孝子，但面对父亲的这个请求，他犹豫再三。母亲又在他面前多次哭泣，希望不要辜负父亲的这点愿望。罗克斯含泪答应了。

罗克斯被迫开始了结婚计划。但他内心根本不想结婚，在反复权衡以后，他决定找个人完成父母的心愿。他权衡再三，觉得缨子你是合适的人选。如果向你求婚，把握也非常大。这就是为什么他那么匆忙与你结婚的原因。"

曾奇说："在同志的圈子里，结婚是忌讳的，结婚意味着他的背叛。不过，最后还是我鼓励他结婚的。我喜欢他，理解他，我只要他不真的离开我。你们结婚的任何细节我都清楚。"

"你们结婚那天，罗克斯十分痛苦。因为他不想背叛我，他知道，只要他结婚，就是对我的伤害。他一点也不想伤害我。为了不让我难受，所以结婚当晚，本来是你们的洞房花烛夜，但他还是找借口出来了。"

"其实，我何尝不痛苦呢？听到他真的结婚，我几乎崩溃了。你们结婚的当天，我一直躲在楼下车里。"

第六辑 听来的故事

"罗克斯一出来，我就知道他对我的忠诚！"

曾奇继续说："罗克斯与你结婚后，为了不影响你的名声，他向单位辞职了。他辞职后，发现每个人的烦恼都没有减除。你恨他！他愧疚！我难过！面对这一切，他无可奈何。他常常一个人独处，有时会默默哭泣。你们的这段婚姻，谁知会是这样的结果呢？！

我今天到你这里来，是瞒着罗克斯的。我不希望他痛苦，我希望他快乐！我把这些告诉你，是希望你理解他！请你原谅他，原谅我们！"

10

当缨子一开始听说罗克斯和曾奇是断背时，内心充满了厌恶。但她看着眼前的这个曾奇，如果他不说，似乎与平常人也没有什么不同，甚至她觉得无论是罗克斯还是曾奇，某种程度上都显得比很多人更文质彬彬。

曾奇走后，缨子知道自己必须面对这一切。她好像自己做了一个梦，梦中的自己，命运完全由别人摆布。现在该是她醒过来的时候。她首先想到的就是必须尽快与罗克斯解除这名存实亡的婚姻。

她向罗克斯发微信，希望他三天内办理离婚手续。罗克斯已经清楚她了解了真相。他提出，是否再等一段时间，他父亲已经快不行了，他不想让老人伤心。缨子一听，火冒三丈："你太自私了！你只会考虑你自己！你凭什么这样对待我？我就要马上离婚！"

缨子喊归喊，正事还是要正式办。缨子第二天通过熟人找到徐律师，咨询离婚事宜。徐律师办理过无数离婚案件，但缨子的这种情况也是第一次遇到。不过，他认真思考后，向缨子提了个建议："罗克斯应该经济条件不错，他这样做确实有点缺德，无疑给你的精神和名誉都带来了伤害，建议你向他提出一定经济补偿。如果你同意，要么我来找他协商看看？"缨子表示同意。

徐律师代表缨子向罗克斯提出经济补偿时，罗克斯非常爽快地答应了："这样行不行？把我给缨子住的这套房给她，我知道她还没有房子。但我还是请徐律师代我向缨子求一求情，离婚肯定是可以的，是否等到我父亲去世后三天正式办理离婚手续？"

缨子毕竟是个善良的人，最终答应了罗克斯的要求。

特殊协议

"哎呀，你们律师事务所越做越大了！真是高大上啊！我问了半天才找到这里！"静子一进门就不停地对我恭维，身后牵着一个六七岁的小姑娘："你坐到沙发上，不要动！"她一边叮嘱，一边将女孩往沙发上按。小女孩怯生生地看着陌生的环境，一动不动。

静子昨天就跟我打了电话，说有大事咨询。开始，我根本没有听出是她。在我的记忆里已经有好几年没看到她，也没有听到过她的任何消息。说实话，她本身就不是一个容易让人记住的女人，普通得在大街上难得有回头率。不光是长相普通，个子也是小而不巧，说话时眼睛喜欢盯着你看，但她的眼睛一点也不生动。我和她曾经在同一所大学读书，由于是同乡而认识，只是她比我晚两年进去。我学的是法律，她学的是中文。在大学时就听过她的传闻：她爱上了一个同班同学，那男生长得蛮帅，但那个男生一点都不买她的账，还有点嫌恶她。她使尽了浑身解数，反而引得那帅哥差点要向他吐唾沫。那时流行写爱情信，她写给男生的信每次都如泥牛入海。后来有一次那帅哥将她的求爱信假装遗失，让一个喜欢恶作剧的同学捡到并张贴在教室，这一下她在全班同学面前出了大丑，同学都嘲笑她癞蛤蟆想吃天鹅肉，当然，静子是那只癞蛤蟆。她羞愧难当，顿时感觉失去了活着的意义，于是割腕自杀，但因被发现和抢救及时而活了下来。从此，她手上的那道刀疤成了镶嵌在肉里的一支短剑，经常刺痛着她的心。这件事在同乡中也传开了，只是我没有去考证过，即使有时有意无意看到她手上的那把"短剑"。毕业以后，听说她分配在一个市级报纸做新闻记者，我在工作中偶尔见过她写的豆腐块报道，但仅此而已。

昨天静子给我电话时，声音让我感觉熟悉而又陌生，因为她曾经来咨询过我。她说她又有法律问题要我帮忙，想请我喝茶，然后具体聊。我记起上次她来咨询时的情景，已经领教过她的啰嗦，因此担心她又要没完没了，想拒绝又不好意思，不得已随口说了一句："喝茶就不用了，有什么问题需要咨询，你明天还是到我律师事务所来吧。"

想不到她的动作如此之快！我接待完了一个当事人，前脚刚走，她就进了我办公室。当我看到小女孩时，心中已经在猜测。我把办公室门带上，然后偷偷指着孩子问静子："是不是上次你说的那个？"她对我一笑："你还记得！我今天就是为她来的。"

我们两个对话时，孩子用长得像极了静子的眼神不断打量着我。我对静子说："孩子在这不方便，还是让她到外面玩玩吧。"静子会意，将孩子支到我办公室外面。我让我的助理带孩子到非办公区域，助理从自己桌上拿了一块饼干给她。

我转身来问静子："孩子的什么事要咨询我？"

静子用眼睛盯着我，笑着说："你还记得帮我看的那份协议？"

"生子协议？当然！孩子就这么大了？！"

"已经过六岁了，马上就要上学了。我就是因为她而急啊！"

这个孩子果然是那份特殊的生子协议的"成果"！记得大概七年前夏季的一天，那时我们律师事务所还在原沿河路的时候，静子也是这样火急火燎地来找我，拿出一张已经有些皱巴的纸："大律师，我有一件大事，你一定要帮我一个忙。这事你不能告诉别人，记得一定要为我保密哟。我平生第一次遇到法律问题，我担心以后被讹诈。所以我要防范，好在我法律意识比普通人强。"

"做记者的还会遇到官司？"我有点调侃地打断了她。

"不是打官司，是为了防止打官司。这个事只能你知道，千万不要告诉别人。这是一份协议，非常重要的，我写了半天，就是写不好，这与写新闻稿真的不一样，真是术业有专攻啊，求你一定要帮我。"

未等她说完，我拿过她手上的纸。我大吃一惊！这是一份协议书，就叫"生子协议"。从事律师工作二十多年，我还从来没有看过这样的协议！这份协议一看就不规范，但里面的意思我已读懂。

静子在边上不等我问，就絮絮叨叨说开了。

原来，静子自从大学那次失恋后，在恋爱和婚姻上一直不顺，命运似乎总是捉弄她。她已经没有大学时的激情，但刚毕业那几年，她还对恋爱和婚姻充满遐想，认为总有人会爱她、娶她，相信"一个萝卜一个坑"。有时遇到心仪的男生她忍不住还会主动示好，遗憾的是，似乎别人对她就是缺少应有的热情，哪怕一点点。不断有亲朋好友介绍对象，却都不如意，她一点感觉都没有。好像有那么一次，对方条件尽管不理想，她说服自己放低姿态约会，这样约了几次后，她觉得自己好像进入恋爱角色，以为离婚姻很近了，而对方却迟迟不挑明。她本质上是个急性子，只好先向对方表示出这个意思，准确地说是她试探性地说到正题时，对方却顾左右而言他，故意不接话题。她的气一下子就来了，她本来在这个问题上已经变得非常敏感，甚至有些夸张，她自己都感觉到内心已无比脆弱，因此当别人不回应她时，她认为这简直就是侮辱！她不能接受别人先拒绝她，即使是拒绝也要是她先拒绝。这时，她突然站起来，满脸怒气拂袖而去。回到家里后，她痛哭一场。此后，她感觉自己非常绝望，人生毫无意义，经常产生幻觉，婚姻就像梦中的棉花糖，看起来甜，却怎么也塞不进嘴里。她不再想恋爱的事，别人再提，她就怒目而对。此后若干年，她浑浑噩噩，除了工作之外，不再与男人多说一句话。单位的很多同事在背后说她是一个怪胎。久而久之，她与同事的关系也越来越疏远。

时间过得好快！眨眼之间她已经年近 40 岁。大家都已经忘记提醒她结婚的事，包括她的家人。她记得母亲曾经多次对她说过，如果她生了孩子可以帮她带。现在连母亲也早已经断了帮她带孩子的念头。有一天，她突然焦急起来。现实非常残酷，她在想，如果自己再不生孩子，恐怕就要孤老一生了！她不想也不能后半生无依无靠！她其实心里一直有个底线：即使没有婚姻，但不可以没有孩子。想着想着，她下了决心，这辈子不再结婚，但要生一个孩子！问题是不结婚如何生孩子呢？

静子内心正在为生孩子焦虑时，道明出现了。他是一个县城中学的语文老师。他曾经的理想也是做一个记者，因此，他对记者有天生的好感，即使像静子这样长得不怎么漂亮的记者。静子是在一次采访中偶然认识他的。静子看到道明虽然年龄与自己相差不大，但长得非常健康、结实。而道明无意中了解到静子是一个未婚的女记者时，也表现出一种异样的热情，兴许是静子这些年已经成熟得让男人也看得顺眼了吧。确实，静子这些年更像一个女人了，穿衣也更加讲究，特别是在县城，比较起来还有一些异样的气质。道明就是这样看静子的，他对静子的热情让她有久违的感觉。静子对道明顿生好感，似乎有人在平静的水面投了一块石头，让她的内心顿生波澜。她突然莫名生出一种想法：道明可以帮我生孩子吗？想到这，她激动起来，但理智似乎在遥远的空中传来一个声音：我只是让他帮我生孩子，我不是爱上他！

无论如何，此后，她与道明接触多了起来。

静子给我看的"生子协议"，签订主体一个是她，另一个自然就是道明了。主要内容是双方经过协商一致，由男方帮助女方生一个孩子；所生小孩归女方，男方不享有做父亲的权利，包括姓名权、抚养权、探视权等，当然也不需要尽父亲的义务，由女方抚养成人；作为对男方的补偿，女方一次性支付人民币两万六千元；双方必须互相保密……

　　我看完协议后，内心五味杂陈，我同情她，却又为这个女人悲哀。我告诉她，这份协议太特殊了，还违反了法律规定，是非法的，建议慎重。有那么几分钟，她站着一动不动，好像很失望。"为什么无效？这是我们自愿的啊！"她问。我告诉她，这样生小孩没有她想得这么简单，会有不少法律问题，比如非婚生的孩子与父亲之间的关系怎么能够了断？父亲的权利怎么能够通过协议剥夺？当然还有更多的社会问题。她问："会有什么社会问题？"我说："比如你要不要考虑非婚生子单位对你的看法，他人的议论？你的抚养能力够吗？等等。"我又说："其实你如果真要生孩子，有一种办法可以减少法律上的麻烦，可以通过人工授精的方式怀孕啊！"静子沉默了一会儿，然后抬头看着我，眼神似乎变得坚毅："我考虑了这个问题！我才不在乎这些呢。我已经下定决心了。还有，无论协议有效无效，也不管别人怎么看我，我都想要生一个孩子！我不想要试管婴儿，因为我要知道孩子的父亲长得怎样？身体好吗？智商高吗？否则我放心不下！我只是要他帮助我生！何况我给他钱，算是买断孩子与他的关系，他总不能说话不算数吧。还有，我知道他结过婚，他还有自己的孩子，我不担心他会与我争。还是麻烦你帮我改好协议吧。"我看她志在必得，勉强帮她做了一些修改，让协议看起来更像一份协议。

　　她离开了律师事务所，此事算是结束。

　　我以为静子不可能再会为这件事找我。谁知今天她又来了，竟然还是为这件事！

　　"孩子的什么事啊？难道他真来争了？"我十分好奇。

　　"他才不会争呢！是我争，为孩子的权利争！我要请你打官司！"她的声音中夹杂着怨恨和愤怒。

　　"为孩子争什么权利啊？"我不解。

　　"我要他履行父亲的责任，我要他多出孩子的抚养费！"静子理直气壮。

"你不是与他有协议吗？"我还记得协议主要内容，"当时你不是约定了不要男方抚养吗？"

"协议？不是说那个约定不受法律保护吗？这可是大律师你当时告诉我的呀！我记得了，你却忘了？！"

"啊！你们到底怎么回事？我真搞不懂啊？"我继续一头雾水。

"哼！他欺骗了我！他辜负了我！我反悔了，就这样！"

"欺骗？辜负？"我几乎睁大眼睛看她，"可以说说吗？"

在与静子断断续续的对话中，我终于搞清楚了。原来，她与道明签订"生子协议"后，两人自然经常偷偷见面。随着接触的加深，她对道明逐渐产生了好感，她不知不觉喜欢上了他。但道明是有家室的人，答应静子生子，除了占便宜外，并没有往其他地方想。但有那么几次激情中，静子问他："道明，如果你离婚了，会不会娶我？"道明随口一答："当然娶你了！"事后，道明早忘记说过什么，这种承诺道明只是当作一个男人冲动时善意的谎言。

十月怀胎，一朝分娩。静子生了一个女孩。孩子随了她姓，她不想孩子与道明有瓜葛，所以有意疏远他，不主动与他联系，还把原来的电话号码都换了。道明也好像严守协议，从来不联系她，更没有找到省城来。静子一个人带孩子算是尝到了苦头，孩子上户口、办独生子女证和其他各种各样的证，甚至打个疫苗都十分艰难，原因就在需要填写的表格父亲一栏都是空白，而越是空白越会引起这些机关办事人员的好奇，继而百般刁难。静子为孩子的事看尽了白眼、受够了气，她不知自己是如何挺过来的。有一段时间，她反思是不是自己不该生下这孩子，否则一个人活得多轻松啊！在最绝望的时候，她甚至感觉几乎失去了继续活着的勇气。但静子毕竟是一个乐观的人，就这样一个人扛起了抚养孩子的全部义务。做母亲的酸甜苦辣她都尝遍了，只是每当她看着长得越来越像自己的女儿时，又觉得自己并不后悔生下她。

　　女儿越来越大了，她觉得自己越来越力不从心了。由于她几乎把全部精力放在了女儿身上，而自己的母亲身体不好，帮不上忙，请保姆经济上又不允许，她只能置工作于不顾了，每天晚去早归。单位领导多次找她谈话，先是劝她带孩子也要兼顾好工作，后来发现她没有可能做好本职工作，就劝她辞职。但她知道自己不能没有收入，如果失去工作，她和女儿就可能要喝西北风了！她采取的策略是找各种理由请假，毕竟是事业单位，领导拿她也没有办法。时间久了，请假这招不灵了，她自己也黔驴技穷，只好听凭单位处置。单位在换了新领导后，借机停发了她的工资，只保留生活费。为此，她到单位领导那吵了几次，胳膊拧不过大腿，最后也只能接受现实。

　　静子带着这个"没有父亲"的孩子熬了几年。

　　孩子三岁那年，静子偶尔听到一个消息，道明到省城来了，并且在开发区开了一家效益不错的公司。更让她震惊的是，道明已经与前妻离婚了，并且找了一个省城的女人再婚。静子心里莫名其妙感觉不舒服，反复想了几天，认为不舒服的原因还在道明身上，她决定去找道明。省城她十分熟悉，开发区每条路她都清楚，因为她是记者。很快她找到了道明的公司。道明曾想过静子会找他，甚至想过主动找静子吃顿饭，但他一是顾忌与静子有协议，二是业务繁忙，就把这事忘记了。

　　没有预料到的是，静子竟然今天主动上门。他赶紧把静子拉到僻静处，不让别人看到。正当他猜测静子今天的来意时，静子一开口就显得来者不善。她用那怒气、幽怨和嫉妒的眼神盯着道明："你过得不错啊！发财了？你忘记我们娘俩了？"

　　"你说什么啊？我们不是有约定吗？我只是帮你生小孩，我们有协议啊。"他立即辩解。

　　她冷笑一声："协议？！你不是答应过如果离婚会娶我吗？为什么不遵守你的承诺啊？为什么独独要我遵守协议啊？！"

"孩子是你的，不是我的，与我无关。"道明嘴硬，但心里透亮，一听就底气不足。

"孩子不是你的吗？你敢否定，那我们就去做亲子鉴定！明天就去！"

"不关我事！都是约好了的啊！是你求我帮助生的啊！"道明继续申辩。

"告诉你吧，那份协议是不受法律保护的，你不信就去问律师。你必须尽父亲的责任，要出抚养费！今天你说半个不字，我立马去法院打官司。"静子说得生硬，不容讨价还价。

"好了，好了，算我倒霉，要多少？说吧！"道明心中害怕，做生意的人不想打官司，何况隐隐约约觉得静子说得在理，这事传出去对他名声不好，只好退步，勉强答应静子支付抚养费的要求。

经过谈判，道明按月支付孩子五千元抚养费。他与孩子并没有感情，因此，除了按月付钱外，道明对孩子仍然是不闻不问。静子争取了每月五千元孩子的抚养费，见道明抵触情绪很大，只好咽进肚里。

我问静子："今天你来，是不是他停止支付抚养费了？"

"不是。"

"那是因为什么你又要与他打官司呢？"

"我实在太气了！我为他带孩子，丢了工作，丢了尊严，他却一点不把我们母女放在心上。你知道吗？他又离婚了！"

"他第二次离婚了？这与你们有什么关系呢？"

"怎么没有关系？他又娶了一个年轻的女人！你不知道，他当初可是答应离婚了与我结婚的！一次次欺骗我，我无法在这个城市生活了，我要他出一笔钱，帮我到其他城市买一套房子，最起码要安抚我吧！另外，我为他带我们共同的女儿丢了工作，事业单位啊！他一点义务都没有尽，我要求他每个月至少付一万元抚养费。"

"他会答应吗？"

"不答应就打官司啊！这就是我今天来找大律师的原因啊！"

"对不起，我打不了！法律没有这样的规定。如果你一定要打，另请高明。"我用平静而坚决的语气告诉静子。

"这世道真是越来越不讲情义了。你不帮我就算了，律师多的很，我到其他律师事务所去请。"静子一听，一边说一边气鼓鼓要走。这时，我的助理刚好把她女儿带了回来。小女孩已经没有来时的拘谨，但她仍然不知道妈妈今天为什么到律师事务所来。

无讼

1

省艺术展览中心，江墨林先生个人画展非常成功。

举办这样一场高规格的个人画展，是很多画家梦寐以求的。但对于江墨林先生来说，这样的画展对他只不过是极普通的一次。此前，他多次举办过比这规格更高的画展。如果要说这次画展有什么特别之处，那就是这是他作为本土画家第一次在自己家乡举办。这也算是了了他多年的心愿。

江先生的国画的确了得，他擅长山水，也喜欢画人物，他的作品被很多知名美术馆收藏，甚至还有作品挂在人民大会堂中。他曾经被特邀为 2008 年北京奥运会作画。某权威杂志将他评为中华人民共和国成立后六十位代表性国画家之一。他得到的各种荣誉数不胜数。

方剑白律师是被江先生邀请参观画展的朋友之一。他是在一个偶然的机会认识江先生的。江先生因为自己的画作经常被他人模仿，为维权通过朋友找到了方剑白。接触几次后，两人竟然十分投缘。按江先生的话说，他们成了一对心灵相通的"跨界朋友"。方剑白十分欣赏江先生的为人。所谓画如其人，江先生是看起来朴实但睿智的那种，而且一点没有大画家的架子。而江先生也喜欢方剑白的诚信和处理问题的机智过人。方剑白也了解到，江先生为了画好画，经常深入名山大川写生，捕捉灵感。难怪江先生的画要么钟灵毓秀，要么大气磅礴。这与他为了办好案件需要深入调查是一个道理。

此时，江先生正站在展厅门口兴奋地与来宾打招呼，不住寒暄。江先生要方剑白站在自己身边，他已经把方剑白当作亲密朋友。

来参观的人络绎不绝。画展大厅里虽然没有喧哗，但声音多少有点嘈杂。

有个人一进门就匆匆走近江先生，并远远地向江先生伸出手。江先生一看来人，也马上伸出双手紧紧握住，不住问好。江先生转身对方剑白介绍说："剑白，这是慕容校长。"

慕容校长礼貌地握了一下方剑白的手，转身继续对着江先生，微笑着说："预祝大画家画展成功！"随后，他凑近江先生："我知道今天您很忙，想耽误您几分钟，有几张画想请您过目。"

方剑白知道，江先生是著名画家，业界找他指点作品的人不少，有的希望江先生好评推荐，还有的把买来的画拿来让江先生鉴别真伪，评估价值。

"好啊！哪家的墨宝？我们到一边来。"江先生是一个非常乐意帮忙的人，爽快地答应。方剑白也随着他们到大厅的一侧，这里比较安静。

"是一个法院领导画的。他喜欢国画，专画竹子。他很想得到您的指点，托我让您过目。您看画得如何？"慕容校长向江先生介绍来意，口气中充满期待。

在展厅边，他将带来的几幅画展开。这些画画的都是各种形状的竹子。方剑白站在江先生身边，本来是来看看热闹的，并没有准备花更多精力在画上。听说是法院领导画的，顿时来了兴致。他一直认为法官的工作死板，法官的生活了无情趣，想不到还有法院领导愿意花时间在这么高雅的事上。

"画的不错！"江先生一边看画一边评价，"我仿佛看到了明朝夏昺的《清风高节图》。竹子枝叶的浓淡处理得恰到好处，好像竹叶在风中摇曳。这大概反映了这位画家的内心追求。"

慕容校长脸上顿时露出欣喜之色，口里连忙说："太好了！太好了！"

伸头看画的方剑白正想问慕容校长这位法院领导姓谁名谁时，突然手机响了。

2

给方剑白打来电话的是申铭。申铭是一个公务员，先后在发改委、信访局、政法委待过，提拔为副调研员后，所在机关比较清闲。

方剑白曾经担任申铭当时所在单位的法律顾问，申铭是负责法律顾问的对接联系人，两人因此相熟。在电话里，申铭说有个案子要介绍给他，想约方剑白一起坐坐。他在电话里说："时间很紧，我和当事人已经在茶座等你，你能否马上过来？"

方剑白本身对画展不是十分感兴趣，一听申铭说正在等他，就赶紧与江先生打招呼告别。

待方剑白赶到韵香茶楼时，申铭他们果然已经在一个僻静的房间等他。

在申铭旁边还坐了两个人，一个是矮矮胖胖的男人，嘴唇很厚，但眼睛发亮，透出一股精明；另一个是尖脸瘦身的女人，长相一般，皮肤却很白。

申铭先向两位介绍方剑白："这是大名鼎鼎的方剑白大律师。一般案子是不接的，今天是看我的面子才肯来。"接着向方剑白介绍那两人："这是傅强傅总，这是傅总夫人孙慧。他们是巨丰汽车零部件有限责任公司的老板。"申铭开门见山，"今天请方律师来，是他们夫妻遇到一个官司。他们用全部积蓄投了一个项目，却遇到坏人，被坑了，还当了被告。一审时他们没有告诉我，也没有找人，自认为法官会公正审判，这有不输官司的道理？！一审就这样稀里糊涂输了。现在他们想上诉，因此，想请方大律师出马！"申铭不愧在机关待了多年，几句话言简意赅。

边上的泡茶姑娘已经将一壶冰岛黑条老生姜泡出花香四溢。申铭对姑娘说："这里不用你服务了，我们自己来吧。"姑娘知趣地离开。

申铭自己坐到刚才泡茶姑娘的位置上，先是将泡好的茶分给大家，然后熟练地操作起来。

还是申铭先开口："傅总的夫人孙慧是我领导的亲戚，我这个领导也是我非常好的朋友。所以，这件事还请方律师务必高度重视。我和我朋友会在背后协助你。"他接着说："还是这样吧，傅总你们两夫妻先把情况向方律师详细介绍，好让方律师认真研究一下案情。"

"我们这个事很冤，请方律师一定帮忙。"傅强的夫人孙慧不等丈夫开口，抢在前面对方剑白说。方剑白这才注意到，孙慧的语速很快，在家肯定是做主的。

"是啊，是啊，我们全靠方律师了。"傅强也十分诚恳地对方剑白说。

"申主任、傅总你们都不用客气，大家都是朋友，有什么事直说。如果我能尽力的事，义不容辞！"方剑白娴熟地说出几句客套话。

孙慧马上拿出了一叠资料递给方剑白。方剑白接过来很快浏览了一遍，捋出了一点头绪。方剑白拿着材料，针对性地问了傅强夫妻一些问题，他们一一介绍和解释。

方剑白终于将案件中有关问题的来龙去脉弄清楚了。

3

　　傅强出生在隔壁省的农村，家里条件不好。但他聪明好学，高考考取了一所 211 大学。他大学时学的是材料物理专业，毕业后到广东找工作。先后在好几个公司和不同行业上班，尽管做到了高管，但他一直觉得不符合自己的追求。一晃过去了十来年，他有了一些积蓄，想找一家符合自己意愿的公司上班。最后，他找到一家广州的私企。这家私企不大，前身是某大学校办工厂，专门为汽车轮毂配套。但这与傅强的专业很对路。与老板谈了一些条件后，傅强觉得不错，所以毫不犹豫进了这家小公司。

　　傅强的专业和踏实，加上他的能干，很快赢得老板的青睐。那时，老板因为自己的业务范围广，没有把这个小公司当一回事。傅强来公司不到半年，老板就将公司交给他打理。两年后，傅强已经完全掌握了公司所有的业务环节，公司的生产、销售和财务流程他十分熟悉。此时，傅强有了自己的打算，他觉得这行有无限的潜力，而老板没有心思做大做强，他决定自己开一家公司。在大学时潜藏在心底的野心此时逐渐浮出水面，那种创业的冲动越来越强烈。

　　下了决心以后，他私下做通了公司的关键技术人员刘工的工作，愿意跟他一起创业，傅强答应送给他 10% 的股份和比在广东高的工资。这样，他们一起回到内地创办企业。公司财务人员也跟他走，这个财务人员就是傅强现在的妻子孙慧。到什么地方开办公司呢？妻子孙慧提议，还是到我老家吧。那里有好几个汽车公司，我还有不少亲戚在这里可以帮忙。傅强一直认可夫人的精明能干，本身就非常听夫人的，认真分析后，觉得很有道理。这样很快就过来了。

　　准备开办的是一家生产型公司，傅强夫妇来到省城的第一件事就是要解决生产用地问题。此时，孙慧的一个亲戚立马起了作用。经过介绍，傅强夫妇认识了一个叫唐荣侨的人。

唐老板正在托人广泛告知拟转让一块工业用地。他介绍说，这块地有将近一百亩，在省城某开发区，位置不错。开始，傅强嫌这块地太大了一点，担心自己没有实力买。但唐荣侨极力劝说："这块地很难得，也很划得来，如果你不买，下次要找这样好的地方是不可能的。"傅强是个内心想做大事的人，他在心里合计，地是大了一点，如果到手后可以将多的部分租赁给别人，等到自己做强了再收回自己用，或许到时土地已经升值不少。他们经过打听，这边的地稍好一点的已经卖到超过二十万元一亩，比较而言唐荣侨出价比自己去另外拍地要便宜不少。

这个如意算盘一打，妻子孙慧也兴奋起来，认为值得拼一下。钱不够，可以先向亲戚朋友借一借。

决心下了以后，夫妻两人就毫不犹豫与唐荣侨签订了一份合同。

这是一份《股权转让合同》，傅强夫妇的官司就出在这份合同上。傅强夫妇告诉方剑白，这是按唐荣侨的意思签的。唐荣侨说："你们要买的土地是附属在这个叫作中部绿色新能源科技公司名下，我将股权转让给你们，你们不用再去注册公司了，你们就成了这家公司的股东，土地自然就归你们了。"傅强一听有道理，未加思考就签了字。

方剑白说："这个股权转让本身没有毛病。"根据他的经验，现在的很多所谓土地转让其实就是变更公司股东。而真正土地转让在法律上很难行得通。他对傅强夫妇说："你们要考虑的只是在转让时这个拥有土地的中部绿色新能源科技公司有没有对外负债。"傅强夫妇都说："我们查了，负债倒是没有。因为这个公司还没有生产，房子都没有，就是一块光地。我们的问题是出在合同条款的约定。"

按合同约定，傅强夫妇应当支付给唐荣侨共计人民币一千三百万元转让款。

方剑白注意到，问题出在这份合同第五条的约定。按该条约定，中部绿色新能源科技公司名下的土地分为两块，其中一块三十亩的土地是已经办理完手续取得土地使用证可以使用的；另一块七十亩的土地还没有取得土地使用权证。该土地唐荣侨已经向政府主管部门支付了七十万元预付款，但还需要走一个招拍挂程序。

唐荣桥当时说，马上就可以走招拍挂流程，这是有领导帮忙的，他保证一点问题都不会有。

傅强夫妇非常相信唐荣桥，但还是有点担心，所以，在股权转让合同中约定，剩余没有取得土地证的土地，由唐荣侨负责办理挂牌出让手续，办理该块土地的全部费用由傅强夫妇支付。合同还约定，傅强夫妇作为股权受让方，在合同签订后三天内支付唐荣侨转让款六百万元，在股权转让手续办好后一个月内支付剩余的七百万元转让款。

合同签订后，傅强夫妇按约支付了六百万元。唐荣侨按约把股权过户到了傅强夫妇的名下。傅强夫妇把公司名称变更为巨丰汽车零部件有限责任公司。

半个月过去了，当傅强夫妇要求唐荣侨尽快办理剩余七十亩土地手续时，唐荣侨说他正在催政府，但还要稍等。

一个月过去了，当傅强夫妇再次催促唐荣侨办理土地手续时，唐仍然说还请等等，政府办事就这样。接着，唐荣侨向傅强夫妇催要其他七百万元转让款。傅强夫妇心里不踏实，就说其他钱是要付的，要么算我们借你的吧，我们算利息给你。唐荣侨心里知道自己没有完成承诺的招拍挂任务，只好答应。剩余的七百万元按月息两分计算，每月利息为一十四万元。

这样一年过去了，傅强夫妇一直在支付利息，但剩余土地的招拍挂却没有了下文。他们找唐荣侨时，他仍然是老调重弹。

傅强夫妇越想越不对，就自己去问开发区政府。这一问吓了一跳。原来，政府已经把这剩余的七十亩地规划了其他用途。原因是中部绿色新能源科技公司没有完成当初设立时承诺的税收任务，而且当初买地时，是以设立绿色高新能源技术公司的名义，现在已经不是当初承诺的新能源项目了。有关人员还嘲讽道，那三十亩地已经让你们占便宜了，没有收回就不错了。

傅强夫妇一听，十分气愤，问唐荣侨是怎么回事。唐荣侨说："问题出在买地时找的开发区原领导已经调走了，现在的领导不买账，要毁约，真是人走茶凉！"

傅强夫妇问："你是通过谁找的领导，怎么现在的工作人员都说与你不熟呢？"这一问，唐荣侨有点急，说："你问我，我还要去问别人呢！"

"别人是谁？"傅强夫妇追问。

"老实说吧，这个公司又不是我一个股东，是其他股东找的关系。"唐荣侨情急之下兜出了公司还有其他股东，但却没有继续说下去。

傅强夫妇突然觉得这块地原来不简单。见唐荣侨欲言又止，知道背后有问题。他们到处打听，有人神秘地说，唐荣侨只是一个小股东，明面上跑腿的，真正的大股东据说是一个原政府部门当官的，后调到某个学校做领导。至于具体是谁，也说不清楚。他们还打听到，唐荣侨他买地的实际交易价原来只有五万元一亩，这是找关系和假借开办绿色高科技能源公司名义得来的。唐荣侨将公司卖给傅强夫妇的总价格却是一千三百万元，且傅强夫妇已经付给他们六百万元。傅强夫妇一合计，即使不再支付其他款项给唐荣侨，他们也已经大赚了。

反之，如果其他七十亩地的土地证办不下来，则傅强夫妇付出的款项已经与自己去拍差不多了。如果再把这一年已经付出的利息计算在内的话，这块地的成本已经远超市价。还要再支付七百万元转让款的话，则傅强夫妇将要花超过市场价双倍还多的成本，这就亏大了，完全不划算！

傅强想到这，冒出一身冷汗。他们夫妻商量后，立即停止了继续支付利息。同时，他们要求唐荣侨继续办理其他七十亩土地的相关手续。

那边，唐荣侨已经明确办不了其他土地的手续，却又不断催付七百万元转让款。唐荣侨的理由是，这是股权转让款，并没有说其他七十亩地如果没有拍到，股权转让就无效。

这样，双方互不相让。时间很快又过了一年。土地手续自然没有办下来，傅强夫妇的剩余转让款没有也不可能支付给唐荣侨。

五个月前，唐荣侨将傅强夫妇告上法院，请求法院判决立即支付股权转让款。傅强夫妇认为自己有理，法院会为自己主持公道，根本没有把官司当一回事。两天前，一审判决下了，结果是判令傅强夫妇支付剩余股权转让款七百万元和利息损失两百多万元。

傅强夫妇这才反应过来，赶紧找当官的亲戚，即申铭的顶头上司。领导知道申铭熟悉法律界的事，请他出面，申铭建议请律师继续打官司。

方剑白认真分析后认为，这个案子一审的判决是存在问题的。这个案子的关键在于唐荣侨没有兑现承诺为傅强夫妇办理剩余的七十亩土地使用权，致使傅强夫妇购买股权的目的没有达到，有违约之嫌。而一审没有考虑这个因素，只判决支付剩余的股权转让款和损失，理由十分牵强。这判决显然对傅强夫妇是不公正的。

申铭、傅强夫妇都同意方剑白的意见，再三请求方剑白一定要作他们的代理律师。方剑白觉得这个案子有点意思，申铭的面子也得给，就答应下来。

4

二审的主办法官是汤开疆。副庭长王仁博作为本案的审判长，由审判员汤开疆、助理审判员倪培组成合议庭。

申铭一再要求方剑白帮傅强夫妇找找关系，他是不太相信法律公平的人，更相信打官司就是打关系。而方剑白则完全相反，只相信法律，代理案子最不愿找关系。申铭坚持要他帮忙找人，他只能硬着头皮答应找找看。

这个法庭的庭长是沈澜明。沈澜明是该法院最早从某名牌大学法律系毕业的高材生。他以业务精熟、为人谦虚、办案公正廉明被业界称道。与沈澜明前后分到法院的都晋升到副院长或下属法院当正职，凭沈澜明的水平和资历也早该晋升。但沈澜明似乎总是错过机会，有人说他吃亏吃在不会来事，很多人都为他抱不平。方剑白与沈澜明认识多年，又有不少共同的朋友，在很多场合都有交集。沈澜明对方剑白的为人也很了解，知道方剑白是一个吃技术饭且做人靠谱的律师。

案子刚送上来不久，方剑白就找了一个机会向沈澜明打了一个招呼，大概说了一下有个案子上诉人很有理，我在做代理人，请沈兄关照。方剑白是第一次找沈澜明，沈澜明说你把当事人的名字发给我，等我看看材料再说。方剑白知道沈澜明做事很慎重。

几天后，方剑白偶然碰到沈澜明，沈澜明主动向他提起这个案子，说这个案子一审确实有问题，相信经办法官会秉公审理。方剑白一听，心里非常高兴，顿时放下心来。同时，他在心里更加敬佩沈澜明了。

开庭的前几天，孙慧突然打电话给方剑白，说她听到了不好的消息，唐荣侨背后的股东好像找了法院的领导，所以唐荣侨说话很嚣张。方剑白不以为然。接着，申铭又打来电话，说请方律师高度重视，对方可能有背景。方剑白不置可否，说打官司最重要的还是一个理字，找人也不一定能赢，到底会输会赢还要等开完庭再说。方剑白在心里是不认同申铭的，因为他更相信沈澜明。申铭最后说："方律师，我只是提醒你。"

开庭前一天，孙慧又来电话，说傅强正在出差，明天开庭他来不了。孙慧向方剑白解释说："傅强不出庭也好，他笨嘴笨舌，在法庭

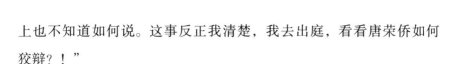

上也不知道如何说。这事反正我清楚，我去出庭，看看唐荣侨如何狡辩？！"

方剑白说："这样也好。"

这天，法庭正式开庭。方剑白准备得很充分，以为会很顺利。但开庭过程中，凭无数次出庭的经验，他发现根本不是想象的那样。

这个庭开得不太正常。主办法官汤开疆和审判长王仁博好像竞赛一样，轮番问方剑白和孙慧有关问题，且问的问题的导向明显不对。而问对方时，语气和态度显得很是尊重。孙慧也敏锐地注意到这点，她看见苗头不对，在回答问题时表现出倔强和不服，让法官感到这个女的不好对付。

庭审一个上午还没有完。下午接着开，法庭上的火药味越来越浓。等到庭审结束，无论是法官还是两边当事人、律师都是在一种很不舒服的状态中离开法庭的。

方剑白很少有这种压抑感，走出法庭，他差点想吐出来。

开完庭后，方剑白对孙慧刮目相看。她在法庭上语速很快，但奇怪的是，在整个庭审中她几乎没有说错什么，却让经验丰富的几个法官多次张口结舌，审得非常尴尬和勉强。

刚从法院走出来，方剑白就接到申铭来电，说大家一起聚聚，就今天开庭情况碰个头。

方剑白这才感到庭审前孙慧和申铭的提醒是有缘由的。他很想知道他们是如何看出唐荣侨找了人的。

依然在韵香茶楼。傅强因出差没有来。申铭微笑着问："今天的庭开得怎样？"开始，方剑白和孙慧都不做声。然后，孙慧猛然来了一句："这样审下去我们明显要输官司！"她还沉浸在法庭激烈辩论的气氛中，说："不行！我们不能就这样输了。"

申铭看着方剑白问："问题出在哪里呢？"

这一问，方剑白有点蒙。这次庭审让他这个资深律师都没有看清。

但他清楚知道的是，这个合议庭今天的庭审是在帮对方。所以，他半分析半猜测道："从庭审情况看，主审法官汤开疆和审判长王仁博在法庭上似乎故意在针对我方，问的问题让我们很难回答。看来，合议庭成员有人在帮对方。是不是对方找了他们？有这个可能性，但只是猜测。"

方剑白在心里仍然否定了这种情况与沈澜明有关。因为他深信沈澜明的为人。沈澜明亲口告诉他一审判决有问题，不可能随便改变主意。假设对方找了沈澜明，凭沈澜明的性格，应该不会随便答应，他不会这样没有原则！

方剑白在心里猜测对方很可能是找了王仁博和经办法官汤开疆。方剑白是一个很慎重的老律师，轻易不会在当事人面前说法官坏话，更不会让当事人把矛头指向法官。即使是在申铭面前，他也非常注意。几句分析的话是不得不说的，但尽量说得很委婉、含糊。

"我认为就是中间那个法官有问题！他叫什么？"孙慧似乎想起什么，坚定地认为问题出在审判长王仁博身上。

"我也猜测可能对方找了那个审判长。"申铭结合方剑白分析和孙慧的指认，给庭审出现的问题作了一个总结。他说："我们也一定要找到这个人。我来问问朋友有谁认识。"

5

过了几天，方剑白突然接到沈澜明的电话。沈澜明说："你代理的那个案子的女当事人自称姓孙的，昨天拨了我办公室的电话，说对方找了审判长王法官，要我主持公道。剑白啊，她说话的语气很过激，希望你劝劝她。"沈澜明停顿了一下，接着说："剑白，你知道，我虽然是庭长，但案子是合议庭他们定的，我也不好过多干预。要么这样行不行，定一个时间叫双方来法院调解一下？我来主持，算我帮你们这边争取一下，希望你们这边配合，该让步的就让一点吧。你通知那个女当事人。"

方剑白听到沈澜明的电话后，心情十分复杂。那个孙慧真不是好惹的角色！竟然敢直接打沈庭长办公室的电话，这种当事人太可怕了。看来，对这个孙慧下次要更加注意点，这种女人是惹不起的，一定要与她保持适当距离。同时，他从沈澜明的语气里感觉到他的为难。沈澜明看来不想过多插手，如果这样，这个案子就由王仁博他们定了，结果可想而知。但沈澜明还是不错，不管如何，他还是卖了我的面子，竟然同意亲自主持调解！

方剑白将沈澜明要亲自调解的事告诉了申铭和傅强夫妇。他们一听都很高兴，认为沈庭长这是想帮这边的表现。方剑白还与傅强夫妇、申铭商量了适当让步的方案。

约好的调解日期，双方当事人和律师都来了，依然在上次开庭的那个法庭，只是审判席上不再是那三个法官，而是沈澜明庭长。

沈庭长态度十分和蔼，一开口就提出希望双方提出调解方案。

唐荣侨提出的方案是转让款一分钱不能少，利息可以考虑少点，并且款项必须立即支付。傅强夫妇一听，这样的方案哪能接受？

沈庭长让双方分开，各方重新提出一个调解意见。结果，拿出的意见仍然是南辕北辙。调解了几个小时，双方都不肯让步。沈澜明这天主持的调解算是白费工夫。

调解无法继续下去，沈庭长宣布调解失败。

"你们都没有表现出调解的诚意。我已经尽力了！只能让法庭判决了。"沈庭长意味深长地对着方剑白看了一眼。说完，转身就离开了法庭。

过了几天，申铭告诉方剑白，说他通过人找到了王仁博副庭长。本来请他吃饭，但他生死不出来。朋友请他一定帮忙，他却说他会依法办，好像打官腔，这让找他的这个朋友很生气。

　　傅强夫妇知道后，更加认定对方是找了王仁博，王仁博是在帮对方。他们一致把矛头对准了王仁博，几乎恨死了他。方剑白看他们的态度，有点担心，就对申铭说："你还是劝劝傅强夫妇，结果毕竟还没有出来。"申铭对方剑白好像有点气，说："方律师你不该说这话。这个案子这样下去结果肯定好不了。"

　　又过了两天，方剑白突然接到王仁博副庭长的电话，心里非常吃惊。电话中，王仁博问："方律师不知晚上有没有时间？我想见见你。但请你不要告诉当事人我找了你。"方剑白不知道王仁博为什么要见自己，但无论出于礼貌还是好奇，他都无法拒绝王仁博的这个邀请。当然，这种情况，方剑白是无论如何都不会告诉其他人的。

　　晚上，王仁博约方剑白见面的地方居然是在他自己的办公室。

　　方剑白自从事律师工作以来，这样与法官见面还是第一次。他与王仁博之间向来没有什么交情，连交往都没有。他不知道王仁博这个时候找他到自己办公室的意思。

　　王仁博在法院门口等待方剑白。握手后，带方剑白上楼到办公室。此刻，他一点不像在法庭上那样咄咄逼人，而是满脸微笑，十分温和，几乎判若两人。坐下后，他说："方律师，我们两人虽然此前没有合作过案子，但你的大名我是经常听到的，也听说你为人很好。今天我找你来，就是把你当朋友。我想一些事应该跟你说清楚，省得有人误解我。"

　　方剑白连忙说："感谢王庭长信任。"

　　王仁博拿出自己的手机，打开短信。他一面示意方剑白看，一面说："这是那个女当事人孙慧发的。"方剑白没有想到孙慧会给王仁博发短信，王仁博一说是孙慧发来的短信，他就知道不是好事。他浏览了一下孙慧的短信，有十多条，内容都是关于案子的。短信里大都意思重复，大意是：我已经知道王法官你被对方买通了，我知道这个案子对我们没有公平。我要告诉你们，这个案子关系到我们全家的性

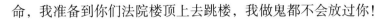

命，我准备到你们法院楼顶上去跳楼，我做鬼都不会放过你！

王仁博对方剑白说："你看看这些短信，都是半夜三更发给我的，让我一家都心惊胆战，整夜都没有入睡。"方剑白心里还是大为吃惊，这让他对孙慧有了更深的认识。这个女人太厉害了！真的不好惹！没有想到这个女人还会来这一手。他连忙对王仁博说："这个孙慧发这些东西我一点都不知道。"他担心王仁博怀疑是他唆使或出的主意，否则，王仁博不会叫他来说这件事。

但王仁博却说："方律师，你千万不要误会。我不是怪你，叫你来也不是指责你。我相信你不会叫她这样做。我本来可以将这事交给院里去报警，但那样处理效果不一定好。我想说的是，引起孙慧这样做的原因是她误会了我。有些事我又不能对她解释，我希望你帮帮忙。"说完，他拿出一本案卷。

王仁博翻出一页，其实他已经将这页折好了。他说："方律师，老实告诉你，这个案子我们合议庭已经讨论过两次。我今天把我们讨论的内容让你看，你心里就明白这个案子是怎么回事。"方剑白更加吃惊！他心里清楚，法官此时将合议笔录给当事人的律师看显然是不允许的。他连忙说："不用看，有什么事，还是请您说吧。"

王仁博看出方剑白的顾虑，暗暗为对方的职业操守点赞。他说："我知道不应该让你看案卷。但我想只有让你看到案卷才会相信我。我也相信你会为我保密。"说完，他还是把案卷递到方剑白面前。方剑白无法拒绝这份信任，只好飞快浏览。

在这份笔录中，作为审判长的王仁博与其他两个审判员的意见完全相左。也就是说，王仁博是支持方剑白这边观点的，因此，如果要说王仁博在帮谁，他是在帮傅强夫妇的。而另外两个审判员意见完全一致，即他们是支持对方的。方剑白看到，这两个人发表的审理意见，其理由都非常勉强。

王仁博见方剑白不一会儿便合上案卷，知道对方心里还有顾虑。

他说："这个案子的结果已经出来了，是二比一判的。我坚持自己的判断，是按自己的良心做的。你方当事人误解了我，我猜可能是那天在法庭上，我问得比较尖锐。其实我是希望当面把争议大的问题问清楚。开完庭后，其他审判员谁对谁错心里是清楚的。但为什么还要这样做呢？我想他们也是违心的，背后听了他人的。我虽然是副庭长，但你知道合议庭不是我一个人说了算。我这样说你应该明白了我的意思。"

当王仁博说到这里时，方剑白心里还是咯噔了一下：难道真的是沈澜明！其实此前他凭第六感已然想到了，只是从未说出来。此时，方剑白在想：怪不得那天沈澜明要自己来调解，他是想减轻自己的内疚吧？

方剑白也知道了王仁博的意思。王仁博除了说请帮忙外，一直没有向方剑白提任何具体要求，比如请你叫当事人不要找我，请帮我向当事人解释之类。但他的意思方剑白是知道的。他当然不想自己背黑锅，希望通过方剑白的口向傅强夫妇说清楚。

方剑白主动说："王庭长，请放心。尽管我真的不知道孙慧通过这种方式骚扰您，但我会用适当方式制止他们，不让他们再骚扰您。"

方剑白从法院出来后，一边开车一边在想，沈澜明是什么时候改变主意的？这完全出乎他的意料！他推测，这个案子一开始对方肯定没有找沈澜明，故沈澜明当时对他说的话也应该是真实意思的表示。但是谁后来又找到沈澜明，并且有能力左右他呢？是什么原因让他改变主意转而支持对方的呢？沈澜明不是轻易能改变主意的人，对此，方剑白心里十分疑惑。由于注意力都在想这件事上，方剑白的车差点撞到路边栏杆，吓出一身冷汗。他赶紧刹车。

重新上路后，他还是忍不住想起这事。他想，无论如何，他不能把真相告诉傅强夫妇。并不是担心出卖沈澜明，而是不想牵连王仁博。

如何阻止孙慧再发短信给无辜的王仁博呢？

方剑白突然想起了申铭。"对了，王仁博的手机号码很可能就是他找的！"他若有所思。

第二天上班后，方剑白给申铭打了一个电话："申主任，有个事要跟你说一下。今天法院王仁博庭长给我打电话，说孙慧这几天半夜多次发短信威胁他。"他没有把王仁博找他到办公室的事说给申铭听，所以话说得有点含糊："王庭长猜测孙慧背后有人指使，否则孙慧不可能知道他的电话号。他说如果再这样，他准备把这事报到院里，由院里向有关部门报案。如果这样查下去可能会牵连到把王庭长电话告诉孙慧的人。人家是好意，这样不是害了人家吗？我的意思是这事不要搞大，你劝劝傅总夫妻不要再发了。"

申铭一听，"哦"了一声。他的语气显得有些惊慌，也有一丝不易察觉的担忧，他反问对方："有这事啊？！千万不能害了朋友。我来找他们。"方剑白知道，申铭的话对傅强夫妇是管用的。申铭显然是担心这事可能会影响他自己，他毕竟是公务员，哪怕是帮单位领导，也用不着为此牺牲自己。

他一定会制止孙慧的。方剑白想，这可以给王仁博一个交代了。

尽管方剑白已经知道了案件结果，但他还是等接到判决书以后才通知傅强夫妇和申铭的。

二审果然维持了原判，傅强夫妇彻底败诉。

方剑白对这样的结果耿耿于怀。他知道，这个案子不是败在无理，而是败在人情。他有点愧疚，又充满无奈。

6

三个月后的一天，方剑白接到江墨林先生的电话，说你赶快到我工作室来，介绍一个人与你认识。问他是谁，他说你来了就知道。

方剑白觉得江先生十分可爱，还会卖关子。

当他赶到江先生工作室时，一眼看见了沈澜明庭长。他十分吃惊！沈澜明什么时候也爱上画画了？还是跟自己一样，来这里欣赏画作？

在沈澜明身边，有个人面熟。待他再一看，他想起来了，这个人就是上次那个叫慕容的校长。方剑白还记起，上次在江先生这里，这个慕容校长拿来几幅画让江先生鉴赏，说是法院领导的。今天慕容校长与沈澜明一起来，难道？他突然联想，难道说的那个法院领导就是指沈澜明吗？沈澜明会画画？专画竹子？怎么从来没有听过啊？真是真人不露相啊！

江先生热情介绍："剑白，你是做律师的，这个是高院的沈庭长，我今天特意介绍你认识。"方剑白一听，心里越加觉得江先生的纯真。

沈澜明一见方剑白，非常惊讶。方剑白从沈澜明的脸上还看出了不易觉察的尴尬。但沈澜明马上握着方剑白的手，微笑着对江先生说："我比您还早认识方大律师。"

"哈哈，我还以为可以做你们的中间人呢？哪知是多此一举。"江先生笑着自嘲起来。

"剑白，慕容校长你还记得吗？"江先生又指着旁边那个人。

看到慕容校长和沈澜明在一起，方剑白马上明白了，原来，慕容校长就是傅强夫妇说的唐荣侨背后的那个学校领导，是那个隐藏的大股东。

那个案子是他在背后起的作用！

慕容校长听到方剑白的名字，似乎也想起了什么。但他只微微一笑，并不作声。看了慕容校长脸上的变化，方剑白心里猜测，这个慕容校长大概听唐荣侨说过自己的名字。方剑白则故意上前握着慕容校长的手大声说："您是上次让江先生帮法院领导看画的慕容校长！"

方剑白最终没有忍住，把在江先生那里遇到傅强他们说的那个唐荣侨背后的学校领导告诉了申铭，并且感叹道："这个人很会拉关系，怪不得我们会输官司！"

申铭听后，只"哦"了一声。然后说："这样的啊！我知道了。"

7

半年后，方剑白在都市报上看到一条消息：原法院党组副书记、常务副院长曹坤个人国画展在省艺术展览中心隆重举行。曹先生以画竹子被业界认可，大有明朝画家夏昶之风，得到了著名国画家江墨林先生的高度评价和肯定。曹先生的画展吸引了有关领导和众多书画爱好者前来参观。

方剑白从参观领导的名单里，一眼看到了刚刚升任某市法院院长的沈澜明。

方剑白朝自己脸上狠狠拍了一下：我怎么犯这么低级的错误？哪是沈澜明会画画，原来是沈澜明的直接领导曹坤副院长画画。方剑白这才真正清楚，那次在江先生那看到沈澜明和慕容校长，他们都是在为曹坤副院长跑腿罢了。让沈澜明改变主意的不是慕容校长，而是曹坤副院长！

后来，方剑白又从知情人那了解到，此前，沈澜明与曹坤副院长之间关系很一般。近两年，沈澜明一改原来清高的书生气，对曹副院长言听计从，逐渐获得曹副院长的好感。曹院长在退下来之前，极力推荐沈澜明到下面的市法院做院长。沈澜明任职的那个位置，本来已有其他人选，曹副院长为此不惜得罪其他同僚。

8

就在与曹坤副院长举办国画展差不多的时间，方剑白律师偶然碰到申铭。申铭已经由原来的副调研员升任实职的副主任。方剑白突然想起傅强夫妇的那个败诉的案子，脸上显露出愧疚的神气。申铭却满脸堆笑，一点看不出不高兴。寒暄过后，申铭突然说："方律师，告诉你一个消息。"

"什么消息？"

"你还记得傅强夫妻那个案子吗？"申铭一提，方剑白紧张起来。"当然记得啊！一个有理的案子莫名其妙败诉了，我一直感到很不好意思。"方剑白已经感觉到自己脸上有点烫。

"这事怪不得你。打官司又不是有理才能打赢！"看来申铭对司法的看法更加坚定了。

"不知道傅强夫妇现在如何？"

"他们好着呢！"

"啊！"

"那个官司最后他们赢了！"

"啊！！"

"你知道是怎么赢的吗？最后双方之间在执行中和解了！对方放弃了全部诉讼请求。傅强夫妇不需要支付那七百万元了。当然，其他土地也算了，傅强他们放弃了。"

"那是怎么和解的呢？"方剑白越听越好奇。作为一个久经沙场的老律师，他居然无法想象会有这样的结果！

"哈哈！"申铭很神秘地凑近方剑白，对着方剑白的耳朵说，"那还是要感谢你！你记得上次告诉我唐荣侨幕后的那个慕容校长吗？傅强夫妇找到了慕容校长的家。慕容校长家的房子真气派和豪华啊！傅强夫妇叫了二十多个工人天天围在慕容家，举着标语牌，牌子上写的是：这是倒卖国有土地发大财的慕容校长之家！他们还说，我们在这站十天，十天后，我们就到纪委那去举报！结果，还没有到三天，慕容校长就求傅强夫妇不要闹了，答应了他们的条件！最后，双方达成和解了。"

"真是好事！也是奇事啊！"方剑白发自内心感叹。

"打官司有时解决不了问题。"申铭有点得意，自言自语，好像将中国的司法研究得很透。

"我想问问，到那个慕容校长家闹是谁的主意？"方剑白心里明明知道是谁，他佩服这家伙深谙中国的潜规则。

"天知道！"申铭一边回答，一边笑，但笑得有些假，还有一点神秘。

"早知如此，无需诉讼了。"方剑白再次感叹。

被告人老洪

这是一件 2019 年发生在我身边的故事，主角是我的当事人。他和我们一样，都是这社会的小人物。因此，我对他怀有深深的同情，并且对他们的遭遇感同身受！

小洪来找我时，老洪人在贵州，刚被网上追逃。

小洪是老洪的女儿。她是通过她的表姐找到我的。她的表姐年龄与她差不多大，也是律师，是我同行。表姐从法学院毕业后，进入一家当地律师事务所，做律师刚满三年。那天，两个女孩来到了我的办公室。小洪怯生生的，加上满脸愁云，那张二十几岁漂亮的脸蛋上没有了光泽。倒是她的表姐，说话有条有理，落落大方。我问："怎么找到我的？"表姐说："是通过律师朋友打听到的。"她没有告诉我是哪位律师朋友，我也没有追问。她说："说实话，来找您之前，我们还找了其他很多律师，希望有一个能真正帮到的律师。问到的认识您的人都说，您是一个好人，是个好律师。经过反复比较，我们决定请您。"我说："我恐怕叫你们失望了，我现在很少做刑案。"我刚说完这句话，就看见她们脸上的变化，是一种失望的表情。实话说，我当时确实是想推辞。这些年，囿于环境的变化，律师在刑辩中的作用越来越小，经常听到专做刑案律师的诉苦。我作为协会主管刑辩的副会长，自己也越来越不想做刑案了，所谓哀莫大于心死。然而，我又深知，如果一个人涉及刑事犯罪，没有律师那是何等的无助！看到她们失望的样子，我又于心不忍，对她们说："如果你们一定要到南昌请律师，我可以推荐我们所其他专业做刑案的律师，行不行？"她们几乎异口同声地说："我们就相信您，我们就是想请您办。"我看到她们的态度十分恳切，心一软，居然答应了。也许在内心，我很在乎她们说自己是一个好人吧。这年月，自称好人或好律师的很多，但能被别人叫好人的却很少。就冲着这，就值得我帮她们。我只是强调了一句："对我不要寄予过高的期望。"

她们是来帮老洪请律师的，老洪涉嫌开设赌场罪。

我从她们的口中，得知了老洪的情况。

1

老洪老家在东北。他五十多岁，出事前曾经在北方一家老国企上班，是单位的水电工，这在企业算一份稳定的技术活。老洪一家三口，他、妻子还有一个二十多岁的女儿，就是小洪了。老洪的妻子因为身体原因没有正式上班，但一家人过得还算安稳。岁月静好，他们以为日子会永远这样。谁曾想，老洪所在的国有企业居然倒闭了！这些年，国企倒闭是经常听到的消息，老洪总以为很遥远，没想到的是，自己的单位说倒就倒了，真是猝不及防！老洪很久都没有反应过来，作为单位水电工，开始他还被留用了一段时间，他以为可以等到企业起死回生，像以前几次一样。但终归是彻底倒闭了，原因是缺少竞争力，企业又没有人接盘。老洪的电工做不了了，成了失业者，他这才意识到好日子没有了。当柴米油盐酱醋茶将他那些并不多的积蓄日渐消耗时，他人生中第一次在心底有了莫名的慌乱感。

屋漏又遭连夜雨，平时看起来不错的妻子突然旧病复发。妻子小他两岁，她在三十九岁那年，一天，感觉右胸疼痛，到医院一查，是乳腺癌。医生建议立即切除肿块。手术还算成功，妻子的命是保住了。

大家都说，癌症只要过了五年就不会复发。老洪一家人天天算计着时间，希望五年快点过去。五年过去了，老洪一家人长舒了一口气。十年过去了，老洪几乎忘记了妻子还有癌症这回事。谁知，十多年后，老洪的妻子还是癌症复发了，他想不通，不是说过了五年就没事的吗？怎么还复发呢？复发，意味着又要花更多的钱治病。更主要的是，癌症复发意味着这次在劫难逃，生命进入倒计时。妻子只有社区医保，住院治疗自己要出不少的钱，特别是用好点的药都要自己掏钱。住了一段时间后，妻子坚持出院。老洪知道，妻子是担心家里的钱。

妻子出院后，老洪的压力一点没有减轻。一家人要活下去，自己就必须尽快找到工作，要有收入。

老洪到处找活干。老洪开始以为自己有一门技术，找碗饭不难。但也是奇怪，当地水电工似乎多余，根本不缺他。他迟迟没有人请，工作难以落地。有人告诉他，其实不是水电工多余，是他的"专业不对口"。市场上对水电工需求最大的是住宅装修，老洪是企业水电工，搞装修大家都认为他不在行。他想学，但年龄大了，没有人愿意带。这样，老洪的专业用不上。他的这个年龄，等待他的工作可能只剩下粗笨的体力活了。老洪读过高中，觉得自己还是有机会的。

2

机会说来还真来了。时间是去年的五月底。

给他带来机会的是小双，他发小的亲弟。两年前，发小因病去世了，发小的弟弟小双一直与他保持联系。小双脑子好使，很早就在南方做生意，每年只过年回北方老家。听小双的口气和做派，老板当得不错。老洪灵机一动，先是试着给小双打了一个电话，问："弟，南边找工作难不？"小双说："哥，你失业了？你跟我说实话哈。我现在在贵阳，你赶紧过来吧，工作的事包在我身上！"老洪一听，精神为之一振。

老洪此前从未跨过黄河，对南方却十分向往。他辞别妻女，坐火车一路辗转南下贵州。

老洪赶到贵阳后，接到小双的电话，说他在南昌谈生意，要老洪先住下来，等候他的消息。这样，老洪一个人待在贵阳，天天盼着小双的电话。

电话来了。小双兴奋地告诉他："我在这边的生意谈好了，你赶紧来南昌吧，我到车站去接你。"

老洪收拾简单的行装，赶到南昌时，小双果然开车到车站来接他。小双很热情，抢着帮老洪开好宾馆，老洪倍感温暖。刚办完住宿，小双接到一个电话。小双转身对老洪说："中午赵老板请我吃饭，你一起去。"

一起吃饭的共四个人，除小双、老洪和赵老板外，还有一个年轻人，姓余。老洪听他们在聊一个叫什么"太平洋国际会所"开张的事。老洪从他们的谈话中，知道这个即将开张的会所是小双和赵老板合伙开的。赵老板对小双说，他没有时间，所以委托小余代他具体管理，但他经常会去会所看看。四个人都喝了酒，老洪向赵老板敬酒时，赵老板听说老洪想找工作，就说："会所正要人，你来会所上班！"小双本身想帮老洪，一听赵老板先同意了，也一拍老洪："会所过几天就开业，这几天你先去看看南昌的景点，等会所开张就来上班。"小双对赵老板说："我这个老哥人很实在，十分可靠。"赵老板说："我们就是要找靠得住的人。"

在等待"太平洋国际会所"开业的日子里，老洪无所事事。他想起小双说的，没事可以到南昌的旅游景点去看看。老洪就研究起南昌的旅游路线来了，旅游点还真不少，很多还是免费的。为了节省钱，老洪不敢打的士，或乘公交，或坐地铁。需要门票的景点，老洪只在景点外面看看。不管怎么说，也算是来了一趟啊！以后回去也可以吹了。几天下来，他去了滕王阁、八一广场、八一起义纪念馆、秋水广场等等。

3

转眼到了六月初，老洪接到小双的电话，说晚上就来上班。老洪这辈子从来没有想到会到这样一个地方上班。会所的场地很大，除了包房，还有演艺厅、酒吧。老洪不知道自己能干啥。这时，代表赵老板的小余把他带到一个叫阿袁的边上，说："你的工作归他管。"老洪这才知道，会所安排自己的工作是在"飞镖游戏"这块当收银员。工作地点在二楼，具体工作就是让玩游戏的客户把钱押在他这里，然后在两个标有 1 到 6 的转盘上掷镖，两个镖掷到的数字之和决定输赢。掷到的数字加起来如果是 2 到 6 则为小，7 为平，8 到 12 为大，客人可以随便要大要小。输、赢都到老洪这结算。老洪一直以为这只是个游戏，没有多想。有一天，听说有公安来查，会所赶紧把"飞镖游戏"转到三楼的包房里，似乎在躲。老洪看着这躲躲藏藏，才意识到这不是正当生意，是赌博。但小双和会所其他人都说："这个就是踩点法律的边线，不是什么违法的大事。放心，不会有事，有事也由我们来摆平。"老洪也看到一个自称某某局的人经常来他们这里，还拿执法证在他们前面晃动。因此，他也就放下心来。

会所给老洪开的工资是每月 4500 元。老洪还有一个用上特长的兼职工作，就是帮会所维修水电。这部分工作会所另外开了 1500 元给他。这样，老洪的工资是每月 6000 元。

老洪以为自己总算安定下来，因此，他每天都有规律地上下班。

4

进入 7 月后的一天，老洪听到会所外面十分嘈杂，但他没有出去。他这个年龄，不想去凑这个热闹，也怕出事。有人说："太平洋国际会所的人与对面的梨园会所的人打起来了。"老洪问："为什么打起来？"答曰："可能是因为竞争客户和员工。"又有人说："听说小余的女朋友被梨园会所的人挡在路上调戏，小余叫了很多会所的人拿着钢管、刀具等找对方报复，还把几个人带到会所来打了一顿。"到底情况如何，老洪并没有亲眼看见。老洪以为这事很快就会过去。

但这次会所打架的事情最终闹到警察那去了。有人说是对方报的案，也有人说是这边报的案。警察来了后，把两边的人抓了不少，包括老洪。但小双等主要人员跑了。老洪开始没有很在意，因为他自己没有参与打架，认为顶多去问问事，配合调查。最后的结果是，大部分参与打架的人都被刑事拘留。老洪的事正如他意料的一样，自己因为没有参与打架，所以公安没有把他列为犯罪嫌疑人。但因为老洪涉嫌参与开设赌场，公安机关给了他治安拘留十五天的行政处罚。

老洪没有敢把在南昌犯事的事告诉家人，他觉得脸上无光。

拘留出来后，老洪离开江西，也不好意思回家，一个人又回到贵州寻找工作。

5

刚到贵州没几天，正在找工作的老洪，突然接到一个电话，说他被南昌警方列为犯罪嫌疑人，正在网上追逃。他刚刚放下的心马上又悬了起来。他意识到问题的严重，不知如何是好，借用别人的电话给家里说了自己在南昌的经历。

老洪的妻子和女儿惊慌失措。还是女儿反应过来了，她赶紧与当律师的表姐联系。表姐建议她还是在南昌请一个律师。经过认真打听，最终选择了我。我和我的助手听完她们介绍后，建议老洪立即在贵州当地投案自首，这是得到从宽处理的唯一途径。她们表示家里正有此意。

老洪投案后，被移送到南昌，关进了看守所，罪名是赌博罪。但该案由于其他人打架，公安定性为涉恶。对于涉恶，老洪心里有点不同意，但不敢提出异议，只是偷偷问我们。他说自己只做了一个来月，没有参与过其他违法行为。我们只能告诉他，现在全国正在扫黑除恶，提这个没有什么意义。老洪似懂非懂地点点头。

移送审查后，两个年轻的女检察官到看守所见老洪，问："是否认罪认罚？"他说："愿意。"检察官说："如果认罪认罚，量刑建议是两年半到三年半，罚款30万元。"说完，请老洪在"具结书"上签字。老洪一看，头"嗡"的一声，他不敢相信这是认罪认罚的处罚结果。他无法接受这么长的刑罚，更不能接受30万元的罚金。这笔钱打死他都没有能力缴纳。想到这，他对两个检察官说："我确实交不起这个钱。"他没有在"具结书"上签字，年轻的检察官在离开前训斥了老洪一顿。

我们会见他时，他一再恳求能否让法院少判一点。他说他在里面时间长了，担心再也见不到癌症复发的妻子。说完，眼泪夺眶而出。他还要我们请求法官能否少一点罚金。我们只告诉他，会尽力。其实，我们对这个案子作了全面分析，认为老洪应该得到较轻处罚。老洪还告诉我们，他好害怕，他担心自己开庭会紧张，说不出理由。我们再三安慰他，说辩护有我们律师，你只要如实叙述事实就可以，你自己怎么做的就怎么说，这样就不会紧张。

我们还是把情况如实告诉了老洪的家属。他的妻子、女儿也是难于接受，又听说交了罚款、退了赃款才可以减轻处罚，不得已就到处向自己的亲戚借。我们清楚她们借钱的难处，就向法官求情，法官经

过衡量，罚款没有按照检察院的数额。最后，小洪她们交了6万元罚款，又借了6000元退赃。

6

法院安排的开庭时间已经快到了。老洪的妻子、女儿，还有他的两个姐姐都从北方赶来了。老洪的妻子出现时，我看见她病恹恹的样子，没有精神。法院通知是在上午十点，但左等右等还不开庭。直到十一点，主办法官通知我们律师进去，告诉我们说："被告人老洪已经从看守所带来了，但今天检察官有事来不了，不好意思，只能改期再开。"

当我们把情况变化告诉老洪亲属时，她们满是遗憾。老洪的妻子这次来就是想见老洪一面，她心里也有和老洪一样的担忧，说不定是最后一面。我们又去向法官求情，看看能否让他们夫妻见一面，哪怕远远地看一下。法官脸上看起来有书卷气，修养不错。但他解释说，按规定现在家属不能见，还得请家属理解一下。这一说，我们当然觉得遗憾，但也不得不理解和接受，马上与老洪家属沟通解释，她们都是实在人，表示听从法院的安排。老洪的妻子眼巴巴错过见爱人的机会，满眼是泪。法院把开庭期限改在一个星期之后。此时，老洪的妻子已经感觉身体实在坚持不住，经过商量，只好选择先回北方。老洪的两个姐姐决定在南昌等，她们算计了一下，来去路费和在这等差不多，还折腾人。老洪的姐姐一个年龄超过七十，一个六十有余，一看都是本分人，经济状况都不是很好。

一个星期很快过去。终于，老洪的案子要开庭了。通知开庭的时间同样安排在上午十点。开庭这天，在法庭外面等的照样有几拨人。他们告诉我，得到的开庭通知都是上午十点。

还好，老洪的庭安排在第一个开。法警去提被告人，却迟迟未到。

两个北方来的老人站在走廊上，神情紧张。我理解她们的心情。

直到十一点，庭总算开始了。出庭的检察官是个男的，对我们辩护人彬彬有礼，显然不是送"具结书"的那两位。老洪因为在法庭上认罪认罚，所以程序简单，开庭很顺利。我们也没有做不构成涉恶辩护。我们心里虽然不太认可，但为老洪着想，权衡利弊，只能作罢。

十二月二十几号，我在济南出差，回来的路上接到小洪的电话。她十分激动，对我不停表示感谢。她说他们一家人对老洪的判决结果非常满意。小洪来电话之前，我已经接到助手的短信，知道老洪被判了一年半有期徒刑。从罪行相适应原则，我仍然认为过重，但在时代大背景下，与最初认罪认罚检察建议相比，已经好得多了。我对小洪说："这样的结果，我们都应当感谢法院领导的开恩，感谢承办法官手下留情，感谢检察官的同情。"

最后，我对小洪说："我祝福你们。明年过年的时候，你们一家人就可以团圆了。"

我心里有一句话没有说出，就是希望明年老洪回家时，他的妻子还在等他。

老刘

1

老刘是我的当事人。

2018 年 9 月的一天，我在某中院开一个上诉案的庭，没有注意到的是，下面有个人在关注我的法庭发言。开完庭后，我急匆匆地准备赶回办公室，刚走出法庭大门，一个人拦住了我，一开口就说想要我一张名片。我打量了一下他，是个看起来五十来岁的农民，黑黝黝的，个子不高，但很敦实，眯缝着那双小小的眼睛对着我微笑。他会有什么事？凭我的经验，如果他有官司，也不过是一个争议标的很小的案子，比如损害赔偿之类的。在律师们讲究经济效益的当下，我也未能免俗，这种收不到律师费的案子每年只办几个，大多是无法推脱的人情案，因为精力有限。多数情况下，有朋友找我做这类案子，我也是转给所里的年轻律师去办。

我不想耽误时间。当我准备离开的时候，还是很客气地对他说："如果你有法律问题需要帮助，就找他吧！"我用手指了指我身边的年轻人，他是同我一起来开庭的助手。我的助手立即对他说："我把我的电话给你吧！"但黑脸汉子一副不以为然的样子，对着我说："我就是想找你！你不知道，我为了找一个好律师，已经在法院旁听了两个多月，今天终于找到了想找的律师，就是你！"他的语气里透着不容推卸的坚毅，似乎不达目的不罢休。也许他看出了我的心事，接着补充了一句："我的官司很大哦！"

我听他这么一说，立即对他刮目相看。我并不在乎他后面补充的那句话，而是他说已经在法院旁听开庭两个多月，就是为寻找一个理想的代理律师，这令我十分好奇，甚至有点惊讶。这样做的，我从事律师三十多年，还是第一次听到。平时，我所熟知的是，当事人要请律师，除了少数人是根据媒体宣传慕名上门的外，绝大部分是通过熟人介绍，当事人特别相信熟人介绍的律师，这充分反映了我们这个国家人情社会的特点。对此，我私下一直以为，没有多少人真的懂得请律师，哪怕是一些看起来层次很高的大公司领导。因此，有相当一部分案子是请错了律师的。不是说律师有高低，而是说聘请的律师不合适。而眼前这个貌不惊人的男人，为自己聘请律师的方式实在是新颖而独特，我甚至认为是很高明的。

我立即改变了主意，对他说："如果你真的想找我，那你带着资料下午到我办公室来，我们详细谈谈吧！"我虽然没有明确答应做他的律师，是想看看材料再说，还有想看看这个人为什么会如此独特？我叮嘱助手把我的电话号码和办公室地址发给他，然后转身往楼下走。黑脸汉子似乎怕我的承诺不牢靠，在背后大声叫着："下午去找你哈，一定要等我！"

2

当天下午，我正在办公室，我的助手领进一个人，一看，果然是他。他介绍说他姓刘，家住郊区某镇，的确是一个农民。也许是我从农村出来的原因，我立即感觉与他的距离近了，说话也变得随意。我不称呼他的名字，就叫他老刘。我笑着问："老刘，你当农民会有什么大案子找我？"他又眯起他的眼睛，原原本本地把他的事详细告诉了我。

原来，他的一个亲戚开办了一个公司，叫某实业公司，2012 年下半年通过关系接到了某地级市一个需要垫资施工的市政工程，即 BT 模式。而这个亲戚自己没有实力也不想垫资施工，就找到长期做工程的老刘，希望把其中一半多工程分给老刘施工。老刘一听，高兴坏了。老刘虽然一直做包工头，但只是在别人工地上包点零工，都是小打小闹，从没做过这么大的工程。平时，他十分仰慕那些能接到大工程的大老板，希望自己有朝一日也能成为开奔驰、宝马的人。因此，当这个亲戚提出，由他垫资施工，算是照顾这个亲戚时，老刘不假思索就满口答应了。其实，说实话，老刘哪有能力垫资？他虽然干这行多年，但并没有赚到什么钱，家里也没有多少积蓄。但老刘是个精明人，他自有自己的盘算，心想先接下来再说。亲戚以公司名义与他签订了协议后，他马上走亲访友，相当于做了一次借款总动员。老刘拿着承包合同给大家看，同时许给两分的借款利息，大家看他确实有工程，而且还是政府的市政工程，认为钱很稳，于是，共有二十多个人把钱借给了他。他又把其中一些事分包给了一些小包工头，这样相当于让小包工头也垫了工钱，还有施工材料也是向供应商赊的。老刘经过这种巧妙的布局，总算把工程圆满做完了。

工程是做完了，但政府许诺的工程款却迟迟下不来。老刘拖欠的借款和材料款都是要付利息的，加上小包工头的工资，他的压力越来越大。他这才知道，原来所谓大老板也不好当。在焦急地催促多次未果后，老刘在别人的建议下，生平第一次请律师到法院起诉了政府和承包单位即亲戚的那个实业公司。2017 年，法院的判决下来了，虽然结果与预期相差很大，但法院支持了老刘作为实际施工人的权益，判决业主给老刘 1200 万元工程款。钱还没有拿到，老刘在心里分了一下，借款、材料款和小包工头的欠款，分完后当然所剩无几。老刘有点恍惚，仔细算了好多遍，最后并没有出现奇迹。原先赚一套房或一辆豪车的计划似乎离自己很远。唉！工程不好做啊！转念一想又想开了。他对自己说，虽然没有赚到，好在这些钱还给亲戚朋友后总算有个交代。

正在老刘暗暗盘算时，那天，他突然接到本市中院的诉讼通知。原来，他也被人告了，前一个官司中胜诉的1200万元也被人申请诉讼保全冻结了。这对老刘而言，无异于晴天霹雳！

告老刘的是某建筑工程集团公司。老刘知道这家公司，但又不是很熟悉。诉状中，要求老刘归还1000万元"借款"和200万元利息。哪有这么巧呢？！似乎这家公司算准了他可能拿到1200万元工程款。这家公司告老刘的是归还1200万元借款，老刘一看诉状，莫名其妙，我什么时候借过这家公司的钱？但诉状写得明明白白，说老刘在2012年11月19日写了"借款承诺函"。老刘觉得这个官司纯属冤枉，自己从来没有借过款，更没有用过这笔钱。否则，还用到这么多亲戚朋友中去借吗？他也不记得写过"借款承诺函"。

当然，既然官司来了，就不得不应诉。他第二次请律师。第一次的律师不在本市，他也不太满意，这次需要到本市请。有朋友帮他推荐了一个，是个年轻、看起来精干的女律师。他接触后，觉得这个律师平易近人，朋友又介绍说她做事认真踏实。既然这样，那就请吧！老刘做事一点也不含糊，马上确定了委托关系，签订了代理合同。

3

女律师根据老刘的记忆，分析案情后，提出对对方那张据以起诉他的"借款承诺函"上老刘的签名申请司法鉴定。法院很快委托了鉴定机构。结果，鉴定结论对老刘不利，签名是老刘写的。老刘和律师都不服，认为这次鉴定有问题。女律师与老刘一起仔细分析后，对这

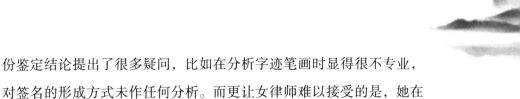

份鉴定结论提出了很多疑问，比如在分析字迹笔画时显得很不专业，对签名的形成方式未作任何分析。而更让女律师难以接受的是，她在对比其他鉴定机构做出的鉴定书后，发现这份鉴定书封面没有盖标明资质的图章。女律师与老刘商量后，决定向法院申请另行委托鉴定机构，重新做鉴定。这个申请被法院断然拒绝，法院认为，不可能同一件事委托两个鉴定机构。老刘与女律师不死心，以自己的名义委托了另一家具有资质的鉴定机构对笔迹做了一次鉴定，结论与法院委托的那份大相径庭，即认定"借款承诺函"上的签字不是老刘的笔迹。这下更坚定了女律师和老刘的意志。他们认为，问题就出在鉴定机构，是鉴定机构错了。这样，老刘和女律师不断向承办法官申请，态度坚决地要求重新鉴定。法官认为，已经有了法院委托的结论，再委托一家鉴定机构没有根据。这样老刘和女律师，与承办法官之间在鉴定问题上各执一词，乃至于老刘和女律师认为法官不重新鉴定就是在故意偏袒对方。为此，女律师还代老刘向法官所在庭的庭长、院领导反映，认为不支持重新鉴定就是法官不公正办案。法官知道后，认为这无异于告黑状，对此十分反感。如此一来，老刘和法官之间形成了对立，闹得很僵，一方面是老刘和女律师坚持要重新鉴定，另一方面是法官坚持已经有鉴定结论，只要开庭查明案件事实，然后就可以径行判决。

如果按照法官的态度和思路，这个案子的结果没有猜想的余地，老刘肯定是输官司了。老刘看出了这点，急得像热锅上的蚂蚁，发现这样下去肯定不行。他虽然知道女律师实心实意地在帮他，但他又分明感到，女律师的做法隐隐约约有问题，且已经无计可施。老刘坚信自己没有借这笔钱，更没有使用这笔钱，如果判决自己承担，那肯定是天大的冤枉！官司输了，自己将如何向那些亲戚、朋友和材料商、小包工头们交代？官司真的输了，后果不堪设想！因此，这个官司能赢不能输，因为老刘实在是输不起。

老刘知道自己是外行，坚信能帮到自己的只有律师。他决定寻找一个能帮自己打赢官司的律师。但如何找到一个好律师呢？他绞尽脑汁，终于想到一个办法，就是去法庭旁听，看看哪个律师能力强。说干就干！老刘觉得自己最大的事就是打赢官司，他把一切都放下了。一个人每天骑着那辆电动车，一早从家里出发，骑行二十多公里赶到法院。九点，法院的门才打开，经过查验身份证、安检，然后随着人流进入法院审判区，选择正在开庭的法庭旁听。中午，他随便在法院边上吃个盒饭。下午，他继续旁听。等听完最后一个庭，他骑着电动车回家吃晚饭，帮电动车充电。第二天，他重复着前一天的流程。这样，老刘坚持旁听了两个多月。他慢慢听出了门道，基本熟悉了民事案件的整个程序。他最关心的还是代理律师在法庭上的表现，看看哪个律师在法庭上发言好。他还打听到，某律师是省府或市府顾问团律师，某律师是律师协会的领导，一听是名律师，他就会格外关注。

那天，我和助手去开庭。老刘并不认识我，是误打误撞进到我们正好在开的那个法庭。他说认真听了我的开庭后，马上就认定了我就是他要找的律师。

老刘介绍完他的情况后，我对老刘十分同情。但我还是拒绝了代理。我拒绝的理由有二：一是他已经聘请了律师，我说我不一定比那个律师高明。而最重要的是，在已经有律师代理的情况下，我中途插进去不合适。这会显示老刘对人家的不信任，也会让原先的律师对我产生某种"敌意"；二是这个案子我也没有把握一定打赢。这个案子我还没有看完材料，要在看完材料后才知道有没有赢的可能性，有可能性才能提出诉讼方案。

老刘似乎对我的推辞早有准备，并且是下定了决心聘请我。他说："这个案子我不要你打包票，只要你答应代理，即使是今后输了，我也不会后悔，因为我知道，你都打不赢，说明这个案子就该输，我认了；至于此前我已经请了律师的事，这个也好说。我已经跟她商量过了，要么增加一个律师与她一起打，但以你为主，她协助；要么你一个人打，她退出。我答应了她，已经给她的律师费一分钱不退。她已经知道这样下去必然输掉，因此，我另外请律师她没有意见。"

我听后，越发觉得老刘有主见，而且这么有决心。但我还提出一件事为难他："如果请我，你出得起我的律师费吗？"老刘说："你放心，我现在确实是没有这笔律师费，但因为这事关系到我全家族的利益。施工垫资中，我大哥借给我的钱最多，他的经济状况比我强，他答应帮我。"

我见无法难倒老刘，而老刘确实对聘请我非常有诚意，只得答应下来。我考虑了老刘的困难，没有按照开始提出的律师费数额收，虽然老刘满口答应支付，但我只收了一个较低的数额。老刘先是显出惊讶，接着不断道谢。

4

早年，我在大学读《林肯传》时，关于林肯做律师的故事一直给我留下了深刻印象。林肯有个特点，如果接到的案子有理，他总是能在法庭上侃侃而谈，义正词严；而当他接到的是一个委托人没有理的案子时，他在法庭上则会出现语无伦次，甚至张口结舌的窘态。这反映了林肯内心的善良和道德准则。我不知是受他影响，还是与他有同样的世界观，总之，我喜欢代理有理的案子。有理的案子，我在法庭上才会理直气壮，表达流畅。我说不出那些违背事实和良心的假话。

仔细研究案卷后，我发现这笔钱确实老刘没有使用一分。我了解到，2012 年 11 月 6 日，老刘那个亲戚的某实业公司向原告出具过一份"借款报告"，借款的目的是支付那个市政工程的保证金，其中就包含着 1000 万元。同时，某实业公司自己曾经分多次归还过 260 多万该笔借款的利息。我还了解到，老刘的亲戚因为其他事情犯罪被关押起来了。我初步认定，该笔借款其实是某实业公司借的，也是他们用的。原告因为老刘的亲戚被关押，某实业公司已经无力归还借款，才想起起诉老刘，企图转嫁责任。因为他们知道老刘刚好在某市法院打赢了官司，可以得到1200万元。我心中确定帮助老刘，我是在做一件维护正义的事，是正确的事情。这是我想为老刘争取胜诉的依据。

但那份关键的"借款承诺函"是客观存在的，老刘的签名被鉴定为真的，这是该案难以翻盘的拦路虎。我仔细分析后认为，如果要否定这份承诺书上的签名，除非有一家官方认可的比第一家鉴定机构更权威的机构作出否定。但现实是不存在这样的机构，另一个鉴定机构的鉴定结论无法用来否定第一家的结论，用这种思路想打赢这个官司，就是走进死胡同。因此，必须另辟蹊径。

那天，我在案卷中无意发现一张复印模糊的纸。仔细辨认，这是一份《专项资金借款合同》。主要内容与那张"借款承诺函"基本一致，借款人注明是老刘，出借人就是原告，借款金额是1000万元人民币，借款用途却写的是"投标保证金"，转账单位（即接受借款单位）写的是某实业公司，担保人写的也是某实业公司，借款落款时间也与"借款承诺函"完全一致，即2012年11月19日。但我在里面还看到一行字，即"借款期限"为"三个月"。下面有老刘的签字和身份证复印件。

我敏锐地感到这份证据对本案十分重要。我马上打电话问老刘，这份借款合同在哪里？老刘说，这份借款合同是原告作为第三人在那个工程款官司中提交的，他清楚记得开庭时作为了证据提交，而且在那份工程款的判决书中也已经列明。如果需要，应该在某市法院可以查到。老刘接着说，这份借款合同是他的签名，只是不记得为什么会签。现在看来，是那个亲戚借他之手借款，他当时利令智昏，不假思考就签了字，根本没有考虑过后果。他跟那个女律师说到过这份合同，但女律师说不能拿出来。她担心如果拿出来了，刚好坐实了老刘借款事实的成立，对老刘会不利。我再三问老刘："签字是不是你的？"

老刘说："我认真看了，这里的签字确实是我的。"我问："既然这份证据原告是清楚的，在那个案子中还作为证据提交了；既然合同内容与'借款承诺函'基本一致，签字又可以确定是老刘签的，这份对原告十分有利的证据，他们为什么不提交？反过来，老刘这方也知道这份证据，这是不能回避的事实，不提交难道隐瞒得了？其中肯定有隐情！"

我马上叫我的助手第二天赶到某市法院去调取这份证据。当拿到盖有法院印章的《专项资金借款合同》时，我心中的疑问立即打开了。原告不提交，忌讳的就是其中约定了借期三个月，这是时效问题。我豁然开朗，知道打开了本案的制胜关口。我心中的一块石头落了地。

当我将委托代理手续交到法院时，承办法官对老刘换律师显得有点不高兴。但我没有说什么。此时，法官没有心情听我解释，我想还是留待在法庭上把该说的道理说出来。我相信，即使在现实中存在很多错案，即使因为种种原因，很多法官不愿意也听不进律师的意见。但正常情况下，大多数法官还是不想自己办错案的。我希望通过开庭审理，让案件事实回归本源，然后结论自然就会正确。

为了缓和与法官的关系，我代老刘撤回了之前坚持要求的对"借款承诺函"上的笔迹另行委托鉴定的申请。

5

开庭的那天，法庭下面坐了不少人。这些人中，包括了借钱给老刘的亲戚朋友，包括了材料商和小包工头中的代表。老刘本来要叫更多的债主来，我问他有多少人，他说加起来超过一百个。他希望这些人都来听，可以证明不是他不还款，是因为钱被别人打官司冻结了。此前，这些债主经常到他家逼债。更主要的是，老刘想让大家都有信心，钱可以拿回，只是时间问题。我说："老刘，你叫那么多人去，是想让法院叫法警来维持秩序吗？！我建议不需要那么多人去法院，有部分代表就行了，这些代表听后回去会转告的。"老刘采纳了我的建议，只叫了二十来个代表来听开庭。

我在法庭上把那份关键的证据举了。围绕争议的关键点，我提了几点代理意见，主要是本案老刘没有借款，更没使用一分钱，所谓借款其实是某实业公司借老刘名义为自己借的，老刘是被利用了。原告其实一直知道这是某实业公司借款，这次起诉是嫁祸给老刘而已。老刘实际没有借款，当然不该承担还款责任。尽管从形式上，他确实在原告与某实业公司拟就的借款合同上签了字，但按照借款合同，借期是三个月，从借款满三个月到现在早已经超过诉讼时效，借款不受法律保护。中途只有某实业公司还利息，某实业公司瞒着老刘五次伪造老刘的签名与原告续签借款合同。原告一直是向某实业公司催还款，从来没有找过老刘，说明他们知道这笔款其实与老刘无关。当他们看到某实业公司无力还款时，转身起诉老刘，冻结老刘在某市法院胜诉的工程款，还故意隐瞒证据，企图绕开诉讼时效。请法庭注意的是，这笔被原告冻结的款不是老刘个人的款，里面是一百多个家庭的血汗钱，这样的案子需要法庭慎重，需要法官明察秋毫！因此，请求驳回原告的诉请。

开完庭后，那些来听的债主们纷纷称赞我说得好，向我表示感谢，都对案件胜诉充满信心。老刘告诉我，开完庭后，再也没有债主到他家去逼债。

6

当法院的判决下来时，结果如老刘所愿，我们胜诉了！老刘见到我时，那双小眼睛里含着激动的泪花，不住说这次律师请对了。

前些日子，老刘特意来请我吃饭，我没有拒绝。他告诉我，那笔工程款总算执行下来了，他的债都还清了，现在他感觉自己无比轻松。他说："你帮我打赢这个官司，是救了我全家，不，是救了我家几代人。"他真诚地说："这是实话。想想看，如果官司输了，我几代都还不清这个债。"

老刘说，他再也不想做什么包工头了。现在才知道，一些工程的大老板都是表面风光，实际上，他们哪个不是欠别人一屁股债？！